SCIENCE FICTION

Herausgegeben
von Wolfgang Jeschke

Ein Verzeichnis aller BATTLETECH®-Romane finden Sie am Schluß des Buches.

Robert Thurston

# Freigeburt

Einundvierzigster Roman im
BATTLETECH®-Zyklus

**Deutsche Erstausgabe**

WILHELM HEYNE VERLAG
MÜNCHEN

HEYNE SCIENCE FICTION & FANTASY
Band 06/6241

Titel der amerikanischen Originalausgabe
FREEBIRTH
Deutsche Übersetzung von Reinhold H. Mai

*Umwelthinweis:*
Dieses Buch wurde auf chlor- und säurefreiem Papier gedruckt

Redaktion: Joern Rauser

http://www.heyne.de
Printed in Germany 1999
Umschlagbild: FASA Corporation
Umschlaggestaltung: Atelier Ingrid Schütz, München
Technische Betreuung: M. Spinola
Satz: Schaber Satz- und Datentechnik, Wels
Druck und Bindung: Elsnerdruck, Berlin

ISBN 3-453-14004-4

Dank an:
Andy Platizky für Unterstützung und generelle Fröhlichkeit;
Blaine Pardoe für großzügige Hilfe bei der Klärung einzelner BattleTech-Fragen;
Eugene McCrohan, LAIRE Powerhouse, für seine ununterbrochene Hilfe und Einsichten;
Rosemary für Freundlichkeit und Verständnis über jedes normale Maß hinaus;
Charlotte dafür, daß sie so ein gutes Kind war und Donna Ippolito und dem FASA-Stab für ihre Mitarbeit und Ermutigung.

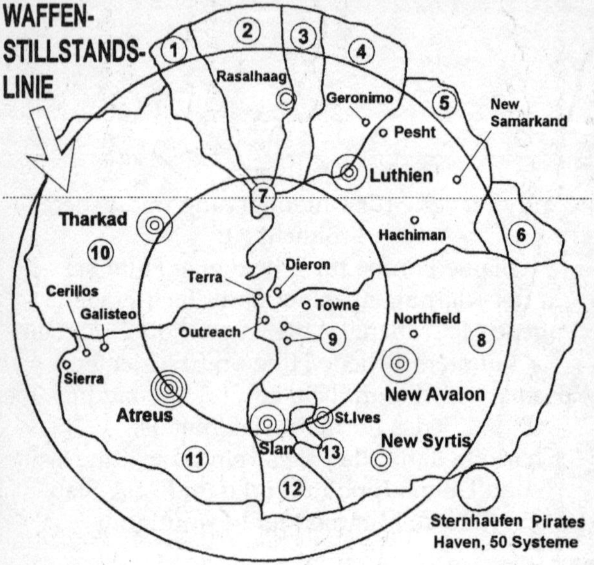


# KARTE DER NACHFOLGERSTAATEN

1• Jadefalken/Stahlvipern, 2 • Wölfe, 3• Geisterbären,
4• Nebelparder/Novakatzen, 5 • Draconis-Kombinat,
6 • Außenweltallianz, 7• Freie Republik Rasalhaag,
8 • Vereinigtes Commonwealth, 9 • Chaos-Marken,
10 • Lyranische Allianz, 11• Liga Freier Welten,
12 • Konföderation Capella, 13• St. Ives-Pakt

Karte erstellt durch COMSTAR,
nach Informationen des COMSTAR-EXPLORERDIENSTES
und des STERNENBUNDARCHIVS, Terra

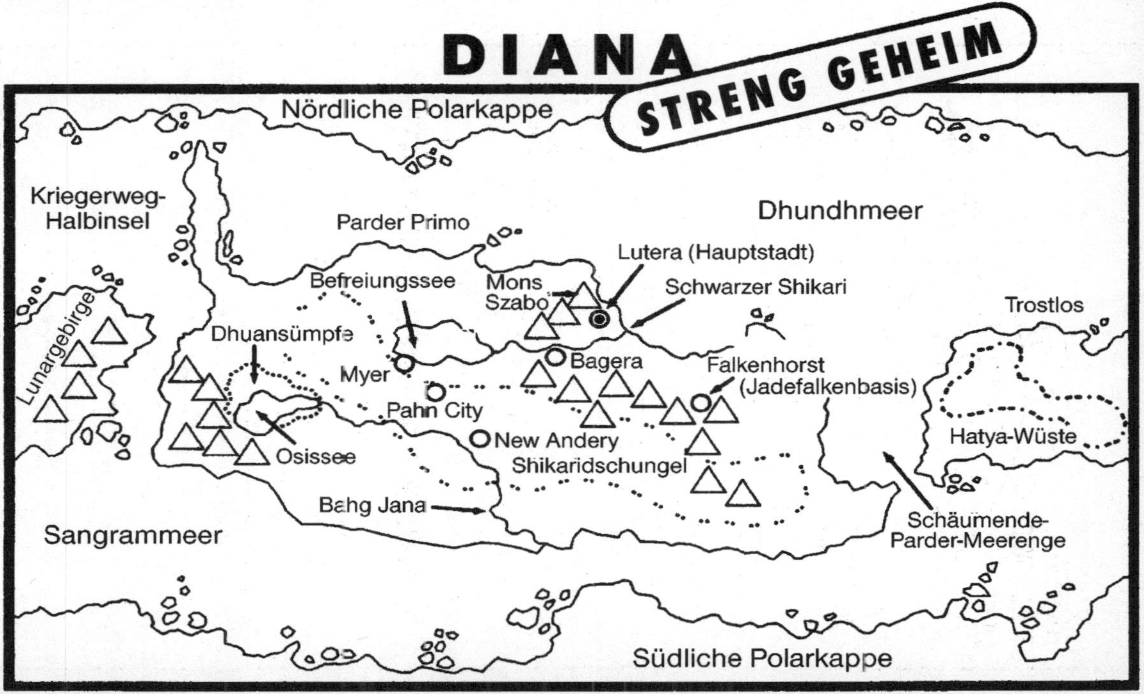
DIANA
STRENG GEHEIM
Nördliche Polarkappe
Kriegerweg-
Halbinsel
Parder Primo
Dhundhmeer
Lutera (Hauptstadt)
Mons
Szabo
Schwarzer Shikari
Befreiungssee
Trostlos
Lunargebirge
Dhuansümpfe
Bagera
Falkenhorst
(Jadefalkenbasis)
Myer
Pahn City
New Andery
Hatya-Wüste
Osissee
Shikaridschungel
Bahg Jana
Sangrammeer
Schäumende-
Parder-Meerenge
Südliche Polarkappe

# PROLOG

Sie kamen aus den Tiefen des Alls, aus dem Weltraum jenseits der Äußeren Peripherie. Die Clans. Die größten Krieger in der Geschichte der Menschheit, durch Genmanipulation zu Werkzeugen der Vernichtung gezüchtet. Die größte Gefahr, der sich die Innere Sphäre je gegenübersah.

Dreihundert Jahre zuvor waren General Aleksandr Kerensky und der größte Teil der Sternenbundarmee auf Nimmerwiedersehen in die unerforschten Weiten des Alls verschwunden. So zumindest glaubte man. Dann tauchten sie im Jahre 3050 plötzlich wieder auf, und sie unterschieden sich so grundlegend von allem, was man bisher gesehen hatte, daß sie zunächst für Fremdwesen gehalten wurden. Aber es waren die Nachfahren Kerenskys, die ursprünglich aus der Inneren Sphäre gekommen und nun zurückgekehrt waren, um sie zu erobern.

Gnadenlos überrannten sie eine Welt nach der anderen und rückten unaufhaltsam vor auf Terra, die Heimatwelt der Menschheit. Dann kam Tukayyid, Schauplatz der blutigsten Schlacht der menschlichen Geschichte. Und sie endete für die Clans auf die schlimmst mögliche Weise. Mit einem fünfzehnjährigen Waffenstillstand.

IlKhan Ulric Kerensky wurde vor seine Mit-Khane gerufen und angeklagt, mit dem Waffenstillstand die Vernichtung der Clans zu betreiben. Als Antwort trugen Ulric und seine Wölfe einen Widerspruchstest gegen die Jadefalken aus, die als Vertreter der Anklage kämpften. Am Ende des Widerspruchskrieges ist Ulric tot und Jadefalken sind – ebenso wie Wölfe – zerschlagen.

Doch das Gemetzel endete in einem Sieg für die Kreuzritterfraktion der Clans. Durch den Sieg über Ulrics Wölfe haben sie sich der Bewahrer entledigt, die einen Bruch des Waffenstillstands verhinderten. Ende 3057 ist Vladimir Ward neuer Khan der Wölfe, und Marthe Pryde führt die Jadefalken an. Beide zögern nicht zu tun, was immer nötig ist, um ihren Clan zu retten.

Bei der Rückkehr der Khane zu den Heimatwelten, wo sie einen neuen ilKhan wählen wollen, formen Vlad und Marthe eine unsichere Allianz. Zunächst legen sie es auf die Wahl von Lincoln Osis von den Nebelpardern in das Amt des ilKhans an, in dem Bewußtsein, daß er sich nicht lange wird halten können.

Dann warten sie. Osis fehlt die nötige Weitsicht, um den Kreuzzug zur Eroberung der Inneren Sphäre erfolgreich zu Ende zu führen. Vlads und Marthes Tag wird kommen, und wenn es soweit ist, wird für einen von ihnen die Zeit reif sein, sich zum ilKhan aufzuschwingen. Bis dahin warten sie und schüren die Feuer ihrer Clans. Sie warten auf den Tag, an dem die Clans zurückerobern, was ihnen zusteht.

# 1

**Port St. William, Coventry**
**Provinz Coventry, Protektorat Donegal,**
**Lyranische Allianz**

*18. Juni 3058*

»Was, zum Teufel. Zum *Teufel.* Das ist eine Hölle von einem höllischen Höllenloch, frapos?« Sterncommander Joanna spie die Worte aus, während sie einen Stein den Berghang hinunterwarf, der auf Port St. William und die Bucht hinabsah, an der die Stadt lag. Wie üblich hatte sie denkbar schlechte Laune.

Hengst grunzte und sah aus zusammengekniffenen Augen zu ihr hoch. Die entspannte Art, mit der er auf einen Ellbogen gestützt im Gras lag, machte Joanna augenblicklich wütend. Hengst schien ein Gespür dafür zu haben, wann Joanna kurz vor der Explosion stand, und sie hatte den starken Verdacht, daß er sie deshalb zu diesem vormittäglichen Spaziergang hierher in die Berge geschleppt und dann auf einer ›Erholungspause‹ bestanden hatte. Seit wann brauchte ein Krieger Erholung? Besonders, wenn alle Jadefalken auf Coventry damit beschäftigt waren, für die Rückkehr in die Besatzungszone ihre Ausrüstung zusammenzupacken?

Hengst reagierte auf Joannas ärgerliche Stimmungsschwankungen, indem er noch lakonischer wurde als gewöhnlich. Aber diesmal verlangte sie durch den Gebrauch des fragenden Anhängsels frapos nach einer Antwort.

»Ich sagte, frapos?« Sie schleuderte einen weiteren Stein, diesmal grob in seine Richtung.

»Pos, Joanna. Was immer du meinst.«

»Und was meine ich?«

»Was immer du gesagt hast.«

»Du weißt nicht, was ich gesagt habe. Du hast nicht zugehört. Das zeugt von mangelndem Respekt.«

»Was immer du meinst.«

»Das grenzt an Insubordination, Hengst.«

»Alles, was ich tue, grenzt an Insubordination. Nimm es nicht so schwer.« Er wälzte sich auf den Rücken und sah durch das raschelnde Laubwerk gen Himmel.

Joanna seufzte. Es war eine unter Kriegern ungewöhnliche Angewohnheit, dieses Seufzen. Sie ließ sich zu Boden fallen, setzte sich, die Knie an die Brust gezogen, neben Hengst. »Wir führen immer wieder dieselben Gespräche, Hengst.«

Der Freigeborene antwortete wie üblich mit seinem barschen Lachen. »Wir kennen einander schon so lange, daß wir allmählich klingen wie Sarggefährten.«

Joanna schauderte. Sarggefährten war ein in den meisten der siebzehn Clans bekannter, aber nur selten benutzter Ausdruck. Nach Clan-Begriffen war es eine der obszönsten Beleidigungen, die ein Clansmann einem anderen gegenüber verwenden konnte, ohne sein Leben zu verwirken. Natürlich hatte Hengst sie genau deshalb benutzt. Das Wort bezog sich auf zwei Menschen, die eine dauerhafte Bindung eingingen. Solche Beziehungen, einschließlich rechtlicher Übereinkünfte wie einer (was für ein widerliches Wort) Ehe, gab es überhaupt nur in den niederen Kasten, und unter diesen besonders in ländlichen Gebieten. Mitglieder der Jadefalken-Kriegerkaste erfüllte die Vorstellung einer dauerhaften Beziehung mit Ekel.

Der archaische Begriff Sarggefährten implizierte eine Beziehung so dauerhafter Natur, daß sie bis ins Grab und darüber hinaus Bestand hatte. Jadefalken-Krieger akzeptierten die Vorstellung des Grabs oder irgendeiner anderen permanenten Einrichtung zur letzten Lagerung von Toten nicht. Sie hofften darauf, nach dem

Ableben wiederverwertet zu werden. Die höchste Ehre für einen Krieger bestand darin, daß sein genetisches Material Teil des Genfundus seines Clans und zur eugenischen Zucht neuer Krieger-Geschkos verwendet wurde. Daher war ein Begräbnis für die Kriegerkaste unerwünscht, ja, abstoßend. Beim Anblick eines Dorffriedhofs wurde Kriegern übel.

Die Sitte des Begräbnisses ging auf die Vor-Clanzeit auf Terra zurück, der Ursprungswelt der Menschheit. Die Menschen der Vergangenheit hatten in einer ungeheuerlichen Verschwendung ihre Toten bestattet. Zu viel des Planeten war von diesen nutzlosen Friedhöfen bedeckt gewesen. Aber Terra war zu jener Zeit auch eine Welt der Verschwendung gewesen, bevölkert von verschwenderischen Zivilisationen, deren Habgier und Gedankenlosigkeit sie beinahe vernichtet hätten, bevor die Menschen den Weg zu den Sternen fanden. Die Raumfahrt mit der damit einhergehenden Enge und die Kolonisation fremder Planeten hatten der Menschheit ihre Neigung zur Verschwendung von Rohmaterialien ausgetrieben.

Manchmal fragte Joanna sich, warum die Clans so sehr von dem Verlangen getrieben waren, Terra zurückzuerobern. Schön und gut, der erste Clan, dessen siegreiche Krieger einen Fuß auf Terra setzten, erlangte die Ehre, zum ilClan zu werden, der über die sechzehn anderen herrschte, aber was genau würden sie zurückerobern? Terra bedeutete ihr wenig, und doch war ihr klar, daß diese Welt das Ziel der größten militärischen Operation in der Geschichte der Clans war: der Invasion der Inneren Sphäre.

Nachdem Hengst sie Sarggefährten genannt hatte, trat ein ganz und gar nicht willkommenes Bild vor ihre Augen, in dem sie sich und ihn in Seite an Seite aufgebahrten Särgen sah, deren Deckel sich öffneten und Skeletthände freigaben, die sich vergeblich einander zu streckten und von den knöchernen Gelenken zu Boden sanken. Ein schlechtes Ende für eine Kriegerin. Ihre Vorstellung eines wünschenswerten Todes bestand darin, im Cockpit ihres Mechs unterzugehen, am Ende einer Spur der Vernichtung aus hundert zertrümmerten und hell lodernden feindlichen Kampfkolossen.

Hengst und Joanna dienten schon viele Jahre gemeinsam und hatten zahllose Streitigkeiten überstanden. Irgendwie hatten die Streits sie einander nähergebracht, aber doch nicht zu nahe. Es hatte nie eine sexuelle Begegnung zwischen ihnen gegeben. Wenn Joanna das Verlangen überkam, wählte sie in charakteristischer Ungeduld den nächsten verfügbaren männlichen Krieger, aber sie hatte sich nie für Hengst entschieden. Er hatte auch sie nie gewählt, obwohl sie ihn sich nie mit einer anderen hatte zurückziehen sehen. Möglicherweise hatte sein scheinbares Zölibat einen Ursprung in seiner Kaste. Als Freigeborener konnte er sich nicht einfach einer Wahrgeborenen nähern, um sich mit ihr zu paaren, also waren seine Wahlmöglichkeiten auf die wenigen anderen Freigeborenen in der Falkengarde und Mitglieder niedererer Kasten beschränkt. Joanna ihrerseits ekelte sich schon vor der Berührung eines Mitgliedes einer niederen Kaste.

»Weißt du, Hengst, ich habe dich schon immer als einen gemeinen freigeborenen Bastard betrachtet, aber du bist viel schlimmer. Du stehst noch unter den Erbärmlichsten der Erbärmlichen, du bist schmieriger als das Drecköl in einem Mechgelenk, verlauster als …«

»Komm zum Punkt, Joanna. Diese Wahrgeborener-als-du-Haltung bringt es nicht mehr.«

»Natürlich bin ich wahrgeborener als du, dreckige Freigeburt.«

Hengst sagte nichts und kaute nur auf der Lippe, eine Geste, die selbst durch den reichlichen Bartwuchs sichtbar war. Joanna starrte ihn aus verkniffenen

Augen herausfordernd an. Er starrte bloß zurück und weigerte sich, den Köder anzunehmen. Sie konnte nur ahnen, was er sah. In einem Punkt ähnelten freigeborene Krieger den Wahrgeborenen: Beide haßten Anzeichen von Alter, bei sich ebenso wie bei anderen.

Bei Joanna mehrten sich die Anzeichen des Alters. Sie war bereits über den Zeitpunkt hinaus, an dem Krieger auf die Müllhalde einer Solahma-Einheit geworfen wurden. Erst vor sechs Monaten war sie diesem Schicksal nur knapp entkommen, als der Befehl, der sie zurück auf die Heimatwelten beorderte, im letzten Augenblick zurückgezogen worden war.

ClanKrieger erwarteten nicht, alt zu werden. Ein wahrer Krieger fürchtete den Tod nicht, sondern suchte ihn in dem Versuch, in einem glorreichen Sieg auf dem Schlachtfeld zu fallen. Diejenigen, die nicht jung genug in der Schlacht blieben, mußten gegen eine mit jedem Jahr wachsende Schande ankämpfen. Joanna hatte reichlich abfällige Kommentare über ihr Alter und ihr Überleben erduldet, zusammen mit bissigen Bemerkungen darüber, wie überbewertet ihre Fähigkeiten seien. Aber selbst ihre Feinde mußten zugeben, daß es wenige Krieger gab, die sich mit solcher Waghalsigkeit ins Gefecht warfen und ihre Gegner mit solcher Wildheit abschlachteten. Ihr Sieg über Natascha Kerensky von den Wölfen, bei dem sie die berühmte Schwarze Witwe in deren Mechkanzel geröstet hatte, war der Stoff von Legenden. Es war der Sieg über die Schwarze Witwe, dem Joanna es zu verdanken hatte, noch bei der Falkengarde zu sein. Er hatte ihr sogar ein paar Zeilen in der *Erinnerung* eingetragen.

Inzwischen ging das Gerücht, sie sei Clan Wolf so verhaßt, daß viele Wolf-Krieger geschworen hätten, sie zu finden und zu vernichten, sobald sich die beiden Clans das nächste Mal in der Schlacht gegenüberstanden. Joanna machte das nichts aus. Was hatte sie von den Wölfen oder vom Tod zu fürchten? Worauf es ankam, war, daß der Sieg über die Schwarze Witwe sie davor bewahrt hatte, als Kanisteramme zurück zu den Heimatwelten verschifft zu werden. Sterncolonel Ravill Pryde hatte diesen Befehl gegeben und sie in seiner Begründung als ›verbraucht‹ bezeichnet. Der Gedanke brachte ein leises Knurren auf ihre Lippen.

Hengst sah Joanna nicht oft direkt an. Wenn er es tat, so wie jetzt, war sich Joanna sicher, daß die Falten um ihre Augen und auf der Stirn unübersehbar waren, besonders hier, im hellen Sonnenlicht. Wenn sie in einen Spiegel blickte, was relativ selten vorkam, fiel ihr auf, wie verkniffen ihr Mund wirkte. Ihre Wangen waren fahl und eingefallen, die Haut fleckig und ledrig, ihr Hals von halb verborgenen Altersfalten bedeckt. Manche Krieger färbten sich das Haar, als könnten sie damit das Alter abwehren, aber Joanna konnte eine derartige Verstellung nicht ausstehen. Ihr dunkles Haar war inzwischen in weiten Bereichen ergraut.

Wieder seufzte Joanna und sah in die Ferne, vorbei an den goldbelaubten Espen auf der Bergkuppe und hinunter ins Tal. Sie beobachtete die Techs, die eifrig an einigen Mechs arbeiteten, die bei den brutalen Kämpfen auf Coventry beschädigt worden waren. Auf Befehl der Khanin mußten sie sich beeilen, damit die Jadefalken in drei Tagen abziehen konnten. Die Aufgabe Coventrys und die Weite der Reparaturareale ließen Joannas Beschreibung des Planeten als Höllenloch treffend erscheinen. Gestürzte Mechs erinnerten an Leichen, die um sie herumwuselnden Techs wirkten wie Insekten. Die Szenerie, die sich unter ihnen ausbreitete, enthielt sogar spezifisch höllische Elemente. Feuer loderten und Funken sprühten von Mechoberflächen. Einige umgestürzte Mechs lagen verdreht und verkrümmt wie gepeinigte Sünder, mit den Wartungsteams in der Rolle niederer Teufel, die die Aufgabe hatten, sie zu quälen. Manche Techs streiften suchend und überwachend über das Schlachtfeld und fanden immer neue Wege, die Sünder zu foltern. Wer nicht damit beschäftigt war, beschädigte BattleMechs zu reparieren, war auf Bergungsdienst und sorgte dafür, daß keine noch brauchbaren Bauteile zerstörter Mechs verschwendet wurden.

Als sie das Schauspiel beobachtete, stieg eine altvertraute Wut in Joanna hoch. Nur zwei Tage zuvor war sie wie die übrigen Jadefalken-Krieger auf dieser Welt bereit zum Kampf gegen die aus der Inneren Sphäre eingetroffenen frischen Truppen gewesen. Nachdem die Jadefalken die Hälfte ihrer Kräfte im Widerspruchskrieg gegen die Wölfe verloren hatten, brauchte Khanin Marthe Pryde die Gelegenheit, den anderen Clans zu beweisen, daß die Jadefalken so wild und stark waren wie eh. Sonst drohte die Absorption durch einen stärkeren Clan.

Unter Marthe Prydes Führung waren die Jadefalken tief in die Lyranische Allianz vorgestoßen und hatten in nur sechs Wochen eine breite Schneise durch ebenso viele Systeme geschlagen. Aber sie hatten keinen Versuch unternommen, irgendeinen dieser Planeten zu halten. Ihnen war es nur darum gegangen, ihr Ziel zu erreichen: Coventry, eine Welt beinahe auf der Waffenstillstandslinie.

Anfang März hatten sie zugeschlagen. Port St. William, Coventrys wichtigste Stadt, war ihr erstes Opfer geworden. Sie hatten die Stadt erobert und die Verteidiger des Planeten in beinahe gleichzeitigen Schlachten an anderen Schlüsselpositionen besiegt. Einige der verzweifeltsten, wildesten und blutigsten Kämpfe des Feldzugs hatten um die Mechfabriken von Coventry Metal Works getobt, den größten Preis auf der Oberfläche dieser Welt. Der Gierfalkenhorst-Sternhaufen hatte die Schlacht gewonnen, dabei aber schwere Verluste erlitten, während Coventrys Verteidiger sich ins Hinterland zurückzogen.

Joanna wußte, daß der Gierfalkenhorst einer von fünf unerfahrenen Sternhaufen war, die Marthe Pryde in den Konflikt geworfen hatte. Es war bei den Clans natürlich nicht üblich, ungetestete Krieger in die Frontreihen zu stellen, und noch viel weniger, sie in die Schlacht zu schicken. Aber Joanna glaubte zu verstehen, was die Khanin plante. Wie anders konnten die Jadefalken wieder auf volle Stärke gebracht werden, ohne zehn oder fünfzehn Jahre zu warten, bis genug junge Kadetten herangewachsen waren?

Die Innere Sphäre hatte Verstärkungen zusammengekratzt, einschließlich der verhaßten Wolfs Dragoner: Clan-Verräter bis auf den letzten Mann. Ende Mai standen sie mit dem Rücken zur Wand. Die Verteidiger Coventrys waren auf der Flucht, und Joanna war sich sicher, daß die Falkengarde Teil des letzten Angriffs sein würde, der ihnen den Garaus bereitete. Aber dann hatte Khanin Marthe Pryde das Undenkbare getan. Sie hatte frisch eintreffenden Verstärkungen der Inneren Sphäre Safcon gewährt – Verstärkungen unter dem Befehl dieses eingebildeten Zwergs Victor Steiner-Davion.

Safcon gestattete Davions Truppen, ohne Widerstand der Clanner auf Coventrys Oberfläche zu landen und zu den beinahe besiegten Verteidigern des Planeten aufzuschließen. Sie hatten dieses Privileg genossen, weil ihre Anführer eine ehrbare Clansitte in Anspruch genommen hatten, bei der ein Clan einen Gegner mit freiem Geleit auf dem Schlachtfeld ehrte.

Joannas Augen wurden zu schmalen Schlitzen, als sie sicher zum hundertsten Mal daran zurückdachte. *Wie konnten Surats der Inneren Sphäre von dieser Sitte wissen?* Vielleicht hatte Marthe Safcon gewährt, weil Anastasius Focht es beansprucht hatte, der Kommandeur der ComGuards und Sieger der blutigen Schlacht um Tukayyid. Marthe war vor allem Traditionalistin. Ehre bedeutete ihr alles. *Aber war es wirklich nötig, sich Abschaum gegenüber ehrenhaft zu verhalten, der es nicht verdient, am Leben gelassen zu werden?* Joanna hob den größten Stein in Reichweite auf und schleuderte ihn mit einem wütenden Grunzen davon.

Was danach geschah, war noch schlimmer gewesen, zumindest für Joanna. Marthe Pryde hatte alles in die Schlacht geworfen, was sie an Truppen besaß, und die Neuankömmlinge hatten das Kräfteverhältnis ausgeglichen. Ein Sieg war nur knapp möglich, mit schweren Verlusten auf beiden Seiten. Die Khanin hätte bis zum letzten Jadefalken kämpfen müssen, so wollte es das Wesen der Clans. Aber vor zwei Tagen war sie mit den Kommandeuren aus der Inneren Sphäre zusammengetroffen und hatte deren Hegira-Angebot angenommen! Das schockierte Joanna noch weit mehr, als es die Gewährung von Safcon getan hatte.

Auch Hegira war eine Clansitte, in gewisser Weise das Gegenstück von Safcon. Mit Hegira konnte ein siegreicher Clan einem respektierten Gegner gestatten, das Schlachtfeld ohne Ehrverlust zu verlassen. Es wurde unter den Clans nur selten in Anspruch genommen, weil ein Kampf bis zum letzten Mech ehrenvoller war, und noch nie zuvor hatte eine nicht den Clans angehörige Streitmacht sich dieser Sitte bedient. Hengst hatte Joanna erklärt, daß der Begriff Hegira aus der terranischen Vorgeschichte stammte, wo er für eine Art Flucht gestanden hatte. Flucht vor dem Feind, nahm sie an.

»Hegira!« spie sie leise aus.

»Nicht das schon wieder«, stöhnte Hengst und wälzte sich davon, bis er ein paar Schritte weiter auf dem Bauch liegenblieb und hinunter ins Tal sah. »Du weißt so gut wie ich, daß es die richtige Entscheidung war.«

Joanna stieß die Stiefelspitze in den Boden und schleuderte Dreck in seine Richtung. Ein paar Klumpen trafen seinen Rücken, aber Hengst rührte sich nicht. Joanna hätte ihn am liebsten verprügelt.

Sie wußte, daß er recht hatte. Aber das würde sie niemals zugeben. Die offizielle Version des Zwischenfalls lautete, daß Marthe Pryde keinen Vorteil darin gesehen hatte, die Jadefalken ein zweites Mal ihre Reihen dezimieren zu lassen. Letztlich war Coventry nur ein unwichtiger Planet an der Waffenstillstandslinie. Und Marthe hatte bereits erreicht, wozu sie bis hierher vorgestoßen war. Die Kommandeure der Inneren Sphäre konnten das nicht wissen, aber ihr einziger Grund für den Angriff auf Coventry hatte darin bestanden, den anderen Clans zu beweisen, daß die Jadefalken ungebeugt waren. Und natürlich, Dutzende ungetesteter Krieger der Feuerprobe zu unterziehen.

Das war ihr gelungen. Die Jadefalken waren wieder stark und zahlreich.

Joanna hatte inzwischen Gerüchte über eine andere Erklärung für Marthe Prydes Bereitschaft gehört, den Kampf zu beenden. Es hieß, ihr hastiger Abzug von Coventry sei notwendig, weil Vlad von den Wölfen sechs Jadefalken-Systeme in der Besatzungszone bedrohte. Vielleicht war Marthe gezwungen gewesen, zwischen der Schande eines Abzugs von Coventry und *der* Schande zu wählen, die der Verlust sechs harterkämpfter Welten an die Wölfe mit sich gebracht hätte. Das war eine bittere Wahl, und Joanna war sich dessen bewußt.

Ebenso wußte sie, daß Marthe Pryde so ziemlich der letzte Mensch war, der vor einem Kampf davonlief. Die Entscheidung konnte ihr nicht leichtgefallen sein.

*Irgendwo muß es einen Spion geben,* dachte Joanna. Nur so konnten die Surats aus der Inneren Sphäre von diesen altehrwürdigen Clangebräuchen erfahren haben. *Kein Jadefalke würde dem Feind jemals geheime Informationen zukommen lassen. Der Verräter muß aus einem anderen Clan stammen. Vielleicht von den Wölfen.*

Wie die meisten Jadefalken haßte Joanna die Wölfe. Aber selbst diese Hunde konnten nicht derart gemeine Verräter sein. Vielleicht war der Verräter jener frühere Wolfskhan Phelan Kell gewesen. Er stammte ohnehin aus der Inneren Sphäre, war eine lausige Freigeburt, die es irgendwie geschafft hatte, im Wolfsclan den Status eines Blutnamensträgers zu erlangen.

Was auch immer die Gründe gewesen waren, Joanna war außer sich vor Wut über die Annahme von Hegira, darüber, daß die Falkengarde die Chance vertan hatte, der Inneren Sphäre Tukayyid heimzuzahlen. Bei jener verzweifelten Schlacht hatte Aidan Pryde sein Leben geopfert und war zur Clan-Legende geworden. Seine Gene waren vorzeitig in den Genfundus aufgenommen worden, weil seine mutigen Taten seiner Einheit, der Falkengarde, soviel Ruhm gebracht hatten. Auf Tukayyid war den Clans auch der fünfzehnjährige Waffenstillstand aufgezwungen worden.

In Joannas Augen war das Hegira eine Beleidigung für das Andenken Aidan Prydes, und der war immerhin ein Kobruder der Khanin gewesen. Joanna war auf Ironhold beider Falknerin gewesen, und sie hatte ihre Kadetten gnadenlos angetrieben. Aidan Pryde war später zum Held von Tukayyid geworden, und Marthe Pryde hatte es inzwischen bis zur Khanin der Jadefalken gebracht. Schon vor all den Jahren hatten sie Geschichte gemacht, aber damals hatte es sich niemand träumen lassen.

Möglicherweise hätte das, was sich hier auf Coventry zugetragen hatte, Joanna nicht überraschen dürfen. Heimtücke und Intrigantentum schienen die Clans wie eine Seuche zu überziehen. War sie nicht vor Monaten gezwungen gewesen, eine Mission als Spionin anzunehmen? Ohne diesen Auftrag, in dessen Verlauf sie eine schändliche Verschwörung unter den Wissenschaftlern aller Clans aufgedeckt hatte, würde sie jetzt wahrscheinlich auf Ironhold sitzen und mit einer Meute Kanisterbabys Händchen halten.

Joanna seufzte ein drittes Mal, und Hengst sah sie fragend an. Jetzt war sie an der Reihe, ihn zu ignorieren. Sie blickte aus verkniffenen Augen über die Bucht. Das grelle Tageslicht tat ihren müden Augen weh. Die Falkengarde hatte wenig von den Kämpfen hier auf Coventry mitbekommen. Sie war im Aufmarschgebiet geblieben, während die unerfahrenen Truppen massenweise an die Front geschoben wurden. Erst die Ankunft Victor Davions und seiner Verstärkungen hatte einen Einsatz der Falkengarde gesichert. Wäre nicht dieses vermaledeite Hegira dazwischengekommen!

Joanna verstand einfach nicht, was aus dem Wesen der Clans geworden war. Sie sah und hörte Dinge, die auf einen Werteverfall bis hinauf in die höchsten Bereiche hindeuteten. Wer sonst konnte die Verantwortung für das Auftauchen der Krieger tragen, die sie ›die neue Zucht‹ nannte? Das waren arrogante Grünschnäbel, die keine Gelegenheit ausließen zu betonen, wie weit überlegen sie Veteranenkriegern waren. Schon der Gedanke ließ ihre Wut in den roten Bereich steigen.

Es war weniger die Arroganz der neuen Krieger, die sie ärgerte: Jadefalken-Krieger hatten arrogant zu sein. Aber sie verachtete, wie die Neuen sich von anderen Kriegern abgrenzten. Und noch mehr widerte sie die Heldenverehrung an, mit der sie den Kommandeur der Falkengarde, Ravill Pryde, umschwänzelten. Joanna hielt die neue Zucht für viel zu kultisch, besonders in deren Überzeugung von der Überholtheit älterer Krieger. Und sie verachtete Ravill Pryde dafür, wie er mit seiner offenen Förderung der neuen Zucht die Spaltung in den Rängen noch förderte.

Trotzdem hätte sie eher jeden aus der neuen Zucht akzeptiert als einen Geschie, einen der Krieger, die aus der Geschko geradewegs in die Schlacht geworfen wurden, bevor sie auch nur ihre Kadettenausbildung abgeschlossen hatten. Diese halbfertigen Kreaturen waren keine *echten* Krieger. In Joannas Augen war die Arroganz der Geschies noch weniger gerechtfertigt als die der neuen Zucht.

*Wenn man vom Teufel spricht.* Am Fuß des Hangs hatte sich eine Reihe von Geschies versammelt und unterhielt sich eifrig. Das war eine ihrer widerlichen Besonderheiten, dieser Eifer. Wahrscheinlich betrachteten die da unten sich als erfahrene Krieger, nur weil sie die erbitterten Kämpfe auf Coventry überlebt hatten. Sie sah es ihrer leichten Art und dem selbstzufriedenen Gesichtsausdruck an. Was hatte diesen Witzgestalten das Recht gegeben, Schlachten zu schlagen, die erfahrenen Kriegern wie den Falkengardisten zugestanden hätten?

»Nestlinge«, spie Joanna.

Jetzt war es an Hengst zu seufzen. »Beruhige dich, Joanna.« Sie hatten dieses Gespräch schon häufig geführt. Hengst bestand darauf, daß die Geschies dem Clan trotz ihres Mangels an Erfahrung in den brutalen Schlachten auf Coventry gut und häufig tapfer gedient hatten. Joanna betrachtete es schon als Beleidigung, Geschies als Krieger zu bezeichnen. Es war falsch, unfertige Kadetten in die Schlacht zu schicken, gleichgültig, wie dezimiert die Ränge der Jadefalken waren.

Je mehr sie darüber nachdachte, desto wütender wurde sie. Als sie die fröhlichen Geschies unter sich beobachtete, wuchs ihr Zorn ins Unerträgliche – und sie mußte sich irgendwie Luft verschaffen. Manchmal attackierte sie das Mobiliar ganzer Zimmer oder riß die Äste von den Bäumen und bestrafte sie. Aber diesmal waren Möbel und Äste nicht genug. Sie mußte echte

Gegner treten, schlagen, zu Boden schleudern. Sie wollte Blut auf ihren aufgeschürften Knöcheln glänzen sehen.

Plötzlich sprang sie auf und rannte den Hang hinab.

»Wo willst du hin?« rief Hengst ihr hinterher, der sich überrascht aufsetzte.

»Ein paar Geschieschädel einschlagen.«

»Joanna, mach dich nicht ...«

Seine Beleidigung wurde vom Prasseln der Steine verschluckt, die sie mit den Füßen emporschleuderte, um ihn nicht hören zu müssen.

# 2

**Port St. William, Coventry**
**Provinz Coventry, Protektorat Donegal,**
**Lyranische Allianz**

*18. Juni 3058*

Die Geschies entfernten sich von ihr und wanderten in Richtung eines schwerbeschädigten *Geierfalk* davon. Einer von ihnen deutete auf den Mech, während ein anderer eine deutlich abfällige Geste machte. Was genau er abwertete, war nicht zu erkennen.

Auf dem *Geierfalk* waren zwei Techs damit beschäftigt, noch verwertbare Bauteile zu bergen. In echter Kriegermanier konzentrierte Joanna sich vor allem auf die Geschies, nahm aber auch zur Kenntnis, was die Techs mit Schneidbrennern und einem seltsam zangenähnlichen Werkzeug taten, das als Schäler bekannt war. Der Schäler war ein monströses Instrument, das einer riesigen Kneifzange mit ungewöhnlich scharfen Kanten ähnelte und dazu diente, große Panzer- und Metallstücke vom Rumpf eines Mechs zu lösen. Er zog mit minimaler Aufsicht des ihn einsetzenden Techs dicke Schichten ab, ließ sich aber auch zur Entfernung dünner Streifen kalibrieren.

Joanna mochte diesen neuen Mechtyp nicht. Der *Geierfalk* war übertrieben modern. Der mit den neuen, auf Lasertechnik basierenden Wärmetauschermodellen ausgestattete Mech besaß zwar im Kampf ein erhöhtes Sehvermögen, aber er war auch bei Nachtgefechten von einer irritierenden Lichtaura umgeben, die durch das von Kanzeldach und Rumpföffnungen reflektierte Laserlicht erzeugt wurde. Im Einsatz wirkte er mehr wie ein wandelndes Denkmal als wie ein BattleMech. Dieser spezielle *Geierfalk* war hier auf Coventry anscheinend in heftige Gefechte verwickelt worden. Er war vernarbt, zerbeult, verdreht und generell unbrauchbar. *Ausschlachten und weg damit*, dachte sie.

Joanna wurde schneller, als sie sich den Geschies näherte. Gleichzeitig suchte sie nach einer Angriffsstrategie, die verschleierte, daß sie einen Kampf suchte. So übellaunig die Jadefalken auch waren, es wurde nicht gern gesehen, wenn Offiziere Untergebene grundlos verprügelten. Manche Kommandeure waren zwar bereit, so etwas diskret zu übersehen, aber der stocksteife, pedantische Sterncolonel Ravill Pryde gehörte sicher nicht dazu. Sie haßte es, sich verstellen zu müssen. Es ähnelte zu stark Pryde und seiner neuen Zucht. Sie *wollte* ein paar Geschieköpfe klatschen, das war alles.

Am Fuß des Hangs entdeckte sie einen der kleinen, aber schweren schwarzen Steinbrocken, die auf Coventry so häufig waren. Sie hob ihn auf und prüfte ihn auf Gewicht und Balance. Es hieß, die schwarzen Steine regneten in dichten Wirbelstürmen auf den Planeten herab. Soweit es Joanna betraf, war das nur ein Hinterwäldleraberglaube und keine bestätigte Feststellung.

*Ich kenne keinen aus diesem Haufen*, dachte sie, als sie näherkam. *Jedenfalls ist keiner von ihnen bei der Falkengarde. Gut. Dann kann ich Ärger mit ihren Sterncommandern bekommen. Es geht nichts über ein wenig Dampf im Kessel. Außerdem fegt mir der Ärger die Spinnweben aus dem Hirn. So wie immer.*

»He, ihr!« brüllte sie.

Das halbe Dutzend Geschies schien gleichzeitig herumzuwirbeln. Auf ihren Gesichtern spiegelte sich die gleiche Überraschung wider. Zwei von ihnen traten vor und musterten Joanna von oben bis unten.

*Diese Stravags sind zu sauber.* Joanna konnte sich nur vorstellen, was sie bei ihrem Anblick dachten. Sauberkeit war noch nie eine ihrer Stärken gewesen. Sie hatte Wichtigeres zu tun.

Sie warf den Stein von einer Hand in die andere.

»Was gibt es, Sterncommander?« fragte der rechte Krieger, ein muskulöser junger Mann, dessen Gesicht so kindlich war, daß es sie an die unerfahrenen Kadetten erinnerte, die sie auf Ironhold ausgebildet hatte. Das einzige Problem dabei war, daß diese Stravags die Ausbildung nicht beendet, geschweige denn einen Positionstest abgelegt hatten. Dieser Geschie wirkte dazu noch bizarr, denn er hatte offensichtlich die Ärmel seiner Montur abgerissen, um seinen Bizeps zur Schau zu stellen.

*Er sieht aus wie ein Baby in einem zu großen Körper.*

»Freigeburten dürfen nicht in den Wartungsbereich«, stichelte sie. »Zu gefährlich, frapos?«

Die Kriegerin des vorderen Geschiepärchens, deren langer blonder Haarzopf ihr fast bis zur Hüfte hing, trat vor und knurrte mit einer Stimme, die fast Baßtöne erreichte: »Wie kannst du es wagen, uns Freigeburten zu nennen? Siehst du die Insignien? Wir sind Wahrgeborene!«

*Die sieht erst richtig lächerlich aus. Was soll das lange geflochtene Haar? Ist das eine Art Geschiemode? Und sie trägt gerade genug Uniformstoff, um die Gefechtsfeldregeln zu befriedigen. Sie widert mich an mit ihrem tiefen Ausschnitt. Wie kann sie es wagen, auch nur den Ansatz ihrer Brüste zu zeigen? Weiß sie nicht, daß Krieger Exhibitionismus verachten?*

Da Wahrgeborene durch Genmanipulation erschaffen und in Reagenzen gezeugt wurden, um anschließend in verschiedenen Apparaturen heranzuwachsen, die ihre Nährstoffaufnahme sorgfältig kontrollierten, vertraten einige Jadefalken die Ansicht, daß die weiblichen Brüste bei Kriegerinnen überflüssig waren und entfernt werden sollten. Clan-Kriegerinnen wurden weder gestillt, noch stillten sie ihrerseits. Als Gegenargument gegen diesen Einwurf wurde üblicherweise darauf hingewiesen, daß nicht alle weiblichen Wahrgeborenen es schafften, Kriegerinnen zu werden. Viele wurden in der Ausbildung ausgesiebt und wurden in ihrem späteren Leben Freigeburtsmütter. Und obwohl es schwerfiel, ihren natürlichen Widerwillen zu überwinden, stillten manche von ihnen diese Kinder. Joanna wurde klar, daß Peri, die Geburtsmutter der freigeborenen MechKriegerin Diana, diese gestillt haben mußte, und die Vorstellung ließ eine leichte Übelkeit in ihr aufsteigen.

Als hätte sie Joannas Gedanken gelesen, strich sich die Geschie über die bloße Haut ihres Dekolletés. Joanna schleuderte den Stein mit solcher Wucht aus der rechten in die linke Hand, daß es schmerzte.

»Ihr seid keine Krieger«, brüllte sie. »Nur halbe Krieger – und damit nach meiner Rechnung dasselbe wie Freigeburten. Später werdet ihr eure Chance bekommen, euer wahrgeborenes Erbe zu beanspruchen, wenn ihr in richtigen Tests bestehen könnt. Wollt ihr das bestreiten?«

Die Frau trat einen weiteren Schritt vor. »Allerdings. Ich will das bestreiten, Sterncommander. Ich weiß, wer du bist, und du bist eine alte Frau. Ich kann das Alter in deinem Gesicht sehen, und mir wird übel davon!«

Joanna wollte sich augenblicklich auf ihr Gegenüber stürzen, aber sie wußte, daß damit die Schuld bei ihr gelegen hätte. Nach Jadefalkensitte stellte die Geschie eine offensichtliche Tatsache fest und hatte jedes Recht, das zu sagen, was sie gesagt hatte. Bei vertauschten Rollen hätte Joanna eine greise Ausführung dieser Göre möglicherweise ähnlich behandelt. Der Gedanke dämpfte ihre Wut, und sie zwang sich unter Schwierigkeiten, ihn im Zaum zu halten. Glücklicherweise war sie eine Expertin, was Wut betraf, und obwohl das unlogisch schien, konnte sie deren Aufbrausen und Abflauen kontrollieren. Hengst hatte sie einmal als ilKhanin der Wut bezeichnet.

»Freigeburtsabschaum wie du hat kein Recht, über mich zu urteilen!« schrie Joanna.

Die Frau kam weiter auf sie zu, aber der muskulöse Krieger eilte herbei und hielt sie zurück. Sie wand sich wütend in seinem Griff, bis er ihr etwas ins Ohr flüsterte. Dann gab sie nach. Er ließ sie los, und sie kehrte auf einen Wink von ihm zu den anderen zurück, ohne Joanna auch nur eine Sekunde aus den Augen zu lassen.

Der Mann sprach Joanna an. »Wir haben kein Verlangen, gegen dich zu kämpfen, Sterncommander Joanna. Wie Carola bereits sagte, wissen wir, wer du bist, und wir bewundern deinen Sieg über die verhaßte Wolfskhanin Natascha Kerensky. Du bist eine unserer Heldinnen, und wir haben nicht den Wunsch, gegen unsere Helden zu kämpfen, franeg?«

*Wie kann er es wagen, höflich zu sein? Wie kann er es wagen, Respekt zu zeigen? Dieses Franeg ist hinterhältig. Es zwingt mich zur Antwort. Gebe ich keine Antwort, bin ich im Nachteil. Das gefällt mir nicht. Ich würde ihm lieber ein Messer in den Hals stoßen.* »Neg«, murmelte sie widerwillig.

Der Mann nickte. »Wir befinden uns in diesem Arbeitsbereich, weil wir wissen, daß wir, wie du es nennst, noch nicht ausgeformt sind. Wir glauben, etwas lernen zu können, indem wir diese Techs bei der Arbeit an unseren Mechs beobachten. Es wird uns zu besseren Kriegern machen. Wir würden gerne im Arbeitsbereich bleiben, natürlich mit deiner Erlaubnis.«

*Dieser Kerl dreht mir den Magen um. Er ist zu gut erzogen.* »Wie heißt du, Geschie?«

»Ich bin Schild.«

Als sie in seine kalten Augen starrte, kalte Augen im Gesicht eines Kindes, erkannte sie, daß Schild ein passender Name für ihn war. Unter dem Schild seiner Höflichkeit lauerte ein gefährlicher Gegner.

»Ich nehme an, du bist nicht unter dem Namen Schild aus dem Kanister geschüttet worden, franeg?«

Er schüttelte den Kopf. »Neg. Ich hatte den Namen Shaw, aber ich erhielt zum Beginn meiner Kadettenausbildung den Namen Schild, und ich habe ihn angenommen. Shaw erschien mir kein Name für einen Krieger.«

»Ich bin sicher, daß andere Krieger ihn in Ehren getragen haben, Geschie.«

Ein verärgertes Raunen ging durch die Gruppe, aber es war offensichtlich, daß sie sich Schild in den meisten Fragen unterordneten.

*Das Kind mit den kalten Augen könnte eines Tages ein guter Kommandeur werden. Aber dieses ganze Gerede liefert mir keinen Kampf.*

Joanna rieb den Stein fest über ihre Handfläche. Sie wußte, hätte sie nachgesehen, hätte sie die Haut rot und abgeschürft vorgefunden.

»Wenn es der Sterncommanderin gefällt, kann sie mich Shaw nennen.«

»Ich brauche dich nichts anderes als Geschieabschaum zu nennen, Freigeburt!«

»Abschaum sicher, wenn eine vorgesetzte Offizierin uns so sehen will, aber niemals Freigeburt!«

Fast hätte Joanna gelächelt. *Ich habe es geschafft, ich habe diesen abgeklärten Bastard wütend gemacht. Ein Anfang.* »Abschaum *und* Freigeburt, wenn ich das will.«

»Ich fechte dein Recht an, uns zu beschimpfen.«

Joanna freute sich fast, ein seltenes Gefühl für sie. »Möchtest du einen Kreis der Gleichen, Abschaum?«

»Aye!«

»Ich mache Kindern gerne eine Freude. Welches Areal sollen wir für den ...«

»Gleich hier, Alte.«

Schild warf sich auf Joanna, die auf den Angriff vorbereitet war, ja, ihn herbeigesehnt hatte. Sie versuchte nicht einmal, sich zu ducken, um einen kalkulierten Schlag zu landen. Statt dessen empfing sie ihn fast wie einen Sexualpartner und erlaubte ihm, seine erstaunlich kräftigen Arme um sie zu legen und sie nach hinten auf den Boden zu drücken. Er landete auf ihrer Brust. Der Druck seines Aufpralls schien eine ihrer Rippen anzubrechen. Der Schmerz war stechend. Und willkommen.

Sie regte sich nicht in seinem Ringergriff und sah stoisch zu ihm auf. Er war sichtlich verwirrt, und diese Verwirrung führte zu einem Nachlassen des Drucks, den Joanna zu ihrem Vorteil auszunutzen wußte. Sie umklammerte den Stein fest in der rechten Hand und riß ihn mit Wucht hoch gegen Schilds Schläfe. Gleichzeitig trieb sie ihm das Knie zwischen die Beine und freute sich für einen Augenblick über zumindest einen körperlichen Unterschied zwischen Kriegern und Kriegerinnen.

Beide Attacken halfen, Schilds Umklammerung weiter zu lockern, so daß sie sich zur Seite winden konnte. Sie schüttelte ihn ab, aber statt aufzuspringen, wälzte sie sich auf Schild zu. Mit hocherhobenem rechtem Arm rammte sie den Stein noch brutaler in sein Gesicht. Sie hörte etwas brechen und grinste. Schild hatte die Art von Kampf initiiert, auf die sie aus war: Ein Kampf, in dem sie ihren Gegner allen Kriegertraditionen zufolge so hart angreifen durfte, wie sie konnte. Und Joanna konnte das besser als die meisten anderen.

Sie betrachtete den Schaden, den sie bereits angerichtet hatte, und ihre Wut erstarb sofort. Von jetzt an konnte sie sich von ihrem Kriegerinstinkt leiten lassen. Der Kampf entsprang nicht mehr einem verzweifelten Trieb. Er war nur noch Training.

Schild kam auf die Beine. Seine Augen wirkten glasig. Aber sein Wille schien ungebrochen. Er versetzte Joanna einen reichlich schwachen Tritt in die Seite, über den sie laut lachte. Jetzt stand sie ebenfalls auf, ruhig, ohne Schild zu reizen. Das war nicht nötig. Er hechtete auf sie zu. Sie ließ sich jäh in die Hocke fallen, traf ihn mit der Schulter in der Magengrube, kam hoch und warf ihn hinter sich. Er landete auf dem Rücken. Sein Kopf wurde vom Aufprall zurückgeworfen, dann schlug er hart auf.

Joanna entschied sich, ihm zu zeigen, wozu eine *Alte* fähig war. Sie beugte sich hinunter, packte Schild am Kragen und riß ihn hoch. Er hatte Schwierigkeiten, Boden unter den Füßen zu finden, und sie mußte ihn festhalten, damit er nicht wieder umkippte. Sie rannte mit ihm vorwärts, zerrte ihn am Kragen auf den *Geierfalk* zu. Endlich gelang es ihm, in eine Art betrunkenen Galopp zu fallen.

Als sie den Mech erreichte, riß sie Schild nach vorne und rammte ihn gegen das Metall, so hart, daß der *Geierfalk* unter dem Schlag erzitterte. Hoch über ihnen wurde der Tech mit dem Schäler, der durch den Kampf von seiner Arbeit abgelenkt worden und an den Rand seines Arbeitsbereiches getreten war, zur Seite geworfen und verlor beinahe den Boden unter den Füßen. Es kostete ihn sichtlich Mühe, nicht von dem Mech zu stürzen.

Joanna ließ den Geschiekrieger los und erwartete, ihn bewußtlos am Rumpf des Mechs zu Boden gleiten zu sehen. Statt dessen stand in seinen Augen eine Wut, die sich mit der ihren messen konnte. Einen absurden Augenblick lang fühlte Joanna eine Verbundenheit mit diesem Schild.

Er stieß sich von dem *Geierfalk* ab und sprang auf Joanna zu. Die war auf den plötzlichen Gegenangriff nicht vorbereitet, und er erwischte sie mit einem kräftigen Schwinger am Kinn. Der Schwung, mit dem er sich auf sie stürzte, verstärkte die Kraft des Hiebes noch. Einen Augenblick lang war sie benommen, aber bevor er einen zweiten Schlag landen konnte, schrie sie mit einer Stimme auf, deren Gellen die Panzerung von den meisten Mechs im Tal schütteln konnte, und stieß Schild zurück gegen den *Geierfalk*. Der Tech mit dem Schäler, der gerade erst wieder Halt gefunden hatte, rutschte ab und stürzte. Im Fallen verlor er die Kontrolle über das Gerät, das senkrecht herabstürzte, geradewegs auf Schild zu, der in einem Versuch, seine Gedanken zu klären, den Kopf schüttelte. Joanna sah den herabfallenden Schäler und wollte vorspringen, um Schild wegzustoßen, aber sie kam zu spät. Das Gerät schlug auf seine Schädeldecke. Einen Sekundenbruchteil später schlug der Tech nur Millimeter neben Joanna auf.

Joanna griff nach dem Werkzeug, als Schild zusammenbrach, und versuchte es wegzustoßen. Das einer großen Kneifzange ähnelnde Ende erfaßte die Haut auf Schilds Stirn und schälte sie ab.

# 3

**Turkina-Keshik-Feld-HQ, Port St. William, Coventry**
**Provinz Coventry, Protektorat Donegal,**
**Lyranische Allianz**

*18. Juni 3058*

Etwa zwei Stunden nach dem Debakel des Kampfes zwischen Joanna und den Geschies wurde Hengst ins Büro der Khanin gerufen. Als die Wachen am Eingang ihn passieren ließen, ging er in Gedanken seine Version der Ereignisse durch.

Marthe Pryde saß an ihrem Schreibtisch, als er eintrat, und deutete auf einen Stuhl. Jadefalken-Krieger schenkten ihrem Aussehen oder dem eines anderen in der Regel wenig Beachtung, aber Marthes Ausstrahlung schlug Hengst in ihren Bann. Sie war groß und gutaussehend. Die blasse Haut ihres Gesichts wurde von langem schwarzem Haar eingerahmt. Noch bemerkenswerter war die Art, wie jeder Zentimeter ihres geschmeidigen Körpers von Kraft und Intelligenz kündete. Sie stand auf und trat um den Schreibtisch, während sie ihn mit ihrem typischen kühlen Blick musterte. »Ich habe etwas von großer Bedeutung mit dir zu bereden, Hengst«, stellte sie fest und setzte sich auf die Schreibtischkante.

Hengst nickte. »Pos, meine Khanin. Ich bin mir der Tragweite des Zwischenfalls bewußt.«

Marthe lächelte, versuchte es dann aber zu unterdrücken. »Neg, es geht nicht um Joanna, auch wenn dieser Zwischenfall auf seine Weise besorgniserregend ist. Ich habe alle Informationen über Joanna, die ich benötige. Was ich mit dir besprechen will, ist von noch größerer Bedeutung.« Sie stand auf und ging gemessenen Schritts zurück an ihren Platz. Dort setzte sie sich wieder und betrachtete Hengst einen Augenblick lang, wie zu einer letzten Einschätzung. »Nichts, was hier und jetzt zwischen uns gesagt wird, darf diesen Raum jemals verlassen, Sterncommander.«

Hengst nickte und fragte sich, worum es hier nur gehen konnte. »Wie Sie es wünschen, meine Khanin.«

Ihre Stimme klang ernst. »Ich bin der Ansicht, daß die Clans bei dieser Invasion einen schweren Fehler begangen haben, auf den wir nicht vorbereitet sein konnten. Nein, laß mich ausreden. Mit unseren OmniMechs und den überlegenen Kriegern konnten wir im ersten Schwung der Invasion gewaltige Erfolge erzielen. Aber mit jedem weiteren Vorstoß, mit jedem Verlust von Mechs und Kriegern in der Schlacht, wurden unsere Reihen weiter ausgedünnt. Wir waren ohnehin schon weit entfernt von unseren Heimatwelten, und wir haben uns noch weiter geschwächt, indem wir Territorium eroberten und uns noch weiter entfernten. Das ist ein immerwährendes Problem der Kriegsführung, besonders für eine Invasionsstreitmacht. Der verdammte Waffenstillstand hat uns noch zusätzlich geschwächt, an unserer Energie gezehrt, uns zu verschwenderischen Scharmützeln verführt, uns weiter ausgedünnt.« Sie sah an ihm vorbei in die Ferne, als sähe sie dort etwas, das jenseits von Raum und Zeit lag. »Ich bin überzeugt, daß die Innere Sphäre etwas plant, auch wenn ich über keine Beweise, keine Berichte der Wache verfüge, die meinen Verdacht bestätigen könnten. Ich kann mich des Gefühls nicht erwehren, daß ein gewaltiger Konflikt bevorsteht und daß wir ihn verlieren werden, wenn wir nicht vorbereitet sind. Die ganze Clan-Invasion wird vergebens gewesen sein.«

Hengst war völlig überrascht, sagte aber nichts.

»Mit Sicherheit sind die Fürsten der Inneren Sphäre von diesem Waffenstillstand ebenso enttäuscht wie wir. Und hier auf Coventry habe ich sie mit Sicherheit provoziert. Eine Weile müssen die Lyraner geglaubt haben, ich hätte es auf ihre kostbare Zentralwelt Tharkad abgesehen.« Sie lachte bei sich und schüttelte den Kopf. »Sie werden irgend etwas tun, aber ich weiß nicht was. Vielleicht werden sie hier in ihrem Territorium zurückschlagen. Vielleicht hegen sie sogar grandiose Träume, uns davonjagen zu können, uns zurück zu den Heimatwelten zu hetzen und dort zu besiegen. Ich spüre, daß es so ist, kann es aber nicht beweisen. Ich habe es beim letzten Großen Konklave angesprochen und vorgeschlagen, mehr wahrgeborene Kriegereinheiten zur Verteidigung der Heimatwelten abzustellen.«

Hengst schüttelte ungläubig den Kopf. »Der Heimatwelten? Sie sind nicht verletzbar.«

Marthe fixierte ihn. »O doch, das sind sie. Ich weiß, ich weiß. Sie sind Lichtjahre entfernt, und eine Streitmacht der Inneren Sphäre würde viele Monate benötigen, um den Kerensky-Sternhaufen zu erreichen, selbst wenn die Barbaren den Weg kennen würden und in der Lage wären, unbemerkt eine ausreichend große Streitmacht aufzustellen. Theoretisch dürfte eine Invasionsstreitmacht die Heimatwelt nicht einmal finden können. Der Weg zurück ist an keinem einzelnen Ort komplett aufgezeichnet. Sprungschiffe, die zur Inneren Sphäre und zurück fliegen, führen nur Bruchstücke der Karte mit sich und müssen ein Segment löschen, um das nächste laden zu können. Es ist eines unserer größten Geheimnisse. Aber nun überlege einmal, Hengst.« Marthe Pryde stützte die Unterarme auf den Schreibtisch und beugte sich vor. »Wir Clanner sind stark und gewitzt, aber das Wesen der Clans ist von dem der Inneren Sphäre so grundverschieden, daß wir uns das Ausmaß und die Tiefe ihrer Perfidie nicht ausmalen können. Ich habe zusätzliche Verteidigungslinien um die Heimatwelten beantragt, aber die anderen Khane haben darüber nur gespottet. Schlimmer noch, wer verteidigt sie jetzt? Ich werde es dir sagen. Die einzigen Verteidiger vieler Clan-Welten sind der Abschaum unserer Krieger-Einheiten. Solahmas. Krüppel. Entehrte. Krieger, die sich Feinde gemacht, oder vielleicht sollte ich besser sagen, politische Fehlentscheidungen getroffen haben.«

Hengst nickte. »Kurz vor seinem Tod hat Aidan Pryde uns vor gefährlichen Veränderungen in unseren Reihen gewarnt. Er meinte, wir würden zu hinterlistig werden, der Inneren Sphäre zu ähnlich.«

»Aye.« Marthe Pryde lehnte sich in ihrem Sessel zurück und legte die Fingerspitzen aneinander. »Mir wird übel davon, unser edles Volk in einem Atemzug mit den Barbaren der Inneren Sphäre zu nennen. Aber vielleicht ist es noch nicht zu spät. Aidan hatte recht, und er hätte gehandelt. Und du, Hengst, wirst in der vordersten Front meines Angriffs stehen.«

Er sah sie gleichermaßen bewundernd wie respektvoll an. Sie stand niemandem in ihrer Linie an Durchsetzungsvermögen nach. Wer hätte sich ihr widersetzen können? Sie war Marthe Pryde, eine der besten Kriegerinnen, die es je unter den Jadefalken gegeben hatte. Und jetzt stand sie ihnen vor, als ihr Kopf. Sie hatte die Jadefalken hierher nach Coventry geführt, um zu beweisen, daß die Falken noch immer ein Machtfaktor waren, und sie hatte in einem Zug mehrere Galaxien junger Krieger auf die Feuerprobe gestellt. Er war eine Freigeburt. Er war arrogant und sarkastisch. Aber vor allem anderen war er Jadefalke, und sie war seine Khanin.

»Ich bitte dich um ein großes Opfer, Hengst. Du mußt die Besatzungszone verlassen und zu den Heimatwelten zurückkehren.«

Augenblicklich brach der Protest aus ihm hervor. »Das kann ich nicht tun! Ich will niemals dorthin zurückkehren. Als Krieger, selbst als freigeborener Krieger, ist mein Platz hier. Zurück auf den Heimatwelten würde ich …«

Marthe hob eine Hand. »Hengst, ich verlange nicht von dir, dort zu bleiben. Du sollst dort nur eine Mission erfüllen.«

»Eine Mission?« Hengsts Stimme war schwer von Zweifel.

Sie richtete sich in ihrem Sessel auf. »Ich werde in Kürze nach Strana Metschty zurückkehren, wo das Große Konklave zusammentritt, um einen neuen ilKhan zu wählen. Auf die korrekte Weise, in der Großen Konklavekammer auf Strana Metschty, dem einzigen rechtmäßigen Ort für eine solche Zusammenkunft.« Strana Metschty war ein besonderer Planet unter den Heimatwelten, ein Planet, den alle Clans gemeinsam hielten. Dort befand sich die Halle der Khane ebenso wie der Hauptgenfundus.

»Ich bin nicht sicher, daß ich verstehe, worauf Sie hinauswollen. Was soll ich dort?« fragte er.

»Du sollst tun, was ich nicht kann. Du mußt an Orten, die ich nicht unbeobachtet besuchen kann, als meine Augen und Ohren fungieren.«

Für Hengst hörte sich das verdächtig nach Spionieren an, aber er wußte genau, daß Marthe Pryde viel zu traditionsbewußt war, um derartige Aktivitäten zu gestatten.

Als sie wieder das Wort ergriff, schien es fast, als hätte sie seine Gedanken gelesen. »Ich muß es dem Jadefalken gleichtun und lautlos kreisen, bis der Zeitpunkt kommt, die Schwingen anzulegen und zuzustoßen. Und in meiner Lautlosigkeit muß ich mich vorbereiten. Ich bin gezwungen, Maßnahmen in Betracht zu ziehen, die ich sonst nicht dulden würde. Aber außergewöhnliche Zeiten erfordern außergewöhnliche Maßnahmen. Ich lerne dazu, Hengst.« Sie lachte kurz und bitter. »Und deshalb befehle ich dir, eine Elite-Freigeboreneneinheit in Größe eines Trinärsterns aufzustellen. Du wirst sie als Sterncaptain befehligen.« Sie stockte. »Du lächelst. Warum?«

»Es ist nichts. Das hört sich nur seltsam an. Elite und freigeboren in einem Satz.«

Marthe nickte nur. »Außergewöhnliche Zeiten ...«, wiederholte sie. »Ich bin noch nicht sicher, wie ich deinen neuen Trinärstern einsetzen werde, Hengst. Aber du wirst deine Befehle allein von mir erhalten. Ich übergebe dir dieses Kommando, weil du dich, freigeboren oder nicht, als fähiger Krieger erwiesen hast. Und ich benötige an dieser Stelle jemanden, der in der Lage ist, die Initiative zu ergreifen und unabhängig Entscheidungen zu treffen. Ich werde dir vielleicht nicht immer gezielte und genaue Befehle geben können.« Sie beugte sich eindringlich zu ihm vor. »Außerdem mußt du mir absoluten Gehorsam schwören, was auch geschieht. Das ist wichtig. Es kann schwer für dich werden, zu schwer. Wenn meine Forderungen und die des Clans sich widersprechen, wirst du tun, was ich von dir verlange. Fraglos. Bist du dazu in der Lage, Hengst?«

Einen Augenblick lang war Hengst sprachlos. Er starrte Marthe Pryde nur an, während die Bedeutung ihrer Worte zu ihm durchdrang. »Ich bin dazu in der Lage«, erklärte er schließlich.

Marthe lächelte leicht und nickte. »Ich bin froh, daß du dir die Zeit genommen hast, darüber nachzudenken. Was ich von dir verlange, ist nicht leicht. Ich weiß es. Aber es ist eindeutig, frapos?«

»Pos, meine Khanin. Sie sind vielleicht der einzige Mensch, dem ich absolute Treue schwören kann, wie ich es einst für Aidan Pryde getan habe.«

»Gut. Dann ist es besiegelt. Der Eid ist geleistet, unsere Verbindung geknüpft. Kein anderer Schwur darf zwischen uns kommen, bis ich dich von diesem befreie, verstanden?«

»Seyla«, erwiderte Hengst. Es war der höchste Schwur, den ein Clansmann aussprechen konnte.

»Seyla«, wiederholte Marthe leise. Dann erhob sie sich von ihrem Platz und schüttelte Hengst die Hand, eine Geste, die bei den Jadefalken eine Ehrenbindung symbolisierte. In diesem Augenblick durchschoß Hengst ein ungeheures Gefühl von Stolz, daß seine Khanin ihm soviel Vertrauen entgegenbrachte.

Marthe Pryde ließ seine Hand plötzlich los. Sie hielt den Arm steif, wie um ihren Abscheu nicht zeigen zu wollen, daß sie mit einem Freigeborenen einen Treueschwur ausgetauscht hatte, oder ihren noch größeren Ekel darüber, ihn zum Besiegeln des Eides berührt zu haben. »Was wir gesagt und getan haben und was wir noch sagen und tun werden, muß in unseren Herzen verschlossen bleiben und darf niemals außerhalb der Wände dieses Zimmers wiederholt werden, frapos?«

»Pos, meine Khanin.«

»Gut. In wenigen Tagen wird dein Trinärstern sich auf den langen Weg nach Hause begeben. Ich werde eine Kommandostrecke benutzen und auf Strana Metschty eintreffen, lange bevor ihr die Heimatwelten erreicht.«

Hengst zögerte. »Dann fliegt meine neue Einheit nach Strana Metschty?«

»Als Endziel. Aber erst werdet ihr einen Zwischenstopp einlegen, auf Diana.«

Hengst starrte Khanin Marthe Pryde verwirrt an. »Auf der Nebelparder-Heimatwelt?«

»Ja. Die Nebelparder beanspruchen fast die gesamte Planetenoberfläche, bis auf ein winziges Stück. Dort haben die Jadefalken einen Stützpunkt: Eine kleine Station in einer Gebirgsregion des größten Kontinents. Die Station selbst dient hauptsächlich Forschungszwecken und war ursprünglich ein Geschenk von ilKhan Leo Showers. Sie wird durch die hohen Berge so gut geschützt, daß es den Nebelpardern nie gelungen ist, sie erfolgreich anzugreifen. Und die Falkeneinheit dort ist zu klein, um die Parder zu bekriegen, daher neigen wir eher zur Zusammenarbeit. Es ist unclangemäß, aber notwendig. Die Station trägt den Namen Falkenhorst. Soweit ich hörte, halten wir dort eine Anzahl Jadefalken, zu Studienzwecken. Aber das ist nicht die einzige wissenschaftliche Arbeit dort.« Ihre blauen Augen verdunkelten sich für einen Augenblick.

»Welche Kräfte verteidigen sie?« fragte Hengst.

»Das Kriegerpersonal im Falkenhorst ist auf eine Ehrengarde und einen unterstützenden Binärstern aus Solahma-Kriegern beschränkt. Die planetographischen Umstände Dianas unterstützen die Geheimhaltung der dortigen Untersuchungen.« Marthe stand auf, während sie das sagte, und öffnete ein Fenster. Die Luft, die in das Zimmer strömte, war beißend. Sie trug den Geruch von Schmiermitteln, Schweißbrennern und Feuer mit sich. Hengst genoß ihn. Es war der Geruch von BattleMechs.

Sie sprach vom Fenster aus weiter. »Das Geheimnis des Falkenhorstes ist, daß er ein Forschungs- und Entwicklungslabor beherbergt. An seinem Standort befindet sich ein Brianlager, dessen Inhalt den Nebelpardern gar nicht gefallen würde: Ein Stern FLUMs.«

»FLUMs?«

»FlugMechs. Ein alter Sternenbundname für leichte Mechs, die sich im Bedarfsfall in Luft/Raumjäger verwandeln können. General Kerensky brachte beim Exodus einige mit, aber sie haben sich nie als würdig für den Clan-Kampf erwiesen. In der Inneren Sphäre tauchen sie noch gelegentlich auf, und anscheinend wurden bei der Schlacht um Tukayyid zwei Typen, *Hornis-*

*sen-* und *Feuerfalken-FLUMs* eingesetzt. Unsere Ingenieure interessieren sich schon seit einer Weile für FLUMs. Es wurden Prototypen gebaut und getestet, zum Teil mit interessanten Ergebnissen. Nicht immer erfolgreich, aber voller Reiz. An diesem Punkt kommst du ins Spiel, Hengst.«

Marthe ging zurück zu ihrem Sessel und nahm wieder Platz. »Die Wissenschaftler im Falkenhorst haben das FLUM-Konzept weiterentwickelt und behaupten, potentiell wertvolle Angriffsmodelle konstruiert zu haben. Aber wie alle Mitglieder der Wissenschaftlerkaste reden sie nur ungern über ihre Entdeckungen. Die Datenbögen, die sie geliefert haben, sind zwar bemerkenswert, aber unzureichend für eine Beurteilung. Angeblich stellen ihre experimentellen FLUMs eine Verbesserung gegenüber allem dar, was wir in der Inneren Sphäre gesehen haben. Ich möchte, daß du zuerst zum Falkenhorst fliegst, um herauszufinden, was genau dort vorgeht, und dir ein Urteil zu bilden. Wenn diese neuen FLUMs tatsächlich besser sind als die nutzlosen alten Modelle, will ich es wissen. Inspiziere diese Dinger und versuche herauszufinden, was die Wissenschaftler möglicherweise verschweigen.« Sie machte eine Pause und wählte ihre nächsten Worte mit Bedacht. »Die Wissenschaftler verschweigen immer irgend etwas. Und ich habe Grund, ihnen mit erheblicher Skepsis zu begegnen. Grund zu der Annahme, daß sie die Grenzen ihrer Kaste überschreiten.«

Hengst starrte sie verwirrt an und wartete auf eine Erklärung. Aber sie dachte offensichtlich nicht daran, ihm eine zu geben.

»Noch etwas, und auch das ist nur für dich bestimmt. Der Falkenhorst hatte bisher kaum strategischen Wert für unseren Clan. Er wurde rein zu Forschungszwecken aufrechterhalten, und um die Nebelparder zu ärgern. Aber unsere Clans müssen aufhören, einander zu bekämpfen, wenn wir die Innere Sphäre jemals bezwingen wollen. Ich muß wissen, ob wir den Falkenhorst weiter aufrechterhalten oder aufgeben sollten.«

Wieder fühlte Hengst ein gewisses Unbehagen bei der Vorstellung, als Spion eingesetzt zu werden. Marthe fixierte ihn mit ihrem steten Blick und erklärte: »Ich spüre dein Unbehagen, Hengst. Aber ich habe dich für diese Aufgabe ausgewählt, weil ich von dir Dinge verlangen kann, mit denen ich einen wahrgeborenen Krieger niemals belasten könnte.«

Hengst konnte sich ein wütendes Schnauben nicht verkneifen, ein an ein wütendes Roß erinnerndes Geräusch, dem er seinen Namen verdankte. Seinen echten Namen benutzte er so selten, daß er sich kaum daran erinnerte. Seit seiner Trainingszeit als freigeborener Krieger auf Ironhold war er nur noch ein einziges Mal mit seinem echten Namen angesprochen worden, bei der Verhandlung Aidan Prydes. Es war eine Ironie des Schicksals, daß seine freigeborene Einheit zur gleichen Zeit ausgebildet worden war wie Marthes Geschko und daß er und einige seiner Kameraden bei manchen Übungen als deren Gegner fungiert hatten. Als Aidan Pryde seine Kriegerausbildung unter dem Deckmantel eines Freigeborenen wiederaufgenommen hatte, war das in Hengsts Einheit geschehen. Sie hatten ihren Positionstest gemeinsam bestanden und Marthe Pryde war eine der Kriegerinnen gewesen, die sie dabei besiegt hatten.

Hengst begegnete Marthes festem Blick und richtete sich trotz des Stichs, den sie seiner Ehre versetzt hatte, gerade auf. »Ich habe Ihnen die Treue geschworen und würde es wieder tun, was auch immer Sie befehlen. Ich diene, meine Khanin.«

Marthe nickte scharf. »Du kannst wegtreten, Hengst.«

Er salutierte nach Jadefalken-Art, dann stockte er, als er sich gerade zum Gehen wenden wollte. »Um Surats loszuwerden, muß man wie ein Surat denken.«

Marthe Pryde lachte hart. »Aye, Sterncaptain. Und vergiß nicht: Ich zähle auf dich.« Sie erwiderte seinen Gruß.

Dann verließ Hengst den Raum – und er fühlte ihre Blicke, während er aus dem Zimmer trat und die Tür hinter sich schloß.

# 4

**Turkina-Keshik-Hauptquartier, Port St. William, Coventry**
**Provinz Coventry, Protektorat Donegal, Lyranische Allianz**

*18. Juni 3058*

Seit dem Tod Schilds waren vier Stunden vergangen, und die daran anschließende Untersuchung hier im Feldhauptquartier Khanin Marthe Prydes neigte sich dem Ende zu.

»Tja, Sterncommander Joanna, diesmal hast du einen ziemlichen Schlamassel angerichtet«, erklärte Marthe, als sie um den Schreibtisch auf ihre narbenbedeckte Kriegerin zutrat, die in Hab-Acht-Stellung wartete. Meine narbenübersäte Kriegerin, stellte Marthe fest. Joanna war ihr bereits alt erschienen, als sie vor Jahren Marthes Falknerin im Crashcamp auf Ironhold gewesen war. Jetzt war alles, was damals alt an ihr gewirkt hatte, noch tiefer in die Haut gegraben, und zusätzliche Spuren des Alters hatten sich dazu gesellt.

Marthe tauschte einen Blick mit dem Mann aus, der hinter Joanna stand. Sterncolonel Ravill Pryde war ein Offizier aus Marthes Blutlinie und Joannas Kommandeur in der Falkengarde. Außerdem wußten beide Frauen, daß er Joanna haßte.

Marthe vermutete, daß Ravill Pryde Joanna um die gemeinsamen Erlebnisse beneidete, die sie mit ihr verbanden. Er gehörte zu der Generation, die einige der älteren Krieger die neue Zucht nannten. Zusätzlich war er eine Neuzucht, die es bereits in noch jüngeren Jahren auf einen wichtigen Kommandeursposten gebracht hatte als die meisten Krieger. Aber er hatte sich allen Zweiflern zum Trotz im Widerspruchskrieg gegen die Wölfe bewiesen. Auf Twycross, in derselben

Schlacht, in der Joanna Natascha Kerensky bezwungen hatte.

Marthe wußte, daß Ravill Pryde besessen davon war, Joanna aus seiner Einheit zu werfen. Er hatte vor kurzem ihre Versetzung zurück zu den Heimatwelten befohlen und war gezwungen worden, zu Kreuze zu kriechen, als der Befehl zur Belohnung von Joannas Leistungen auf Dogg Station widerrufen worden war.

Ebenso wußte Marthe Pryde, daß Joanna eindeutig die Schuld am unnötigen Tod des Geschko-Kriegers Shaw trug. Joanna hatte sich ein nicht minder fatales Fehlverhalten erlaubt, als sie Carola verkrüppelt hatte, die Kriegerin, die sie in Reaktion auf den Tod ihres Kobruders angriff. Anscheinend hatte sich Carola von hinten auf Joanna gestürzt, die sie abschüttelte und dann zum Krüppel machte, indem sie in einem wilden Wutausbruch den Schäler nach ihr warf. Das Werkzeug hatte Carolas Rücken getroffen und sie schwer verletzt.

Carolas Zustand war kritisch gewesen und Marthe hatte gehofft, daß die MedTechs sie weit genug zusammenflicken konnten, um ihren Status als Kriegerin zu erhalten. Jede Art von Verschwendung war den Clans verhaßt, und ganz besonders den Jadefalken. Außerdem konnte Marthe es sich nicht leisten, Krieger wegen Nichtigkeiten zu verlieren. Nicht nach allem, was sie und die Falken gerade durchgemacht hatten.

Sie stemmte die Arme in die Hüften und unterdrückte ein Seufzen. Joannas Kinn war wie üblich arrogant vorgeschoben. Das würde nicht einfach werden. Die Logik verlangte eine harte Bestrafung Joannas für diesen sinnlosen Tod. Shaws Ableben war besonders schlimm in Anbetracht des Verbots von Duellen bis zum Tod unter Jadefalken. Einer der Gründe für Marthe Prydes wilden Sturm auf Coventry war die Notwendigkeit gewesen, jungen Kriegern die Feuerprobe zu liefern, um die Reihen der Jadefalken aufzubauen. Krieger an interne Streitereien zu verlieren, war nachgerade unverzeihlich.

Aber Joanna hatte sich Ruhm erkämpft, einschließlich mehrerer Zeilen in der *Erinnerung*. Marthe wollte den Jadefalken keine Schande machen, indem sie eine Heldin des Clans erniedrigte.

»Du möchtest dich rechtfertigen, frapos?« fragte Ravill Pryde mit saurer Stimme.

Marthe sah Joanna um die Beherrschung ringen. Und wie sie Joanna kannte, war das möglicherweise noch heldenhafter als manche ihrer Taten auf dem Schlachtfeld.

»Meine Khanin«, ergriff Joanna das Wort, ohne Ravill Pryde eines Blickes zu würdigen. »Ich bedauere den Tod eines potentiell wertvollen Jadefalken-Kriegers und meine Rolle dabei.«

Marthe zog die Brauen hoch, überrascht, von Joanna etwas zu hören, was sich so nahe an einer Entschuldigung bewegte.

»Aber«, fuhr diese fort, »der Kampf wurde von dem Geschie provoziert, und ich habe nur darauf reagiert, was …«

»Provoziert!« rief Ravill Pryde wütend. »Ich habe die Betroffenen befragt. Der MechKrieger Shaw hat zugegebenermaßen den ersten Schlag ausgeführt, aber wir wissen sehr genau, wer ihn und die anderen bis zu dem Punkt gereizt hat, an dem …«

»Bei allem Respekt, meine Khanin«, stellte Joanna mit beherrschter Stimme fest. »Möglicherweise vergißt Sterncolonel Ravill Pryde, was es heißt, ein Jadefalken-Krieger zu sein. Wir sind keine zahmen Surats, die höflich über Tee und Keksen miteinander plaudern. Wir sind aggressiv, wir reden aggressiv miteinander, und wären die Geschies anständig ausgebildet gewesen, hätten sie das gewußt. Wir brauchen den Kampf. Er schärft unsere Krallen, macht uns in der wahren Schlacht zu besseren Kriegern. Er hilft uns …«

»Erspare uns die Trainingslitanei«, raunzte Ravill Pryde und trat vor Joanna hin. »Sehen wir den Tatsachen ins Auge, Sterncommander. Du hast dem Jadefalken gut genug gedient, jedenfalls für den größten Teil der Zeit, trotz deines … Nun, sagen wir, du hast es *über viele Jahre* getan.« Marthe hörte das leise, kaum wahrnehmbare Grollen tief in Joannas Kehle. »Aber wie die meisten Krieger, die von der Zeit eingeholt werden, hast du den Absprung verpaßt. Dein Problem ist das Alter. Es hat dein Urteilsvermögen in einem solchen Maße geschwächt, daß du …«

Sicher hatte Ravill Pryde nicht erwartet, seinen Ausfall ohne Unterbrechung beenden zu können, aber er wirkte erstaunt, als ihn Marthe stoppte und nicht Joanna.

»Sterncolonel, deine *Provokationen* sind im Augenblick von keinerlei Nutzen. Ich möchte unter vier Augen mit Sterncommander Joanna reden.«

»Aber …«

»Sterncolonel?«

Ravill Pryde nickte. »Wie Sie wünschen, meine Khanin.«

Er salutierte und wirbelte auf dem Absatz herum, stieß die Tür mit einem wütenden Schlag auf.

Marthe sah ihm nach und war froh, daß er so leicht zu durchschauen war. In letzter Zeit bereitete der neue Trend zu immer verschlageneren Winkelzügen unter den Clans ihr zunehmend Sorge. Und er schien selbst höchste Ebenen zu befallen. Den beiden vorherigen Jadefalken-Khanen, Elias Crichell und Vandervahn Chistu, hatten ihre Manipulationsversuche den Tod gebracht. Beide waren von der Hand Vlads von den Wölfen gestorben, der selbst einen Geschmack für üble Tricks entwickelte.

Der Gedanke an Vlad ließ sie die Zähne fletschen. Sie war praktisch gezwungen worden, das Hegira-Angebot der Inneren Sphäre anzunehmen, statt bis zum letzten Jadefalken auf Coventry zu kämpfen, und er trug die Schuld daran. Marthe hatte in der Schlacht um den Planeten alles geboten, was sie vermochte, aber das konnte niemand außerhalb Coventrys wissen. Archon Katrina Steiner persönlich hatte eine Nachrichtensperre über den Planeten verhängt.

Und doch hatte Vlad es irgendwie erraten. Gerade als die Kämpfe den Höhepunkt erreichten, hatte Marthe eine Botschaft von ihm erhalten, in der er sie darüber informierte, daß seine Wölfe in Position waren, sechs der von den Jadefalken gehaltenen Systeme der Besatzungszone anzugreifen. Vlads Drohung hatte Marthe dazu gebracht, auf Coventry Hegira anzunehmen, eine Erniedrigung, die er mit Sicherheit genossen hatte. Aber er hätte niemals gewagt, ihr zu drohen, hätte er nicht gewußt, daß sie auf Coventry ihre gesamte Streitmacht geboten hatte. Und das konnte er nur durch irgendeine Art geheimer Allianz mit der Inneren Sphäre erfahren haben. Der Gedanke drehte ihr den Magen um.

Sie stieß sich von der Schreibtischkante ab und wanderte langsam um den Tisch zu ihrem Sessel, Vlads häßliche Fratze vor Augen. Sie war ebenso widerlich wie die Machenschaften, mit denen er ilKhan Elias Crichell erniedrigt und seinen Tod herbeigeführt hatte. *Vlad behauptet, ich halte an überholten Traditionen fest.* Sie zog geistesabwesend die Fingerknöchel über den Tisch. *Vielleicht hat er recht. Aber die alten Falkentraditionen sind ehrenhaft. Das werde ich beweisen. Ich werde kreisen und segeln und warten … auf die Gelegenheit warten, mich auf meine Beute zu stürzen. Bald wird auf Strana Metschty ein neuer ilKhan gewählt. Auch Vlad wird dort sein, ehrgeizig wie immer, aber diesmal wird er nach Clanregeln spielen müssen.*

Marthe Pryde verdrängte den Gedanken an den Wolfskhan fürs erste aus ihrem Kopf. Jetzt war nicht der Zeitpunkt, politische Intrigen zu analysieren. Im Augenblick mußte sie sich mit der Kriegerin beschäftigen, die unbehaglich vor ihr Haltung bot.

»Sterncommander Joanna ...«

»Meine Khanin«, bellte Joanna in bestem Kasernenhofton.

Marthe unterdrückte ein leises Lächeln beim vertraut harten Klang von Joannas Stimme. Er brachte sie zurück nach Ironhold, zu ihrer Kadettenzeit im Crashcamp. Sie konnte Joanna noch dastehen sehen, wie sie Befehle bellte und sie mit ihren Strafen zu der Kriegerin formte, die sie heute war. Joanna, mit ihren Beleidigungen, ihrer Peitsche, ihren nietenbesetzten Handschuhen.

»Setz dich, Sterncommander«, bestimmte Marthe und deutete auf einen Stuhl.

Joanna zögerte, vom lockeren Tonfall der Aufforderung wohl überrascht. Der war unter Jadefalken-Kriegern nicht gerade alltäglich. Die Freigeborenen schienen sich gelegentlich miteinander zu amüsieren, und es gab seltene feuchtfröhliche Nächte mit einheimischem Wein und Heldengeschichten. Die meiste Zeit jedoch waren Jadefalken im gesellschaftlichen Umgang ebenso streitsüchtig wie auf dem Schlachtfeld.

»Setzen, Joanna.« Marthe zeigte auf einen gepolsterten Lehnstuhl, der gefährlich bequem aussah. Joanna nahm zögernd darin Platz, als fordere sie ihn heraus, ihrem Körper in irgendeiner Form wohlzutun. Als sie die Sitzposition veränderte, sah Marthe sie erkennbar zusammenzucken, vermutlich aufgrund von Verletzungen, die sie sich beim Kampf gegen Schild zugezogen hatte. Marthe beugte sich über den Schreibtisch und stützte beide Hände auf dessen Kante.

»Joanna, ich weiß, was geschehen ist. Ich kenne die

offizielle Erklärung, warum es geschehen ist. Ich weiß nur nicht, warum es *wirklich* geschah. Aus welchem Grund hast du diese Geschies provoziert? Versuche nicht, mir zu erzählen, du hättest sie nicht provoziert. Immerhin kenne ich dich, frapos?«

Joanna sah beiseite und gab einige Zeit keinen Laut von sich. Schließlich drehte sie sich wieder zu Marthe um und erklärte: »Pos. Ich wollte nur meine Wut ablassen. Der Tod des jungen Kriegers war ein Unfall. Ich bedauere seinen Tod, aber ich trauere nicht um den Leichnam.« In ihren Augen blitzte der Trotz.

Marthe kniff die Augen zusammen. »Joanna, das Herz des Falken schlägt noch immer stark in deiner Brust. Ich erinnere mich daran, wie ich dich zum erstenmal gesehen habe, als ich noch eine Kadettin war. Alle Mitglieder unserer Geschko hofften, die Ausbildung zu überleben, aber nur ich und Aidan Pryde haben es geschafft. Natürlich war er damals noch nicht Aidan *Pryde*, ebensowenig wie ich Marthe Pryde. Vielleicht haben wir den Wert unserer Geschko später bewiesen, als wir beide Blutnamen errangen. Du hast dich auch um einen Blutnamen bemüht, frapos?«

Das Thema Blutnamen – oder deren Abwesenheit – war Joanna unangenehm, aber Marthe Pryde war die Khanin, und keine Kriegerin konnte sich ihr widersetzen. »Einmal habe ich es bis in die letzte Runde geschafft und knapp verloren. Ein anderes Mal kam ich bis in die vorletzte Runde. Ich habe mich immer geschlagen und bis zum Schluß durchgehalten, aber ich habe es nicht …« Joanna unterbrach sich.

»Eine Kriegerin wie du. Warum hast du es nicht geschafft?«

Joanna atmete tief durch und setzte sich auf. Wieder bemerkte Marthe ein leichtes schmerzhaftes Zusammenzucken. »Es liegt nicht im Wesen der Clans, Fehlschläge wiederzukäuen. Ich habe versagt, das ist alles.«

»Ich weiß, du neigst zu schludriger Sprache, Joanna. Aber das entspricht nicht dem Wesen einer Kriegerin, und ich bin deine Khanin, frapos?«

»Pos.«

Marthe stieß sich in einer flüssigen Bewegung vom Schreibtisch ab und erhob sich zu ihrer vollen, beeindruckenden Größe. Sie kam, während sie sprach, langsam um das Möbel herum. »Ich bin zu hohem Rang aufgestiegen, weil meine Gene überlegen sind. Aber ich wurde auch gut ausgebildet, von dir ausgebildet, schnell und plötzlich anzugreifen, meine Beute mit den Krallen zu schlagen und zur Strecke zu bringen. Du warst eine wildwütige Falknerin, Joanna. Und du hast geholfen, mir die Wildheit des Falken zu geben.« Marthe drehte sich zu Joanna um und nickte ihr leise zu. »Die Regeln verlangen, daß ich dich hart bestrafe. Meine Intelligenz sagt mir, daß ich eine meiner besten Kriegerinnen nicht vergeuden darf, eine Kriegerin, die sich zudem Ruhm erwarb. Was soll ich tun?« Es war eine rhetorische Frage. »Surkai ist keine Alternative, franeg?«

»Neg. Ich bedauere den Zwischenfall, aber er tut mir nicht leid. Daher ist eine rituelle Bitte um Vergebung unangebracht.«

Joanna hatte recht. Dem Surkai, einem Ritus, der ein Vergehen vergab und dem Krieger gestattete, ohne Schande zu entkommen, ging ein Eingeständnis des Fehlverhaltens und die Bitte um Bestrafung voraus.

Marthe setzte sich wieder hinter ihren Schreibtisch und starrte nachdenklich in eine Ecke des Büros, während sie sich mit den Fingern über den Mund strich. Joanna saß unbeweglich auf ihrem Platz. Plötzlich fand Marthe die Lösung. Es war eine weitere in einer immer länger werdenden Liste schneller Entscheidungen. Mit einer jähen Kopfbewegung fixierte sie Joanna, und um ihre Mundwinkel zuckte die Andeutung eines Lächelns. Sie sprach mit Bedacht. »Du weißt, daß MechKriegerin Diana, Aidan Prydes Tochter, sich um einen Blutnamen bewerben will, frapos?«

Joanna nickte. »Pos. Diana beansprucht, mehr als eine Freigeborene zu sein, weil sie die Freigeburtsbrut wahrgeborener Krieger ist, eine Seltenheit.«

»Ehrlich gesagt finde ich das Argument kümmerlich. Wir kennen beide ihre Mutter. Peri ist wahrgeboren, aber sie wurde im Training ausgesiebt.« Wahrgeborene, die den Härten des Jadefalken-Kadettenlebens nicht gewachsen waren oder im Positionstest versagten, wurden in eine niedrigere Kaste abgestuft. Peri war eine Wissenschaftlerin geworden. »Also ist Peri zwar genetisch eine Wahrgeborene, sie hat aber ihren Kriegerstatus verloren. Dianas Geburtseltern sind ein Krieger und eine kastengebundene Wahrgeborene, nicht gerade eine privilegierte Situation. Tatsächlich war Aidan zum Zeitpunkt ihrer Zeugung selbst Mitglied der Techkaste.« Marthe verzog bei der Erwähnung des Zeugungsaktes angewidert das Gesicht. »Das ändert jedoch nichts daran, daß Diana zwar keine echte Wahrgeborene ist, aber doch mehr als nur irgendeine Freigeborene. Sie ist eine Art Zwischending.«

Marthe klopfte mit den Fingerspitzen aneinander. »Unter den Clans sind viele Blutnamen frei geworden, besonders bei uns. Bald werden alle Khane zu den Heimatwelten zurückkehren, wo wir uns im Großen Konklave versammeln werden, um einen rechtmäßigen neuen ilKhan zu wählen. Jetzt, nachdem wir die Bewahrer verjagt haben, wird eine neue Welle von Blutkriegern der Eroberung der Inneren Sphäre neues Leben einhauchen. Ich werde viele der Kämpfe selbst leiten. Ich habe entschieden, daß Diana eine Chance auf den Pryde-Blutnamen verdient. Sie hat sich im Kampf ausgezeichnet.«

Joanna wirkte schockiert, obwohl sie versuchte, es

zu verbergen. »Aber wie …? Man wird's nicht zulassen.« Marthes Gesicht versteinerte, und Joanna verbesserte sich hastig. »Man wird es nicht zulassen.«

»Im Gegenteil, es gibt Präzedenzfälle. Wie im Fall des Phelan Wolf.« Obwohl es Marthe Pryde zuwider war, den Wolfsclan als Beispiel anzuführen, war ihr klar, daß sich die Zeiten geändert hatten und mit ihnen die Anforderungen. Diana die Chance auf einen Blutnamen zu geben, erlaubte Marthe, eine gute Kriegerin zu halten. Und sie brauchte solche Kriegerinnen.

Joanna zuckte bei dem Vergleich mit den Wölfen zusammen, verkniff sich aber eine Entgegnung.

»Ich schlage einen Weg vor, dich für eine bestimmte Zeit aus dem Verkehr zu ziehen, auf eine Weise, die für andere als Bestrafung erscheinen wird«, fuhr Marthe fort. »Du wirst mit Diana nach Ironhold fliegen, um sie für den Wettstreit um den Blutnamen zu trainieren. Entweder beweist sie sich jetzt, oder sie bleibt für immer eine freigeborene Kriegerin. Niemand könnte eine bessere Ausbilderin als dich haben, Joanna. Das wird als Bestrafung für die Tötung Schilds ausreichen, ohne mich zu zwingen, dich unnötig zu beschämen.«

Joannas Kiefermuskeln spannten sich. Offenbar war sie von dieser Lösung nicht so recht angetan. »Ich schätze …, wenn es keinen anderen Ausweg gibt. Schließlich wird es wohl auf lange Zeit keinen echten Krieg geben, besonders angesichts all der Safcons und Hegiras …«

Marthe fiel ihr jäh ins Wort. »Joanna, wäre dir das Hegira annehmbarer erschienen, wenn du gewußt hättest, daß Vlad von den Wölfen seine Einheiten in Stellung gebracht hatte, um sechs unserer Planeten in der Besatzungszone zu erobern?«

Joanna schloß mit einem hörbaren Knacken den Mund. »Ja. Wie ich es mir dachte«, bemerkte Marthe steinern. »Ich habe die Schande einer Niederlage auf Coventry gegen die Schande aufgewogen, Welten zu verlieren, die ich bereits halte und die ich *brauche*. Aber ich war bereit, hier auf Coventry bis zum letzten Jadefalken zu kämpfen. Wie sich herausstellte, war es nicht notwendig. Statt dessen wird unser Clan überleben, um an einem späteren Tag auf einer anderen Welt in einen größeren Krieg ziehen zu können.«

Marthe hatte keine Zweifel an ihrer Entscheidung auf Coventry. Sie hatte nicht nur fünf Galaxien ungetesteter Krieger in die Schlacht geworfen, in denen sich viele als würdig erwiesen und viele andere für den Sieg das Leben gelassen hatten, sie hatte auch ihre Führungsposition als Khanin der Jadefalken deutlich manifestiert. Ihre Kaumuskeln spannten sich ebenfalls leicht, als ihr Blick Joanna fixierte. »Rede nicht über Dinge, von denen du nichts verstehst.«

Es folgte eine lange Pause, in der Joanna sich zu sammeln schien.

»Ich bin Jadefalke«, erklärte sie schließlich. »Aber ich bin keine Khanin. Mein Schicksal ist an das Ihre gekettet. Ihre Entscheidungen sind unser Gedeih oder Verderben, Marthe Pryde, und ich zweifle nicht an Ihnen.« Joanna lachte, aber nicht so hart wie sonst. »Immerhin habe ich Sie ausgebildet.«

»Richtig«, erwiderte Marthe. »Was uns nicht umbrachte, machte uns härter.«

»Und ich werde Diana mit derselben Härte trainieren«, nickte Joanna beinahe sich selbst zu. »Aye, ein Blutrecht. Genau das Richtige, um die alten Kriegermuskeln aufzubauen. Ich habe keine Blutnamenskämpfe mehr verfolgt, seit Aidan den seinen gewann. Ich weiß nicht, irgend etwas ist *richtig* an Dianas Teilnahme. Sie wird natürlich nicht gewinnen.«

»Darauf würde ich nicht bieten. Sie ist zäh, diese Diana, und eine ausgezeichnete Kriegerin.«

Joanna zuckte die Achseln. »Aber sie wird nie eine Wahrgeborene sein. Niemals.«

»Aye«, stimmte die Khanin zu. »Aber in unseren Streitkräften gibt es mit Sicherheit einen Platz für eine fähige Offizierin wie sie.«

Joanna versteifte sich, als ein anderer Gedanke ihre Miene verdüsterte. »Ich werde mit Diana nach Ironhold fliegen, aber ich bitte Sie, mich nicht auf den Heimatwelten verrotten zu lassen, mit Heimatweltarbeiten und Heimatweltgedanken.« Sie schauderte. »Ging es nach Ravill Pryde, wär ich schon auf Ironhold, als Amme für frisch ausgekübelte Geschkos.«

Marthe entschied sich, Joannas Ausdrucksweise zu übergehen. Immerhin hatte sie recht. Für eine Kriegerin gab es kaum ein schlimmeres Schicksal.

»Ich werde mein Bestes tun, Joanna. Aber niemand kann in die Zukunft sehen. Wer weiß, was geschieht, bis du auf Ironhold eintriffst? Die Reise dauert Monate.«

Joanna biß sich auf die Zunge, drängte aber nicht. »Es gibt da noch ein Problem«, erklärte sie schließlich.

»Und das wäre ...?«

»Ravill Pryde.« Joanna konnte nicht anders, als den Namen auszuspucken, als hinterlasse er einen üblen Geschmack in ihrem Mund. »Er sollte Diana vorschlagen, und er hat erklärt, dazu müßte erst die Hölle zufrieren.«

»Dann sollte er sich darauf einstellen, Eisberge aus dem Höllenfeuer segeln zu sehen«, stellte Marthe nur knapp fest. »Überlaß ihn mir.« Sie stand auf. »Sterncommander Joanna, als deine Khanin teile ich dir nun mit, daß du von der Falkengarde abkommandiert wirst, um MechKriegerin Diana als ihre Trainerin für die bevorstehenden Blutrechtstests nach Ironhold in den Heimatwelten zu begleiten. Das ist ein Befehl.«

Joanna nahm Haltung an und brüllte zackig ihre

Entgegnung, obwohl sie das ohne Zweifel Überwindung kostete. »Jawohl, meine Khanin. Wir werden sofort mit den Vorbereitungen beginnen.«

»Gut. Du kannst wegtreten, Sterncommander.«

Nachdem Joanna fort war, ging Marthe hinüber ans Fenster und sah hinaus. Dabei dachte sie über die Ereignisse des Tages nach. Sie schüttelte leise den Kopf. Hengsts Mission. Joannas neuer Auftrag. Dianas Chance auf einen Blutnamen. Es hatte eine Zeit in ihrem Leben gegeben, in der sie sich nicht hätte träumen lassen, selbst auf diese unbedeutende Art und Weise vom Wesen des Clans abzuweichen. Aber dies waren außergewöhnliche Zeiten, erinnerte sie sich, und sie verlangten außergewöhnliche Maßnahmen.

Marthe fragte sich, was die nächsten Tage noch an Überraschungen für sie bereithielten, was noch von ihr verlangt werden würde, bevor alles gesagt und getan war.

# 5

**Falkengarde-Hauptquartier, Port St. William, Coventry**
**Provinz Coventry, Protektorat Donegal, Lyranische Allianz**

*18. Juni 3058*

Für eine Kommandostelle wirkte Sterncolonel Ravill Prydes Büro zu isoliert, zu drückend. Kein kühlender Lufthauch zog durch den Raum. Diana hatte das Gefühl, um jeden Atemzug kämpfen zu müssen.

Während sie auf Ravill Prydes Erklärung für den Befehl wartete, augenblicklich in seinem Büro zu erscheinen, saß sie schweigend auf ihrem Stuhl und betrachtete durch das Fenster den Sonnenuntergang. Er wirkte über irgend etwas verärgert, aber sie hatte keine Ahnung, was das war. Als er schließlich etwas sagte, waren sein Tonfall scharf und seine Worte knapp.

»Ich habe dich hierher befohlen, um dir mitzuteilen, daß ich dich für einen Blutnamen vorschlagen werde, MechKriegerin Diana. Aber ich unterstütze diese Aktion nicht und werde es auch niemals tun.«

»Du wirst mich vorschlagen, Sterncolonel?« Diana hielt ihre Stimme sorgsam neutral, auch wenn es sie Mühe kostete, ihr Erstaunen und ihre Freude zu unterdrücken. Sie kannte Ravill Prydes aufbrausendes Temperament zu gut aus der Zeit, als sie ihm als Coregn assistiert hatte. Sie war sicher, daß seine zahlreichen Eigenheiten sich aus seiner bizarren genetischen Herkunft erklärten, über die bei der Falkengarde, die er befehligte, nur sie und Joanna Bescheid wußten. Das ohne Zweifel fehlgeleitete Experiment hatte Genmaterial der Jadefalken und Wölfe kombiniert, um Krieger wie Ravill Pryde und einige andere der neuen Zucht zu erschaffen. Die Wolf-/Jadefalkenkombination hatte einen tapferen Krieger (die Jadefalken-Komponente) mit einem Talent zum Verrat erschaffen (die Wolf-Komponente).

Nichts würde sich ihr jetzt noch in den Weg stellen können, schwor sich Diana in Gedanken, nicht einmal Ravill Pryde. Ihre Hände arbeiteten, ballten und entspannten sich, als befände sie sich schon im Training für die Blutrechtskämpfe.

Ravill Pryde schien es nicht zu bemerken, als er unbehaglich auf seinem Sessel herumrutschte, was ihn körperlich noch kleiner wirken ließ. Er war bereits einer der kleinwüchsigsten Krieger seines Rangs. »In den letzten Tagen haben sich viele Krieger ein Anrecht erworben, und viele Blutnamen stehen zur Verfügung. Ich wurde soeben von Marthe Pryde informiert, daß du zur Teilnahme nach Ironhold zurückkehren darfst.«

Diana war überrascht. »Die Khanin persönlich.«

»Ja. Ich weiß nicht warum, und ich sage es noch einmal: Ich bin dagegen. Aber diesmal ist es der Wille der Khanin, und ich kann mich nicht widersetzen. Ich verspreche dir: Du wirst keine zweite Chance bekommen.«

Diana reckte sich noch höher als zuvor. Sie war nicht aus einem Kanister gezogen worden, das machte aber ihre Gene um nichts weniger wahrgeboren. »Ist der Blutname erst erworben, kann ihn mir niemand wieder nehmen, frapos?«

»In der Regel nicht«, antwortete Ravill Pryde und starrte sie wütend an. »Aber ich weiß von Fällen, in denen es die einzige angemessene Strafe für die Verbrechen eines Kriegers war.« Dann zuckte er die Achseln, als langweile ihn das Thema. »MechKriegerin Diana, du wirst von diesem Augenblick an von deinen Pflichten in der Falkengarde befreit. Bereite dich auf die Rückkehr nach Ironhold vor. Ich werde dafür sorgen, daß du bei der ersten sich bietenden Gelegenheit einen Platz an Bord eines Landungsschiffes auf dem Weg zu den Heimatwelten erhältst. Sterncommander Joanna wird dich als Trainerin begleiten.«

Diese Nachricht überraschte Diana noch mehr als die Mitteilung, daß die Khanin ihrem Antrag stattgegeben hatte. Joanna hatte ihren Vater, Aidan Pryde, zum Krieger ausgebildet und auf seinen Sieg im Blutrecht vorbereitet. Es stimmte alles. Sie würde eine Pryde werden, so wie Aidan. Wer konnte daran zweifeln?

»Danke, Sterncolonel.«

»Bedanke dich nicht bei mir«, erwiderte Ravill Pryde. »Ich habe nichts getan.« Er versuchte nicht, seine Verärgerung zu verbergen, und schickte sie eilig weg.

* * *

Nachdem Diana fort war, verzog ein verschlagenes Grinsen Ravill Prydes kalte Lippen. Sollte sie ruhig nach Ironhold fliegen. Sie würde das Blutrecht nie gewinnen. Ihr Anspruch, als Nachkomme zweier wahrgeborener Krieger in eine besondere Kategorie zu fallen, konnte ihn nicht überzeugen. Soweit es ihn betraf, würde sie immer eine Freigeborene bleiben. Ihr Vater mochte tatsächlich Aidan Pryde gewesen sein, aber seine Gene qualifizierten sie nicht wirklich als Wahrgeborene, nicht angesichts der ekelerregenden Art ihrer Zeugung.

Ravill Pryde, der zutiefst an das System der Vergabe von Blutnamen glaubte, wußte bestimmt, daß Diana keinen verdiente. *Aber laß sie fliegen*, dachte er. *Mir ist es ganz recht, eine Weile Ruhe von ihr zu haben.* Zumindest würde er sich jetzt nicht mehr ständig ihre Forderungen anhören müssen, vorgeschlagen zu werden.

Dann kam ihm ein beunruhigender Gedanke. Was,

wenn sie den Blutnamen *gewann*? Das würde nicht nur seine ehernsten Glaubensgrundsätze verletzen, Diana würde in *seiner* Blutlinie stehen.

Der Gedanke bereitete ihm Übelkeit.

* * *

Joanna fand in dieser Nacht keinen Schlaf. Sie nahm jedes Geräusch wahr und versuchte, jedes einzelne zu ergründen, das sie nicht sofort einordnen konnte. Aber es störte sie nicht. Ausnahmsweise begrüßte sie in dieser Nacht den Lärm. Ausnahmsweise störte es sie nicht, über die Geschehnisse des Tages nachzudenken.

Diana war mit der Nachricht, daß Ravill Pryde sie vorschlagen würde, sofort zu ihr gerannt, und Joanna hatte darauf verzichtet, ihr in allen Einzelheiten zu erklären, wie sie zu ihrer Trainerin ernannt worden war. Sie ließ die junge Kriegerin in dem Glauben, es erkläre sich aus einer Art fehlgeleitetem Vertrauen in sie. Sollte sie doch glauben, was sie wollte.

Ob sie gewann oder nicht, Diana würde antreten. Und Joanna fand diese Aussicht erregend, obwohl sie nur als Trainerin dabeisein würde, nicht als Teilnehmerin.

Diana war sich ihres Sieges so sicher. Sie hatte keinerlei Vorstellung von den Schwierigkeiten, die sie erwarteten. Als ihre Trainerin wäre es falsch von Joanna gewesen, sie jetzt schon zu desillusionieren. Dazu würde es später kommen.

Jetzt, da sie wußte, wohin sie ging, fühlte Joanna sich gut. Wenigstens würde sie an einem Ort sein, an dem das Leben einfacher war, an dem die Zukunft – Sieg oder Niederlage im Kampf um einen Blutnamen – klar schien. Die Besatzungszone mit ihrem schändlichen Waffenstillstand, ihren Galaxien ungetesteter Krieger, ihren Kommandeuren, die Abschaum der Inneren Sphäre Safcon gewährten, Hegira von ihm annahmen, widerte sie an.

Mit diesem beruhigend wütenden Gedanken sank sie schließlich in den Schlaf.

* * *

Nacht. Traum. Traumschauplätze.

Ravill Pryde träumte von einem großen Auditorium, auf dessen Podium er die zeremonielle Robe empor hielt, die er Diana als Gewinnerin ihres Blutnamens umlegen sollte, die mit höhnischem Grinsen auf ihn zutrat. Er schreckte kreischend auf.

Hengst träumte von dem Dorf, in dem er aufgewachsen war. Er war wieder ein kleiner Junge, bei seiner Mutter. Später wanderte er mit einem Mädchen namens Yasina am Flußufer entlang.

Marthe Pryde träumte von einem Großen Konklave, in dem Khan Vladimir von den Wölfen ihre Hinrichtung forderte. Es war ein wiederkehrender Traum und nicht weiter schlimm, denn er endete regelmäßig damit, daß sie Vlad umbrachte.

Joanna träumte von einem feurigen Tod im Cockpit einer *Nemesis*. Der Traum zauberte ein Lächeln auf ihr schlafendes Gesicht.

Diana träumte davon, wie sie im Triumph einen Blutnamen gewann und von einem offensichtlich vor Wut kochenden Ravill Pryde die feierliche Robe entgegennahm.

# 6

**Kommandostelle Galaxis Zeta, Halle des Jägers, Lutera, Diana**
**Kerensky-Sternhaufen, Clan-Raum**

*16. März 3059*

Russou Howell wußte nicht mehr, wer er war. Sicher, er war ein Nebelparder-Krieger, genetisch zur ultimativen Kampfmaschine herangezüchtet, zu keinem anderen Zweck erschaffen – aber das hier war kein Schicksal für einen Krieger.

Jäh stieß er den Sessel von seinem Schreibtisch zurück und sah auf die Uhr. *Auf zu einer weiteren Inspektion der Kadettenausbildung.* Er stoppte einen Augenblick und starrte verbittert den Schreibtisch an. Es war ein wunderschönes Möbelstück: groß und imposant, mit einer Arbeitsfläche aus glänzend schwarzem Obsidian. Ein Erbstück von seinem Vorgänger auf Diana. Und trotzdem haßte er es in diesem Augenblick mehr als alles andere auf der Oberfläche des Planeten. *Ich sollte nicht hinter einem Schreibtisch sitzen. Ich müßte in einem Mech kämpfen und meine Tage mit einem ehrenhaften Tod beschließen.*

Er fragte sich, ob der frühere Galaxiscommander Benjamin Howell bei seiner Versetzung nach Diana dieselbe Schande empfunden hatte. Aber das war jetzt nicht mehr von Bedeutung. Benjamin Howell war entehrt und aus der Kriegerkaste ausgestoßen worden, sein Blutname aus dem Zuchtprogramm des Clans entfernt. Beweis, daß es Russous noch härter hätte treffen können.

Vielleicht würde Russou nie wieder am Kreuzzug gegen die Innere Sphäre teilnehmen, aber er würde zumindest seinen Teil bei der Bewaffnung und Stärkung des Clans spielen. Und er konnte stolz darauf sein, daß ein Nebelparder die wiederaufgenommene Invasion leitete. Die Khane waren wenige Monate zuvor im Großen Konklave auf Strana Metschty zusammengetreten und hatten den Nebelparder Lincoln Osis zum ilKhan gewählt. Und jetzt machten sich die Clans bereit, den Krieg wiederaufzunehmen.

Russou Howell hatte Benjamin Howell sowohl als Kommandeur Galaxis Zetas wie auch des gesamten Planeten Diana abgelöst, der Heimatwelt der Nebelparder. Der frühere Howell war zum Verbrecher geworden, der versucht hatte, durch Schmuggel an bessere Ausrüstung für seinen Planeten zu kommen, der hauptsächlich von für den Kampfeinsatz zu alten Solahma-Einheiten verteidigt wurde. Russou Howell hatte derlei nicht nötig. Die Heimatwelten brummten vor Aktivität für die Kriegsmaschinerie, und die Fabriken auf Diana arbeiteten rund um die Uhr. Er war gerade von ersten Besichtigungen des enormen Industriegeländes bei Pahn City und des großen Ausbildungslagers bei New Andery zurück. Natürlich würde der Ausstoß beider Anlagen irgendwann verschifft werden, um der Invasion der Inneren Sphäre neues Leben einzuhauchen, aber zumindest hatten die Kriegsanstrengungen Diana neue Geschäftigkeit gebracht.

Russou lehnte sich auf den Schreibtisch und starrte den hölzernen Schrank an der gegenüberliegenden Wand an. In seinem Innern befanden sich die Ingredienzen für einen Drink, den er auf den neun langen Monaten des Flugs von der Inneren Sphäre hierher wirklich zu schätzen gelernt hatte. Der Sprungschiffskapitän hatte Russou mit Bruhaha bekanntgemacht, einer Mixtur, die ihm geholfen hatte, die totale Langeweile des Raumflugs in einem dumpfen Nebel vorbeiziehen zu lassen. Bruhaha half ihm, nicht so viel über die Schande nachzugrübeln, auf den Kommandeursposten eines Haufens abgehalfterter Greise auf einem Hinterwäldlerplaneten abgeschoben worden zu sein. Und Bruhaha linderte jenen anderen Schmerz, der wie ein Bleigewicht auf seiner Brust lag. Den Schmerz, der mit der Erinnerung an jenen Augenblick verbunden war, als er die Laser ausgelöst und seinen besten Freund getötet hatte.

In diesem Moment wollte Russou Howell nichts mehr als ein Glas kippen, aber er hatte sich geschworen, vor Sonnenuntergang keinen Tropfen anzurühren. Diana hatte wieder an Bedeutung gewonnen, und er mußte einen klaren Kopf bewahren. Die Khane hatten den Heimatwelten Dampf gemacht, indem sie Streitigkeiten zwischen den Clans beilegten, neue Blutrechte vergaben, das Große Konklave einberiefen und ganz generell die Kriegsbegeisterung schürten.

Damit war dieser Punkt geklärt. Er unterdrückte seine düsteren Gedanken so gut es ging und marschierte aus der Tür seines Büros. *Seines Büros.* Er war erst zwei Wochen hier, und die Worte klangen noch fremd. Er drückte den Rufknopf des Aufzugs und knurrte zwei mit irgendeinem Routineauftrag vorbeikommende Offiziere an. Er konnte sich nicht mehr daran erinnern, wie es war, sich normal zu fühlen, und er hätte den rechten Arm dafür hergegeben, es wieder zu erleben. In einem einzigen Jahr hatte sich sein gesamtes Leben von Grund auf verändert. Es würde nie wieder so sein wie früher.

Der Aufzug kam an, und Russou stieg ein. Als die Kabine mit leisem Zischen nach unten sank, mußte Russou sich zusammennehmen, um nicht vor Entsetzen über den Sturz viele Stockwerke hinab ins Erdgeschoß in Panik zu geraten. Ein Sturz. Das schien seine gesamte Existenz, körperlich und geistig, in einem Wort zusammenzufassen – seit dem Morgen jenes schrecklichen Tags im Flußtal des Shenandoah. Es lag fast ein Jahr zurück, aber es war ihm noch alles so gegenwärtig, als sei es gestern geschehen. Damals war er noch ein echter Krieger gewesen, mitten im Geschehen. Er und der Rest des Trinärsterns Beta Einsatz unter dem Befehl von Sterncaptain Trent waren bei einem Überfall auf den draconischen Planeten Maldonado in arge Schwierigkeiten geraten. Trent, ein Mitglied derselben Geschko wie Russou, war der einzige Freund gewesen, den er je gehabt hatte.

Sie hatten sich mit Mühe auf der Kuppe eines Bergkamms oberhalb eines kleinen Tals gegen eine Übermacht des 12. Dieron-Regiments verteidigt, als plötzlich am Himmel über dem umkämpften Gelände ein Landungsschiff aufgetaucht war. Dann erklang die unverwechselbare Stimme Sterncolonel Paul Moons über einen Breitbandkanal aus dem Schiff. Gleichzeitig hallten seine Worte über die Außenlautsprecher des Schiffes über den Kamm und das ganze Tal. Moon nannte Trent einen Verräter an seiner Kaste und seinem Clan. Er forderte Trent auf, sich augenblicklich zu ergeben, sonst werde er vernichtet.

Elementare sprangen aus Moons Schiff ab, angeführt vom Sterncolonel, und nahmen am Südende des Kamms Aufstellung, bevor sie gegen Trent vorrückten. Russou erinnerte sich an die Verwirrung, als Moon den Mitgliedern Trinärstern Betas befohlen hatte, den Kampf mit den draconischen Verteidigern abzubrechen und auf Trent zu schießen. Währenddessen deckte diesen ein Stern Elementare mit ihrem Feuer ein.

Dann war die 308. Division der ComGuards über den Kamm gekommen und hatte ihrerseits die Elementare unter Beschuß genommen. Durch den Rauch und Tumult hatten Russou Howell und sein Stern Gamma sich Trents Mech genähert, und sein Freund hatte sie voller Gelassenheit erwartet. Paul Moon hatte aus den Lautsprechern gebrüllt: »Vernichte ihn, Russou. Er hat dich und deinen Clan verraten.« Russou erinnerte sich daran, wie sich sein Magen vor Unentschlossenheit verkrampft hatte. Und an Trents letzte Worte: »Du hast keine Wahl. Es muß hier enden.« Russou hatte geschossen.

Paul Moon hatte fast vom ersten Augenblick an, als er ihm unter die Augen getreten war, versucht, sich Trent vom Hals zu schaffen. Zu viele Nebelparder waren in den brutalen, blutigen Kämpfen auf Tukayyid gefallen, und das war der Grund für Paul Moons Haß auf Trent. Für die Parder war die Schlacht ein Desaster geworden, für die Clans als Ganzes eine Katastrophe. Es war der Waffenstillstand von Tukayyid gewesen, der sie vor sieben Jahren gezwungen hatte, die Invasion der Inneren Sphäre für fünfzehn Jahre anzuhalten.

Moon hielt Trent für einen Feigling. Er hatte als einziges Mitglied seines Binärsterns Tukayyid überlebt. Ein wahrer Krieger, so Paul Moons Argumentation, wäre für seinen Clan und das große Ziel der Eroberung der Inneren Sphäre in den Tod gegangen. Deshalb wollte Moon Trent loswerden, und er hatte keine Ruhe gegeben, bis es ihm gelungen war.

*Von meiner Hand.* Russou sah hinab auf seine Hände und stellte fest, daß er sie zu Fäusten geballt hatte. Er schlug gegen die Wand der Aufzugskabine und fühlte den Schmerz durch die Knöchel schießen. Moon hatte Trent des Verrats beschuldigt, aber wie hätte das wahr sein können? Russou hatte nie einen Krieger getroffen, der dem Wesen des Parders treuer gewesen wäre. Er hatte im vergangenen Jahr fortwährend mit diesen Zweifeln gerungen. Und die Zweifel hatten gewonnen.

Dann hatte Paul Moon Russou kurz nach Trents Tod einen Positionstest aufgezwungen. Er hatte zwei andere Krieger besiegt und den neuen Rang eines Sterncolonels erworben. Der Sieg hatte ein Gefühl der Leere in ihm hinterlassen. Zum Zeitpunkt des Kampfes hatte er nicht einmal gewußt, um welche Position er kämpfte.

Die Aufzugstüren glitten mit einem diskreten Zischen auf, und Russou trat hinaus in das gewaltige Foyer der Halle des Jägers. Die planetare Gefechtszentrale der Nebelparder befand sich tief im Herzen des über der Hauptstadt Lutera aufragenden Berges. In der kathedralenhohen, aus dem Fels des Mons Szabo gehöhlten Halle fühlte er sich winzig. Mit laut auf dem Steinboden knallenden Absätzen hastete er hinaus ins Tageslicht des Eingangs. Die Unterbringung im Innern eines Berges hatte ihre Annehmlichkeiten, aber Fenster gehörten nicht dazu.

Russou durchquerte die Sicherheitsschranke am Eingang und nickte den dort Dienst tuenden Soldaten knapp zu. Sie nahmen Haltung an, aber vorher bemerkte ihr Kommandeur noch die anscheinend bei den hier stationierten Einheiten übliche Nachlässigkeit. Er versuchte, sich seine Verärgerung nicht anmerken zu lassen und machte sich eine Gedankennotiz, die Sicherheitsposten später drillen zu lassen. Dann trat er hinaus in die kühle Morgenluft.

Er blieb einen Augenblick stehen und hob das Gesicht zum Himmel. Es war mal wieder ein grauer, wolkenverhangener Tag. Das Wetter war typisch für diesen Teil des Planeten, jedenfalls hatte man ihm das gesagt. Zwei Wochen waren wie eine Minute verstrichen, und Russou hatte sich noch immer nicht wirklich eingewöhnt.

Er war unterwegs zum Paradeplatz, um eine der vielen Kadettengeschkos auf Diana zu inspizieren. Er redete sich ein, daß es eine wichtige Arbeit war, daß die Ausbildung neuer Krieger jetzt mehr denn je von Bedeutung wäre. Nur sehr wenige Kadetten hielten bis zum Ende ihres Trainings durch, und noch weniger schafften es, sich als vollwertige ClanKrieger zu qualifizieren, indem sie ihren Positionstest bestanden. Jemand mußte dafür sorgen, daß diese neuen Truppen das Beste waren, was der Clan zu bieten hatte. Und ob es ihm gefiel oder nicht, dieser jemand war nun Russou Howell.

Er blieb im Gehen stehen und drehte sich um, schaute zu dem Parder im Sprung auf, der hoch über ihm in die Felswand des Mons Szabo gehauen war. Das Nebelparder-Symbol war von jedem Punkt des Stadtgebiets Luteras aus zu sehen, und nachts wurde es auf beeindruckende Weise erleuchtet. Irgend jemand hatte Russou bei seiner Ankunft auf Diana mitgeteilt, daß Lutera ein Hindi-Wort für Raubtier war. Als er jetzt zu dem Bild des Nebelparders im Sprung emporblickte, erfaßte ihn ein vertrautes Gefühl des Stolzes. Hier war das Symbol all dessen, was ein Nebelparder-Krieger verkörpern sollte: Aggression und Tödlichkeit, Schnelligkeit und Gnadenlosigkeit. Dafür hatte er gelebt, um im Cockpit seines *Bluthund* auf das Schlachtfeld zu ziehen und mit dem furchtbaren Waffenarsenal seines OmniMechs die Feinde des Clans zu vernichten. Und eines Tages einen echten Kriegertod zu sterben: kämpfend, wenn nötig brennend, und dabei so viele Feinde mit in den Tod zu nehmen wie nur möglich.

*Aber nein,* dachte er, und stürzte zurück in die Gegenwart. *Jetzt sitze ich an einem Schreibtisch.* Er schüttelte bei dem Gedanken verbittert den Kopf, nur noch ein Papierkrieger zu sein. Er war der höchste Offizier auf dem ganzen Planeten, Kommandeur der Eisernen Garde und der Wächter zweier Galaxien, aber er fühlte sich irgendwie nutzlos. Obwohl er einen Blutnamen besaß und ein durch Genmanipulation zum härtestmöglichen Kämpfer gemachter Krieger war, focht er nur noch gegen die Bürokratie.

Er ging um eine Ecke und stieß fast mit einem

Grüppchen Krieger zusammen, die in die andere Richtung unterwegs waren. Er fühlte Verlegenheit, weil er sie nicht hatte kommen hören. Besonders, als ihm klar wurde, daß sie gutgelaunte Scherze austauschten. *Sie lachen. Was gibt es hier zu lachen?*

Er stand unmittelbar vor Sterncolonel Logan. Der Mann hatte ein böses, verkniffenes Gesicht und eine fahle Gesichtsfarbe. Seine Augen waren schmale Schlitze, die seinen Blick noch unergründlicher machten, als es sonst bei einem Krieger üblich war. Russou hatte ihn vom ersten Treffen an gehaßt. Und das Gefühl schien auf Gegenseitigkeit zu beruhen.

Logan kommandierte einen der Diana-Verteidigungssternhaufen und hatte sich während Russous langer Reise aus der Inneren Sphäre die Ehre erkämpft, zeitweilig den Posten des Galaxiskommandeurs zu übernehmen. Bei Russous Ankunft hatten er und Logan das rituelle Blutvergießen zelebriert, das notwendig war, damit Russou offiziell den Befehl übernehmen konnte. Gewöhnlich wurde das Ritual mehr pro forma durchgeführt, ohne daß es zu echten Verletzungen kam, aber Logan hatte mit mordlüsterner Wut zu Russou Howell aufgeblickt, nachdem dieser ihm einen Hieb ins Gesicht versetzt hatte, der ausreichte, ihn aus der Nase bluten zu lassen. Logan war nicht direkt aufmüpfig, aber weder er noch die übrigen Truppen auf Diana zeigten ihm oder sich selbst gegenüber den gebotenen Respekt. Zumindest nicht nach Russous Maßstäben.

Logan bellte einen Befehl, und die kleine Gruppe nahm augenblicklich Haltung an. Soviel zumindest mußte Russou ihnen zugute halten. Es waren insgesamt sieben, jeder einzelne ein verdammter Solahma. Russou erkannte die meisten von ihnen, und er wußte, daß sie ebenfalls die allgemeine Nachlässigkeit teilten, die diesen ganzen Planeten zu charakterisieren schien und die ihm so verhaßt war. Einer von ihnen schien abfällig zu grinsen. *Wie heißt er? Zu viele Gesichter in zu kurzer Zeit. Es verschwimmt alles zu einer Suppe.*

Russou stand vor einem der jüngeren Krieger der Gruppe, einem großen, respektlos wirkenden Burschen. Junge Krieger waren auf Garnisonswelten selten. Dieser hier mußte sich auf seinem vorigen Posten einiges haben zuschulden kommen lassen. Russou nahm sich vor, seine Akte anzusehen. »Wie heißt du?« bellte er ihn an.

»Ich bin Sterncommander Cajuste.« Das angedeutete Grinsen wurde stärker. Russou fühlte das Bedürfnis, dem Kerl die Faust in den Mund zu rammen.

»Ich finde es interessant, daß du die Energie hast, dich zu amüsieren, Sterncommander. Nach deiner erbärmlichen Leistung bei den gestrigen Mechdrills hätte ich gedacht, du würdest deine gesamten Anstrengungen dem Versuch widmen, deine Leistungen als Krieger zu verbessern.«

Cajustes Grinsen verschwand, und seine Miene wurde hart. »Ich habe gestern nichts getan, was meiner Ehre geschadet hätte.«

»Das beweist nur, nach welchen niedrigen Standards du dich bewertest. Du bist es nicht würdig, ein Nebelparder-Krieger zu sein. Es ist kein Wunder, daß du in deinem Alter zum Garnisonsdienst abgestellt bist.«

Cajustes Gesicht lief vor Wut rot an. »Du hast kein Recht, irgendwen auf dessen Alter anzusprechen. Du hast die besten Zeiten hinter dir. Wie kommt es, daß du nicht im Kampf gefallen bist, sondern lange genug überlebt hast, um hinter einem Schreibtisch zu landen und Drillübungen zu verwalten?« Das letzte Wort war blanker Hohn.

Russou kämpfte gegen das rhythmische Ballen und Entspannen seiner Fäuste an, eine Angewohnheit der letzten Monate. »Deine Worte künden von Arroganz,

Solahma, obwohl du Schande darüber empfinden solltest, nicht zu wissen, wie ein Krieger seinen kommandierenden Offizier anzusprechen hat. Dies ist Diana, und es ist immer noch der stolze Planet, den die Nebelparder ihre Heimatwelt nennen. Ich bin nicht nur der Kommandeur über zwei Galaxien, ich bin verantwortlich für diesen ganzen Planeten und alles und jeden auf seiner Oberfläche. Niemand auf Diana steht über Russou Howell. Und ich bin nicht bereit, mich von einem maunzenden, verweichlichten Abklatsch eines Kriegers beleidigen zu lassen. Du wirst für deine Ehrlosigkeit im Kreis der Gleichen bezahlen.«

Der Rest der Gruppe wich zurück und bildete einen Kreis, in dessen Mitte Cajuste und Russou standen. Russou betrachtete die Gesichter der Umstehenden und erkannte, wie sie auf diesen Zweikampf brannten. Seine Wut nahm noch zu, als er den selbstgefälligen Ausdruck auf Cajustes Gesicht sah, der bereits die Hand zu dem Ritual hob, das dem Kampf vorausging. Russou trat zu ihm und hob antwortend die Hand, aber statt seine Bereitschaft zu signalisieren, ballte er die Faust und trieb sie hart gegen Cajustes Nase. Er fühlte einen Energieschub, als er dessen Nasenbein unter dem Schlag brechen hörte. Cajuste fiel nach hinten. Russou setzte nach und drosch auf dessen Gesicht ein.

Alles, was sich seit jenem Tag auf Maldonado in Russou Howell aufgestaut hatte, die ganze Wut, Verwirrung und Verzweiflung, schien aus ihm herauszubrechen. Er war durch und durch Parder, ohne irgendwelche Skrupel oder den geringsten Gedanken an Gnade. In seinem ganzen Leben hatte er noch nicht so brutal und gnadenlos gekämpft. Innerhalb von Sekunden verlor Cajuste das Bewußtsein und stürzte vor Russou zu Boden.

Schockiertes Schweigen hing in der Luft, als Russou

sich umsah. Jetzt war es an ihm, selbstgefällig zu sein. Er wandte sich zum Gehen.

»Du hast das Ehrenritual verletzt, Galaxiscommander«, stellte Logan mit leiser, wütender Stimme fest.

»Ich weiß. Dies war kein Ehrenduell. Es ging um Disziplin und Pflichterfüllung. Welche Ehre hat ein Krieger noch, der so wenig Wert, so wenig Selbstachtung besitzt, daß er seinen Platz in der Befehlskette vergißt und damit, daß er nur existiert, um zu dienen? Solahma hin oder her, wir sind Nebelparder, und wenn es sein muß, nehme ich euch auseinander und setze euch wieder zusammen. Wir sind die Verteidiger der Nebelparder-Heimatwelt und wissen nicht, wann der Tag kommt, an dem wir in den Kampf ziehen müssen. Ich habe diesen Befehl übertragen bekommen und ich werde euch zweitklassige, verwahrloste Krüppel wieder zu ClanKriegern machen, selbst wenn es euch umbringt.«

Damit wirbelte Russou Howell herum und marschierte davon, eine kleine Gruppe geschockter und gedemütigter Krieger zurücklassend.

# 7

**Schwarzes Shikarital, Diana**
**Kerensky-Sternhaufen, Clan-Raum**

*21. März 3059*

Solahma-Sterncommander Sentania Buhallin stieg im späten Morgennebel auf ihre übliche Weise den steilen Hang hinab, in einer Serie schneller Manöver, die ihr Alter Lügen straften. Sie stieß sich vom Stamm eines der dünnen Bäume ab, die über den Hang verstreut waren, ließ sich ein paar Schritte von dem Schwung tragen, dann packte sie den schlanken Stamm eines anderen Baums und schwang sich herum, sprang zum nächsten Stamm und ließ sich von diesem abbremsen, um zu Atem zu kommen und die weitere Route festzulegen. Sie stieß sich ab, sprang, rutschte, tanzte über Luftwurzeln, hangelte sich an tief hängenden Ästen entlang, schleuderte ihren Körper von einem Ast zum nächsten, bremste sich im Gebüsch ab. Ein Beobachter hätte denken können, er sähe ein choreographisch inszeniertes Freiluftballet, das einer Holoübertragung würdig war. Natürlich gab es auf Diana keine Holovidprogramme, da die Nebelparder für Unterhaltung oder Kunst nicht viel übrig hatten.

Es war allerdings wenig wahrscheinlich, daß irgend jemand Sentania Buhallin beobachtete. Sie war geübt darin, ihre Bewegung zu verbergen. MechKrieger Stenis, einer der ältesten Solahmas unter den Jadefalken hier auf Diana, bestand darauf, daß ihre Fähigkeit, unbemerkt zu bleiben, auf der Kunst beruhte, sich unsichtbar zu machen und die Gedanken des Gegners zu verwirren. Sentania stritt es ihm gegenüber nicht ab, denn sie war überzeugt, daß die Jahre im Falkenhorst Stenis in den Wahnsinn getrieben hatten. Tatsächlich hielt sie die meisten Solahmas im Falkenhorst auf die eine oder andere Weise für verrückt, und dabei schloß sie sich selbst nicht aus. Sie nahmen häufig Standpunkte ein und sagten Dinge, die man von Clannern nicht erwartet hätte.

Als Sentania zum Fuß des langen Abhangs hinabrutschte und sich dem tiefen Fluß näherte, der sich zwischen Lutera und den Östlichen Bergen einen Weg durch das Land grub, hechtete sie in ein Gebüsch, das ein gutes Versteck abzugeben versprach. Sentania hielt ständig Ausschau nach Verstecken, selbst in sicherem Gelände. Es konnte nie schaden, eines zur Hand zu haben, falls es einmal nötig wurde.

Sie war schon so lange auf Diana, daß sie sich ein bewundernswertes Wissen über die Geländebedingungen im kilometerweiten Umkreis um den Berggipfel angeeignet hatte, auf dem die Station Falkenhorst lag. Durch die Windungen dieser unzugänglichen Gebirgsregion mußte sie häufig die doppelte Distanz einer Direktverbindung zwischen zwei Punkten zurücklegen. Dies hatte sie die Auf-ab-rein-raus-über-unter-links-rechts-Methode der Bewegung entwickeln lassen, mit der sie durch die Wildnis hetzte.

Allerdings war sie meist nicht in Eile. Und oft war sie nur auf Entdeckungstour, so daß es ihr nichts ausmachte, abgelenkt zu werden. Im Horst vermißte man sie nicht sonderlich, denn es gab kaum etwas zu tun. Die Disziplin war so lasch, daß sie praktisch nicht existierte, und ihr Kommandeur schien mehr als an irgendwelchen Militärbelangen daran interessiert, mit seinem zahmen Falken auf Jagd zu gehen.

Heute tosten und tobten die Wasser des Schwarzen Shikari und machten es unmöglich, den Fluß ohne Hilfsmittel zu überqueren. An anderen Tagen war er ruhig genug, daß man sich ohne Probleme ans gegenüberliegende Ufer treiben lassen konnte. Allerdings war das nicht mehr nötig, seit ein von einem

Blitzschlag gefällter Baumstamm etwas flußabwärts eine natürliche Brücke bildete. Wie üblich plante Sentania den Fluß nach kurzer Rast dort zu überqueren.

Das Problem dabei, Solahma zu sein, selbst wenn man so energiegeladen war wie Sentania, war das Bedürfnis des alternden Körpers nach Ruhe. In ihren besten Zeiten hatte sie sich nie ausruhen müssen. Sie erinnerte sich an eine Zeit, als sie in der Lage gewesen wäre weiterzuziehen, selbst wenn ihre Untergebenen dafür zu erschöpft waren. Das hatte ihre MechKrieger nur noch stolzer auf sie gemacht, und sie hatten oft damit geprahlt, unter der zähesten und schneidigsten aller Jadefalkinnen zu dienen. Sie hätten sich für Sentania Buhallin auf eine abschußbereite Raketenlafette geworfen. Einmal hatte einer ihrer Krieger genau das getan.

Sie schloß für einen Moment die Augen, bereit, kurz einzudösen, dann zuckte sie hoch.

*Ich werde keine dieser Solahma-Kriegerinnen werden, die ein Mittagsschläfchen brauchen. Davon gibt es im Falkenhorst schon zu viele, auch wenn sie das nicht abhält, sich genauso verrückt zu betragen wie die hellwachen. Wie sagt Stenis dauernd? Um Solahma zu sein, muß man verrückt sein, und da hilft es ungemein, wenn man ohnehin nicht ganz richtig im Kopf ist. Kein Wunder, daß so viele reguläre Krieger uns so mißtrauisch begegnen.*

Die Ehrengarde der Station und der unterstützende Binärstern von Solahma-Kriegern hatten außerhalb der Dienstzeit kaum Kontakt, und die Dienstzeit der Truppen im Falkenhorst war auf ein Minimum zusammengeschrumpft. Die Parder ließen sie weitgehend in Ruhe. Der wissenschaftliche Außenposten war ihnen gleichgültig. Das einzige, was alle Falken-Krieger gemeinsam hatten, war die Abneigung gegen die Wissenschaftler, die reguläre Einheiten und Solahmas gleichermaßen für die verrücktesten Jadefalken der ganzen Station hielten. Sentania allerdings war keine überzeugte Verfechterin dieser ablehnenden Haltung, da sie zu den wenigen gehörte, die Bewunderung für die Bemühungen der Wissenschaftlerkaste empfand, die kriegerischen Möglichkeiten des Clans auszubauen.

Hungrig geworden, schob sie ein paar auf dem Boden liegende Blätter beiseite und entdeckte wie erwartet einige der auf Diana heimischen runden Insekten. Die Nebelparder nannten sie Beerenameisen. Sie eigneten sich gut für einen Imbiß – knackig und süß, mit einem orangenähnlichen Geschmack.

Sie hob drei der Insekten auf und warf sie sich in den Mund. Bei diesen Exemplaren war der Orangengeschmack besonders ausgeprägt. Er schien ihr bis in die Nase zu steigen. Sie hätte sich nicht träumen lassen, Insekten einmal als Delikatesse zu betrachten, auch wenn sie während der harten Tage des Überlebenstrainings in ihrer Kadettenzeit einige verspeist hatte. Eine Vorliebe dafür hatte sie erst hier auf Diana entwickelt. Insekten waren leicht zu finden, wenn sie hungrig durch die Wildnis streifte.

Eßbare Pflanzen waren auf Diana seltener, aber es gab genug, die sich mit etwas Zubereitung verdaulich machen ließen. Was Stenis aus einem Topf Karnablätter machen konnte, dem Laub der bizarr aussehenden, dürren Bäume, die in dieser Gegend überall zu finden waren, war absolut bemerkenswert, besonders gewürzt mit ein paar Beerenameisen.

Ausgeruht und bereit, ihre Erkundung fortzusetzen, stand Sentania wieder auf. Nach ein paar Schritten in Richtung Fluß hörte sie ein leises Brummen am Himmel. Sie sah hoch. Zunächst war nichts zu sehen, dann tauchte ein Landungsschiff über dem Berg auf, den sie gerade herabgestiegen war, und trieb über sie hinweg. Sonst flogen Landungsschiffe im Sinkflug einen geraden, direkten Kurs. Dieses hier schwankte und schien beinahe zu instabil. Dann sah sie Rauch aus mehreren Stellen am Rand des Schiffes dringen. Er war das letzte, was ihr an dem Schiff auffiel, bevor es hinter den Bäumen in Richtung Fluß verschwand. Vermutlich hielt es Kurs auf den im Norden liegenden Raumhafen von Lutera.

*Da stimmt etwas nicht,* dachte sie. Eine laute Explosion, die den Boden unter ihren Füßen zum Beben brachte, bestätigte ihre Einschätzung, gefolgt von einem weiteren Zittern, vermutlich dem Aufschlag des Landungsschiffes.

Überraschende Ereignisse versetzten Sentania in Erregung. Sie beeilte sich, die natürliche Brücke zu erreichen. Mit kleinen, sicheren Schritten rannte sie über den Baumstamm. Auf der anderen Seite ließ sie sich vom beißenden Brandgeruch und dem Krachen des Metalls zur Absturzstelle leiten.

Noch bevor sie das Wrack erreicht hatte, spürte sie noch etwas anderes und hielt an. Durch die Fußsohlen fühlte sie eine der vertrautesten Empfindungen für jeden Krieger: das Erzittern des Bodens unter den Schritten riesiger Kampfkolosse. Sie kniete nieder und legte beide Hände flach auf die Erde. Die Erschütterungen drangen durch ihre Beine, und sie schätzte, daß sich wenigstens ein kompletter Stern von fünf Mechs in Richtung der Absturzstelle bewegte. Aus dem Rhythmus der Riesenschritte schloß sie auf eine schnelle Bewegung und eine Entfernung von höchstens drei bis vier Kilometern in nordöstlicher Richtung.

Jetzt bewegte sie sich vorsichtiger weiter. Auf keinen Fall wollte sie von irgendwelchen Nebelpardern entdeckt werden. Sie kannte zahlreiche Geschichten über deren grobe Behandlung von Gefangenen. Natürlich drang sie immer wieder in deren Territorium ein. Tatsächlich war das eine ihrer Lieblingsbeschäftigungen, und sie war geschickt darin, einer Festnahme zu entgehen. Deshalb duldete ihr Kommandeur ihre Ausflüge und Eigenheiten: Sie brachte häufig interessante Neuigkeiten über Parderaktivitäten in deren Hauptstadt Lutera und Umgebung mit.

Die Beziehungen zwischen den Pardern und Falken auf Diana waren gespannt. Die Jadefalken hatten den kleinen Stützpunkt am Falkenhorst vor Beginn der Invasion der Inneren Sphäre als Geschenk des ilKhans Leo Showers erhalten. Die Falken blieben hoch in den Östlichen Bergen unter sich, und die Parder schienen der Ansicht zu sein, daß es sich nicht lohnte, sie zu einem Besitztest herauszufordern, um sie wieder zu vertreiben. Aber ab und zu brachen dennoch Feindseligkeiten aus, was keineswegs ungewöhnlich war, wenn zwei Clans sich irgendwie nahe kamen.

Vor nicht allzu langer Zeit hatte eine Gruppe Falken-Solahmas aus dem Hinterhalt eine müde Streife Parder-Krieger überfallen, nur um sie zu beschämen, indem sie deren Einheitsabzeichen erbeuteten, die anschließend per Boten an die Kommandostelle der Galaxis Zeta in Lutera gingen. Das war nur eine von mehreren Jadefalken-Aktionen gewesen, um den neuen Galaxiscommander auf Diana zu begrüßen. Der Parder-Kommandeur hatte reagiert, indem er schwor, es jedem Jadefalken heimzuzahlen, der den Fehler beging, sich auf Nebelparder-Gebiet erwischen zu lassen.

*Das war nun wirklich keine Überraschung,* dachte Sentania. Die Parder übertrieben alles.

Das Leben auf Diana war für einen Krieger nicht sonderlich aufregend, aber der Planet selbst hatte für die Nebelparder durchaus Bedeutung. Er war nicht nur ihre Heimatwelt, sondern beherbergte auch Waffen- und Mechfabriken, und viele Geschkos erhielten hier ihre Ausbildung. Außerdem befand sich auf dieser Welt der Genfundus der Parder. Ihre Haltung dem Planeten gegenüber belustigte Sentania. Man hätte meinen können, der Fundus sei eine Art Schrein, so wie sie um ihn herumflatterten. Natürlich war der Genfundus heilig, und sie verstand die große Bedeutung eines solchen Orts für einen Clansmann. Aber mußten die Parder es wirklich bis zum Äußersten treiben?

Sentania näherte sich weiter der Absturzstelle und schaffte es dabei, außer Sicht zu bleiben, während sie sich parallel zum angenommenen Kurs der Nebelparder-Mechs hielt. Vor ihr stand ein Teil des Waldes in Flammen. Sie hörte Diana-Baumaffen, eine besonders lästige Tierart, die für ihre schmalen Gesichter und ihr entnervendes Kreischen berühmt war, in einer Kakophonie von Schreien flüchten. Sie sah hoch und entdeckte eine Gruppe der Tiere, die sich so rasch bewegte, daß sie wie eine graue Wolke über den Wipfeln aussah.

Als sie einen BattleMech gefährlich nahe herankommen hörte, hechtete sie zwischen die großen Luftwurzeln zweier Bäume. Das Krachen der Mechschritte wurde immer lauter. Ein paar dünnere Bäume knickten weg, und sie sah einen einzelnen Mechfuß, abgeknickt und scheinbar kaum am Knöchel befestigt. Der flüchtige Blick reichte aus, einen *Kriegshammer IIC* zu erkennen, einen der vielen für den Garnisonsdienst umgebauten Parder-BattleMechs älterer Bauart, deren Verwendung die furchtbaren OmniMechs für den Einsatz gegen die Innere Sphäre freistellte. Der Fuß war rußgeschwärzt, verkratzt und verbeult. Seine grün angestrichene Oberfläche schien so schmutzig, daß von der Farbe kaum noch etwas zu erkennen war.

Der Boden unter Sentania erbebte immer stärker, und mit ihm die Luftwurzel, an die sie sich klammerte. Ein *Kriegshammer IIC* konnte bei der Durchquerung eine Menge Wald verwüsten oder sogar völlig vernichten, besonders, wenn er die langen PPK-Läufe an beiden Armen dazu benutzte, sich einen Weg zu bahnen.

Für Sentania gehörte ein BattleMech zu den beeindruckendsten Anblicken der Milchstraße, auch wenn sie selbst keinen mehr steuerte. Sie würde nie das Gefühl vergessen, in der Schlacht im Cockpit ihres *Bluthund* zu sitzen. Von dort aus hatte sie gegen einige *Kriegshämmer* gekämpft, und sie brauchte diesen nicht erst zu sehen, um zu wissen, wie er aussah: ein zwölf Meter hohes Metallmonster, bereit jeden Feind niederzumähen, während es geradeaus donnerte, den massigen Stahlbauch vor sich her tragend.

Kaum war der *Kriegshammer IIC* vorbei, da schob sich Sentania wieder aus ihrem Versteck und folgte dem Mech in kurzem Abstand zur Absturzstelle.

Zum Glück für seine Passagiere war das Landungsschiff aus relativ geringer Höhe abgestürzt, so daß der Aufprall vergleichsweise sanft gewesen war. Von ihrer Position in der Deckung eines Baums konnte Sentania nur minimale Schäden an den Aufbauten erkennen. Über die Vorderseite des Schiffes zog sich eine weite Bresche, aus der Rauch aufstieg und gelegentlich eine Flammenzunge leckte.

Sie erkannte das Schiff als ein Modell der *Union*-C-Klasse, das einen Trinärstern BattleMechs transportieren konnte. Die Möglichkeit, daß es tatsächlich Mechs beförderte, erregte die Jadefalkin, obwohl ihr klar war, daß diese beim Absturz beschädigt worden sein konnten. Der Falkenhorst besaß keine echten Mechs, nur die schwächlichen FlugMechs, aus denen die Wissenschaftler der Station schon seit einiger Zeit effektive Kampfmaschinen zu machen versuchten. Wie die meisten ClanKrieger betrachtete Sentania den FLUM als eine Verirrung, die weder eines MechKriegers noch eines Luft/Raumpiloten würdig war.

Das Gewicht des Landungsschiffs hatte es reichlich tief in den Boden gedrückt. Mit seiner enormen Größe und der runden Rumpfform wirkte es wie ein zusätzlich in die Landschaft gesetzter Hügel aus bearbeitetem Metall, auf dessen Hängen mehrere Feuer loderten. Sentania kniff die Augen zusammen, um durch den Rauch zu sehen, und erkannte überrascht und befriedigt den herabstürzenden Falken des Jadefalken-Wappens.

Leider hatte ein Stern von Nebelparder-BattleMechs um das Schiff Aufstellung genommen. Ihre Waffen waren auf die Überlebenden des Absturzes gerichtet, deren Verfassung ihnen keine Gegenwehr gestattete. Manche stolperten und stürzten zu Boden, während der Rest andere aus dem Schiffsinneren in Sicherheit schleppte. Inmitten der Geschäftigkeit stand ein muskulöser Krieger mit dichtem Bart. Er wirkte vertraut. Sentania rückte näher und erkannte ihn. Den Rangabzeichen auf seiner Montur nach hatte er inzwischen den Rang eines Sterncaptains inne. Sie kannte auch seinen Namen. Hengst.

*Das ist ungewöhnlich,* dachte sie. *Ein Freigeborener mit Befehl über einen Trinärstern. Selbst wenn dieser Freigeborene ein durchaus bekannter Krieger ist.* Sie konnte sich nicht entsinnen, jemals einen Freigeborenen in einer derartigen Position gesehen zu haben. Natürlich war dieser Hengst für seine Tapferkeit berühmt. Er hatte sich sogar mehrere Zeilen in der Jadefalken-Version der *Erinnerung* verdient, dem epischen Gedicht, das jeder Krieger auswendig kannte. *Trotzdem ist es seltsam, einen Freigeborenen Befehle erteilen zu sehen, wenn eigentlich ein Wahrgeborener das Kommando haben müßte.*

Dann drang eine andere, beunruhigende Einzelheit

zu ihr durch. *Was ist mit den Wahrgeborenen geschehen? Alle diese Krieger haben Freigeborenen-Litzen an der Montur. Ich sehe nicht einen Wahrgeborenen. Kann es sein, daß beim Absturz alle Wahrgeborenen ums Leben gekommen sind?* Sie erkannte, daß Hengst den Befehl haben mußte. Sie erkannte den Befehlston in seiner Stimme. Und die Arroganz des Kommandeurs.

Sentania hatte Diana seit fast zehn Jahren nicht mehr verlassen. Ihr Alter hatte sie von einer Beteiligung an der Invasion der Inneren Sphäre ausgeschlossen. Sie hatte nicht einmal das Glück gehabt, zu einer der Selbstmordaktionen eingeteilt zu werden, die einer Solahma zumindest den Anschein eines Kriegertods liefern konnten. Irgendeine Veränderung im Status von Freigeborenen wäre inzwischen mit Sicherheit bis zu ihr vorgedrungen. Eine Freigeburt mit dem Befehl über einen Trinärstern. Was konnte sie in ihren letzten Jahren noch an wundersamen Erlebnissen erwarten?

Sie erkannte Hengst, weil sie ihm einmal bei einem Überfall auf die Wölfe begegnet war, an dem sie beide teilgenommen hatten. Hengst war damals ein MechKrieger in einem Stern gewesen, den der noch berühmtere Jadefalken-Krieger Aidan Pryde befehligt hatte.

*... Sie hat erst kürzlich gegen eine starke Konkurrenz ihren Blutnamen gewonnen. Ihr BattleMech, ein* Bluthund, *steht mit dem Rücken an einer freistehenden Ziegelsteinmauer. Der Rest des Bauwerks liegt ringsum in Schutt und Asche. Die Beine ihres Omnis schaffen es kaum, ihn im Gleichgewicht zu halten, ein Problem, das noch durch die Tatsache verschlimmert wird, daß dessen linker Arm durch Geschütztreffer bis zur Nutzlosigkeit zerschossen ist. Das Ellbogengelenk ist so schwer beschädigt, daß der Unterarm nutzlos herabhängt, nur noch mit beschädigten Myomersträngen am teilweise zerschmolzenen Oberarm befestigt.*

*Die Laser sind noch einsatzbereit, können aber höchstens den Fuß ihres eigenen Mechs zerschmelzen.*

*Ein feindlicher Mech, ein* Waldwolf, *greift sie an. Die Lafetten auf den Schultern ihres* Bluthund *enthalten kaum noch Raketen. Nur die Laser im rechten Arm sind weiter zu gebrauchen, aber irgend etwas stimmt auch damit nicht. Die Waffen reagieren zu langsam.*

*Sie versucht auszusteigen, aber die Rettungsautomatik blockiert. Sie muß schlucken und stählt sich, um das unvermeidbare Ende auf die ruhige Weise einer Jadefalken-Kriegerin zu erwarten. In diesem Augenblick kommt eine* Nemesis *um die Mauer und nimmt den feindlichen Mech unter Beschuß. Der Angriff kommt so unvorhergesehen, und der* Waldwolf *ist bereits so angeschlagen, daß die Laserschüsse der* Nemesis *die letzten Schichten Panzerung durchschlagen und den Fusionsreaktor im Rumpfinnern zerstören. Der* Waldwolf *explodiert, sein Pilot schafft es im letzten Moment auszusteigen.* Ein Glück, daß seine Rettungsautomatik funktioniert hat, *denkt Sentania.* Waldwolf-*Splitter prasseln in einer dichten Schrapnellwolke über den* Bluthund. *Er übersteht den Stahlhagel, aber die Techs brauchen Tage, bis er wieder einsatzbereit ist.*

*Als sie aus dem Cockpit des* Bluthund *steigt und die reichlichen Einschußlöcher als bequeme Hand- und Fußgriffe für einen schnellen Abstieg nutzt, sieht sie den Piloten der* Nemesis *ebenso leicht zu Boden klettern. Sie springt ab und will sich bei ihm bedanken. Nach zwei Schritten bleibt sie plötzlich stehen, als sie die grünen Litzen an seiner Kampfmontur sieht, die ihn als Freigeborenen ausweisen. Sentania hat sich noch nie mit Freigeborenen eingelassen und neigt dazu, sich abzuwenden, wenn sie einem von ihnen in einem Bereitschaftsraum oder einer Freizeitsituation begegnet. Außerdem scheinen auch die meisten Freigeborenen eine Abgrenzung vorzuziehen.*

*Dieser spezielle Freigeborene jedoch hat ihr das Leben*

*gerettet. Sie kann ihm weder die kalte Schulter zeigen noch ihre Verpflichtungen ignorieren, nicht einmal aus starken Kastengründen. Sie geht weiter und begrüßt ihren Retter, der beiläufig nickt und fragt, ob es ihr gut gehe. »Keine Verletzungen?«*

*»Keine. Wie heißt du, Krieger?«*

*»Ich bin Hengst.«*

*»Hengst?«*

*Er lächelt, und sie bemerkt die Freundlichkeit darin. »Es ist natürlich nicht mein richtiger Name. Ich habe ihn vor langer Zeit erhalten.«*

*»Ist diese Nachlässigkeit im Umgang mit Namen eine Freigeborenensitte?«*

*»Keineswegs, Sterncommander Sentania Buhallin.«*

*»Du kennst meinen Namen?«*

*»In den letzten Wochen hat man viel von deinen Leistungen gesprochen. Es heißt, du behandelst den Krieg leichtfertig.«*

*»Du bist reichlich frech, Freigeburt!«*

*»Ich sage die Wahrheit. Du nimmst wenig ernst, frapos?«*

*»Nun, pos. Aber es ist ein Fehler, keine bewundernswerte Eigenschaft, und du, als Freigeborener, gehst zu weit, indem du es erwähnst.«*

*»Ich höre häufig, daß ich zu weit gehe. Aber nimm es nicht als Bewertung. Von mir heißt es auch gelegentlich, mir fehle es an Ernsthaftigkeit.«*

*»Ich erkenne meine Schuld dir gegenüber an, MechKrieger Hengst, aber ich erinnere dich mit Freuden daran, daß zumindest in manchen Kreisen jeder direkte Vergleich zwischen einem Wahrgeborenen und einem Freigeborenen als beleidigend angesehen wird.«*

*»Ja. In der Regel von dem Wahrgeborenen. Bist du beleidigt?«*

*Sie stockt, dann kann sie ein Lächeln nicht unterdrücken. »Nun, nein. Nur unbehaglich. Vielleicht sollten wir einfach den Schuldeid austauschen und wieder getrennter Wege gehen.«*

*»Wie du es wünschst.«*

*Sentania nimmt Haltung an und versucht sich an den Wortlaut des Eids zu erinnern. Die Worte brechen über sie herein, sicher nicht exakt, und sie spricht hastig den Eid: »Jadefalken-Krieger, edelster aller ClanKrieger, ich stehe für die Ehre, die du mir geleistet hast, in deiner tiefen Schuld. Dein tapferes Handeln gewährt mir den Rest meines Lebens. Ich erkenne meine Schuld dir gegenüber. Wenn du eine Begleichung wünschst, werde ich dein Begehr eiligst erfüllen. Gelobt seien die Clans.«*

*»Gelobt seien die Clans. Ich erkenne deinen Eid an und werde ihn nie vergessen.«*

*Nach Abschluß des Eids wendet Sentania sich zum Gehen. Hengst stellt fest: »Ein solcher Eidwechsel sollte unnötig sein. Die Ehre, einen Wolfsclan-BattleMech zu besiegen, ist mir zugefallen, und darauf läuft es hinaus. Daß ich dich gerettet habe, war ein Nebenprodukt und sollte keiner besonderen Dankbarkeit bedürfen.«*

*»Wer hat gesagt, ich wäre dankbar? Ich bin zu diesem Eid verpflichtet.«*

*»Ich werde wohl nie eine Gegenleistung verlangen.«*

*»Das mag sein. Ich weiß nicht viel über deine Freigeburtssitten oder darüber, wie sie sich auf ehrenvolle Kriegerrituale auswirken.«*

*»Ich bin ein Krieger wie du und …«*

*»Wieder bestätige ich meine Schuld dir gegenüber und wieder muß ich dich davor warnen, dich mit Wahrgeborenen zu vergleichen. Du bist tapfer, MechKrieger Hengst, und ich hoffe, wir werden einander wieder begegnen.«*

*»Das hoffe ich auch.«*

*Sie geht …*

In den darauffolgenden Jahren hatte Sentania sich von Zeit zu Zeit an den Zwischenfall erinnert, wenn sie von einer weiteren Heldentat des Freigeborenen erfuhr. Aber bis zu diesem Tage war sie Hengst nicht wieder begegnet, noch hatte sie Gelegenheit gehabt, ihre Schuld abzutragen.

Als sie sich jetzt daran erinnerte, staunte sie über die Treffsicherheit von Hengsts damaliger Einschätzung. Sie hatte tatsächlich kaum etwas ernst genommen. Dadurch hatte sie es nie weiter als bis zum Sterncommander gebracht, obwohl sie sich im Gefecht immer tapfer geschlagen hatte. Sie hatte auch schon häufig den Verdacht gehabt, daß ihr Solahma-Status teilweise darauf zurückzuführen war, daß ihre Vorgesetzten ihr Verhalten als unwürdig oder zumindest fragwürdig empfunden hatten.

Aber das war alles auf dem Schlachtfeld vergossene Kühlflüssigkeit. Sie befand sich jetzt seit fast zehn Jahren auf Diana. Die junge Kriegerin von damals war eine andere Sentania Buhallin gewesen – genauso wagemutig und leichtlebig wie jetzt sie.

Ihre Erinnerungen an vergangene Ruhmeszeiten wurden von einer gespenstischen, jeder Menschlichkeit beraubten, dröhnenden Lautsprecherstimme unterbrochen, die auf Brusthöhe aus dem Rumpf des *Kriegshammer IIC* drang.

»Identifiziert euch, Jadefalken-Krieger.«

»Ich bin Sterncaptain Hengst«, hörte Sentania, dann: »Ich bin Ravill Pryde, Sternhaufenkommandeur der Falkengarde, unterstellt, aber derzeit abgestellt. Und ich befehlige diesen zur Zeit weder durch eine Nummer oder einen Namen identifizierten Trinärstern. Wir sind auf dem Weg nach Strana Metschty, wollen aber zuvor die Jadefalken-Forschungsstation besuchen, was meines Wissens nach keinerlei Verletzung der Nebelparder-Herrschaft über diesen Planeten darstellt. Wir sind unter dem allgemein von allen Clans anerkannten Signal der Neutralität angeflogen. Aber eure Nebelparder-Jäger haben es ignoriert, unser

Landungsschiff von seinem Kurs abgedrängt und es angegriffen, was diese Bruchlandung zur Folge hatte. Dürfte ich die Ehre haben zu erfahren, wer die Frage stellt?«

»Du wirst nicht nur die Ehre haben. Wir werden die Angelegenheit von Angesicht zu Angesicht besprechen.«

Der Lautsprecher knackte laut, als er abgeschaltet wurde. Sentania schob sich ein Stück zur Seite, um den Nebelparder-Offizier besser sehen zu können, der jetzt aus seiner Kanzel stieg und schnell an der Seite des BattleMechs herabkletterte.

# 8

**Schwarzes Shikarital, Diana**
**Kerensky-Sternhaufen, Clan-Raum**

*21. März 3059*

Der Nebelparder-Anführer hatte seinen Helm abgenommen und Sentania erkannte ihn sofort an der Halbglatze und den spärlichen, über die kahle Platte gekämmten dunklen Haarsträhnen. Galaxiscommander Russou Howell schien die kurze Zeit zwischen dem Abnehmen des Neurohelms und dem Verlassen des Mechcockpits mit Kämmen zugebracht zu haben.

Sentania erkannte den Nebelparder-Kommandeur, weil sie ihm bei einem ihrer heimlichen Ausflüge in die Parderhauptstadt Lutera begegnet war und sogar mit ihm geredet hatte. Als schauspielerische Naturbegabung legte sie immer irgendeine Verkleidung an und konnte Mitglieder selbst der niedersten Parder-Kaste mit Leichtigkeit und – nach Meinung mancher ihrer Mit-Solahmas (außer Stenis) – einigem Flair darstellen.

An dem Tag, als sie mit Howell geredet hatte, war sie als Tech verkleidet gewesen, in einer der vielen Uniformen, die sie entwendet und in einem hohlen Baumstamm im Wald knapp außerhalb Luteras versteckt hatte. Wer ihr zu nahe kam, hätte den Wald in ihrer Montur riechen können, aber Nebelparder aller Kasten kamen sich selten so nahe. Diese Parder waren abweisende Gestalten, kalt und grausam.

Bevor sie die Nebelparder kennengelernt hatte, hätte Sentania ihre eigenen Jadefalken leicht auch als abweisend, kalt und grausam charakterisieren können. Sicher konnte ihr Volk so sein, wenn es nötig war, aber Falken kannten auch Augenblicke der Entspannung, der Kameradschaft und sogar der Wärme. Sie waren vielleicht selten, aber verglichen mit dem Wesen des Parders gab es sie reichlich.

An dem Tag ihrer Begegnung mit dem kahl werdenden Nebelparder hatte sie in einer Parder-Freizeithalle, einer absoluten Seltenheit, an einem der Tische gesessen. Das Gebäude war offensichtlich für die Tech- und niedrigeren Kasten bestimmt, da es sich nicht im Kriegerviertel Luteras befand. Wissenschaftler und Krieger verfügten über ihre eigenen Freizeithallen. Das nahm sie zumindest an.

Sie hatte an der Parderversion eines Fusionnaire genannten Drinks genippt. *Jadefalken-Fusionnaires sind stärker als dieses blutarme Gesöff*, dachte sie. Aber sie war ganz zufrieden darüber, daß dem Getränk der Biß fehlte. Sie hatte keinen Bedarf, ihre Verkleidung durch angesäuselte Unvorsichtigkeit auffliegen zu sehen.

Russou Howell betrat die Halle mit der für jede seiner Bewegungen charakteristischen Entschlossenheit. Er sah sich um, als sei seine Anwesenheit unter den in ihrer Freizeit entspannenden Techs vollkommen natürlich. Sentania ahnte in diesem Augenblick noch nicht, daß er ein Offizier war, da er keine Rangabzeichen trug. Aber sie hatte keinerlei Zweifel an seiner Kaste. Alle Krieger waren arrogant, und das mit Recht.

»Ich leiste dir Gesellschaft«, stellte er schroff fest. »Hol mir einen von diesen ... was immer du da trinkst.«

Sie unterdrückte den Impuls, ihn aufzufordern, sich den Drink selbst zu holen. Vielleicht weil sie zu überrascht davon war, daß ein Parder-Krieger einen Fusionnaire nicht erkannte. Dabei gab es keinen anderen Drink, der ihm ähnlich sah.

Sie studierte ihn unauffällig, während er den starken Long Drink kippte. Ihrer Einschätzung nach handelte es sich keineswegs um seinen ersten Drink an diesem Abend. Unter dem zurückweichenden Haaransatz erkannte sie deutliche Zeichen von Solahma-Alter ebenso wie Spuren eines harten Lebens. Gewöhnlich betrachtete sie ältere Offiziere, die noch in den Kriegerreihen aktiv waren, als Solahs. Das Wort war ihre eigene Schöpfung, und sie benutzte es nur in Gedanken, um es in ihrem Besitz zu halten. Es gab eine Reihe von Worten, die ihr Privatbesitz waren.

»Du weißt, wer ich bin, frapos?« fragte Howell nach einem ungewöhnlich langen Schluck. Seine Augenbrauen waren dicht und dunkel und selbst auf der wettergegerbten Haut von markanter Größe. Sie ließen die kleinen Augen noch stechender erscheinen.

»Neg«, antwortete Sentania. »Ich kenne Sie nicht. Ich habe wenig Kontakt mit Kriegern. Ich bin eine Tech. Sanitärreparaturen.«

Da sie improvisierte, wußte sie nicht, ob die Bezeichnung zutraf. Sie verließ sich auf die typische Neigung der Krieger, die Feinheiten des Kastensystems zu ignorieren.

»Oh«, meinte er und nahm einen weiteren Schluck. Seine gestreßte Miene schien zu entspannen. »Eine wertvolle Arbeit. Ich bin Russou Howell.«

Sie zog die Augenbrauen hoch. Die Unterwürfigkeit in ihrer Miene war ihm sichtbar willkommen. Natürlich hatte sie von Howell *gehört*.

»Ich hoffe, Sie genießen Ihre Erfrischung, Galaxiscommander«, sagte sie. »Und meine Anwesenheit stört Sie nicht.«

Um seine Lippen spielte beinahe so etwas wie ein Lächeln. *Das ist ein verflucht bizarrer Parder,* dachte sie.

»Genießen, was für ein seltsames Konzept«, stellte er wie bei sich fest. »Vielleicht sollte ich mich mehr unter die Kasten mischen.«

»Tun Sie das häufiger?«

»Was?« fragte er, als hätte die Frage ihn überrascht. »O nein. Ich habe schon manchmal in Verkleidung andere Krieger besucht, um zu hören, was sie wirklich denken, aber, nein, nie Mitglieder der niederen Kasten. Und natürlich bin ich auch jetzt nicht in Verkleidung.«

Seine Antwort berührte sie auf verschiedenen Ebenen. Zunächst war sie beeindruckt von der Fremdartigkeit eines Nebelparder-Kriegers, der eine Verkleidung auch nur in Erwägung zog, und seltsam angetan von der Ironie, daß er hier bei ihr saß, die sich sehr wohl verkleidet hatte. Daß er seine Truppen heimlich besuchte, beeindruckte sie ebenfalls, aber der Gedanke, daß er sich dazu herabließ, die Reviere der niederen Kasten zu besuchen, erstaunte sie.

»Du fragst dich, was ich hier will, frapos?«

»Aye, Galaxiscommander.« Wieder überraschte er sie.

»Ich weiß es selbst nicht.« Er nahm noch einen Schluck, und der Alkohol schien seine Zunge weiter zu lösen. »Ich kann dir eines sagen, und zwar, weil du es nicht verstehen wirst. Es gibt Augenblicke, in denen selbst der ergebenste Nebelparder Zweifel spürt, selbst Verbitterung. Dies ist einer dieser Momente. Du versteht es nicht, franeg?«

*Ich verstehe mehr, als du glaubst. Ich erkenne einen Krieger, der müde geworden ist: lebensmüde, schicksalsmüde. Gerade eine Solahma sieht so etwas, Russou Howell.* »Neg«, antwortete sie.

»Gut. Trink mit mir, Tech ...?«

Sentania wollte ihm keinen Namen nennen, und kein Krieger hätte das wirklich bemerkt. »Aye, Galaxiscommander. Ich fühle mich geehrt.«

»Hol uns noch zwei.«

Er schüttete den zweiten Drink zu schnell und viel zu schweigsam hinunter. Als falsche Tech konnte Sentania es nicht riskieren nachzubohren, um die Ursache seiner seltsamen Stimmung in Erfahrung zu bringen. Aber in seinen Augen las sie Verwirrung, als habe er plötzlich begonnen, sich Fragen zu stellen, auf die es keine Antworten gab.

Dann meinte Howell sehr leise: »Schuld. Kann ein ClanKrieger Schuld empfinden?«

»Ich weiß es nicht, Galaxiscommander.«

»Natürlich nicht, Tech.«

Sentania hatte auf weitere Hinweise gewartet, aber er war verstummt. Dann hatte er sein Glas plötzlich auf den Tisch gedonnert, war aufgestanden und gegangen, ohne noch ein Wort zu sagen.

Als sie ihn sich jetzt umsehen sah, nachdem er energisch vom wuchtigen Metallfuß seines *Kriegshammer IIC* gestiegen war, beeindruckte sie die wilde Klarheit des Blickes, den sie zuletzt so bedrückt gesehen hatte. Er näherte sich Hengst mit der extremen Selbstsicherheit eines Clan-Kommandeurs.

»Ich bin Galaxiscommander Russou Howell.«

»Warum haben eure Jäger uns angegriffen?« fragte Hengst wütend. »Wir haben ein deutliches Neutralitätssignal ausgestrahlt, das von allen Clans zu beachten ist.«

»Bildest du dir ein, Nebelparder kümmerten sich um irgendwelche Neutralitätssignale? Wir haben keinen Respekt vor Neutralität. Sie ist ein Zeichen von Schwäche.«

»Es ist ein Eidbruch, ein …«

»Euch Jadefalken ist ein Eidbruch nicht fremd, wenn er euch zu eurem Vorteil gereicht. Und dies gereicht uns zum Vorteil. Jadefalken haben erst vor kurzem einen unehrenhaften Angriff auf uns durchgeführt. Solahma-Krieger haben Insignien gestohlen und sie an uns zurückgeschickt, um mit ihrem Sieg zu prahlen. Die Falken werden hier auf Diana nur geduldet. Wir können eine derartige Beleidigung nicht zulassen.«

Hengst zuckte die Schultern. »Ich stimme zu, obwohl du behauptest, die Übeltäter stammten aus meinem Clan. Eine solche Aktion ist närrisch und nicht sonderlich ehrenvoll, auch wenn sie verständlich sein kann als …«

»Dann stimmst du mit mir überein, daß eine Bestrafung notwendig ist. Deshalb werden du und deine Einheit unsere Vergeltung zu spüren bekommen.«

»Eure Vergeltung. Für einen Überfall durch Falkenhorst-Truppen? Wir waren zu diesem Zeitpunkt nicht einmal hier. Als ihr uns abgeschossen habt, müßt ihr bemerkt haben, daß mein Trinärstern und ich soeben erst auf Diana eingetroffen sind.«

»Ihr seid Jadefalken, frapos?«

»Pos.«

»Und ebenso verantwortlich für unehrenhafte Taten jedes Mitglieds eures Clans.«

»Kein ehrenhafter Krieger deckt die Fehltritte anderer, gleichgültig welchen Clans.«

»Laß uns keine Haare spalten. Ich würde diese Angelegenheit nicht einmal mit einem Wahrgeborenen debattieren, aber an deiner Uniform erkenne ich die Markierungen der Freigeborenenkaste. Was das betrifft, auch auf den Uniformen deiner Krieger. Ich sehe überhaupt keinen Wahrgeborenen. Daher bräuchte ich mich nicht einmal mit dir abzugeben, obwohl ich mich dazu herablasse, weil du wenigstens ein Krieger bist. Sterncaptain Hengst, ich verlange Vergeltung an den Jadefalken. Eure Versklavung ist meine Vergeltung.«

»Versklavung? Das ist …«

»Ausreichend, um meinen Wunsch nach Vergeltung zu befriedigen. Ihr habt euch diese Strafe durch die erbärmlichen Mückenstiche deines kümmerlichen Clans verdient. Ich habe vor kurzem eine Order erlassen, die es meinen Kriegern freistellt, mit Jadefalken zu verfahren, wie ihnen beliebt. Kein Waffenstillstand, keine Verhandlungen. Ich werde den Falkenhorst nicht angreifen, aber ich dulde keine Übergriffe gegen Nebelparder. Die Falken sind nur auf Diana, weil der Parder sie hier duldet.«

Hengst sprang vor, um Howell anzugreifen. Zwei Krieger packten ihn und hielten ihn fest.

»Versuche nicht, dich zu wehren, Sterncaptain. Du hast hier keine Rechte. Sicher erkennst du, daß ich mich nur an meine eigene Order gehalten habe, als ich euch den Anflug auf Diana verweigerte und dein Landungsschiff für das Eindringen in unser Territorium abschießen ließ. Wenn du dich erinnerst, haben wir dir eine Nachricht geschickt, in der wir das Eindringen in unseren Luftraum untersagten, unmittelbar nachdem ihr euer Neutralitätssignal eingeschaltet habt, frapos?«

»Ich habe das Landungsschiff nicht gesteuert.«

»Bringe den Landungsschiffskapitän her, damit er aussagt!« brüllte Howell dem nächststehenden Nebelparder-Offizier zu.

»Versucht es gar nicht erst«, blockte Hengst ab. »Sie hat beim Absturz das Bewußtsein verloren. Ihr Zustand ist ernst. Sie könnte eine Gehirnerschütterung haben, möglicherweise sogar einen Schädelbruch. Sie wird gerade versorgt.«

»Na schön, Sterncaptain Hengst. Du hast unser Verbot, in unseren Luftraum einzudringen, mißachtet. Wir haben die von deiner Landungsschiffskapitänin beantragte Landeerlaubnis verweigert, und du bist trotzdem angeflogen. Wir hatten also keine andere Wahl, als das Feuer zu eröffnen, frapos?«

»Neg. Deine Logik ist verdreht. Wir waren auf dem Weg zu unserem Außenposten auf Diana. Wir hätten euer Territorium nur kurz überflogen. Dein Angriff auf uns war bösartig und grundlos, und deine Geschichte von einer Vergeltung ist lächerlich! Es bestehen Vereinbarungen zwischen *allen* Clans, die ...«

»Halt! Kein Jadefalke hat das Recht, über einen Nebelparder zu urteilen. Du sagst uns nicht, was wir zu tun haben, geschweige denn, was wir tun *dürfen*. Wir haben dich fair behandelt, du stravag Freigeburt!«

Hengst wand sich im Griff seiner Bewacher. Russou Howell drehte sich ein wenig zur Seite. Einer seiner Sterncommander trat aus einem Loch in der Seite des Landungsschiffes.

»Es befinden sich BattleMechs im Innern«, meldete die Parderin, und ihre laute Stimme hallte über die Lichtung. »Ein kompletter Trinärstern.«

Howell drehte sich wieder zu Hengst um. »Ein Trinärstern? Siehst du? Ich hatte recht, euch die Landung hier zu verbieten. Offensichtlich seid ihr nach Diana gekommen, um uns anzugreifen. Ein weiterer Grund für uns, euer Neutralitätssignal nicht anzuerkennen – euer falsches Neutralitätssymbol. Diese Mechs beweisen, daß ihr einen kriegerischen Akt geplant habt, und es gelten die Regeln und Gebräuche des Krieges.«

»Zu dieser Annahme hast du kein Recht. Wir sind in friedlicher Absicht hier. Wir haben die Mechs nicht einmal zum Falkenhorst transportiert. Sie wären an Bord des Landungsschiffes verblieben.«

»Du lügst, Freigeburt Hengst«, spie Howell. »Ich bin Galaxiscommander Russou Howell, und ich beanspruche deine BattleMechs, deine Krieger und was sonst wir aus deinem betrügerischen Gefährt holen. Deine Invasion unseres Territoriums ist fehlgeschlagen, und …«

»Du hast kein Recht, irgend etwas zu beschlagnahmen. Gemäß den Clan …«

»Schweige!« brüllte Russou Howell.

Sentania war an eine Stelle geschlichen, von der aus sie Howell besser im Blick hatte. Er stand in starrer Hab-Acht-Stellung auf der Lichtung und schrie: »Jadefalke, du kannst hier keinerlei Rechte beanspruchen. Um der Wahrheit die Ehre zu geben: Ich brauche deine

BattleMechs, gleichgültig, in welchem Zustand oder wie alt sie sind, und ich habe keinerlei Bedenken, sie als Reaktion auf einen kriegerischen Akt zu konfiszieren.«

Hengst bäumte sich in den Armen seiner Bewacher auf. »Die Clan-Sitten verbieten es. Erst mußt du mir gestatten, gegen dich in einem …«

»Du kannst keinerlei Test beanspruchen, Sterncaptain Hengst, auch wenn dein bloßer Vorschlag schon eine bewunderungswürdige Kühnheit beweist.«

»Die Clans …«

»Schweige!« bellte Russou. »Dies ist keine Frage der Clansitten, erst recht nicht, wo sie Freigeburtsabschaum betrifft. Hör mir gut zu, Sterncaptain Hengst. Als Freigeburten habt ihr hier keinerlei Rechte. Nebelparder gestatten keine Freigeburten in den Reihen ihrer Krieger wie die Jadefalken. Von diesem Augenblick an bist du Gefangener Hengst, und du – ebenso wie dein gesamter Trinärstern – besitzt keinerlei Rechte über die wenigen hinaus, die unser Clan Gefangenen zugesteht. Versucht nicht einmal, euch zu widersetzen.«

Howell deutete in einer ausholenden Geste zum Waldrand, aus dem ein vollbewaffnetes Kontingent Elementare erschien und heranmarschierte. Howell befahl dem Elementar-Sterncommander, die Gefangenen zu übernehmen und zurück nach Lutera zu schaffen.

Den weiblichen Sterncommander, der das Landungsschiff untersucht hatte, wies er an, die BattleMechs von Bord zu schaffen und zur Untersuchung in die Wartungshangars zu bringen. Er erlaubte der Landungsschiffsbesatzung, bei ihrem Schiff zu bleiben und es zu reparieren. Sie sollten freies Geleit ins All erhalten, falls es ihnen gelang, es wieder flugfähig zu bekommen.

Sentania beobachtete Hengst aufmerksam. Sein

Wunsch, Howell umzubringen, war unverkennbar, aber er war klug genug, zu erkennen, daß er dazu momentan keine Chance hatte. Als seine Bewacher ihn freigaben, warf er sich nicht auf den Nebelparder, sondern wirbelte herum und kümmerte sich um die Verletzungen seiner Kameraden.

In den nächsten Minuten mußte Sentania ihr ganzes Können bemühen, um nicht entdeckt zu werden.

Als Hengsts Trinärstern und dessen Techkontingent endlich zu einer Marschkolonne versammelt waren, wurden sie von den Elementaren abgeführt. Auf einen Impuls hin, den sie nicht rational erklären konnte, glitt Sentania aus dem Wald und mischte sich unter die Gefangenen. Keine der Wachen bemerkte sie. Die Jadefalkin machte sich keine Sorgen. Sie wußte, daß sie jederzeit wieder fliehen konnte. Der Nebelparder-Kerker, der Sentania Buhallin festhalten konnte, mußte erst noch gebaut werden.

# 9

**Kriegerviertel, Lutera, Diana**
**Kerensky-Sternhaufen, Clan-Raum**

*21. März 3059*

Nach zwei Stunden Fußmarsch erreichten Hengst und seine Einheit die Stadtgrenze Luteras, wo ihre Parder-Wachen sie durch einen eindrucksvollen, freistehenden Torbogen trieben, der als eine Art zeremonielles Stadttor diente. Auf der anderen Seite erwartete sie Howell, der gekommen war, um seine neuen Gefangenen offiziell zu begrüßen. Er befahl, alle außer Hengst in die Kerkeranlage zu schaffen, dann führte er diesen zu einem Schweber.

Während sie durch die Straßen der Stadt fuhren, sah Hengst sich neugierig um. Er erhaschte kurze Blicke auf einen Fluß. Soweit er es feststellen konnte, formte der Wasserlauf eine der Außengrenzen des Stadtgebiets. Nach einer kurzen Strecke bogen sie in einen Sektor ab, in dem eine deutlich andere Atmosphäre herrschte, als er sie bis dahin bemerkt hatte. Aus dem plötzlich drückenden Eindruck der Architektur schloß der Freigeborene, daß sie sich jetzt im Kriegerviertel befanden.

Die Hauptstraße des Viertels war beeindruckend. Sie war sehr breit und wurde auf beiden Seiten von wuchtigen, mit Inschriften bedeckten grauen Steinsäulen flankiert. Der gewichtige Eindruck kam besonders in dem gewaltigen Monument General Aleksandr Kerenskys zum Ausdruck, des Kommandeurs des Exodus und Vater Nicholas Kerenskys, des Begründers der Clans. Das überlebensgroße, unnatürliche Standbild erhob sich in der Mitte eines Brunnens, dessen Wassermassen über eine Serie von Miniaturfällen zurück ins Becken stürzten. Dem Kerensky-Monument gegenüber erhob sich eine Pyramide, beinahe am Fuß eines gewaltigen Berges, der hoch über der Stadt aufragte. Das Gebäude war von einem weiten, steinernen Paradeplatz umgeben, der von steinernen BattleMechskulpturen gesäumt wurde, die der Pyramide den Rücken zukehrten. Die Sockel der Mechstatuen schienen Inschriften zu tragen, aber der Schweber kam ihnen nicht nahe genug, um Hengst Gelegenheit zu geben, sie zu lesen. Er empfand die gesamte Szenerie als bedrückend.

»Eine schöne Arbeit, frapos?« fragte Howell mit offensichtlichem Stolz, als der Wagen anhielt.

»Wenn man überdimensionale Statuen mag.«

Howell schien den Sarkasmus in Hengsts Antwort zu überhören. »Ich meinte die Pyramide. Sie enthält unser genetisches Archiv. Eine eindrucksvolle architektonische Leistung, frapos? Majestätisch und doch einfach.«

»Ich sehe, was du meinst«, erwiderte Hengst zurückhaltend. Es war eindrucksvoll, soviel mußte er zugeben, aber einfach und majestätisch erschienen ihm keineswegs als passende Begriffe. Noch zehn Jahre zuvor hätte Hengst eine derartige Unterscheidung wohl nicht getroffen. Aber seitdem hatte er den größten Teil der geheimen Bibliothek Aidan Prydes gelesen und darüber hinaus ein paar Bände, die er in einer seltsam unersättlichen Suche nach weiterem nutzlosem Wissen hier und da aufgelesen hatte. Seine Studien hatten ihm viel davon vermittelt, was die Menschheit außerhalb der Clan-Heimatwelten als Kunst betrachtete. Ein Großteil dessen, was die Clans hervorbrachten, würde von Kennern sicherlich nicht unter diesem Begriff eingeordnet werden, aber Hengst bewunderte häufig den Sinn für menschlichen Geist und gelebtes Heldentum, den Clanschöpfungen einfingen. Luteras bombastische, sterile Schaustellungen allerdings besaßen nach keiner dieser Einschätzungen irgendeinen künstlerischen Wert.

»Ich spüre, daß du mir nicht zustimmst«, bemerkte Howell und sah Hengst an.

»Es ist keine Frage von Zustimmung oder Ablehnung«, erwiderte Hengst, der die Intensität im Blick des Galaxiscommanders seltsam fand. »Ich habe wohl andere Ansichten über diese Dinge.«

»Erkläre.«

Hengst wußte, daß er sich mit einer Diskussion darüber, wie verschiedene Clans ausdrückten, was sie schätzten und bewunderten, auf gefährliches Gebiet begab. Aber er antwortete trotzdem. So war es seine Art. »Wir Jadefalken haben unseren eigenen Ansatz, was heroische Darstellung betrifft. Ich kann den euren nicht beurteilen.«

»Sag mir, was du denkst.«

»Ich habe irgendwo eine Statue gesehen. Auf einer Welt des Jadefalkenclans, ich weiß nicht mehr, welcher. Sie stellte einen Helden dar, ich weiß nicht mehr, wen. Sie war aus irgendeinem Material gehauen, ich weiß nicht mehr, woraus. Aber ich erinnere mich, daß sie einen Jadefalken-Krieger in Aktion zeigte. Vor Anstrengung zeichneten sich die Sehnen unter der Haut seiner Arme und Beine ab. Er war aus Stein, aber er wirkte lebendig. In der Art, wie der Bildhauer die Augen geformt hatte, lag etwas, vielleicht Wildheit. Sie hatten etwas Beunruhigendes, so sehr ähnelten sie denen eines Falken. Ein echter Falken-Krieger. Das Standbild verursachte eine Erregung in mir, die mich überraschte. Damals hielt ich meine Reaktion für ein Zeichen von Schwäche. Jetzt weiß ich, ich wurde in den Bann der, ich weiß nicht, wie ich es nennen soll, der Kunstfertigkeit der Statue gezogen.«

»Und die Kunstfertigkeit hier siehst du nicht?«

»Ich sehe sie. Aber sie berührt mich nicht.«

Howell schien wütend, und sein Blick zuckte zurück zu den Standbildern.

»Ich kann dir versichern, daß sie mich sehr wohl berühren, Gefangener Hengst. Sie erwecken einen wilden Stolz auf meinen Clan in mir. Und noch mehr berührt mich das: dort drüben. Unser Tribut auf Mons Szabo.«

Howell zeigte nach oben, und Hengsts Blicke folgten ihm. Auf der Südwand des Berges prangte das gewaltige Bild eines Nebelparders. Das Tier duckte sich, als müsse es die Stadt jeden Augenblick anspringen, als würde es sie unter seinem enormen Gewicht zermalmen. Hengst stockte der Atem. Diese Felsschnitzerei unterschied sich tatsächlich von der übrigen Architektur und den Monumenten Luteras. Seiner Einschätzung nach waren ihre Details das Werk eines wahren Künstlers.

»Welche kümmerliche Meinung hast du davon, Freigeburt?«

»Das ist es, wovon ich rede. Er lebt, atmet. Seine Pose scheint real.«

»Und was hältst du von ihm?«

»Er gefällt mir.«

Howell lächelte. »Natürlich tut er das. Ich bin sicher, du wirst lernen, auch an den Statuen Gefallen zu finden.« Er öffnete die Wagentür. »Komm mit.«

* * *

In Hengsts Augen war Russou Howells Büro ebenso kalt wie das übrige Lutera. Trotz eines reichlich eindrucksvollen schwarzen Schreibtischs an einer Seite und eines polierten Holzschranks an der anderen war der Raum streng funktional, präzise ausgestattet und bar jeder Art von Dekoration.

Hengst war spartanische Räume gewohnt. Die meisten Jadefalken-Büros und Quartiere waren kaum reicher geschmückt, aber ab und zu hatte er zumindest ein Gemälde an der Wand gesehen. Selbst das notorisch aufgeräumte Büro Ravill Prydes wirkte weniger streng als dieses hier. Und doch schienen die Nebelparder ihm inkonsequent. Immerhin war ihre Stadt eine Mixtur aus Stilrichtungen und stellenweise geradezu protzig. Die einzige Verbindung zwischen diesem Büro und dem Rest der Stadt war seine *Leere*.

Howell ging zu seinem Schreibtisch, setzte sich und starrte Hengst eine Weile an. Anscheinend konnte er dem Drang nicht widerstehen, den Jadefalken von der Kunstfertigkeit der Nebelparder zu überzeugen. »Die steinernen BattleMechs um das genetische Archiv, an denen wir vorbeigefahren sind, erinnern an die Taten unserer größten Krieger, deren Genmaterial dort lagert. Natürlich denken wir über die gegenwärtige und zukünftige Kriegerstärke unseres Clans nach, wenn wir die Pyramide sehen und sie betreten, um unser Erbe zu ehren. Hier in Lutera befindet sich die größte und wichtigste Lagerstätte genetischen Materials der Nebelparder.« Howell strahlte förmlich vor Stolz. »Und hier ist unser Prunkstück, Mons Szabo, der berühmteste Berg auf Diana.«

Hengst glaubte in den Worten des Nebelparders eine innere Leere zu spüren. Es schien ihm, als hätte der Galaxiscommander Mühe, sich selbst davon zu überzeugen, daß dahinter Substanz steckte.

Howell rieb sich den kahlen Schädel und brachte die wenigen Haare durcheinander, die er darüber gekämmt hatte. »Die Berge Dianas sind gewaltig, was im übrigen auch für ihre dichten Wälder und Dschungelgebiete gilt. Der größte Teil der anderen Hemisphäre ist eine glutheiße Wüstenei ohne weiter bemerkenswerte Einwohner. Die Meere Dianas sind klein, aber dank der reichen Quellen dieses Kontinents und des häufigen Regens herrscht kein Wassermangel. Tatsächlich spielt die Planetographie Dianas eine beachtliche Rolle. Eure Jadefalkenstation, der Falkenhorst, genießt trotz ihrer Winzigkeit einen natürlichen Schutz, weil sie auf einem Felsplateau zwischen den hohen Gipfeln der Östlichen Berge liegt. Ich nehme an, das weißt du, und ich nehme auch an, daß du und dein Trinärstern einen bestimmten Grund hatten, dorthin zu wollen.«

»Nimm an, was du willst. Als Gefangener bin ich verpflichtet zu schweigen.« Hengst ließ sich nicht aus der Ruhe bringen.

»Du bist nicht verpflichtet, über deine früheren Clanbeziehungen Stillschweigen zu bewahren. Wir beanspruchen Gefangene für den Nebelparderclan. Er ist jetzt auch dein Clan.«

»Das klingt verdächtig nach Leibeigenschaft.«

Howell brach in schallendes Gelächter aus. Hengst versuchte, ihn nicht anzustarren, aber die plötzlichen Stimmungswechsel des Mannes machten es ihm schwer.

Der Nebelparder beugte sich vor. »Darüber brauchst du dir keine Sorgen zu machen. Niemand von euch kann ein Leibeigener werden, Hengst. Du und dein Trinärstern, ihr seid freigeborener Abschaum. Im Gegensatz zu den fehlgeleiteten Jadefalken gestatten wir keine Freigeborenen in unserer Kriegerkaste, und wir nehmen sie auch nicht als Leibeigene. Der bloße Gedanke ist abstoßend.«

Hengst lief rot an, und unwillkürlich ballte er die Fäuste.

»Du wirst es irgendwann verstehen. Da bin ich mir sicher.« Howell sah ihn selbstgefällig an. »Als unsere Gefangenen seid ihr an die Regeln und Gebräuche Clan Nebelparders gebunden. Ihr habt uns zu dienen. Wir gestatten Freigeborenen, uns zu dienen.«

»Und wenn wir das nicht tun?«

»Wir sind ausgezeichnet im Bestrafen.«

»Erst stehlt ihr unsere BattleMechs, und dann erwartet ihr, daß wir euch gehorchen.«

Howell legte die Fingerspitzen aufeinander. »Wenn ihr Wahrgeborene wärt, sähe die Reaktion anders aus. Ihr würdet zu Leibeigenen gemacht, an euren Clan zurückgegeben oder ehrenvoll getötet. Freigeburtsgefangene jedoch haben keinen Anspruch auf Ehre. Wir werden deine Krieger ehrenhaft benutzen, aber als Gefangene. Gefangene dienen uns bei der Sauberhaltung der Straßen und der Kanalisation, beim Polieren der Metalloberflächen von Statuen und Gedenktafeln. Wir können in Lutera immer zusätzliche Wartungs-Techs gebrauchen. Die Stadt muß strahlen. Immerhin ist sie die Hauptstadt der Nebelparder-Heimatwelt. Ich bin sicher, ihr Jadefalken werdet eure Sache gut machen.«

»Du hast vor, Krieger für Techarbeiten zu benutzen? Und das hältst du für ehrenhaft? Es ist abscheulich!« Hengst hatte seine Stimme kaum noch in der Gewalt.

»Den Regeln der Kriegsführung entsprechend habe ich das Recht, euch Falken-Freigeburten zu verwenden, wie immer es mir beliebt.«

»Wir befinden uns also im Krieg?«

»Keine Wortklaubereien. Ich habe deine Mechs und deinen Trinärstern erbeutet und ...«

»Ich verlange die Freigabe aller Krieger und Maschinen! Deine Inbesitznahme eines Jadefalken-Trinärsterns und seiner BattleMechs ist gesetzeswidrig und unter Mißachtung eines Neutralitätssignals erfolgt und ...«

»Als Freigeburt hast du nicht einmal das Recht, solche Forderungen zu stellen.«

»Ich verlange freies Geleit zum Falkenhorst!«

Howell grinste und klopfte mit den Fingern auf den

Schreibtisch. »Du versteht es nicht, soviel ist klar. Es spielt keine Rolle, welchem Clan du früher angehört hast. Ich beanspruche dich und deine Leute für die Nebelparder. In unserem Clan sind alle Freigeburten Freiwild. Außer natürlich, sie befinden sich, wie es sich gehört, unter dem Befehl eines Wahrgeborenen. Dein Trinärstern enthält nicht einen einzigen Wahrgeborenen, ein Beweis für die Dekadenz der Jadefalken, frapos?«

Howell wartete nicht einmal auf eine Antwort von Hengst. »Der Sieg der Falken über die Wölfe im Widerspruchskrieg hat geholfen, den Verräter Ulric Kerensky und seine winselnden Wölfe aus den Reihen der Clans zu tilgen, aber schau dir eure Helden an: diesen Sterncommander Joanna zum Beispiel. Sicher hat sie auf Twycross die Schwarze Witwe getötet, aber alle beide hätten schon vor Jahren auf den Schrotthaufen gehört. Was hatten die beiden überhaupt auf einem Schlachtfeld zu suchen? Und was für ein Ruhm kann darin stecken, wenn eine alte Solahma eine andere abschießt?«

Howell schien auf eine Antwort Hengsts zu lauern. Der kochte innerlich, aber er dachte nicht daran, sich vor dieser Müllgeburt etwas davon anmerken zu lassen. Howell schien aus purer Freude an der Quälerei zu sticheln und ihn zu reizen.

»Und bilde dir ja nicht ein, die lächerlichen Truppen des Falkenhorsts könnten dir helfen. Sie schaffen es kaum, einen Überfall auf die Beine zu stellen. Und ihr momentaner Anführer, ein gewisser Bren Roshak, Sterncolonel wohl, soweit ich es weiß, ist nicht gerade für seine Führungsqualitäten bekannt. Außerdem bist du eine Freigeburt. Kein Krieger würde Zeit oder Mittel darauf verschwenden, um deine Freiheit zu kämpfen.«

»Du beleidigst die Ehre der Jadefalken.«

»Das sind keine Beleidigungen, sondern Feststellungen. Widersprich mir nicht noch einmal, Hengst. Du bist eine *Freigeburt* und hast hier keinerlei Rechte.«

Howell machte eine Pause und studierte Hengsts Gesicht, in dem sich kein Muskel rührte. »Du haßt das Wort, nicht wahr, Freigeburt?« fragte Howell und beugte sich zu Hengst vor.

»Für einen Freigeborenen ist *Freigeburt* immer eine Beleidigung«, stellte Hengst mit kalter Stimme fest. »Das weißt du genau. Deshalb sprichst du es aus. Andererseits hört meine Art es das ganze Leben über.«

Hengst weigerte sich, Howell gegenüber zuzugeben, daß diese Beleidigung aus dem Mund von Wahrgeborenen ihn mit wachsendem Alter immer wütender machte.

Howell setzte ein leichtes, unergründliches Lächeln auf. »Ja ... Es muß selbst für einen stoischen Krieger wie dich schwer zu ertragen sein. Natürlich ist deine ganze Existenz eine Beleidigung.«

Einen Augenblick lang verlor Hengst die Beherrschung, und seine Wut brach aus ihm heraus. »Eines weiß ich jedenfalls: Ich habe mich als ein Krieger bewiesen, der keinem Wahren nachsteht, dem ich je begegnet bin.«

Howells Gesicht wurde zu einer eiskalten Maske des Zorns. »Du hast kein Recht, die Leistungen Freigeborener mit denen der wahren Krieger zu vergleichen.«

Hengst hob die Hand und zeigte dem Galaxiscommander das Armband mit seinem Kodax. »Mein Kodax beweist es. Er verzeichnet mehr Schaden, den ich dem Feind zugefügt habe, mehr Abschüsse und mehr Heldentaten als der des durchschnittlichen wahrgeborenen Kriegers und selbst die einiger der überdurchschnittlichen.«

»Selbst in deinem freigeburtsfreundlichen Clan legt

man wenig Gewicht auf den Kodax eines Freigeborenen. Er wird nur selten befragt.«

»Das entspricht leider der Wahrheit, Galaxiscommander Russou Howell.« Hengst trat vor, pflanzte beide Hände auf die Schreibtischoberfläche und beugte sich zu dem Mann hinüber. »Aber ob du es weißt oder nicht, ich habe mir einen Platz in der *Erinnerung* erkämpft. Wieviel Zeilen hast du in der Nebelparder-*Erinnerung*, Galaxiscommander?«

Wie Hengst erwartet hatte, reagierte Howell sofort. Sein Arm zuckte vor und versetzte ihm mit dem Handrücken einen Schlag ins Gesicht. Der Hieb schmerzte, aber Hengst hatte ihn erwartet. Er grinste breit und richtete sich langsam auf, ohne Howells Blick freizugeben.

Hengst war sich sicher. Dieser Russou Howell war nie ein Held gewesen. Die Wut auf seinem Gesicht verriet ihn. Außerdem war er alt genug, um Solahma zu sein – und er wäre nicht hierher, weitab der Geschehnisse in der Inneren Sphäre, versetzt worden, hätte sein Clan noch Wert auf seine kämpferischen Fähigkeiten gelegt. In niemandes *Erinnerung* existierte auch nur eine Zeile über Russou Howell, und daran würde sich auch nichts mehr ändern.

Sollte Howell ihn ruhig für seine Herkunft als Freigeborener verspotten. Hengst wußte, wer er war und was er geleistet hatte. Er hatte mit dem Jadefalken-Helden Aidan Pryde trainiert und gekämpft. Später, nach Aidans Tod, hatte Ravill Pryde ihn im Sternhaufen-BefehlsStern der Falkengarde behalten, obwohl er freigeboren war. Und jetzt befand Hengst sich auf einer Mission für die Khanin persönlich. Trotzdem würde er, wohin er auch ging, wen er auch traf, was er auch tat, in den Augen der Wahren immer eine Freigeburt bleiben. Das Wort Wahrgeborener galt als höchste Ehre, während das Wort Freigeburt so minderwertig war, daß es sogar als übles Schimpfwort benutzt wurde.

Freigeburt.

Er hätte das Wort liebend gern genommen, es in ein ätzendes Gift verwandelt und Russou Howell in den Rachen gestopft. Dann hätte er sich zurückgelehnt und dessen Todeszuckungen zugesehen.

Aber für ihn gab es nichts dabei zu gewinnen, daß er den Parder-Offizier reizte. Hengst war verantwortlich für die Sicherheit seines Trinärsterns und dessen BattleMechs. Für das Wohl seiner Leute, seines Clans und seiner Mission mußte er sich unter Kontrolle halten. Er zuckte die Schultern. »Na schön. Ich und meine Leute sind deine Gefangenen.«

»Du wirst mein persönlicher Gefangener sein. Das ärgert dich, frapos?«

»Neg, Galaxiscommander. Es ist eine Pflicht. Selbst Freigeborene verstehen die Pflicht.«

»Gut. Du und die anderen, ihr werdet vorerst in unserem Kerkerzentrum untergebracht. Eure endgültige Unterbringung wird von euren jeweiligen Arbeitsaufträgen abhängen.«

Howell stand erstaunlich schnell auf, und plötzlich tauchte eine Peitsche in der Hand des Kommandeurs auf, ohne daß Hengst gesehen hätte, woher sie gekommen war. Er entrollte sie nicht, sondern beugte sich über den Schreibtisch und schlug Hengst den Griff ins Gesicht, fast genau auf dieselbe Stelle, an der er ihm zuvor den Hieb mit dem Handrücken versetzt hatte. Möglicherweise hatte der frühere Schlag dort Spuren hinterlassen, die als Zielscheibe dienen konnten.

Hengst wollte Howell die Peitsche aus der Hand reißen und ihn damit selbst verprügeln. Aber er mußte an seinen Trinärstern und den Auftrag denken. Er konnte niemandem helfen, solange er Howells Gefangener war, also war es klüger, Unterwerfung vorzutäuschen, bis er einen Weg fand, aus diesem Schlamassel zu entkommen. Wenn dieser Parder unbedingt Herr und Sklave spielen wollte, würde Hengst mitspielen müssen, bis sich ein Ausweg anbot.

»Achte auf deine Worte, Freigeburt. Du bist kein Krieger mehr und darfst dich auch nicht so benehmen.«

»Aye, Galaxiscommander.«

Eine lange, unbehagliche Stille senkte sich über die beiden Männer, die einander über der Schreibtischplatte aus glänzendem Obsidian anstarrten.

Dann sprach Howell weiter. »Ich werde dir noch etwas sagen, Freigeburt. Wie du weißt, wird Diana von Solahma-Einheiten verteidigt, zwei kompletten Galaxien. Die jungen Krieger werden sofort zur Verstärkung der Frontlinien eingeschifft, sobald sie ihre Tests absolviert haben. Ich nehme an, daß für deinen ehemaligen Clan dasselbe gilt. Die Heimatwelten sind nicht in Gefahr, und meine Galaxien sind durchaus in der Lage, jeden Angriff der Gletscherteufel oder eines anderen Heimatclans zurückzuschlagen, der die Schande auswetzen will, nicht an der Invasion teilnehmen zu dürfen. Meine Truppen mögen Solahmas sein, aber sie sind immer noch Krieger. Und ich habe vor, sie zu noch besseren Kriegern zu machen, ob sie wollen oder nicht. Disziplin, Gehorsam und Pflichterfüllung sind hier die Leitsätze, und das solltest du besser nicht vergessen.«

Hengst erinnerte sich an Marthe Prydes Vorahnung, daß die Innere Sphäre eines Tages die Lage der Heimatwelten entdecken und sie angreifen könnte. Damals hatte er diesen Gedanken für völlig absurd gehalten. Jetzt wurde ihm klar, daß die Verteidiger der Heimatwelten, bestenfalls ausgelaugte Solahma-Krieger, sich als leichte Beute erweisen könnten. Aber trotz allem, wie sollte die Innere Sphäre je eine Invasion der Heimatwelten auf die Beine stellen? Sie hatten keine Ahnung davon, wo diese sich befanden, und überhaupt keine Möglichkeit, es herauszufinden. Hätte Hengst sich nicht in diesem düsteren Zimmer bei diesem düsteren Nebelparder-Offizier befunden, hätte er laut aufgelacht. »Und über freigeborene Krieger verfügen Sie nicht, frapos?«

Leichter Abscheu trat auf Howells Gesicht, als er antwortete. »Wie ich bereits sagte, gestatten wir Nebelparder keine Freigeborenen in unserer Kriegerkaste. Wir halten es für unproduktiv, Freigeborene als Krieger auszubilden oder einzusetzen. Wir dulden deinesgleichen in den Berufs- und Techkasten, aber ein freigeborener Krieger ist ein Widerspruch in sich.«

»Dann werden Sie mich nicht in einer Kriegerfunktion einsetzen, nicht einmal als Gefangenen?«

»Das wäre völlig unmöglich. Einen Gefangenen *und* Freigeborenen? Das wäre eine schwere Beleidigung meines Clans.«

»Und unsere BattleMechs? Sie werden Sie benutzen, obwohl sie von unserer Anwesenheit in ihren Cockpits besudelt sind?«

»Sie werden als Nebelparder-Mechs desinfiziert, neu ausgestattet und dabei ohne Zweifel verbessert. Unsere Techs sind denen der Jadefalken unendlich überlegen.«

»Dann kann ich daraus schließen, daß Sie nicht über genug Material verfügen, um Diana oder auch nur Lutera ausreichend zu verteidigen.«

Howell schien bereit, erneut zuzuschlagen. »Was bist du, Hengst, eine Art dreckiger Spion?«

Hengst schüttelte den Kopf. »Neg«, wehrte er mit sanfter Stimme ab. »Ich hoffe nur, daß Sie einen Weg finden, mich effektiv einzusetzen. Die Clans hassen

Verschwendung, und ich habe den Wunsch, von Nutzen zu sein, selbst als Gefangener.«

»Gesprochen wie ein wahrer Clansmann.«

»Aber kein wahr*geborener* Clansmann.«

»Das ist offensichtlich. Warum sprichst du es aus?«

»In meinem früheren Clan gab es eine ungewöhnliche Eigenschaft namens Humor, gelegentlich auch Sinn für Humor genannt. Ich werde sie ablegen müssen.«

»Ich bitte darum, Freigeburt.«

Bevor Howell ihn entließ, damit er zum Kerkerzentrum gebracht werden konnte, erklärte er Hengst die Rechte und Pflichten der Parder-Gefangenen. Es war, als rezitiere er die formalen Bindungen eines Rituals. »Als Gefangener bist du das Eigentum der Nebelparder und damit ein Mitglied des Clans. Obwohl nur ein Wahrgeborener zum Leibeigenen werden kann, müssen unsere Gefangenen dem Clan gegenüber Treue beweisen. In dieser Hinsicht gleichen sie Leibeigenen, aber ohne die Ehre, die sich Leibeigene erwerben können. Wenn du oder dein freigeborener Trinärstern sich illoyal erweisen oder zu fliehen versuchen, werdet ihr auf der Stelle gefoltert oder getötet. Es gibt keine Richter oder Urteile. Tod oder Folter sind automatisch und können von jedem Nebelparder vollstreckt werden. Nicht nur von Kriegern, von *jedem* Nebelparder. Wenn deine Aktionen es rechtfertigen, kannst du von einem einfachen Arbeiter hingerichtet werden, Hengst. Ein unrühmliches Ende, frapos, von einer Freigeburt getötet zu werden, die einen noch geringeren Status hat als du selbst? Ich werde deine Loyalität gewinnen. Bald, ehemaliger Sterncaptain Hengst, wirst du ein Nebelparder werden und unserem Clan voll ergeben sein.«

Hengst wollte Howell ins Gesicht lachen, aber für den Augenblick mußte er dem Mann genau das sagen, was der hören wollte. Er war von seinen Leuten und seinen Mechs getrennt. Seine Intelligenz war zur Zeit seine einzige Waffe.

»Aye, Galaxiscommander.«

»Ausgezeichnet, Freigeburt. Du und dein Freigeburts-Trinärstern werdet euch heute nachmittag auf dem Archivplatz versammeln, um euren Status als Gefangene und die damit verbundenen Bedingungen anzuerkennen.«

Hengst haßte Howells ständige Benutzung des Ausdrucks Freigeburt … Er hatte natürlich recht, aber das änderte nichts daran, daß es Hengst rot sehen ließ.

# 10

**Kriegerviertel, Lutera, Diana**
**Kerensky-Sternhaufen, Clan-Raum**

*21. März 3059*

Sofort nach seinem Gespräch mit Russou Howell wurde Hengst zu Fuß zum Kerkerzentrum gebracht, das nicht weit vom Mons Szabo entfernt lag. Es war ein schwüler Nachmittag, und es drohte jeden Augenblick zu regnen, aber Hengst war so in Gedanken versunken, daß er das kaum wahrnahm. Im Geist ging er die bizarre Unterhaltung noch einmal durch, die er soeben mit dem obersten Heerführer Dianas gehabt hatte. Alles, was Russou Howell in den wenigen Stunden seit dem Abschuß des Landungsschiffs gesagt und getan hatte, konsternierte ihn. Fast alles, bis auf einen Punkt: Der Mann hatte offensichtlich vor, Hengsts Willen zu brechen oder ihm zumindest das Leben zur Hölle zu machen. Aber in seiner Laufbahn als freigeborener Krieger hatte Hengst schon Schlimmeres überstanden, und er würde mit allem fertig werden, was Howell aufbieten konnte.

Als er jetzt in den großen Aufenthaltsraum trat, in dem seine Leute festgehalten wurden, winkte MechKrieger Croft ihn herüber, um die Nahrungsmittel mit ihm zu teilen, die ihre Kerkermeister ihnen ausgehändigt hatten. Croft war ein seltsamer Vogel, der zuvor eine Bergwerkskolonie Gefangener der Inneren Sphäre auf einem der von den Jadefalken besetzten Planeten beaufsichtigt hatte, zweifellos keine Aufgabe für einen erstklassigen Jadefalken-Krieger, schon gar nicht in der Besatzungszone. Croft war so froh darüber gewesen, diesen Job loszuwerden, daß er Hengst umarmt und mit aller Kraft an sich gedrückt hatte, als er die Nachricht erhielt. Eigentlich verachteten Krieger derlei Gesten, ganz besonders, wenn sie auch noch mit Nachdruck ausgeführt wurden. Aber in manchen Dörfern wuchsen Freigeborene mit einigen Gebräuchen auf, die eine Berührung umfaßten, und selbst der abweisendste Jadefalken-Krieger konnte von Zeit zu Zeit gezwungen sein, derartige Kontakte zu erdulden. Trotzdem war Hengst dem wuchtigen Krieger seitdem aus dem Weg gegangen.

»Dieses Essen macht nicht viel her«, stellte Croft fest, als Hengst sich dem Tisch näherte, »aber es ist immer noch besser als Landungsschiffsrationen, frapos?« Hengst konnte nicht verstehen, warum der Mann geradezu erfreut schien.

»Ich bin nicht sonderlich hungrig. Croft, soll die Tatsache, daß du dieses Essen genießt, bedeuten, daß es dir *gefällt*, ein Gefangener der Nebelparder zu sein?«

Croft wurde augenblicklich ernst. »Ich bin Jadefalke und werde es immer bleiben. Ich werde dich nicht herausfordern, Sterncaptain Hengst, weil ich davon ausgehe, daß das ein Scherz war. Es war ein Scherz, frapos?«

»Auf meine Art war es wohl einer.«

Hengst ging weiter und ließ einen erheblich ernsteren Croft zurück. Manchmal, entschied er, war es das, worum es bei der Menschenführung ging: einen Krieger zu beschämen, um ihn wieder zu Verstand zu bringen. Aber konnte er seinen ganzen Trinärstern freigeborener Krieger beschämen, der sich in diesem Augenblick komplett zu amüsieren schien?

Sterncommander Pegeen, die Sternführerin von Beta Kralle, kam auf ihn zu. Weil sie kleiner und weniger muskulös als der typische ClanKrieger war, glaubten andere oft, sie wäre leicht zu unterwerfen. Aber die meisten Herausforderer sahen ihren Irrtum schnell ein, von ihren zahlreichen Kampftechniken verwirrt.

Als Hengst seinen Trinärstern zusammengestellt und

den ihm von Marthe Pryde überstellten Freigeborenen Rang und Funktion zugewiesen hatte, waren einige in der Gruppe darüber verärgert gewesen, daß er Pegeen zum Sterncommander gemacht hatte. Vier Mitglieder seiner Einheit hatten sie zum Kampf um ihre Befehlsposition herausgefordert und beschämt wieder abziehen müssen. Pegeen wußte, einschließlich einer breiten Palette schmutziger Tricks, mehr über das Kämpfen als jeder andere freigeborene Krieger, den Hengst je getroffen hatte – sich selbst natürlich ausgenommen.

Als sie zu Hengst trat, stand auf ihrem Gesicht eine seltsame und geheimnisvolle Belustigung. Sie berührte kurz seinen Arm, um seine Aufmerksamkeit zu erregen, und Hengst bemerkte, daß der ihre mehr wie der eines Kindes in der zu großen Montur eines Erwachsenen wirkte. Ihr strohblondes Haar schien wirr wie immer, und mehrere Strähnen hingen ihr über die lächelnden Augen. »Wir haben möglicherweise eine Spionin unter uns«, meinte sie leise.

»Eine Spionin?« Pegeens Eröffnung kam völlig überraschend für Hengst. »Wo?«

»Sieh dort rüber, an der Wand, die allein sitzende Frau. Sie trägt eine Jadefalken-Uniform, aber nicht unsere. Es ist eine Felduniform, für diensthabendes Personal. Sie trägt keine Gefechtsmontur wie wir, und sie ist nicht Teil unserer Einheit. Siehst du? Ihre Uniform hat keine Freigeborenen-Litzen.«

»Sie könnte zur Schiffsbesatzung gehören. Ich weiß, die meisten von ihnen sind zu Reparaturarbeiten an der Absturzstelle geblieben, aber ein paar wurden ...«

»Nein. Ich kenne die ganze Schiffsbesatzung. Sie war nicht dabei. Ich bin mir sogar sicher, daß sie gar nicht an Bord war. Sie ist eine Kriegerin, soviel ist klar. Sie hat die Augen einer Kriegerin – und auch die Haltung. Sie sieht wahrgeboren aus.«

»Woran willst du das erkennen?«

»Sie stolziert wie alle diese wahrgeborenen Stinker.«

»Ich habe den Eindruck, daß du Wahrgeborene verachtest.«

»Auf jeden Fall. So wie sie uns verachten.«

»Ich verstehe. Was könnte eine Kriegerin in einer Jadefalken-Felduniform unter uns wollen? Meinst du, sie ist eine Nebelparderin?«

»Vielleicht. Sind sie so unfähig, daß sie eine derart offensichtliche Spionin einschleusen würden?«

»Nein. Humorlos und überkorrekt, aber nicht unfähig. Außerdem bezweifle ich, daß sie sich dazu herablassen würden, Spione zu verwenden. Laß uns sehen, was wir herausfinden können. Begleite mich, Sterncommander Pegeen.«

»Natürlich.«

Sie gingen geradewegs zu der unbekannten Frau hinüber. Sie spielte mit dem Essen auf ihrem Teller und beobachtete heimlich den Rest des Raums. *Sie bewegt die Augen wie eine Spionin*, dachte Hengst. *Aber wenn sie deshalb hier ist, warum benimmt sie sich so auffällig?*

»Ich bin Sterncaptain Hengst«, erklärte er, als er vor ihr stand. Pegeen schob sich dichter an die Fremde heran, wie um ihren Kommandeur vor einem plötzlichen Angriff zu beschützen. Das war Pegeens spezielle Tugend, dachte er, eine so weitgehende Loyalität, daß sie sogar jemanden beschützte, der keinen besonderen Schutz brauchte.

»Ich weiß, wer du bist«, erwiderte die Frau. Sie stand auf und sah Hengst in die Augen. Sie war groß, nur ein wenig kleiner als Joanna. Mit dieser hatte sie auch sichtlich das Alter und den stahlharten Blick gemein, in dem jedoch nichts von Joannas Wut lag. Genaugenommen schien sie sogar noch älter zu sein als Joanna. Der Blick ihrer Augen wirkte jugendlich genug, aber die Falten ringsum mußten sich in langen Jahren angesammelt haben. Nicht nur das, er bemerkte die winzigen Falten in den Mundwinkeln, die man gelegentlich bei wirklich alten Kriegern sah. »Ich muß sagen, Hengst, ich war leicht schockiert, einen Freigeborenen mit dem Befehl über einen Trinärstern zu sehen. Wie sind solche Wunder heutzutage bei den Jadefalken möglich?«

»Du redest, als ob wir einander kennen.«

»Wir sind uns schon begegnet. Du wirst dich nicht daran erinnern. Mein Name ist Sentania Buhallin.«

»Ein Blutname. Also bist du wahrgeboren?«

»Aye, aber anscheinend hat keiner dieses Nebelparder-Abschaums eine Wahrgeborene unter euch Freigeborenen bemerkt. Das beste Versteck ist die Öffentlichkeit. Sie haben nichts gemerkt, obwohl ich auf der Stelle die Kodaxe überprüft hätte. Sie sind dumm, diese Parder. Gefährlich, aber dumm. Doch sieh dich vor ihrem neuen Kommandeur vor.«

»Russou Howell?«

»Es heißt, er habe bei der Invasion einige harte Gefechte mitgemacht. Und in seiner neuen Rolle hat er Härte gezeigt. Er hat mit einem seiner Krieger gekämpft, der sein Befehlsrecht in Zweifel zog. Der Mann landete im Krankenhaus. Er gilt als launenhaft, aber er ist erst einen Monat hier. In der Zeit hat er schon für reichlich Unruhe gesorgt, Inspektionen anberaumt, Drills organisiert, zusätzliche Manöver befohlen. Wahrscheinlich will er diese Parder auf Zack bringen.«

»Wie kommt es, daß eine Jadefalkin soviel über die Nebelparder weiß?«

»Ich komme herum. Ich kann nirgends lange stillsitzen. Du wärst überrascht, wo ich schon alles war.«

»Sterncaptain«, unterbrach Pegeen. »Diese Frau muß eine Spionin sein. Wie ist sie hergekommen, wenn sie uns nicht untergeschmuggelt wurde?«

Sentania grinste. »Ich bin mit euch hergekommen.

Unbemerkt als Nachzüglerin am Ende der Kolonne, aber zusammen mit euch. Ich war im Wald, als euer Landungsschiff abstürzte. Ich habe mich euch angeschlossen, als ihr abgeführt wurdet.«

»Du bist *freiwillig* eine Gefangene geworden?« Pegeen riß ungläubig die Augen auf. »Das ist schwer zu glauben, Sentania Buhallin. Falls du wirklich so heißt.«

»Natürlich heiße ich so. Und ich bin keine Gefangene. Ich kann ebenso leicht wieder verschwinden, wie ich gekommen bin. Solange ich in eurer Einheit nicht verzeichnet bin, kann ich mich jederzeit unsichtbar machen. Sobald ich eine Kodaxprüfung kommen sehe, bin ich woanders.«

»Das ist ...«

»Genug, Sterncommander Pegeen«, unterbrach Hengst. »Ich glaube ihr. Je länger ich sie mir ansehe, desto vertrauter erscheint sie mir. Laß uns allein.«

Pegeen akzeptierte den Befehl ruhig wie immer. Sie ging.

»In Ordnung, Sentania Buhallin«, meinte Hengst, deutete auf einen Holzstuhl und zog einen anderen herüber, um sich neben sie zu setzen. »Ich muß mehr wissen. Wenn du eine Jadefalkin bist, welchen Rang bekleidest du und woher kommst du?«

»Ich bin Solahma-Sterncaptain Sentania Buhallin, und meine Einheit ist im Falkenhorst stationiert. Das Leben dort war langweilig, aber jetzt, da du hier bist, Sterncaptain Hengst, dürfte sich das ändern.«

* * *

Russou Howells Begegnung mit Hengst hatte ihn beunruhigt. Er saß an seinem Schreibtisch und starrte in die Luft über der Stelle, an der er vor weniger als einer Stunde versucht hatte, den Willen des Jadefalken zu brechen, indem er ihn schlug und erniedrigte. Es war nicht der Freigeborenenstatus dieses Mannes, der ihm zu schaffen machte. Er war schon oft genug in der Gesellschaft Freigeborener gewesen. Aber dieser Hengst … Er war anders. Deutlich stur, zweifellos selbstsicher, gewiß tapfer. Der Mann gestattete seiner minderwertigen Abstammung nicht, seine geistige Unabhängigkeit zu untergraben. Er versprach, mehr Ärger zu machen, als er wert war, Howell oder den Nebelpardern. Wahrscheinlich würde er ihn irgendwann töten müssen.

Russou Howell war nie ein sonderlich ehrgeiziger Krieger gewesen, jedenfalls nicht über das drängende Verlangen hinaus, seinem Clan gute Dienste zu leisten. Es hatte ihm nichts ausgemacht, als sein Freund und Kobruder Sterncaptain Trent ihn bei dem Positionstest um den Befehl über Trinärstern Beta Einsatz der Galaxis Beta besiegt hatte. Howell war mit sich und seiner Existenz im Einklang gewesen, war in der Freude des Kampfes aufgegangen, mit seiner Rolle als respektierter Nebelparder-Offizier zufrieden gewesen. Er hatte mit Begeisterung gesehen, wie Trent auf wundersame Weise von seiner Versetzung in die Heimatwelten zurückgekehrt war und sich eine neue Kommandeursstelle erkämpft hatte. Russou hatte nie etwas anderes gewollt, als das Wesen der Clans zu ehren, und er war Kreuzritter bis ins Mark. Die Eroberung der Inneren Sphäre erschien ihm richtig und gerecht. Und dann hatte sich sein ganzes Leben innerhalb kürzester Zeit ins Gegenteil verkehrt.

Plötzlich war er für einen Blutrechtstest vorgeschlagen worden und hatte den Blutnamen gewonnen, gefolgt von einer plötzlichen Gefechtsfeldbeförderung zum Sterncaptain. Danach hatte sich seine Welt grundlegend verändert. Er war gezwungen worden, seinen einzigen Freund umzubringen, und zu glauben, daß sein Freund ein Verräter sein konnte.

Wie so oft im Laufe eines Tages kehrten seine Gedanken zurück zu jenem Tag auf Maldonado, zu den schweren Kämpfen, dem Fehlschlag der Angriffsplanung, der Flucht des Trinärsterns vor den draconischen Verteidigern und ihren ComStar-Verbündeten. Dem Befehl Sterncolonel Paul Moons, Trent zu vernichten, einem Befehl, den Russou nicht verweigern konnte. Moon hatte alles in seiner Macht stehende versucht, um Trent zu brechen. Aber Trent hatte sich behauptet.

Dann kam Maldonado. Er würde nie vergessen, wie Paul Moons Stimme über das Schlachtfeld gedröhnt hatte, aber eine andere Stimme verfolgte ihn noch nachdrücklicher. Es war die Trents, die über die Kommverbindung ins Cockpit von Russous *Bluthund* drang.

*»Du mußt mich vernichten, Russou. Das weißt du.«*

Die Erinnerung ließ ihn frösteln. Die langen Jahre ihrer Kameradschaft zuckten an seinem inneren Auge vorbei. Die Zeit in der Geschko, die gemeinsame Dienstzeit, die gemeinsamen Geheimnisse einer Art, wie sie Krieger einander nur selten anvertrauten. Er hatte Trent erklärt, daß er ihn nicht umbringen wollte.

*»Du hast keine Wahl. Es muß hier enden.«*

In jenem Augenblick war Russou wieder zu dem geworden, was er immer schon gewesen war, einem loyalen Nebelparder-Offizier. Aber in seinen Augen hatten Tränen gestanden, als er seinem Stern den Befehl gab, Trent anzugreifen. Gleichzeitig hatte er die ComGuard-Truppen gegen seinen alten Freund losstürmen sehen. Russou konnte sich nicht daran erinnern, wann er davor zum letzten Mal geweint oder ob er in seinem Leben vorher überhaupt jemals Tränen vergossen hatte, aber als er Trents Mech sich in seine Bestandteile auflösen sah – und als sein Freund vor seinem inneren Auge einen schrecklichen Tod im Innern der zerschmelzenden Kanzel starb – waren sie in Strömen über sein Gesicht gelaufen.

Hinterher hatte Sterncolonel Paul Moon ihn dafür belohnt, daß er die richtige Wahl getroffen hatte, die Nebelparder-Wahl. Moon hatte darauf bestanden, daß Howell einen Positionstest um den Rang eines Sterncolonels austrug. Dabei war er kurz zuvor noch Sterncommander gewesen. Die Beförderungen waren zu schnell, zu kurz hintereinander gekommen. Das hatte ihn daran gehindert, den Haken an Moons Plan zu sehen.

Russou war es gewohnt gewesen, Befehle auszuführen. Er hatte den Positionstest ausgetragen und ohne Schwierigkeiten gewonnen. Danach hatte er sich kaum gefordert gefühlt und war das seltsame Gefühl nicht losgeworden, daß das Ergebnis des Tests schon vor Beginn festgestanden hatte. Und seine quälenden Zweifel um Trents Tod ließen nicht nach. Es war, als sei der Rest seiner Laufbahn von Trents Blut befleckt.

Sterncolonel Paul Moon hatte Howell kaum das neue Rangabzeichen angeheftet, als er ihm schon den Marschbefehl aushändigte. Er wurde nach Hause abgeschoben, zurück in den Kerensky-Sternhaufen, zur Kommandeursposition über Galaxis Zeta und den Planeten Diana.

Auf Diana hatte er zunächst Widerstand von Untergebenen, in seinen Augen minderwertigen, schwächlichen Soldaten erfahren. Fürs erste hatte er dem mit seinem leichten Sieg über Cajuste ein Ende gemacht, aber jetzt zeigten die Krieger erneut Anzeichen von Unruhe, wieder schien es ihnen an Vertrauen in Howell als Kommandeur zu mangeln. Das mußte ein Ende haben. Diana war Teil des großen Kreuzzugs, denn sie lieferte Menschen und Material, um die Innere Sphäre ein für allemal zu unterwerfen. Zudem würde wieder ein Nebelparder den Kreuzzug anführen. Lincoln Osis war zum ilKhan gewählt worden, eine Entwicklung, die Russou als richtig und gerecht ansah. Die Anfangsphase des Kreuzzugs war ebenfalls von einem Nebelparder geleitet worden, ilKhan Leo Showers. Dessen Nachfolger als ilKhan war ein Verräter gewesen, aber der war jetzt tot. Nun, da wieder ein Parder sie anführte, würden die Clans sich auch wieder durchsetzen.

Howell stand mit einigem Unbehagen auf und ging hinüber zum Sichtschirm. Nichts davon konnte etwas daran ändern, daß sein Leben verwüstet und alles, was ihm etwas bedeutet hatte, zum Zerrbild verkommen war. Warum hatte er, ein einfacher, mit seiner Position ganz zufriedener Frontoffizier, plötzlich die Erlaubnis erhalten, sich um einen Blutnamen zu bewerben, und ihn dann zu seiner eigenen Überraschung auch noch gewonnen und mit ihm die Beförderung zum Sterncaptain? Warum war er so bequem greifbar gewesen, wo Moon ihm den Befehl geben konnte, seinen Freund umzubringen? Warum hatte der Positionstest überhaupt stattgefunden? Warum die plötzliche Beförderung zum Sterncolonel und vor allem, warum Diana, wo er den Rang eines Galaxiscommanders bekam, nachdem er gerade erst Sterncolonel geworden war?

Russou Howell starrte aus dem elektronisch simulierten Fenster hinab auf das Genarchiv, dann empor zu der inspirierenden Felsskulptur des Nebelparders im Sprung. *Wahrscheinlich bin ich hier am richtigen Ort. Aber was habe ich gerade gesagt? Ich habe ›wahrscheinlich‹ gesagt. Das Wort habe ich bis jetzt nur selten benötigt. In meinem Leben war alles fest, geordnet, unveränderlich. Und jetzt … Jetzt bin ich zu einer Schachfigur geworden. Paul Moon hat mich als Figur in einem Plan benutzt, den ich nicht durchschauen konnte, weil er einen alten Offizier loswerden und zurück auf die Heimatwelten schicken wollte. Er hat dafür gesorgt, daß ein nicht weiter auffälliger aber guter Offizier plötzlich einen kometenhaften Aufstieg erlebte, seine Drecksarbeit für ihn erledigte und dann abge-*

*schoben wurde. Ja, eine Schachfigur, das ist das richtige Wort. Ich bin benutzt worden, und ich kann nur davon ausgehen, daß es für das Wohl einer großen Strategie geschah. Aber wie habe ich Trent umbringen können, meinen Kobruder, meinen Geschkameraden, meinen einzigen Freund, egal wie gerechtfertigt das gewesen sein mochte? Dieses einzige Mal in meinem Leben hätte ich einen Befehl verweigern können. Ich habe es nicht getan. Und nun … Was nun? Ich bin nicht mehr derselbe. Ich war nie verbittert, aber jetzt bin ich es. Ich war nie ein Führer, aber jetzt habe ich mein eigenes Kommando. Ich war einmal ein notwendiger Krieger, jetzt befehlige ich eine Solahma-Garnison. Ich muß all das akzeptieren. Ich akzeptiere es. Ich habe keine Wahl. Was sollte ich sonst tun?*

Howell ballte und entspannte die Fäuste. Es hatte sich zu einem nervösen Tick entwickelt. Er beobachtete seine Hände, ohne aufzuhören. Er hatte noch nie einen nervösen Tick gehabt. Das verdiente eine Untersuchung.

* * *

Hengst lehnte sich zurück und sah Sentania Buhallin in die Augen. Sie starrte mit einem trotzigen Gesichtsausdruck zurück, der ihn amüsierte.

»Du erstaunst mich, Sentania. Bist du bestimmt eine Solahma?«

»Sieh dir mein Gesicht an.«

»Es ist attraktiv.«

»Es ist auch alt. Sieh dir diese Falten an. Sie wuchern wie Unkraut, immer schneller.«

Hengst grinste. Er konnte sich nicht erklären, was ihn am Gesicht dieser Solahma-Kriegerin reizte. Dann fand er plötzlich die Antwort.

*Jahre zuvor hatte er die Prüfungen bestanden, denen sich Freigeborene unterziehen mußten, um zur Kriegerausbildung zugelassen zu werden. Er war der einzige in seinem*

*Heimatort, dem das gelungen war, und da er noch nichts von der Einstellung der Wahrgeborenen Freigeborenen gegenüber ahnte, freute er sich auf die Gelegenheit, eine Chance zum Steuern eines BattleMechs zu bekommen. Sein Dorf war stolz auf ihn. Aber niemand war stolzer als Yasine, eine Arbeitertochter. Sie stammte aus einer etwas niedrigeren Kaste als Hengst, dessen Familie der Händlerkaste angehörte, aber unter Freigeborenen spielte derlei eine geringere Rolle.*

*Yasine hatte ein rundes Gesicht mit großen Augen – und sie hatte Sentania Buhallin absolut nicht ähnlich gesehen, aber in beider Blick lag etwas Besonderes, ein Eifer, eine Lebendigkeit, die sie gemeinsam hatten. Auch ihre Art zu sprechen ähnelte sich: hastig und energiegeladen.*

*Möglicherweise hatte Yasine ihn geliebt. Sie hätte es niemals ausgesprochen. Der offene Ausdruck von Zuneigung war in allen Kasten der Jadefalken verpönt, auch wenn die Wissenschaftlerkaste Gerüchten zufolge liberaler und eher bereit war, Kastentraditionen zu verletzen. Er hatte Yasine gemocht, aber er war auf dem Weg zum Jadefalken-Krieger gewesen und hatte sie nicht lieben können, weil Krieger niemanden liebten. Er hatte gehört, daß die meisten Krieger Dorfbräuche verachteten, und trainierte sich bereits darauf, die Kriegerhaltung zu übernehmen.*

*Kurz vor ihrer Trennung waren Yasine und Hengst zusammen am Ufer des in der Nähe des Dorfes gelegenen Flusses entlang gegangen. Er war begeistert über seine baldige Abreise nach Ironhold und zur Kriegerausbildung gewesen und hatte nicht aufhören können, darüber zu reden. Yasine hatte ihm ohne Neid zugehört, obwohl sie die Prüfung auch abgelegt und versagt hatte.*

*Plötzlich war Hengst verstummt, als er Yasines Lächeln gesehen hatte. »Worüber lachst du?« hatte er gefragt, und sie hatte geantwortet: »Ich freue mich für dich.« Dann hatte sie die Arme um ihn gelegt und ihn sanft an sich gedrückt. Es war eine der seltenen Gelegenheiten in seinem Leben ge-*

*wesen, bei denen eine Geste der Zuneigung ihm nicht unangenehm gewesen war.*

*Zurück im Dorf hatten sie sich verabschiedet, und am nächsten Morgen war er abgereist. Er hatte Yasine nie wiedergesehen.*

Hengst zwinkerte mehrmals, um das Bild Yasines zu vertreiben, das sich über Sentania Buhallins Gesicht gelegt hatte. Wahrscheinlich bestand die einzige echte Ähnlichkeit zwischen den beiden darin, daß sie, in ihren jeweiligen Altersstufen, beide die uralten Schönheitsideale der Menschheit repräsentierten, und zwar mit Sicherheit, ohne sich dessen bewußt zu sein. Er schätzte so viele Personen in seinem Leben – Diana, Yasine, selbst Joanna, und jetzt Sentania Buhallin – nach ihren körperlichen Attributen ein. Was war los mit ihm?

»Du machst dir Sorgen um dein Alter, Sentania Buhallin?«

»Bist du ein Idiot, Sterncaptain? Du machst nicht den Eindruck. Die einzigen Solahma-Krieger, die sich keine Sorgen um ihr Alter machen, sind abgestumpft, gehirntot oder wirklich tot.«

»Ich entschuldige mich.«

»Entschuldigungen? Bist du ernsthaft ein Jadefalken-Krieger?«

»Ich wollte damit nur sagen, daß meine Frage, wie du es ausdrückst, idiotisch war. Ich habe Solahma-Einheiten immer als … Ich weiß nicht, wie ich es ausdrücken soll …«

»Kanonenfutter gesehen, das in die Geschütze des Feindes marschiert, um den echten Kriegern Zeit zu verschaffen? Wandelnde Leichen?«

»Etwas in der Art. Du bist reichlich offen.«

»Ich bin Jadefalke.«

Hengst lachte. Einige der freigeborenen Krieger ringsum erschraken. »Ich meinte über das übliche und gebotene Maß hinaus, Sentania Buhallin.«

»So war ich bereits, bevor ich einer Solahma-Einheit zugeteilt wurde.«

»Ich glaube dir.«

»Warum solltest du daran zweifeln, Freigeburt?«

Eigentlich hätte diese Anrede Hengst wütend machen müssen. Aber irgendwie störte es ihn nicht, wenn diese lebhafte Solahma-Kriegerin sie benutzte.

»Was tun Solahma-Krieger hier auf Diana?«

»Unsere Pflicht.«

Hengst grinste. »Und woraus besteht diese Pflicht hauptsächlich?«

»Du bist neugierig. Und mich bezeichnest du als die Spionin.«

»Du weißt, daß ich keiner bin. Ich und meine Krieger suchen eine Möglichkeit, zum Falkenhorst zu gelangen. Russou Howell hat nicht vor, uns abziehen zu lassen, und es besteht kaum eine Chance für eine Rettungsaktion von unserem Sprungschiff. Dessen Besatzung enthält keine Krieger. Ich kann nur hoffen, daß sie jemanden benachrichtigen. Bis auf weiteres sitzen wir auf Diana fest.« *Und wer weiß, ob oder wann Khanin Marthe sich die Mühe macht, nach uns zu suchen,* dachte er sardonisch. »Ich persönlich würde lieber im Falkenhorst festsitzen als in Lutera. Ich wäre lieber ein Freigeborener unter Solahmas als ein Gefangener. Ich wäre ...«

»Ich sehe sehr wohl, daß du keinen Respekt vor Solahmas hast. So ist es die Art der Clans, freigeboren oder wahrgeboren. Über Solahma-Krieger macht man abfällige Witze. Sicher, es gibt leere Platitüden über Mut und Tapferkeit, aber sobald wir erst einmal einer Solahma-Einheit zugeteilt sind, verschwendet niemand mehr einen Gedanken an uns. Wir sind so unwichtig, daß selbst eine Freigeburt uns beleidigen kann, so wie du gerade. Aber ich kann dich beruhigen. Der Falkenhorst beherbergt noch andere, wie du sehr wohl weißt.«

»Wie meinst du das?«

»Du weißt mehr über den Falkenhorst, als du zugibst, Hengst. Warum wärst du sonst überhaupt hier? Sicher bestand dein Auftrag nicht darin, in Nebelparder-Gebiet einzudringen und dich gefangennehmen zu lassen. Du und dein Trinärstern wollten zum Falkenhorst. Aber warum?«

»Das Essen in der Messe soll ganz gut sein.«

»Für diese Beleidigung sollte ich dich zu einem Ehrenduell fordern, Freigeburt.«

»Vielleicht bekommst du die Gelegenheit dazu noch, außerhalb Luteras.«

Die plötzliche Spannung brachte beide kurz zum Verstummen.

»In Ordnung, Sentania Buhallin. Ich kann nicht frei über meine Anwesenheit hier auf Diana sprechen. Begnüge dich damit, daß ich hier bin. Ich habe den Wunsch, zur Jadefalken-Station zu kommen.«

»Mehr brauche ich nicht zu wissen.«

»Um der Wahrheit die Ehre zu geben: Ich mag dich, Sentania Buhallin, und ich möchte nicht, daß wir wütend aufeinander sind.«

»Redest du offen oder siehst du mich nur als ein Mittel zur Flucht aus Lutera?«

»Ich werde mit oder ohne dich fliehen. Aber mit dir dürfte es einfacher werden. Du hilfst uns, frapos?«

»Gut gehandelt und akzeptiert.«

Sentania Buhallin streckte die Hand aus. Hengst schüttelte sie. Ihre Haut fühlte sich rauh und wettergegerbt an. Er bemerkte jedoch, daß ihr Handrücken kaum Falten aufwies. Seine Hände waren faltiger.

Einige andere Mitglieder des Trinärsterns bemerkten den Händedruck und sahen fragend herüber.

»Lutera ist gut bewacht«, bemerkte Sentania mit leiser Stimme. »Euch hier herauszuholen, kann dauern. Die Nebelparder stehen in dem Ruf, ausgezeichnete

Foltermeister zu sein, deshalb müssen wir die Flucht sorgfältig planen. Am besten halten wir uns an ihre Regeln. Tut, was euch gesagt wird, und geht kein Risiko ein. Ich werde einen Weg finden.«

»Warum nimmst du es auf dich, uns zu helfen, Sentania Buhallin?«

Ihr Lächeln hatte etwas Triumphierendes. »Du erinnerst dich nicht an mich, franeg?«

»Neg.«

»Vor langer Zeit tauschten wir einen Eid aus. Ich stehe in deiner Schuld, Hengst.«

Plötzlich erinnerte Hengst sich an den Eidwechsel, auch wenn er sich die Geschehnisse nicht ins Gedächtnis zurückrufen konnte, die dazu geführt hatten.

Er wollte nachfragen, aber ein Krieger unterbrach ihre Unterhaltung mit der Mitteilung, daß Hengst und sein Trinärstern den Befehl erhalten hatten, sich in einer Stunde außerhalb des Gebäudes zu versammeln, zur Einteilung. Hengst lief ein kalter Schauder über den Rücken, und er drehte sich ärgerlich zu Sentania um, aber sie war verschwunden.

Er suchte den ganzen Raum nach ihr ab, doch sie war nirgends zu finden.

# 11

**Lutera, Diana**
**Kerensky-Sternhaufen, Clan-Raum**

*5. April 3059*

*Manchmal macht das Leben wenig Sinn,* dachte Hengst. Er hatte jede Sekunde seines Gefangenenlebens im Verlauf des vergangenen Monats gehaßt, besonders, seit er von seinem Trinärstern getrennt worden und wenig mehr als ein Dienstbote Russou Howells geworden war. Wie seine Krieger, die ständig über die niederen Arbeiten murrten, die ihnen von den Pardern aufgezwungen wurden, haßte Hengst seine Tätigkeit. Ein Krieger hatte nichts gegen die nach einem Gefecht anfallenden Aufräumarbeiten, wie unangenehm oder schmutzig sie auch waren, aber der Gedanke, niederste Arbeiten verrichten zu müssen, die in keinerlei Beziehung zu ihrer Identität als Krieger standen, war abstoßend.

Trotz seines Widerwillens der Arbeit gegenüber, empfand er die kleinen Gespräche, die Howell ihm fast jeden Abend aufzwang, an dem Hengst ihn bedienen mußte, als noch schlimmer. In den ersten paar Tagen hatte er nicht verstanden, was Howell damit beabsichtigte. Dann war Hengst eines Abends damit beschäftigt gewesen, Howells Schuhe zu putzen. Howell hatte anscheinend einen Bruhaha zuviel getrunken, einen Nebelparder-Drink, der dem Fusionnaire der Jadefalken ähnelte, aber nicht annähernd so stark war. Der Galaxiscommander hatte sich wie üblich in seinen Sessel in einer Ecke des Zimmers fallen lassen, das Glas in beiden Händen.

»Ich habe kaum Freunde in meinem Volk, Hengst.« Russou Howells Stimme war schwerfällig, seine Aussprache undeutlich. »Ich hatte einmal einen Freund, oder zumindest dachte ich, er wäre einer, aber er … Das ist eine Geschichte des Verrats, die ich nicht erzählen werde.« Er winkte mit dem Glas und schüttelte trunken den Kopf. »Ich habe mein Leben damit verbracht, der beste und loyalste Offizier zu sein, der ich sein konnte. Ich habe versucht, ein vorbildlicher Nebelparder zu sein und Alkohol kaum angerührt. Tatsächlich habe ich hier wahrscheinlich mehr Bruhahas getrunken als in meinem ganzen früheren Leben. Aber was soll ich mit diesem Kommando? Ich muß mich mit mürrischen, zweitklassigen Offizieren und einer Horde alternder, unfähiger Krieger herumschlagen, die den Rest ihres Lebens verschlafen wollen. Währenddessen bereiten die Clans sich darauf vor, den Kreuzzug wieder aufzunehmen. Der ilKhan persönlich ist auf Strana Metschty, und ich weiß nicht, wie viele andere hohe Offiziere die Kriegsanstrengungen hier auf Diana beobachten.«

Hengst polierte schweigend weiter die Stiefel.

»Stravag, ich sollte so etwas nicht sagen«, murmelte Russou. »Abfällige Kommentare über Mitoffiziere. Das entspricht nicht dem Wesen des Nebelparders. Aber diese Solahmas gleichen keinen Nebelpardern, wie sie mir auch jemals begegnet sind.« Howell beugte sich unsicher nach vorne. »Sie wären nicht hierher versetzt worden, oder, während andere den Kampf in der Inneren Sphäre fortführten? Sie sind nicht bemerkenswert, alles andere als bemerkenswert, nicht einer von ihnen, na gut, vielleicht dieser Sterncolonel, der mich verachtet. Sein Mut gefällt mir, von diesem, wie heißt er doch gleich, diesem Sterncolonel Logan.«

*Dieser Surat schwätzt wie ein Wasserfall,* dachte Hengst. *Diese kleine Rede wird ihm noch leid tun, wenn er sich überhaupt daran erinnert. Ich bin nicht sicher, wo er in Gedanken ist. Vielleicht ist sein Verstand auch in Dutzende kleiner Bruchstücke zerfallen, die in verschiedene Richtun-*

*gen davontreiben. Einerseits verkündet er den Ruhm der Nebelparder, und im nächsten Atemzug dreht er sich um und beschwert sich über die mangelnde Qualität seiner Krieger. Irgend etwas stimmt nicht mit ihm. Etwas ist vorgefallen, bevor er hierher kam …*

Hengst war einen Augenblick in Gedanken versunken gewesen und hatte Howells letzte Worte überhört. Aber jetzt sah der Nebelparder ihn an, als warte er auf eine Antwort. »Will mit dir reden … ich will mit dir reden, Hengst. Wie auch ich, bist du aus dem Kampf und dem Geschehen in der Inneren Sphäre hierher verschlagen worden. Du bist nicht auf den Heimatwelten versauert wie der Rest dieser Narren. Zu schade, daß du vom falschen Clan bist.«

Hengst entschied sich mitzuspielen. Für eine andere Reaktion war er im Grunde auch zu müde. »Ich verstehe nicht, was Sie meinen, Galaxiscommander. Dem falschen Clan?«

»Die Jadefalken und die Parder sind alte Verbündete. Unsere beiden Clans stehen als Kreuzritter an der Spitze der Clan-Invasion. Unsere beiden Clans verbindet die Liebe zum Krieg, aber ihr werdet nie Nebelparder sein.«

»Wie wahr, Galaxiscommander.« Hengst beendete die Arbeit am ersten Stiefel und begann mit dem zweiten.

Russou schien in einer anderen Welt, im Grunde sprach er mit sich selbst. »Ja, die Falken und die Parder sind grundverschieden. Ihr Falken seid geradeheraus, ihr seid fähige Kämpfer, ihr greift jeden an, der euch beleidigt, und ihr haßt Clan Wolf, den auch wir verachten, weil die Wölfe Bewahrer und zudem verschlagen sind. Aber wir Nebelparder könnten die Toleranz nie akzeptieren, mit denen ihr Falken euren Freigeborenen begegnet. Wir haben das Konzept des Freigeburtskriegers geprüft, aber es funktioniert nicht, kann nicht funktionieren. Trotzdem gedeihen die Freigeburten unter den Jadefalken.«

Hengst lachte und war sich des Sarkasmus in seiner Stimme durchaus bewußt. »Die Falken sind ihren Freigeborenen gegenüber zu tolerant? Commander, das würden Sie nicht sagen, wenn Sie als freigeborener Jadefalke geboren worden wären.«

Einen Augenblick schien Howells Blick klar und grausam zu werden. »Ich habe einen Moment lang vergessen, daß du ein Freigeborener bist, Hengst. Aber deine obszöne Ausdrucksweise hat mich daran erinnert. Die Nebelparder gestatten keine Verwendung derartiger Obszönitäten wie ›geboren‹. Ich werde es dieses eine Mal noch durchgehen lassen, frapos?«

»Der Unterschied zwischen unseren Clans besteht darin, daß die Jadefalken einen Weg gefunden haben, ihre Freigeborenen sinnvoll einzusetzen, und die Nebelparder nicht.«

»Hmmm«, murmelte Russou Howell. »Vielleicht sollten wir wirklich lernen, unsere Freigeborenen auszunutzen. Könnte eine gute Lösung für die Verteidigung einer Heimatweltenstation wie dieser sein. Wenigstens würde es für Personal sorgen, ohne daß man diese verdammten Solahma-Krieger einsetzen müßte. Und wer weiß, vielleicht würde es meinen aufmümpfigen, unzufriedenen Kriegern eine Lektion erteilen. Zumindest könnte es sie aufrütteln.«

Howells Kopf fiel nach hinten. Offensichtlich zeigten die Bruhahas Wirkung.

Nach längerem Schweigen murmelte er plötzlich weiter. »Irgendwie kann ich nicht, kann ich die Idee freigeborener Nebelparder-Krieger nicht akzeptieren. Es würde den Clan schwächen. Ich bin sicher, daß es die Jadefalken geschwächt hat. Ich sehe es ganz klar.«

»Die Jadefalken machen sich recht gut. Wir haben die Wölfe im Widerspruchskrieg besiegt, und auf

Coventry haben wir bewiesen, daß wir noch immer so gefährlich sind wie eh und je.«

»Mag sein, mag sein, aber … Aber mir scheint, in diesem Clan wächst die Saat seines Untergangs. Tut mir leid, wenn es dir nicht gefällt, was ich sage. Ich mag dich, Hengst, aber du bist freigeboren, also ist das in Ordnung.«

Hengst entschied sich, ihm nicht zu widersprechen. Es war Verschwendung, mit einem Betrunkenen diskutieren zu wollen. Er polierte den Stiefel in seiner Hand heftiger.

»Freigeburt«, stieß Howell kaum verständlich aus, dann schlief er ein, so wie meistens, zusammengesunken in seinem Sessel.

Hengst reagierte, wie es sich für einen Gefangenen gehörte, obwohl er diese Rolle haßte. Vorsichtig nahm er den Becher mit dem Rest Bruhaha aus Howells kraftloser Hand, bevor der Drink auf den Boden lief, und stellte ihn auf einem Beistelltisch ab. Die Teile von Howells Uniform, die dieser ausgezogen hatte, faltete er sorgsam zusammen, so wie der Nebelparder es ihm gezeigt hatte, und legte sie ebenfalls auf den Tisch. Howell mochte es nicht, aufgeweckt zu werden, um ins Bett zu gehen, also ließ Hengst ihn in Ruhe. Irgendwann im Laufe der Nacht würde Howell aufwachen, ins Bett wanken, und morgen früh würde er sich an herzlich wenig erinnern. Hengst spülte den Becher aus, bevor er sich in sein Quartier zurückzog.

In seinem Zimmer fragte er sich, wie immer, wie lange er das noch würde ertragen müssen. Seine Leute wurden unruhig. Einige von ihnen hatten erste Schwierigkeiten gehabt, von denen blaue Flecken und frische Narben beredtes Zeugnis ablegten. Pegeen zufolge hielt nur der Respekt und die Bewunderung der Krieger für Hengst den Trinärstern noch im Zaum. Sie vertrauten auf seine Fähigkeit, einen Ausweg zu finden.

*Vertrauen,* dachte er. *Was für ein gefährliches Konzept. Marthe Pryde hat mir das eingebrockt mit ihrem Vertrauen in mich, trotz meines Freigeborenen-Status. Ich habe ausreichend Vertrauen in mich, um die mir zugedachte Ehre für berechtigt zu halten. Ich habe Vertrauen, daß die Krieger des Trinärsterns meine Befehle tapfer ausführen werden. Aber wenn dieses Vertrauen erschüttert wird, kann das alles zusammenbrechen. Im Augenblick scheint sich uns kein Ausweg anzubieten. Lutera ist zu gut bewacht. Der Weg durch die Berge ist schwierig und zu naheliegend. Sie würden uns zerquetschen wie Fliegen. Sentania Buhallin hat versprochen, für unsere Flucht zu sorgen, aber wo ist sie? Trotzdem, eines habe ich in all den Jahren meiner Karriere gelernt, nämlich, daß Geduld häufig die stärkste aller Waffen ist. Besonders, wenn der Gegner sie nicht besitzt.*

Und Hengst war sich in einem Punkt sicher. Obwohl seine Khanin sich nur einen Sprung entfernt auf Strana Metschty befand, würde sie keinen Finger krumm machen, um ihn zu retten. Sein Status als Freigeburt hätte sie besudelt, und daran ließ sich nichts ändern.

* * *

Am nächsten Tag verkündete Howell, zusammen mit Hengst das Genetische Archiv besuchen zu wollen. Als sie sich dem von den riesigen BattleMechstandbildern bewachten Eingang näherten, fühlte Hengst sich unbehaglich. Es war falsch, daß ein Jadefalke ein Gebäude betrat, in dem ein anderer Clan sein Generbe aufbewahrte. Es erschien ihm unvorstellbar, daß die Falken jemals einem Parder erlaubt hätten, ihrem heiligen Genfundus so nahe zu kommen.

Ein Krieger trat hinter einer der Statuen hervor und rief Howell an. Hengst erkannte ihn als Sterncolonel Logan. Er betrachtete Hengst mit der üblichen haßerfüllten Miene. Die meisten Nebelparder-Krieger unternahmen keinen Versuch, ihren Abscheu gegen seine Anwesenheit zu verbergen.

»Sterncolonel Logan«, begrüßte Howell den Mann ärgerlich.

»Bei allem Respekt, Galaxiscommander, wie ich sehe, hast du den dreckigen Freigeburts-Abschaum dabei.«

Howell sah Hengst an. »Das stimmt. Ich schließe aus dieser Feststellung, daß du dagegen einen Einwand hast.«

»Einen vehementen Einwand, Galaxiscommander.«

»Vehemenz ist bei dir nichts Ungewöhnliches, Sterncolonel Logan. Ich schlage vor, du verwendest sie auf die Ausübung deiner Pflichten. Aber ich weiß die respektvolle Art deines Einwandes zu schätzen und werde deine Störung auf unserem Weg nicht als Insubordination werten. Weggetreten, Sterncolonel.«

»Aber, Galaxiscommander, eine Freigeburt darf doch nicht ...«

»WEGGETRETEN, Logan!«

Logan warf Hengst einen letzten giftigen Blick zu, dann wirbelte er herum und marschierte davon.

Howell sah ihm kurz hinterher, schien Hengst etwas sagen zu wollen, überlegte es sich dann aber wohl anders. Er nahm den Weg zum Archiv wieder auf. Bevor er das Gebäude betrat, blieb er stehen und schaute zu dem Nebelparder hoch, der aus dem Berghang geschnitten war. Auch Hengst sah empor.

*Howells Blick wirkt beinahe bewundernd. Mehr als bewundernd. Ehrfürchtig. Es ist eine beeindruckende Skulptur, das kann ich nicht abstreiten, beeindruckend in ihrer Einfachheit, in ihrer Lebensechtheit. Aber vielleicht ist sie auch nur deshalb etwas Besonderes, weil der Rest der Stadt so kalt und abweisend ist. Aber die Pose gefällt mir. Ein Raubtier im Angriff, das ist gut. Es erinnert mich an das Wappen der Jadefalken, den Falken im Flug, wie er über den Himmel gleitet.*

Howell sah sich zu Hengst um und schien die Verwirrung in dessen Gesicht zu erkennen.

»Es ist Sitte bei uns, vor dem Betreten dieses ehrenvollen Bodens innezuhalten und über den Nebelparder zu meditieren. Es hilft uns, die gebührende Geisteshaltung des Kriegers zu wahren. Der Nebelparder, das Tier, und der Nebelparder, der Krieger, sind im Wesen identisch. Ihre Haupteigenschaft ist die Wildheit. So wie der Parder den Hals der Beute in seinen mächtigen Kiefern packt, so stürzt sich der Krieger in die Schlacht, bis der Gegner fällt. Wir Nebelparder weichen nicht zurück. Jadefalken ergreifen den Rückzug, frapos?«

»Pos, als Gefechtstaktik, aber nicht aus Prinzip.«

»Das kann niemals für die Nebelparder gelten. Wir bleiben im Gefecht, bis wir sterben oder siegen. Kein Rückzug.«

»Unpraktisch.«

Howells Augen funkelten vor Wut. »Hengst, du vergißt immer wieder, daß du jetzt Nebelparder bist. Ich habe dir gesagt, daß du dir über die Nebelparder kein Urteil anmaßen darfst, jetzt, da sie dein Clan sind. Jedenfalls befehle ich dir jetzt zusätzlich, so oft du kannst innezuhalten und über den Nebelparder dort zu meditieren. Unser Clan basiert auf den Tugenden des Nebelparders und Nicholas Kerenskys Vision des wahren Wegs. Als ein Mitglied unseres Clans, selbst ein Gefangener, bist du verpflichtet, den Nebelparder zu preisen. Ansonsten bin ich gezwungen, dich zu töten. So einfach ist das.«

Hengst dachte nicht daran, sich dem Wesen des Nebelparders zu unterwerfen, aber er hatte auch nicht vor, sich deswegen hinrichten zu lassen. Er würde abwarten, bis Sentania Buhallin zurückkam. Nach dem Fluchtversuch würde sein Leben keinen Furz mehr wert sein, falls er wieder in die Hände der Parder fiel.

Er konnte die Haltung der Nebelparder nicht verstehen, die von einem Gefangenen verlangte, eine neue Rolle im Parderclan unterwürfig hinzunehmen, erst recht nicht angesichts der erniedrigenden Art dieser neuen Rolle.

Die Jadefalken erwarteten, daß Gefangene hin und wieder einen Fluchtversuch unternahmen. Sie freuten sich sogar darauf, weil es ihnen Gelegenheit bot, die Flüchtigen erneut einzufangen und brutal zusammenzuschlagen. Die Parder-Regeln konnten für Jadefalken nicht gelten, ganz besonders nicht für Hengst. Er war, um das obszöne Wort zu gebrauchen, eine Freigeburt. Manchmal war die Existenz als Freigeburt die Erlaubnis, die Sitten anderer Clans zu mißachten, gelegentlich sogar die des eigenen.

Howell winkte Hengst durch die Türen des Genetischen Archivs. Hengst sah kurz zu dem ewigen Laserfeuer vor der Pyramide hinüber, bevor er in das Gebäude trat. Dabei bemerkte er, wie Logan vor Wut schnaubend seine Position neben einer der BattleMechstatuen wieder einnahm.

Im Innern kamen sie zu einer riesigen Kammer, deren Marmorfußboden mit schwarzen, grauen und weißen Fliesen in Form laufender Parder ausgelegt war. Ein alter Wissenschaftler in wallender weißer Robe näherte sich, flankiert von zwei Elementarwachen.

»Ich bin der Hüter der Nebelpardersaat, des Bluts unserer Krieger. Wer stört die Ruhe dieses heiligsten aller Orte?«

»Ich wünsche, mein Generbe zu ehren«, erwiderte Howell.

Hengst hatte Mühe, den Hüter anzusehen. Der Mann war so alt, daß Hengst beim Anblick des unglaublichen Netzwerks von Falten und der hinter einer dicken Brille versteckten Augen eine leichte Übelkeit erfaßte. Howell streckte dem Mann das Handgelenk entgegen und bedeutete Hengst, es ihm gleichzutun. Der Wissenschaftler überprüfte Russou Howells Identität mit einem tragbaren Kodaxleser. Dann deutete Howell auf das Gefangenenarmband um Hengsts Handgelenk und teilte dem Hüter mit, daß der Gefangene ihn begleitet.

»Das ist absolut unerhört, Galaxiscommander.«

»Dieser Mann wird im Wesen des Parders unterwiesen«, sagte Howell. »Welchen besseren Ort könnte es dafür geben?«

»Wie Sie meinen, Galaxiscommander.« Der Hüter nickte und verneigte sich sogar leicht, dann entfernte er sich durch die Weihrauchschwaden, die den ganzen Saal durchzogen, flankiert von den beiden dunkel gekleideten Elementaren.

Die Archivkammer war riesig und düster, nur von einzelnen Laserkerzen erhellt. Das Licht der Kerzen war grell, aber auf einen engen Bereich begrenzt. An den Wänden waren Dutzende Siegel sichtbar. Jedes trug einen Namen und einen digitalen Code, hinter jedem lagerte ein Giftake. Hengst beobachtete, wie ein Wächter eine der Kerzen aus der Halterung nahm und sie ein kurzes Stück zu einer anderen, freien Halterung trug. Wie alles in diesem Raum und in der ganzen Nebelparder-Gesellschaft, machte die Bewegung einen streng rituellen Eindruck.

»In diesem Raum und seinen Seitenkammern lagern Tausende von Giftakes, Hengst. Regelmäßig wird Genmaterial aus diesem Lager ausgewählt, um neue Geschkos zu erschaffen. Dieses Archiv ist die Quelle für über ein Drittel aller Nebelparder-Blutlinien. Die besten der Nebelparder, das Erbe des Clans. Hier ruhen die Originale, nicht die genetischen Kopien, die auf Strana Metschty eingelagert sind. Komm mit, ich will dir etwas zeigen.«

Sie gingen durch den riesigen Saal auf die andere Seite und näherten sich einer Tür, die von Paneelen ineinander verschlungener Krieger flankiert war, die sämtlich in der Haltung der Bergskulptur abgebildet waren. Drei Elementarwachen in voller Uniform stellten sich Hengst und Russou Howell in den Weg. Dann tauchte der Hüter plötzlich wieder auf. Hengst hätte schwören können, daß der Mann in die entgegengesetzte Richtung verschwunden war, als er sie kurz zuvor verlassen hatte. Wie konnte ein alter Mann so schnell quer durch die Kammer gekommen sein?

»Galaxiscommander, warum gehst du zum Heldensaal?«

»Ich will meinen Respekt zollen, so wie jede Woche, Hüter.«

»Aye, Galaxiscommander. Aber kein Freigeborener darf den Saal betreten. Es widerspricht den Sitten.«

»Die Sitten gelten nicht immer für einen kommandierenden Offizier, frapos?«

»Pos. Aber im Innern dieses Archivs kommandiert kein Krieger, Galaxiscommander Russou Howell. Dir wird der freie Zugang als ein Privileg gewährt, das widerrufen werden kann ...«

»Ihr laßt euch von euren Wissenschaftlern herumkommandieren?« stichelte Hengst leise. Howells Gesicht rötete sich.

»Warum willst du eine heilige Kammer entweihen?« fragte der Hüter. »Ihre Luft mit Fremdclananwesenheit verpesten?«

»Ich wünsche diesem Freigeburts-Abschaum die Majestät des Clans Nebelparder zu offenbaren. Er ist ein ehemaliger Jadefalke, der letztlich die genetische Überlegenheit unseres Clans eingestehen muß.«

Hengst unterdrückte einiges an sarkastischen Erwiderungen, während der Hüter der Pardersaat sich die Worte durch den Kopf gehen ließ.

»Gut gehandelt, Galaxiscommander. Dieses Mal erhältst du die Erlaubnis, aber ich bitte, es bei diesem einen Mal zu belassen. Wenn wir freigeborenen Fremdclannern eine derartige Erlaubnis erteilen, verletzen wir die Ehre des Parders. Der Besuch dieses Mannes wird nicht aufgezeichnet, und ihr müßt beide ein Schweigegelübde betreffs dieser Angelegenheit ablegen.«

»Einverstanden«, antwortete Howell. »Für Hengst mit.«

Der Hüter persönlich begleitete Howell und Hengst in den Heldensaal. Howell wirkte bemerkenswert zufrieden, aber Hengst hatte arge Zweifel über diesen Verstoß gegen die Heiligkeit des Archivs. Und soweit es ihn betraf, *war* dieser Ort heilig. Das galt für alle genetischen Archive, selbst die anderer Clans.

Auf den ersten Blick wirkte die Beleuchtung im Innern des Saales, der nur etwa ein Drittel der Größe der gewaltigen Halle auf der anderen Seite der Tür hatte, stärker. Auch dieser Raum wurde auf dieselbe Weise beleuchtet, mit Reihen von Laserkerzen. Aber hier befanden sich noch mehr. Sie waren anscheinend in dekorativen Gruppen arrangiert, und ihr Licht brach sich im Glanz der goldenen Siegel auf den Giftake-Behältern.

Im Zentrum der Kammer ragte eine große, kreisrunde Säule bis zur beeindruckend hohen Decke. Sie beherbergte weitere goldene Plaketten. Das Licht der Laserkerzen brachte sie zum Strahlen.

Howell marschierte geradewegs auf die Säule zu. Hengst blieb an seiner Seite.

An der Säule angekommen, verkündete Howell stolz: »Hier werden die bedeutendsten Giftakes gelagert, die der größten Helden und der Besitzer höchster Befehlspositionen. Dort oben liegt das Giftake des ilKhans Leo Showers, der so unerwartet fiel, als eine Kriegerin der

Inneren Sphäre ihren Jäger in die Brücke seines Flaggschiffs stürzte. Wir ehren ihn besonders auf der Säule erhabener Helden. Hier werden regelmäßig Zeremonien in seinem Angedenken abgehalten.«

Howell schaute ehrfürchtig hoch zu Leo Showers' Plakette, während Hengst die Plakette selbst betrachtete. Als Freigeborener konnte er den Drang der Wahrgeborenen, einen Behälter mit sorgfältig konserviertem genetischem Material wie eine Ikone zu verehren, zwar verstehen, aber nicht nachvollziehen. Für sie war dieses Genmaterial seltsam identisch mit der Person, als ließe sich die Ampulle mit den Genen Leo Showers' auf rätselhafte Weise in den großen Mann selbst verwandeln.

DNS konnte dazu benutzt werden, Geschkos mit enormem Potential zu erschaffen, aber im Grunde blieb es nur eine Kodierung. Hengst glaubte durchaus daran, daß die Zuchtprogramme der Clans Krieger erschufen, denen eine große Kriegerlaufbahn vorbestimmt war. Aber jeder wußte, daß mehr Mitglieder einer Geschko versagten, als den Positionstest schafften. Nicht nur das, Freigeborene ohne all diese genetischen Vorteile hatten einen beträchtlichen Beitrag zu den militärischen Anstrengungen der Jadefalken geleistet. Nichts davon konnte seine grundlegenden Überzeugungen, was seinen Clan (seinen *wahren* Clan) betraf, erschüttern, aber es milderte die Tendenz zur Verehrung des Genmaterials.

Hengst fühlte keinerlei Ehrfurcht. Zusehen zu müssen, wie Russou Howell einen Kommandeur verehrte, dessen Tod ein blinder Schicksalsschlag gewesen war statt die Folge persönlicher Tapferkeit, beeindruckte ihn weniger, als es ihn anwiderte. In Aidan Prydes Bibliothek hatte er mehrere Bücher über terranische Religionen gefunden, und jetzt fragte er sich, ob die genetischen Archive für die Clans zu einer verqueren Form von Religion geworden waren. Es interessierte ihn nicht sonderlich, aber er betrachtete es als eine von zahlreichen Fragen in einem von Neugierde gezeichneten Leben. Einem seltsamen Leben.

*Diese Bücher haben mich verdorben. Früher war ich ein dummer Krieger, dumm aber zufrieden. Nein, das ist nicht wahr. Ich war nie zufrieden.*

* * *

Als Hengst später ins Kerkerzentrum zurückkehrte, brach ein Kampf zwischen MechKrieger Croft und Sterncommander Pegeen aus. Hengst saß auf seiner Koje und ließ es zu.

Es war ein seltsamer Zweikampf, zwischen dem wuchtigen Croft und der kleinen, schmächtigen, beinahe zierlichen Pegeen. Die wenigen Gefangenen im Raum hatten einen groben Kreis der Gleichen geformt, indem sie die Möbel beiseite rückten und den Boden freimachten. Sie schienen dankbar für den Kampf, egal, worum es dabei ging.

Hengst drehte sich zu dem Jadefalken neben sich um und fragte: »Was ist los?«

Der Mann, ein MechKrieger namens Millat, war so groß, daß einige seiner Kameraden ihm den Spitznamen Elementar verpaßt hatten. Er lehnte sich nach hinten an die Wand und rieb sich das Stoppelkinn. Hengst, der seinen Bart regelmäßig stutzte, fand ungleiche, schlecht gepflegte Bärte abstoßend.

»Sie waren beide auf Wartungsstreife. Du weißt schon, die Art von Einsatz, bei dem die Parder dich geradezu herausfordern, hier irgendwo Dreck oder Müll zu finden. Das ist der einzige Ort, den ich je gesehen habe, an dem man mit dem Finger über irgendeine Oberfläche fahren kann, und wenn man ihn wegzieht, ist der Finger sauberer als vorher. Jedenfalls fiel ein

Stück Papier aus einem Fenster und sie sind beide darauf zugesprungen und mit dem Kopf zusammengestoßen. Soweit ich gehört habe, fiel das Papier auf den Boden, was den Parder-Aufseher richtig in Rage versetzt hat. Du weißt ja, wie sie sind: Bekommen beim kleinsten Stückchen Müll einen Anfall.« Er schnaubte mit einer Verachtung, die Hengst nachfühlen konnte. »Dann greifen Croft und Pegeen beide nach dem Papier. Croft stößt Pegeen beiseite und hebt es auf, aber sie tritt ihm ans Bein und reißt es ihm aus der Hand. Das Stück Papier wird wohl so etwa eine Minute lang immer wieder den Besitzer gewechselt haben, bis der Parder es ihnen weggenommen und selbst in den Müllsack gestopft hat. Und als sie dann hierher zurückkamen, bekamen sie sich über die Sache erst richtig in die Haare. Croft hat Pegeen herausgefordert, sie hat angenommen, und jetzt schlagen sie sich. So ist das Leben hier in Lutera, frapos?«

Hengst erkannte, daß der Sarkasmus des Kriegers eine an ihn adressierte versteckte Beleidigung gewesen sein konnte, nickte und beobachtete den Kampf. Croft konnte Pegeen zu Boden werfen und auf sie springen. Sein beachtlicher Gewichtsvorteil hätte sie erdrücken müssen, aber dafür war sie zu zäh. Sie wälzte sich unter ihm vor, packte seine Haare und riß ihm den Kopf nach hinten. Er trieb ihr den Ellbogen in die Magengrube, aber das schien ihr nichts auszumachen. Ohne seine Haare loszulassen, stieß sie Croft das Knie in den Rücken. Er verzog vor Schmerzen das Gesicht, konnte sie aber abwerfen.

Pegeen fiel zur Seite, ein paar Strähnen ausgerissener Haare in der Faust. Croft sprang mit einer für einen Mann seines Umfangs überraschenden Agilität auf, stürzte sich auf seine Gegnerin und versuchte, sie zu erdrücken. Sie entkam seiner Umklammerung ohne größere Probleme und versetzte ihm mit einem beachtlichen Sprung einen Tritt ins Gesicht. Vor Wut laut knurrend, packte er sie, sobald sie wieder den Boden berührte, und hob sie bis über den Kopf. Er wollte sie gerade an die nächste Wand schleudern, was sie aus dem Kreis der Gleichen getragen hätte, als Hengst rief: »Halt!«

Croft wirbelte zu Hengst herum. »Du kannst kein Ehrenduell stoppen, welchen Rang du auch hast, Sterncolonel.«

Hengst trat in den Kreis und schleuderte Croft mit einem Fausthieb ans Kinn – den er so schnell ausführte, daß die anderen später erklärten, ihn gar nicht gesehen zu haben – nach hinten gegen die Steinwand. Croft ließ Pegeen los, die in Hengsts Arme fiel. Hengst setzte sie ab und trat zwischen die beiden.

»Das ist unverzeihlich, Sterncolonel. Ein Ehrenduell zu unterbrechen ist ...«

»Ruhe! Ehrenduell? Das ist kein Ehrenduell. Ihr mißbraucht die Tradition, um über einen Fetzen Papier zu kämpfen? Was soll das über die Jadefalken-Ehre aussagen? Daß Müll ein Ziel ist, das ehrenvollen Wettbewerb verdient? Ihr macht alles, wofür das Ehrenduell steht, zur Farce. Ja, ich dürfte einen Kreis der Gleichen nicht verletzen und in euren Kampf eingreifen. Ich werde ihn jetzt wieder verlassen, und wenn ihr euch weiter über Abfall prügeln wollt, steht euch das frei, aber ich werde nicht dabei zusehen.«

Hengst marschierte aus dem Zentrum, ohne sich umzudrehen. Hätte er es getan, dann hätte er zwei wilde Jadefalken-Krieger gesehen, denen die Kampfeslust vergangen war.

Draußen versuchte er, seine Atmung zu beruhigen. Es paßte nicht zu ihm, Wut zu zeigen, schon gar nicht so schnell. Im Kampf konnte er in seinem Zorn furchtbar sein, aber in anderen Situationen behielt er einen kühlen Kopf und dämpfte das aufbrausende Temperament der anderen. Jetzt war er kurz davor, seine Faust durch die Wand zu hämmern.

Er sah sich um. Auf Diana wurde es nur allmählich Nacht, und die lange Dämmerung warf gespenstische Schatten über die Hauswände. Dunklere Gebäude schienen geisterhaft über den echten Bauten aufzuragen. Als die Schatten länger wurden, legte sich eine surreale Atmosphäre über die Stadt. Die makellosen Straßen schienen Nester von Schattenabfall zu beherbergen.

Die Luft war wie immer sauber. Die Berge erschienen tagsüber in unfaßbarer Lebendigkeit, und die Bäume des nahen Waldes in einem erstaunlich reichen Grün. Nichts befleckte Lutera, verunreinigte Mons Szabo oder verunstaltete Diana. Aber es gab auch wenig Schönheit hier. Der ganze Reichtum, die Lebendigkeit, die Klarheit unterstrichen noch die Sterilität des Planeten. Was diese Welt brauchte, dachte er, war ein anständiges bißchen Jadefalken-Dreck.

Er stürmte zurück ins Zentrum und sammelte Papier auf, Löffel, Tassen, Essensreste auf den Tischen, was immer er zu fassen bekam. Dann kehrte er zum Eingang zurück und schleuderte alles hinaus auf die Straße. Ihm war klar, daß es ebenso sinnlos war, mit Müll um sich zu werfen, wie deswegen zu kämpfen, aber er konnte nicht anders, und anschließend fühlte sich Hengst tatsächlich befreit.

# 12

**Forschungsstation Falkenhorst, Östliche Berge, Diana**
**Kerensky-Sternhaufen, Clan-Raum**

*5. April 3059*

Sterncolonel Bren Roshak, Kommandeur der Forschungsstation Falkenhorst, hatte eine Eigenschaft, die für einen Jadefalken-Krieger, oder, was das betraf, für einen Krieger jedes beliebigen Clans, außerordentlich ungewöhnlich war. Er weinte. Er wußte nicht, warum er weinte. Es hatte nichts mit irgendwelchen dummen Gefühlen oder emotionalen Reaktionen niederer Kasten zu tun. Er weinte nicht *um* oder *über* irgend etwas. Er weinte nicht vor Schmerz oder Lachen. Aber er konnte in einem willkürlichen Augenblick plötzlich von Tränen übermannt werden. Manchmal konnte das peinlich sein. Aber für die meisten Situationen hatte er sich Möglichkeiten zurechtgelegt, seine Schwäche zu überspielen. Es ärgerte ihn, wenn er bei der Befehlserteilung in Tränen ausbrach, aber seine loyalsten Untergebenen hatten längst gelernt, den tränenlosen Blick von dem außergewöhnlichen und gelegentlich häßlichen Anblick des plötzlich losheulenden Roshak abzuwenden.

Aber diese Eigenschaft machte ihn bei der Chefwissenschaftlerin der Station, Peri Watson, keineswegs beliebter. Er fühlte, wie seine Augen wäßrig wurden, als er jetzt mit ihr sprach. Er konnte nur hoffen, daß sie seinen Zustand einem anderen Umstand zuschrieb, selbst wenn sie es sich damit erklären mochte, daß er zuviel trank. Trunksucht war unter Jadefalken-Kriegern eher selten, bei Kommandeuren abgelegener Garnisonen allerdings nicht unbekannt. Roshak jedoch trank kaum und gestattete sich keinen Rausch. Die anschwellende Tränenflut ließ ihn beinahe wünschen, weniger streng mit sich zu sein. Betrunken zu sein wäre dieser Erniedrigung vorzuziehen gewesen.

* * *

Peri sah Bren Roshak prüfend an. Sie fragte sich wieder einmal, wie es kam, daß dieser Krieger so häufig am Rande eines Heulanfalls schien. Schließlich glänzte er in fast jeder anderen Hinsicht durch Trockenheit.

»Was hast du heute zu berichten, Peri Watson?« fragte er jetzt auf eine leicht stotternde Art, die sie an ein Kind erinnerte, das versuchte, die Tränen zurückzuhalten.

Er sprach ihren Namen auf abfällige Weise aus. Meistens zog er ihn dabei noch mit einem unbetonten ›I‹ zusammen, so daß er zu Periwatson wurde. Viele der Jadefalken-Krieger, die größte Personengruppe in der Station, sprachen mit Angehörigen der niederen Kasten in diesem abwertenden Ton. Peri war eine Wahrgeborene, hatte selbst die Kriegerausbildung mitgemacht, aber sie war ausgesiebt und in eine niedrigere Kaste zurückgestuft worden. Das Kastenprivileg gehörte zum Wesen der Clans, und sie war gezwungen, das zu akzeptieren.

Die Wissenschaftler waren bei den Kriegern besonders unbeliebt, obwohl sie ein gewisses Prestige genossen. Die Wissenschaftlerkaste hatte sogar die Erlaubnis, Nachnamen zu tragen. Es handelte sich um reine Ehrennamen, die nur innerhalb ihrer eigenen Kaste benutzt wurden. Sie stammten auch nicht aus der aus den Tagen Nicholas Kerenskys überlieferten Liste der Blutnamen. Aber für Krieger klang die Verwendung jedes Nachnamens zu sehr wie eine Aneignung ihrer Blutnamenstradition. Sie haßten Nachnamen bei Nicht-Kriegern.

»Es gibt nichts zu berichten, Sterncolonel Bren Roshak. Alle Experimentalphasen laufen erwartungsgemäß ab, in manchen Fällen sogar sehr vielversprechend, aber noch haben wir keine neuen Erkenntnisse. Wie Sie wissen ...«

»Ja, ja. Ihr Wissenschaftler wollt nur bestätigte Ergebnisse melden.«

*Und unerträgliche Kommandeure im Ungewissen halten,* dachte Peri. *Aber was sollte ich ihm schon erzählen? Ich habe fast ebensolche Schwierigkeiten, meine Wissenschaftler dazu zu bringen, daß sie mir Bericht erteilen. Sie bewachen ihre Ergebnisse wie kostbare Schätze und informieren mich nur, wenn sie dadurch Anerkennung gewinnen. Die Naturalisten gehen ihrer Arbeit nach, als wäre sie ein Sport. Die Mech- und Waffenspezialisten streiten so unablässig miteinander, daß es ein wahres Wunder ist, wenn sie tatsächlich etwas erreichen. Und die Genetiker ... Vergessen wir die Genetiker. Die Götter selbst könnten denen ihre Geheimnisse nicht entreißen.* »Unsere Methoden der Berichterstattung haben Tradition, Sterncolonel.«

»Du brauchst mich nicht über Jadefalken-Traditionen zu belehren.« Roshak strich sich in einer beiläufigen Geste, die lange eingeübt schien, mit dem Handrücken eine Träne aus dem Augenwinkel. »Versuchen wir einmal folgendes«, schlug er mit vor Sarkasmus triefender Stimme vor. »Sind Falken für die Jagd verfügbar, oder testen deine Naturalisten sie auf Federstruktur oder irgendwas in der Art?«

Obwohl Peri seit vier Jahren auf dem Falkenhorst Dienst tat, hatte sie sich nie an Roshaks abfällige Behandlung seiner Untergebenen gewöhnen können. »Es stehen mehrere Vögel für die Jagd zur Verfügung, Sterncolonel. Sie brauchen nur ...«

Eine andere von Roshaks Eigenschaften, die Peri zur Weißglut treiben konnte, war seine Neigung, anderen mitten im Satz das Wort abzuschneiden. »Ich kenne das Verfahren. Wie du weißt, ist die Jagd eine der wenigen Möglichkeiten, die ich besitze, die Langeweile auf dieser Mission zu bekämpfen.«

Peri kannte die Litanei zur Genüge und hoffte, Roshak würde endlich auf sie verzichten. Jeder wußte, daß die Krieger des Falkenhorstes wenig zu tun hatten. Die Parder ließen die Falken in deren Hochgebirgshorst weitgehend in Frieden, und die Jadefalken wagten es ihrerseits nicht, die Geduld ihrer ›Gastgeber‹ zu sehr auf die Probe zu stellen. Herausforderungen um genetisches Erbmaterial waren in beiderseitigem Einvernehmen untersagt, und ansonsten besaß keine der beiden Seiten viel, worauf die andere Wert legte. Gelegentlich kam es zu einem kleineren Scharmützel wie dem Insigniendiebstahl, um die kämpferischen Muskeln nicht völlig einrosten zu lassen. Peri haßte die Verschwendung durch solche Gefechte, aber es wurde kaum Schaden angerichtet. Schließlich befand sich Diana kaum im Brennpunkt des Kreuzzugs.

»Ich muß sagen«, fuhr Roshak fort, »daß die genetische Arbeit, mit der deine Naturalisten es geschafft haben, die Fähigkeiten des Jadefalken zu verbessern und zu steigern, einer der wenigen Lichtblicke im Falkenhorst ist.«

»Wir sind stolz auf unsere Leistungen in der Gentechnik, Sterncolonel.«

»Der Falke namens Jadestreuner ist eine besonders gelungene Schöpfung.«

»Wir nennen sie nicht Schöpfungen, Sterncolonel. Es handelt sich nur um genetisch veränderte Formen des ...«

»Wie immer sprichst du recht frei für eine Wissenschaftlerin. Du solltest deine Kaste nicht vergessen, Freigeburt.«

Es kostete Peri ihre ganze Kraft, die Wut im Zaum zu halten und mit ruhiger Stimme zu antworten: »Ich bin keine Freigeborene, Sterncolonel, wie Sie wohl wissen. Ich bin wahrgeboren.«

»Ach ja, hatte ich vergessen.« Er hatte es nicht vergessen, dessen war sie sich sicher. »Du warst in einer Geschko, bist in die Kriegerausbildung gekommen, hast versagt, bist als Wissenschaftlerin geendet. Kaum ein Grund zum Prahlen, Watson.«

Daß er sie nur mit dem Nachnamen anredete, für einen Krieger sehr ungewöhnlich, war zweifellos darauf ausgelegt, sie zu ärgern, was auch sein höhnischer Tonfall bestätigte. Andere sprachen sie nur mit Vornamen an, aber es kam selten vor, daß jemand nur ihren Nachnamen benutzte.

»Wenn du die Kriegerausbildung nicht geschafft hast«, fuhr Roshak fort, »weist dieses Versagen dich als kaum besser als eine Freigeborene aus.«

»Die meisten Wissenschaftler sind Wahrgeborene, Sterncolonel. Wir dienen dem Clan ebenso wie ...«

»Erspare mir die Rede, Watson. Du wirst mir Jadestreuner bringen und mich zur Jagd auf den Berg begleiten.«

»Sterncolonel, ich habe einiges an Arbeit ...«

»Ich bin dein Kommandeur, Watson, frapos?«

»Pos.« Sie wußte, was er als nächstes sagen würde, und wieder war ihre Antwort gedrückt.

»Und du hast meinen Befehlen Folge zu leisten, frapos?«

»Pos.«

»Wir gehen.«

Peri stellte fest, daß die Tränen in seinen Augen jetzt als Zeichen seiner Wut ausgelegt werden konnten. Das machte sie für einen Krieger akzeptabel.

* * *

Selbst unter der Jagdhaube wirkte Jadestreuner auf Roshaks Hand beeindruckend königlich. Die Hand wurde von einem Handschuh aus weichem Leder beschützt, denn die scharfen Krallen des Vogels hätten sich ohne weiteres durch die ungeschützte Haut des Sterncolonels bis auf die Knochen graben können. Jadestreuners dünne Beine schienen schon zum Abflug gespannt. Sein schwarzes Gefieder glänzte wie eingeölt, ein Effekt, der durch die sanfte Genmanipulation noch verstärkt wurde.

Der Jadefalke war natürlich die genmanipulierte Version eines auf der weit entfernten Terra heimischen Greifvogels, und keine andere Kreatur wurde in dem Clan, der seinen Namen trug, mehr bewundert. Die Experimente auf dem Falkenhorst waren weitere Verfeinerungen der Genmanipulationen, die diesen hervorragenden Jäger geschaffen hatten. Ihre Bedeutung war so geringfügig, daß sie sich kaum messen ließ, aber die Naturalisten liebten sie, vor allem, weil sie solchen Gefallen daran fanden, die verschiedenen großartigen Vögel zu studieren, die sie in den Wildnisgebieten der Jadefalken-Heimatwelten gesammelt und hierher zur Forschungsstation auf Diana gebracht hatten.

Ironischerweise war Bren Roshak nicht der einzige, der ihre Arbeit mit besonderem Interesse verfolgte. Alle Wahrgeborenen der Station verfolgten die Falkenforschung aufmerksam. Das störte Peri nicht weiter, die froh war, wenn die Krieger sie so weit wie nur möglich in Ruhe ließen. Sie selbst war mehr an einem anderen Projekt der Station interessiert.

Gelegentlich öffnete Jadestreuner die Flügel. Voll ausgebreitet warfen sie einen so tiefen Schatten, daß sie Dianas Sonne für einen Augenblick verdunkelten. Die Naturalisten hatten den Falken auf die größtmögliche Spannweite bei aerodynamisch funktionstüchtigen Schwingen gezüchtet.

Roshaks Tränen schienen angesichts eines derart prächtigen Vogels auf seinem Arm angemessen. Er plusterte sich auf vor Stolz. Offensichtlich fühlte er eine Art Besitzerstolz, wenn Peri dafür auch keinerlei Berechtigung sehen konnte. Sie wußte nur, daß er reichlich Zeit für die Falknerei hatte – ihrer Ansicht nach zu viel Zeit – und daraus große Freude zu ziehen schien.

Mit einer großen Geste riß er die Haube von Jadestreuners Kopf, während er den Vogel gleichzeitig in die Luft schleuderte. Jadestreuner schoß mit solcher Geschwindigkeit empor, daß Peri den Eindruck hatte, der Falke werde getrieben von der Freude an seiner Freiheit. Roshaks feuchte Augen folgten dem großartigen Kurs des Vogels mit stetiger, umfassender Konzentration. Sein Kurs führte ihn zu einem vorbeifliegenden Vogelschwarm einer einheimischen dianischen Spezies, die von den Naturalisten des Falkenhorsts der scheinbaren Ziellosigkeit ihres Zugverhaltens wegen Skittisch getauft worden war.

Die meisten Vogelarten Dianas zogen relativ geradlinig von Nordwesten nach Südosten. Skittische hingegen bogen gelegentlich nach Osten, Westen, Norden oder Süden ab. Manchmal drehten sie sogar einige Kilometer weit um, als wollten sie in Wahrheit zurück nach Hause fliegen, um dort die Wunderwelt des Winterfrosts zu genießen. Aber dann kehrten sie wieder für einige Zeit zu ihrer ursprünglichen Flugrichtung zurück, in der Regel, um anschließend wieder auf eine neue Tangente abzudriften. Einer der Naturalisten hatte beobachtet, daß sich manchmal gerade voraus eine echte Gefahr für die Skittische befand und ihre scheinbare Sprunghaftigkeit möglicherweise logischer war, als es den Anschein hatte. Aber bisher war es keinem der Wissenschaftler gelungen, diese Beobachtung definitiv zu bestätigen.

Jadestreunern hatten die Skittische jedoch nichts entgegenzusetzen. Ein Jadefalke war zu schnell. Die Skittische konnten seinen Angriff nicht vorausahnen. Peri nahm es Roshak übel, daß er Jadestreuner auf die Skittische ansetzte. Sie waren eine viel zu leichte Beute. Das war kein Sport mehr. Aber natürlich hatte Bren Roshak auch nie in irgendeiner Form einen Hinweis darauf gegeben, ein echter Sportsmann zu sein.

Sie wandte sich von dem bevorstehenden Blutbad ab und sah hinunter in den Wald. Während Roshak jubelte, als Jadestreuner eine Beute schlug, bemerkte Peri eine Bewegung im Geäst des Waldrands. Eine Gestalt löste sich aus den Bäumen und kam den recht steilen Hang heraufgerannt. Es war Sentania Buhallin, Peris einzige Freundin hier im Falkenhorst.

Sentania war diesmal lange fort gewesen, über einen Monat. Sie mußte auf einem ihrer Streifzüge in die Ebenen Dianas gewesen sein, wahrscheinlich nach Lutera, wo sie ein perverses Vergnügen daran fand, unbemerkt zwischen den Nebelpardern herumzulaufen. Peri freute sich schon darauf, Sentanias Erzählungen von ihren Abenteuern zu lauschen. Sie machten die eintönigen Tage in der Station erträglich.

Sie sah sich zu Bren Roshak um. Der Sterncolonel beobachtete die Solahma-Kriegerin ebenfalls auf ihrem Weg den Hang herauf. Er schnaubte, seine übliche Reaktion beim Anblick Sentania Buhallins. Er hatte schon vor langer Zeit gelernt, daß er sie nicht kontrollieren konnte. Da er keine der Solahmas sonderlich mochte, hatte er sich entschieden, die Illusion von Kontrolle aufrechtzuerhalten, indem er ihr die Erlaubnis gab, durchs Gelände zu streifen, solange sie ihm anschließend ausführlich Bericht darüber erstattete, was sie gesehen und gehört hatte. Das meiste davon war ohne Bedeutung, aber es war Sentania gewesen, die ihm von der Entehrung und Verbannung des vorherigen Galaxiscommanders berichtet hatte, von der Ankunft seines Nachfolgers und dessen jüngsten Versuchen, dem Solahma-Abfall, mit dem die Parder ihre Heimatwelt verteidigten, Disziplin beizubringen.

Peri ging Sentania entgegen, die beinahe stürzte, als sie anhielt.

»Das war ein beachtlicher Ausflug«, meinte die Wissenschaftlerin. »MechKrieger Stenis ist wegen deiner langen Abwesenheit regelrecht mürrisch.«

»Das ist bloß eine billige Entschuldigung«, lachte Sentania. »Aber Peri, warte, bis du hörst, was ich zu erzählen habe.«

Während Bren Roshak sich mit seinem Jadefalken vergnügte, fanden Peri und Sentania einen Sitzplatz auf ein paar großen Felsbrocken. Peri lauschte begeistert, wie Sentania atemlos vom Absturz des Landungsschiffs und den darauf folgenden Geschehnissen berichtete.

»Howell hat die Mechs einfach beschlagnahmt und die freigeborenen Krieger gefangengenommen?«

»Aye.«

»Diese Mechs und Krieger waren auf dem Weg zum Falkenhorst, der unabhängig vom Rest Dianas ist. Hat das Schiff kein Neutralitätssignal ausgesandt?«

»Doch, ich habe den Falken-Kommandeur sagen hören, daß sie es taten.«

»Dann haben die Parder unsere Souveränität verletzt.«

»Russou Howell ist ihr neuer Kommandeur, sag ihm das.«

»Das würde ich, wenn ich seinen Hals zwischen diesen Händen hätte.«

Sentania lachte. »Immer noch die Kriegerin. Egal, wie lange du schon Wissenschaftlerin bist, Peri, du denkst, redest und reagierst immer noch wie eine Kriegerin. Ich verstehe nicht, wie du deine Geschkotests verpatzen konntest.«

Peri verzog das Gesicht. »Soweit bin ich gar nicht gekommen. Ich wurde schon in der Ausbildung ausgesiebt.«

»Das ist mir noch rätselhafter.«

»Unsere Falknerin war besonders hart.«

»Ich weiß. Du hast mir davon erzählt. Sterncommander Joanna, die Bezwingerin der Schwarzen Witwe.« Die Nachricht von Joannas Sieg über Natascha Kerensky hatte den Falkenhorst erst kurz zuvor erreicht. »Jedenfalls sehe ich dich immer noch mehr als Kriegerin denn als Wissenschaftlerin, obwohl du deine Sache gut machst.«

»Es ist unheimlich tröstlich, von einer Solahma gelobt zu werden.«

»Ich kann dich immer noch ärgern, frapos?«

Peri grinste, und der Anflug von Verärgerung war augenblicklich verschwunden. »Pos. Ihr mausernden Falken seid eine Schande für den Horst.«

»Darauf trinke ich. Aber das Beste habe ich dir noch gar nicht erzählt. Den Krieger mit dem Befehl über die Freigeborenen-Einheit könntest du kennen. Er hat einen gewissen Ruf. Sein Name ist Hengst, der freigeborene Held von Tukayyid, Freund des ...«

»Ich weiß sehr genau, wessen Freund er war, Sentania Buhallin, du vertrocknetes Karnablatt. Und ich habe dir mehr von mir und Aidan Pryde erzählt, als gut war.«

»Hast du Hengst auf Ironhold auch kennengelernt?«

»Neg. Ich habe keine Freigeborenen gesehen, außer bei den gelegentlichen Trainingsübungen. Aber Hengst ist auf Ironhold in einer Freigeborenen-Gruppe ausgebildet worden. Bevor er seinen Pryde-Blutnamen erwarb, hat Aidan sich als Freigeborener verkleidet und den Platz eines anderen Mannes in dieser Einheit eingenommen. Soweit ich weiß, haben Aidan und Hengst gemeinsam den Positionstest bestanden. Jedenfalls geht so die Legende, du kennst sie ja.«

»Die Legende vom Jadephönix, frapos?«

»Pos.«

Peris Blick wurde kurzzeitig trübe, als sie sich an jene längst vergangenen Zeiten erinnerte, dann zwang sie sich zurück in die Gegenwart.

»Die Parder haben die Falken nach Lutera gebracht, und Howell hat Hengst zu seinem Diener gemacht.«

»*Diener?* Das ist ... das ist unannehmbar! Der Mann hat unsere Souveränität verletzt, unrechtmäßig Jadefalken-Mechs beschlagnahmt, Krieger unfair zu seinen Gefangenen gemacht, auch wenn sie freigeboren sind, einen Jadefalken-Helden zu einem Diener gemacht, obwohl die Nebelparder Freigeborene hassen! Das ist nicht nur unannehmbar, es ist soweit vom Wesen der Clans entfernt, daß es eine Schande für die Parder ist. Dieser Russou Howell muß ein ganz besonderes Exemplar sein!«

»Da muß ich dir zustimmen. Nach dem, was ich von ihm gesehen habe, scheint dieser Howell jenseits der Peripherie zu sein.«

Peri nickte. »Aye, weit jenseits.«

»Möglicherweise sogar noch verrückter. Irgend etwas an diesem Russou Howell ist seltsam ... bizarr und unclangemäß. Er wandert zwischen seinen Truppen umher, verbringt seine Nächte in den Freizeithallen der niederen Kasten, wo er sich betrinkt. Er sagt ganz seltsame Dinge, versucht, seinen Leuten Disziplin beizubringen und sie härter zu trainieren, aber wenn du ihn außer Dienst erlebst, scheint er zusammenzubrechen.«

»Wie kannst du das wissen?«

»Wie du wohl weißt, komme ich herum. Egal, wo ich bin.«

»Hatte ich vergessen, tut mir leid. Was ist mit Hengst?«

»Er will fliehen.«

»Also hast du mit ihm geredet … auf deinen Wanderungen?«

»Natürlich.«

»Natürlich.« Peri schlug sich grinsend die Hand auf die Wange.

»Das Problem dabei ist, daß die Parder ihren Gefangenen ähnliche Verpflichtungen auferlegen wie Leibeigenen. Sie haben sogar Rituale und Eide für Gefangene. Hengst und die anderen mußten sie absolvieren. Aber das ist noch nicht alles. Hengst und sein Trinärstern sind mit Sicherheit auf einer Mission hier.«

»Einer Mission?«

»Was sollten sie sonst hier? Niemand kommt zum Falkenhorst. Wir sind die vergessene Station, und euch Wissenschaftlern scheint das nur recht zu sein.«

Peri runzelte die Stirn. »Vorsicht, Sentania Buhallin.«

»Ich weiß, ich weiß. Sag nichts gegen die Geheimniskrämerei, sie ist nötig. Aber dieser Hengst schäumt im Geschirr. Und ich finde, wir sollten ihm helfen.«

»Ihm bei der Flucht helfen? Ich glaube kaum, daß Bren Roshak damit einverstanden wäre, schon gar nicht bei einem Freigeborenen.«

»Vergiß Bren Roshak. Den will ich ohnehin außen vor lassen.«

»Ich nehme an, du hast einen Plan.«

»Könnte man sagen. Aber dazu brauche ich deine Hilfe.«

Sentania senkte die Stimme, obwohl niemand in der Nähe war, der sie hätte belauschen können. Mit knappen Worten und eifriger Stimme beschrieb sie Peri, was sie sich vorstellte, den Plan, den sie auf dem Rückweg ausgearbeitet hatte. Peri konnte ein Lachen nicht unterdrücken. Sie hielt den Plan für extravagant und undurchführbar.

»Es gibt keine BattleMechs auf dem Falkenhorst«, protestierte sie.

»Es gibt die FLUMs.«

Wieder lachte Peri. »Stimmt, aber du weißt genau, daß die bisherigen Tests sie als unberechenbar ausweisen. Und du weißt von all den Ausfällen. Und wir haben keine richtigen Piloten, nur ein paar umgelernte Krieger, die wahrscheinlich nie sonderlich gut waren. Und ...«

»Ich habe mich wohl doch geirrt. Ich dachte, es wäre noch etwas von einer Kriegerin in dir. Jetzt hörst du dich wie eine hundertprozentige Wissenschaftlerin an.«

Peri lachte schallend auf und erkannte plötzlich, daß sie sich lange nicht mehr so wohlgefühlt hatte. »Ach, Sentania Buhallin. Du findest doch immer die richtigen Worte, um von mir zu bekommen, was du willst. In Ordnung, tun wir es. Helfen wir diesen Falken bei der Flucht.«

# 13

**Lutera, Diana**
**Kerensky-Sternhaufen, Clan-Raum**

*12. April 3059*

Gut zwei Monate waren vergangen, seit Hengst auf Diana angekommen war, aber verändert hatte sich in dieser Zeit herzlich wenig. Er mußte sich ständig für Russou Howell zur Verfügung halten, und an diesem Nachmittag war er, wie an jedem Nachmittag, damit beschäftigt, dem Galaxiscommander seine Tasse Karnatee zuzubereiten, ein Gebräu, das Hengst den Magen umdrehte, aber zu Howells Lieblingsgetränken zählte.

Howell saß ein paar Sekunden schweigend da und sah Hengst an, dann strich er sich mit der Hand über den beinahe kahlen Schädel, als wolle er sich überzeugen, daß die kümmerlichen Strähnen noch an Ort und Stelle waren. »Nun, Hengst, wie gefällt dir dein neues Leben? Ein feines Ende für eine glorreiche Laufbahn, frapos?« fragte Howell plötzlich. Er beugte sich in Richtung der Kochstelle vor und schnupperte. Seine Miene entspannte sich.

»Ich wurde nicht zum Dienstboten erzogen«, erwiderte Hengst. Howell reizte ihn ständig. Hengst hatte sich so daran gewöhnt, daß es ihn überhaupt nicht mehr berührte. Er wußte, wer er war, und die Beleidigungen dieses nutzlosen alten Wracks konnten ihn höchstens noch amüsieren.

»Du wurdest überhaupt nicht erzogen. Du bist eine dreckige Freigeburt. Du bist ein Unfall.«

»Sie wissen, was ich meine. Ich war mein ganzes Leben lang ein Krieger. Man sagt, das Kriegerhandwerk sei mir in die Wiege gelegt.«

Howell zuckte zusammen und ließ fast die Tasse fallen. Wahrgeborene fanden alle mit natürlicher Geburt assoziierten Begriffe obszön. Für die aus den genetischen Zuchtbottichen der Clanlaboratorien Entstandenen war Wiege ein Schimpfwort.

»Wenn Sie Freigeborene so verachten, ist es dann keine Schande für Sie und Ihren Clan, einen von uns in solcher Nähe zu halten?«

»Nein, keineswegs. Und dadurch genieße ich deine Gefangenschaft um so mehr, Hengst. Du besitzt eine flinke Zunge, aber ich habe nicht einfach einen Freigeborenen zu meinem Diener gemacht. Ich habe einen Jadefalken-Helden in die Ränge der Nebelparder geholt und beschämt. Du fühlst dich beschämt, frapos?«

»Neg. Wohin ich auch gehe und was ich auch tue, nichts kann mir meinen Jadefalken-Stolz nehmen.«

Howell lachte. »Was für ein Satz! Die meisten Krieger schaffen es kaum, sich in Grunzlauten auszudrücken. Nun, dann stehe ich vor einer Herausforderung.«

»Einer Herausforderung?«

»Dich zu beschämen, Hengst. Dich ganz und gar zu erniedrigen. Du bist jetzt ein Nebelparder, dessen mußt du dir bewußt werden.« Howell lachte leise in sich hinein, während er vorsichtig an seinem Karnablatt-Tee nippte. Er mußte wohl vorher schon etwas Stärkeres zu sich genommen haben, denn kurz darauf schlief er ein.

* * *

Am nächsten Morgen rief Howell Hengst zu sich in sein Büro und begrüßte ihn mit freudigem Enthusiasmus. Howell war in Uniform, die Kleidung sorgfältig gebürstet, mit messerscharfen Bügelfalten, die Handschuhe makellos weiß. Auf den Kragenaufschlägen prangte der springende Parder.

»Es ist alles arrangiert, Held«, erklärte er.

»Wovon reden Sie?«

»Heute werde ich dich ein für allemal zu einem Nebelparder machen.«

»Das ist unmöglich. Ich bin Jadefalke. Und werde es immer bleiben.«

Howell grinste sardonisch. »Eine derartige Antwort beweist deine Freigeburtsherkunft, Hengst. Ein wahrgeborener ClanKrieger würde die Weisheit darin erkennen, Teil des Clans zu werden, der ihn bezwungen hat. Aber nein, ihr Freigeborenen haltet euch an keine Regeln. Ihr seid rebellisch. Das darf nicht sein, nicht, wenn wir die Vision der Kerenskys erfüllen wollen. Hier, zieh das an.«

Howell hielt ihm ein einfaches Sackkleid hin. Es war aus dickem, steifem Stoff gewebt. Kleidung dieser Art kennzeichnete in Hengsts Geburtsdorf die unterste Kaste.

»Das kann ich nicht. Kein Krieger würde so etwas tragen.«

»Aber du bist ein Gefangener. Zieh es an.«

»Ich weigere mich.«

Howell nickte. »Damit habe ich gerechnet. Es ist eine offene Verweigerung eines rechtmäßigen Befehls und verlangt Bestrafung.« Er drückte einen Knopf auf dem Kommunikator seines Schreibtischs und senkte leicht den Kopf, während er ins Mikrofon sprach. »Krieger, kommt herein.«

Sechs Nebelparder-Krieger in Ausgehuniform strömten durch die Tür. Sie hatten ihre Befehle offenkundig schon, denn sie agierten, ohne auf weitere Anweisungen ihres Kommandeurs zu warten.

Zwei Parder packten Hengst bei den Armen, während ein dritter ihm mit einem langen Stock hart genug von hinten auf die Fußknöchel schlug, um ihm die Beine wegzureißen. Gleichzeitig drückten die beiden anderen ihn nach hinten auf den Boden. Zwei weitere griffen seine ausschlagenden Beine und hielten sie fest. Einer der Parder zog ein langes, scharfes Messer und beugte sich vor, die Spitze der Waffe auf Hengsts Kehle gerichtet. Der fühlte, wie sich ihm der Hals zuschnürte, als er auf den Stich wartete. Aber statt dessen drehte der Krieger das Messer seitwärts, packte den Kragen von Hengsts Hemd, schob die Messerklinge unter den Stoff und schnitt in einer flüssigen Bewegung abwärts. Innerhalb kürzester Zeit waren Hemd und Hose aufgetrennt. Noch ein paar schnelle Schnitte, und der verbliebene Parder konnte Hengst seine Kleidung mit einer schnellen Drehung des Stocks vom Körper ziehen, so daß er nur noch die einfache Unterwäsche eines Kriegers trug.

»Laßt ihn aufstehen«, befahl Howell.

Die Wachen zerrten Hengst grob auf die Füße.

»Gebt seine Arme frei«, sagte Russou Howell, während er seinem Gefangenen das Sackkleid erneut anbot. Hengst spuckte darauf.

»Genau die Art Reaktion, die ich von einer dreckigen Freigeburt erwartet hatte«, bemerkte Howell, während er den Speichel mit der behandschuhten Handkante abwischte. Er hob ein Stück von Hengsts zerschnittener Kleidung auf, klemmte das Sackkleid unter den Arm und wischte mit nervöser Gründlichkeit den Handschuh sauber. Anschließend nahm er das Kleidungsstück wieder in beide Hände, hielt es Hengst entgegen und fragte: »Ziehst du diese Tunika jetzt an, Hengst?«

Dessen Antwort bestand darin, einem seiner Bewacher den Ellbogen in den Leib zu stoßen und sich unmittelbar darauf zur anderen Seite zu drehen und dem anderen mit demselben Arm einen harten Schwinger ins Gesicht zu versetzen. Die vier anderen stürzten vor. Zwei packten seine Arme, während der mit dem Stock

Hengst einen brutalen Schlag ins Nierenbecken versetzte. Als der Körper des Freigeborenen sich nach hinten krümmte, warf der Krieger den Stock in die freie Hand und rammte ihn in dessen Magengrube. Hengst stöhnte auf, eine unwillkürliche Reaktion, für die er sich schämte. Er schwor, sich nichts mehr anmerken zu lassen, gleichgültig, wie schlimm die Folter wurde.

»Die Tunika, Hengst?«

»Leg sie in Lauge ein und friß sie zum Frühstück, Parder!«

Howell hielt die Tunika in die Höhe, als wolle er sie seinen Kriegern zeigen. »Seht ihr? Der Gefangene verweigert einen Befehl, ein unverzeihliches Verbrechen.« Er warf das Sackkleid einem der Krieger zu. Die Geste war so heftig, daß es auf einer plötzlichen Windbö zu fliegen schien.

»Zieht sie ihm an«, befahl Howell und verließ das Zimmer.

Es war ein harter Kampf, aber schließlich gelang es den sechs Nebelpardern, Hengst die Tunika über den Kopf zu ziehen und an der Taille mit einer dicken Schnur zusammenzubinden. Kaum lag sie auf seinen Schultern, als Hengst schon daran zerrte.

»Spar dir die Mühe, Abschaum«, rief einer der Krieger. »Du kannst die Tunika nicht ausziehen. Sie ist im Rücken mit einem Mechanismus befestigt, den nur einer von uns öffnen kann. Du wirst dieses Kleidungsstück tragen, bis du uns unterwürfig darum bittest, es zu öffnen, Freigeburt, oder darin stirbst, was immer schneller eintritt. Wir hoffen letzteres. Das hast du verdient.«

Als sie ihn grob in Richtung Tür stießen, erkannte Hengst plötzlich die Wahrheit. Diese Krieger haßten ihn aus genau dem Grund, aus dem Russou Howell ihn hätte hassen müssen. Die Vorstellung freigeborener Krieger ekelte sie an. Was mußten sie angesichts eines

Freigeborenen fühlen, der in ständigem Kontakt mit ihrem Kommandeur war? Wie konnten sie diese Schande ertragen?

Als sie Hengst durch die Tür von Howells Büro schoben, wurde ihm klar, daß keiner dieser Nebelparder sonderlich Wert darauf legte, ihn den schmutzigen Plan ihres Kommandeurs überleben zu sehen.

Hengst verstand Russou Howells Besessenheit ebensowenig wie sie. Und sie gefiel ihm noch weniger.

# 14

**Lutera, Diana**
**Kerensky-Sternhaufen, Clan-Raum**

*13. April 3059*

Die Tunika war kratzig und zu eng. Hengst bewegte die Schultern, während er an dem Stoff zog, aber nichts half. Es schien fast, als ob der Stoff mit winzigen Metallfasern durchsetzt wäre, die ständig über seine Haut scheuerten. Er fragte sich, wie man so steifes Garn überhaupt weben konnte. Er war auf den Vorhof des Genetischen Archivs gestoßen und gezerrt worden, wo sich ein ganzes Rudel Nebelparder-Krieger versammelt hatte. Die meisten hatten die Arme verschränkt und starrten ihn mit aggressiv breitbeiniger Haltung an. Jeder einzelne von ihnen schien über seine Lage erfreut. Die BattleMechstatuen rechts von Hengst warfen lange Schatten über den Platz und gaben ihm das Gefühl, daß selbst diese riesigen Mechs sich versammelt hatten, um seine Bestrafung zu verfolgen.

Howell stand vor Hengst. Er trug jetzt einen langen Umhang über der Uniform.

»Hengst«, verkündete Howell mit einer Stimme, die sich ebenso sehr an die Menge richtete. »Dir wird vorgeworfen, die Grenzen des für einen Nebelparder-Gefangenen akzeptablen Verhaltens verletzt zu haben. Wir Parder verlangen von allen Gefangenen, unsere Clanregeln, Traditionen und Sitten zu ehren. Wir verlangen, daß Gefangene ihre gesamte Existenz dem Wesen des Clans unterwerfen, eine Pflicht, die für den niedersten unter uns ebenso bindend ist wie für den höchsten. Manchmal kommt es vor, daß ein Gefangener die Bindungen an einen früheren Clan nicht völlig aufgeben kann, und das zwingt uns, den Gefangenen an seine Pflichten zu erinnern.«

Hengst hob den Arm und deutete auf das an das Armband mit seinem Kodax gekoppelte Gefangenenarmband. »Das ist keine Leibeigenenkordel. Es macht mich zu Ihrem Sklaven, aber es macht mich nicht zu einem von Ihnen.«

Manche der Krieger in der Menge knurrten beleidigt, aber Howell hob die Hand, um sie zum Schweigen zu bringen. »In gewisser Weise hast du recht. Du wirst nie, wie du es ausdrückst, einer von uns sein. Du bist nicht mehr als Freigeburtsabschaum. Aber wir haben dich für den Dienst am Nebelparder beansprucht, und das Armband, das du emporhältst, garantiert dies. Es gewährt dir nicht die Ehre einer Leibeigenenkordel, aber es beinhaltet ernste Verpflichtungen für einen Gefangenen.«

»Ich habe die notwendigen Prozeduren vollständig durchlaufen.«

»Du hast mich nicht von deiner Loyalität überzeugt, Hengst. Oder von deinem Gehorsam. Heute wirst du ein Ritual durchlaufen, ein ehrwürdiges Ritual der Nebelparder, auch wenn es nur selten zur Anwendung kommt. Es wird Zeremonie der Eidbruderschaft genannt, und dient dazu, Abweichungen jeder Art zu eliminieren.«

Sterncolonel Logan löste sich aus der Versammlung der Krieger. Seine Miene war düster wie eine Gewitterfront. Als er sprach, wandte er sich zu einem Teil an Russou Howell, zum anderen an die Menge hinter ihm. »Zeremonie der Eidbruderschaft? Ich kenne keine derartige Zeremonie, Galaxiscommander.«

Howell drehte sich um und starrte Logan hart an, als fordere er ihn zur Insubordination heraus. »Wie ich bereits sagte, wird sie nur selten angewandt.«

»Freigeburt! Ich kenne alle Sitten der Nebelparder, und es gibt keine Zeremonie der Eidbruderschaft!«

»Wir reden später darüber, Sterncolonel Logan.«

»Wir reden jetzt darüber!«

Die anderen Krieger murrten zustimmend.

Howell trat einen Schritt auf Logan zu und senkte die Stimme. »Hör mir zu, Logan. Hör mir gut zu. Vielleicht gibt es eine Tradition für diese Zeremonie – oder vielleicht gibt es sie auch nicht. Aber wenn ich sage, es gibt eine Tradition, dann gibt es sie jetzt, frapos? *Frapos*, Sterncolonel?«

Logan sah sich um, als suche er nach Rückendekkung. Hengst fragte sich, ob es eine Art Revolte geben würde, aber dann zuckte Logan die Schultern. Ein Kommandeur war ein Kommandeur, und ein Krieger hatte zu gehorchen. Das wurde ClanKriegern von Kindesbeinen an eingedrillt. Wer konnte es wagen, sich zu widersetzen, wie groß die Provokation auch war?

Zufrieden richtete Howell sich zu voller Größe auf und strich sich die einsamen Haarsträhnen quer über dem kahlen Schädel glatt. Dann drehte er sich wieder zu Hengst um. »Das Wesen des Clans ist eindeutig und niemand darf von dem Weg abweichen, den es vorzeichnet. Das ist der Grund für diesen speziellen Ritus. Er ist ein Weg, das Nebelparder-Ideal aufrechtzuerhalten, alles das zu stärken, wofür der Nebelparder, der König aller Tiere, steht!«

Howell deutete empor zu der Parderskulptur in der Felswand Mons Szabos.

Hengst beugte sich zu Howell vor und flüsterte, so daß keiner der Umstehenden es hören konnte: »Hört sich an, als solltest du dich selbst mal diesem blöden Ritus unterziehen.«

Howell brüllte wütend auf und warf sich auf Hengst. Der trat zur Seite und ließ Howell an sich vorbeirennen. Im letzten Moment streckte er den Fuß aus und stellte dem Galaxiscommander ein Bein, so daß Russou vornüber in den Dreck fiel. Sein langer Umhang wölbte sich über ihm und sank langsam herab.

Hengst trat zurück und stellte sich drei Parder-Kriegern in Abwehrhaltung, die drohend auf ihn zukamen. Gleichzeitig stellte er die Verwirrung der übrigen Krieger fest. Niemand schien sich sicher zu sein, auf wessen Seite er stand.

Das Gewicht des Umhangs erschwerte Howell das Aufstehen. Mit einer ausladenden Bewegung schleuderte er das Cape beiseite und erhob sich auf die Knie. Als die Krieger ihm zu Hilfe eilten, winkte er sie fort.

Wieder auf den Beinen, wandte er sich an die Menge. »Ihr seht, Mit-Nebelparder, wie notwendig diese Zeremonie der Eidbruderschaft in diesem bemitleidenswerten Fall ist. Dieser Gefangene, eine Jadefalken-Freigeburt, verhöhnt die Ehre, einer von uns zu werden.«

»Wozu das Gerede?« rief jemand. »Bring ihn um und laß es gut sein.«

»Ja, bring ihn um«, rief ein anderer Krieger, und als mehrere seiner Kameraden einstimmten, verwandelte es sich zu einem Chor. Hengst sah, daß Howell sein Publikum so aufgewiegelt hatte, daß selbst Logan einstimmte.

Howell hob die Hand, um die Menge zum Schweigen zu bringen. »Nein. Ich verlange, daß er sich dem Willen des Parders beugt und die Ehre anerkennt, die mit einer Aufnahme in unsere Reihen verbunden ist. Ich beginne die Zeremonie der Eidbruderschaft!«

Während er die letzten Worte noch aussprach, wirbelte er herum und gestikulierte in Richtung eines anderen Kriegers, der ein Messer am Gürtel trug. Der Mann warf das Messer Howell zu, der es am Griff fing. Dann kam der Nebelparder auf Hengst zu, riß das Messer hoch und zog die Schneide in einer eleganten Bewegung seitlich über dessen Hals.

Hengst blinzelte mehrmals, unterdrückte aber den Impuls, die Hand an den Hals zu heben und sich davon zu überzeugen, daß sein Kopf noch auf den Schultern saß. Er blickte auf das Messer. Die Klinge war blutig, aber sie hatte seine Haut nur geritzt.

»Ha!« stieß Russou Howell aus. »Das Messer ist natürlich symbolisch. Es erinnert den Krieger daran, wie flüchtig das Leben ist, nur Licht und Schatten, so schnell verschlungen von plötzlicher Dunkelheit. Aber kein Krieger fürchtet den Tod, denn der Tod bringt die Hoffnung, daß seine Gene in den heiligen Genfundus aufgenommen oder als Asche in die Nährlösung der Zuchtbottiche gestreut werden.«

Howell warf das Messer zu dem Krieger zurück, von dem er es erhalten hatte. Langsam formten die Krieger, von Howells Gesten geführt, einen Kreis um Hengst.

»Du gehörst zu uns«, stellte er fest. »Du bist Nebelparder. Wir besitzen dich, aber du besitzt uns ebenfalls. Wir sind eins. Wir werden für dich sterben, du wirst für jeden von uns sterben. Das mußt du akzeptieren, Hengst. Akzeptierst du es?«

Hengst verzog das Gesicht. »Sie müssen den Verstand verloren haben, Russou Howell. Ich werde kein Nebelparder werden. Ich werde die Pflichten erfüllen, die von mir als Ihrem Gefangenem erwartet werden, aber ich bin Jadefalke. Ich werde immer Jadefalke bleiben.«

Howell seufzte. »Mit diesen Worten hättest du dein Todesurteil sprechen müssen, Hengst. Aber wir Nebelparder sind niederen Kreaturen gegenüber großzügig. Da du nicht nur aus einem anderen Clan stammst, sondern auch noch freigeboren bist, verzeihen wir dir deine Ignoranz. Die Zeremonie der Eidbruderschaft wird fortgesetzt. Stufe Zwei.«

Wieder gestikulierte Howell, und die anderen Krieger erfaßten, worauf er es anlegte. Sie traten mehrere Schritte vor und formten einen lückenlosen Kreis. Howell blieb außerhalb des Kreises und lief um ihn herum. Die Krieger schienen verwirrt, als wüßten sie nicht, was da geschah oder was als nächstes von ihnen erwartet wurde, aber Howell schien beinahe in Trance und steigerte sich von einem fragwürdigen Akt zum nächsten.

»Dies ist der Kreis der Loyalität, Gefangener Hengst«, rief er. »Ein ungebrochener Kreis, wie die ineinandergreifenden Blutlinien, aus denen die Vollkommenheit besteht, die den Namen Clan Nebelparder trägt. Es ist kein Kreis der Gleichen, da du als Freigeburt niemals einem von uns gleich sein kannst. In diesem Kreis bietet sich dir die Gelegenheit, Teil des Kreises zu werden oder ihn zu brechen.«

»Was, wenn ich bleibe, wo ich bin?«

»Sterncommander Mikel, hebe deine Waffe.«

Mikel, den Hengst flüchtig kennengelernt hatte, hob eine Laserpistole und zielte auf ihn.

»Sterncommander Mikel wird dich töten, wenn du dich uns nicht anschließt oder die Herausforderung annimmst.«

»Na gut. Ich begrüße die Herausforderung.«

Plötzlich stürzte Hengst sich auf die Reihe der Krieger. Im letzten Augenblick warf er sich zur Seite und rammte Sterncommander Mikel, der von dem Aufprall nach hinten geworfen wurde. Für einen kurzen Augenblick klaffte eine Lücke im Kreis. Hengst stürzte darauf zu, aber der Kreis schloß sich vor ihm und verwehrte ihm die Flucht.

Hengst lachte nur und lief an der Innenseite des Kreises entlang. Nach etwa fünf Schritten sprang er plötzlich einen Schritt zurück und stieß der Kriegerin hinter sich den Ellbogen in den Leib. Die Frau keuchte, blieb aber stehen. Hengst wirbelte in der Hocke herum und suchte nach einer anderen Gelegenheit. Ein Krieger hob das linke Bein und stieß ihm den Stiefel ins Gesicht. Hengst fiel nach hinten. Schmerzen loderten auf der mißhandelten Seite seines Kopfes. Kurz flog seine Hand an die pochende Wange, aber als die Rufe der Krieger ihre Freude verkündeten, verschwand sie ebenso schnell wieder. Er wollte den Pardern seine Schmerzen nicht zeigen.

In den nächsten Minuten griff Hengst verschiedene Mitglieder des Kreises an und verletzte viele davon schwer, zwang sie, aus dem Kreis zu treten und davonzuwanken. Aber mit jedem Krieger, der sich zurückzog, wurde der Kreis enger und das Knurren und Bellen der Nebelparder lauter und intensiver. Bald hatte der Kreis nur noch den halben ursprünglichen Umfang. Die ganze Zeit kreiste Howell um seine Krieger und feuerte sie an, den Kreis zu halten. In dessen Innerem nutzten immer wieder einzelne Krieger die Gelegenheit, nach Hengst zu treten und ihn zu verletzen. Ab und zu löste sich einer von ihnen ein Stück weit aus der Reihe und versetzte ihm einen Hieb. Er reagierte jedesmal sofort und jagte den Krieger zurück in die relative Sicherheit des Kreises oder warf ihn hinaus, was den Kreis weiter schrumpfen ließ.

Nach einigen ergebnislosen Angriffen gegen den noch immer geschlossenen Kreis kam Hengst plötzlich eine Idee. Er mußte es jetzt tun, bevor der Kreis noch kleiner wurde. Wenn der Durchmesser sich weiter verringerte, würden die restlichen Krieger ihn ganz nach Belieben verprügeln können.

Er berechnete die Geschwindigkeit, mit der Howell um den Außenrand des Kreises wanderte. Sie war konstant, unverändert. Er hielt das Gesicht dem Kreis zugewandt und schien über jeden gut plazierten Schlag eines seiner Krieger erfreut, von jedem erfolgreichen Zug Hengsts irritiert.

Plötzlich warf sich Hengst mit ganzer Wucht rückwärts in den Kreis, überraschte die Krieger in seinem Rücken damit, konnte aber den Kreis nicht aufbrechen.

Das hatte er aber auch nicht beabsichtigt. Er stieß sich von dem Krieger unmittelbar hinter sich ab und rannte die kurze Distanz zur anderen Seite des Kreises.

Mit präzisem Timing sprang er hoch, als er den Rand erreicht hatte. Er streckte die Beine und schlug sie dem Krieger vor sich in die Magengegend, so daß der einknickte. Hengst stürzte zuerst zu Boden, sprang hastig auf und hechtete über den noch immer – beide Hände auf den Bauch gepreßt – vornüber geknickten Nebelparder. Trotz der steifen Tunika, die drohte, seine Beine zu fesseln, gelang ihm ein Salto, so daß er mit den Füßen voraus unmittelbar vor Howell landete.

Jetzt stand er dem Galaxiscommander in leicht geduckter Haltung gegenüber, bereit zum Kampf, falls der es darauf anlegte. Dem Ausdruck auf Howells Gesicht nach zu urteilen, war das durchaus nicht unwahrscheinlich. Aber dann lächelte er statt dessen.

»Kein schlechter Zug, Hengst. Für eine Freigeburt. Aber Freigeburten sind verschlagen, frapos?«

»Erklären Sie mir etwas, Russou Howell: Wenn ich nur eine Freigeburt bin und Freigeburten in den Augen der Nebelparder wertlos sind, warum sind Sie dann so versessen darauf, mich zu einem Nebelparder zu machen?«

Hengst stellte die Frage in kurzen, abgehackt keuchenden Worten.

»Vielleicht möchte ich beweisen, daß eine Freigeburt immer eine Freigeburt bleibt. Vielleicht will ich dich auch einfach nur zerquetschen. Vielleicht möchte ich eine wertlose Freigeburt in einen Nebelparder höchsten Werts verwandeln. Oder vielleicht will ich mich und die Krieger unter meinem Befehl auch nur amüsieren. Das Leben hier auf Diana wird schnell berechenbar.«

»Ich werde niemals einer von euch sein. Bring mich um.«

Wieder ertönte ein ärgerliches Rumoren aus den Reihen der anderen Krieger. Howell drehte sich zu ihnen um und hob wieder die Hand, um sie zum Schweigen zu bringen. »Siehst du, Hengst? Sie würden dich liebend gerne umbringen. Nur ich stehe zwischen dir und dem Tod. Du kannst Nebelparder werden oder sterben.«

»Dann wähle ich den Tod.«

»Du hast diese Wahl nicht. Ich habe sie, du aber nicht.«

»Ich werde kein Nebelparder.«

Howell wandte sich seinen Kriegern zu. »Na schön. Stufe Drei.«

# 15

**In der Nähe des Luterawalds, Diana Kerensky-Sternhaufen, Clan-Raum**

*13. April 3059*

Wenig später erreichten sie eine weite Ebene zwischen dem Steinbogen, der die Südgrenze Luteras markierte, und dem nahen Wald. Drei Parder-Krieger aus dem Trupp, der ihn hierher geschleppt hatte, packten Hengst bei den Armen, um ihn festzuhalten. Hengst winkte ab.

»Ich gehe nirgends hin. Jedenfalls noch nicht.«

Die Krieger zogen sich ein paar Schritte zurück und ließen Hengst im Zentrum des freien Grunds stehen und über seine Lage nachdenken.

*Vielleicht will Russou Howell, daß ich fliehe. Er hat mir nur eine recht kleine Wachmannschaft zugeteilt. Oder er will mich damit beschämen, wie wenig Krieger notwendig sind, um mich zu bewachen. Diese Stravags wandern völlig sinnlos in der Gegend herum.*

*Was hat dieser Howell überhaupt vor? Nachdem ich aus dem Kreis gebrochen war, ist sein Blick noch irrer geworden. Er hätte mich gleich da umbringen sollen. Das Dasein als Gefangener ist sinnlos, und es macht noch weniger Sinn, von mir zu erwarten, daß ich seine Regeln akzeptiere, als wäre ich ein Wahrgeborener. Es ist schwer für Freigeborene, wie Wahrgeborene zu denken, auch wenn wir Seite an Seite mit ihnen kämpfen. Freigeborene können Krieger werden, können das Wesen der Clans ehren und ein ihm gemäßes Leben führen. Was die Wahrgeborenen sich nicht klarmachen, ist, daß wir im Innern Freigeborene bleiben, ungeachtet all dessen, was wir akzeptieren. Es ist nicht einmal so, daß ich es darauf anlegen würde. Es ist einfach so. Meine Loyalität den Jadefalken gegenüber ist unverbrüchlich. Ich kann kein Nebelparder werden. Russou Howell be-*

*greift es nicht. Dieser Hengst läßt sich nicht zureiten. Was für ein blöder Witz. Aber trotzdem wahr.*

Hengst betrachtete den Kriegertrupp, der sich um ihn herum formiert hatte. *Eine Menge dieser Parder scheinen von all dem genauso verwirrt, wie ich es bin. Sie haben noch nie etwas von dieser wahnwitzigen Zeremonie der Eidbruderschaft gehört. Möglicherweise hat Russou Howell sie sich eben erst ausgedacht. Aber sie bleiben loyal zu ihrem Kommandeur, selbst wenn er den Verstand verloren zu haben scheint. Jedenfalls vorerst.*

*Diese ganze Zeremonie ist von Anfang bis Ende Russou Howells Idee. Sie wollen mich überhaupt nicht in ihrem Clan. Sie wollen meinen Tod.*

Hengst wurde aus den Gedanken gerissen, als zwischen zweien seiner Bewacher plötzlich ein Kampf ausbrach. Die Schläge prasselten so wild und ungehemmt, daß die Gesichter der beiden innerhalb von Sekunden blutverschmiert waren. Ihr Vorgesetzter, ein Sterncommander namens Keyre, versuchte die Prügelei zu beenden und steckte selbst einige harte Schläge ins Gesicht ein, bevor es ihm gelang.

Als Keyre einen der beiden nach dem Grund für den Kampf fragte, murmelte der Mann eine Erklärung. Hengst trat zwei Schritte näher, und auf beinahe komödiantische Weise schoben sich zwei seiner Bewacher mit in dieselbe Richtung.

»Ihr habt die Entscheidungen des Galaxiscommanders nicht anzuzweifeln«, erklärte Keyre entschieden. »Das ist euch beiden klar, frapos?«

Die beiden Bejahungen, die seiner Frage folgten, wirkten zögernd und unsicher.

»Keyre.« Ein MechKrieger, den seine Kameraden als Merkad ansprachen, trat zwischen den Sterncommander und die beiden zerstrittenen Krieger. »Du hast recht, wenn du das hier unterbindest, aber du mußt zugeben, daß wir alle verwirrt sind. Dieses Ritual, das

Russou Howell ohne Vorwarnung inszeniert hat, gibt es nicht. Du hast Sterncolonel Logan gehört. Er hat recht, wenn er findet, ...«

»Sei still, Merkad. Diese Illoyalität ist falsch, besonders vor Freigeburtsabschaum wie diesem.«

Hengst versuchte so zu tun, als hätte er nichts gehört.

»Was soll das heißen, Illoyalität? Logan sagt ...«

»Ich will nichts mehr hören.«

»Aber du mußt zugeben ...«

»Ich will nichts mehr davon hören, frapos?«

»Neg. Diese Zeremonie bringt niemandem Ehre.«

»Merkad, wir begleichen das zwischen uns im Kreis der Gleichen«, erklärte Keyre entschieden. »Und jetzt halt den Mund.«

Merkad stapfte wütend davon. Keyre winkte die beiden Streithähne weg. Hengst bemerkte, daß sie zwar zunächst in eine andere Richtung als Merkad abzogen, sich dann aber allmählich zu ihm hinarbeiteten.

Jetzt war ein BattleMech zu sehen, der aus der Richtung Luteras näherkam. Eine *Sturmkrähe*. Hengst kannte diesen Typ als einen der vielseitigsten im Arsenal der Nebelparder. Obwohl der Omni offensichtlich schon eine lange Dienstzeit hinter sich hatte, wovon die zahlreichen Kratzer zeugten, die er stolz auf seinem Metallpanzer zur Schau trug, handelte es sich um einen der besseren Kampfkolosse in Russou Howells bunter Truppe. Wie auf den meisten Garnisonsposten waren die Truppen hier mit älteren Maschinen ausgestattet, zum Teil sogar nur mit Umbauten von BattleMechmodellen, die auch in der Inneren Sphäre noch Dienst taten. Aber die Mechs auf Diana waren selbst für eine Garnison eher kümmerlich. Als er Howell zum erstenmal in die Mechhangars begleitet und die Maschinen gesehen hatte, die den beiden

Galaxien dieses Planeten zugeteilt waren, hatte er erkannt, warum der Galaxiscommander alle Protokollregeln gebrochen hatte, um die BattleMechs seines Trinärsterns in die Hand zu bekommen. Sie waren auch nicht gerade erstklassig, aber allesamt moderner als die meisten Wracks unter Howells Befehl.

Hinter der *Sturmkrähe* folgte Russou Howell zu Fuß, an der Spitze etwa eines Dutzends Krieger. Er sprach mit lauter Stimme zu allen Versammelten. »Hengst, wir Nebelparder töten oder vernichten nicht verschwenderisch. Wir haben deinen Wert erkannt und unter uns einen Platz für dich gefunden. Natürlich nicht als Krieger, aber in einer würdigen Techfunktion. Wir werden jedoch keine abstoßenden Freigeburtsansichten oder -unarten mehr dulden. Du bist einverstanden, frapos?«

Hengst atmete tief ein, um Howell seine Antwort aus voller Brust entgegenschmettern zu können. »Neg! Niemals!«

Ein paar der Krieger stürmten einige Schritte in seine Richtung, bereit, ihn hier und jetzt zu töten, aber Howell stoppte sie. »Hengst, die nächste kleine Aufgabe könnte dir gefallen. Zumindest wirst du wieder in einen BattleMech kommen.« Viele der Parder protestierten lautstark, als sie das hörten.

»Ich weiß, Krieger«, meinte Russou Howell. »Ihr seid beleidigt, daß eine Freigeburt das Innere eines Mechcockpits besudeln soll. Das habe ich bedacht. Hengst wird einen ausrangierten Mech steuern.« Das Donnern der schweren Schritte hatte sie bereits vorgewarnt, aber Howell deutete trotzdem mit theatralischer Geste auf die sich nähernde Maschine.

Der Mech wuchtete sich durch den Torbogen, und Hengst erkannte das Modell sofort. Es war ein *Mackie*, ein Beispiel für uralte BattleMech-Technologie, ein extrem schweres, kastenförmiges Ungetüm aus der Inneren Sphäre, das in grauer Vorzeit einmal Bewunderung hervorgerufen haben mochte, aber heute völlig veraltet war. Der *Mackie* hatte eine bemitleidenswert niedrige Wärmeableitung und einen viel zu schweren Reaktor. Soweit bekannt, wurde er nirgends mehr eingesetzt. Selbst bei den Clans waren *Mackies* schon seit Jahrhunderten nicht mehr ins Gefecht geführt worden, Hengst hatte überhaupt erst einmal eine Maschine dieses Typs gesehen – im BattleMechmuseum auf Strana Metschty.

Howells Stimme wurde leiser. »Dieser *Mackie* scheint auf Diana gestanden zu haben, seit die Nebelparder den Planeten übernahmen. Den Unterlagen zufolge hat er dem Clan gute Dienste geleistet. Aber inzwischen ist er etwas eingerostet. Was meinst du, Hengst? Ein würdiger Mech für Freigeburtsabschaumgefangene, frapos?«

»Ich soll diese Antiquität steuern?«

»Positiv. Was meinst du, Hengst? Deine Prüfung als Clan-Krieger?«

»Na schön. Der Mech hat eine hohe Tonnage ohne sonderliche Beweglichkeit. Die Waffensysteme dieses Exemplars scheinen seit Jahrzehnten nicht mehr eingesetzt worden zu sein. Er überhitzt, kaum daß er in Bewegung gesetzt wird. Verglichen mit unseren OmniMechs ist die Technologie seiner Wärmetauscher ein schlechter Witz. Wer immer ihn steuert, muß bei der bloßen Bewegung mehr Zeit damit verbringen, die Wärmeskala zu beobachten, als der Pilot eines gewöhnlichen Mechs im Kampf. Aber dazu wird er ohnehin nicht viel Gelegenheit haben, weil diese Maschine gegen einen Omni keine zehn Sekunden durchhalten würde.«

»Ich vermute doch, daß sie bei deinen Pilotenfähigkeiten länger standhielte. Zwanzig Sekunden, vielleicht sogar dreißig. Aber deine Einschätzung ist durchaus zutreffend. Der *Mackie* ist ein Fossil, aber für den Augenblick ist er dein Fossil.«

»Ich soll in diesem … diesem Fossil kämpfen?«

»Korrekt. Aber verzweifle nicht. Die Waffen sowohl der *Sturmkrähe* wie auch des *Mackie* sind leistungsgedrosselt. Wir wollen für Freigeburtsabschaum keinen einwandfreien BattleMech beschädigen, nicht einmal einen wertlosen *Mackie*. Du mußt an deinem Gegner, der *Sturmkrähe*, vorbei und zurück in die Stadt gelangen. Der Test ist vorbei, sobald du den Torbogen erreichst oder fällst. Du darfst den Test beginnen, sobald du bereit bist.«

»Das ist Ihre Methode, einen echten Nebelparder aus mir zu machen? Indem Sie mich in einem unbeholfenen, schwergewichtigen Monstrum gegen einen sehr viel manövrierfähigeren Mech antreten lassen und zusehen, wie wir wie Puppen umeinander tanzen? Na schön, Galaxiscommander, ich werde diesen gottverlassenen Mech besteigen und sehen, was ich damit zustande bringe.«

»Ich bin dir sehr verbunden. Siehst du, du wirst schon kooperativer. Ach, habe ich erwähnt, daß die *Sturmkrähe* von Sterncolonel Logan gesteuert wird? Soweit ich weiß, zählt er nicht gerade zu deinen Anhängern, Hengst.«

»Mir sein häßliches Gesicht vorzustellen, wird diese Übung im Wahnwitz nur akzeptabler machen.«

Howell lächelte. »Gut.«

Der Krieger, der den *Mackie* auf die Lichtung gesteuert hatte, kletterte zu Boden. Er wirkte erleichtert, das Cockpit verlassen zu können. Unten angekommen, blieb er neben der Maschine stehen und lud Hengst ein, emporzuklettern. Auf dem Weg nach oben verletzte Hengst sich die Hände an Metallstücken, die von der zerschossenen Oberfläche des Mechs abstanden. Fast oben angekommen, blickte er hinunter und erkannte, wie schwerfällig und wuchtig der *Mackie* wirklich war. Seine altertümlichen Waffen wirkten mehr wie Abwasserrohre als Geschütze. Er drehte sich zum Cockpit und dem halbverspiegelten Kanzeldach um, das eine Besonderheit des *Mackie* darstellte. Das Panzerglasdach wirkte gespenstisch, abweisend. Nun, was auch immer er tat, zumindest würden seine Gegner ihn dabei nicht sehen können.

Im Innern der Kanzel überwältigte ihn die Primitivität der Ausrüstung. Die Pilotenliege schien keiner auch nur annähernd menschlichen Körperform angepaßt. Ein einzelner Bildschirm stammte ganz offensichtlich aus einer Zeit, in der moderne Ortungstechniken noch völlig unbekannt gewesen waren, und an Stelle eines Hauptsichtschirms war er gezwungen, durch das Kanzeldach vor sich zu schauen. Die Kontrollen waren unförmig. Der Neurohelm schien eher geeignet, den Träger umzubringen, als ihm bei der Steuerung der Kampfmaschine zu helfen. Hengst würde alles an Können aufbieten müssen, was er besaß, um mit diesem Ungetüm fertig zu werden. Es gab nichts Schlimmeres, als einen neuen Mech zu übernehmen und feststellen zu müssen, daß er einem nicht lag. Dieser *Mackie* lag Hengst ganz und gar nicht, aber er würde Russou Howell und dessen Nebelpardern zeigen müssen, daß ein Jadefalke jede Maschine steuern konnte, die man ihm gab – und das gekonnt.

Er ließ sich auf den Sitz sinken und fand ihn überraschend bequem. Vielleicht paßten die künstlichen Formen, die ihm zuvor aufgefallen waren, zu den künstlichen Formen seines Körpers. Selbst der so uneffektiv aussehende Neurohelm fühlte sich einwandfrei an, als er ihn erst aufgesetzt hatte.

»Wir gestatten dir ein paar Sekunden, um dich mit den Kontrollen vertraut zu machen«, sagte Howell über die Kommleitung, nachdem Hengst sie an den archaischen Kopfhörer angeschlossen hatte.

»Nicht nötig. Ich bin bereit.«

Selbst über die Kommleitung war die Ungläubigkeit in Howells Stimme zu hören. »Ich versuche, dir hier vielleicht eine Lektion zu erteilen, aber ich will nicht, daß du dich oder deine Maschine absichtlich in Gefahr bringst.«

»Ich tue nichts dergleichen. Ich kann dieses Monstrum führen, so wie es ist. Übung würde mich nur gefährden. Ich will nicht mehr wissen, als ich bereits gesehen habe.«

Hengst stierte durch das Kanzeldach und sah Howell und die anderen Parder auf der Waldseite am Rand der Lichtung versammelt. *Besorgt euch einen guten Sitzplatz, Freunde. Die Show beginnt jeden Augenblick.*

Die Leitung blieb eine erstaunlich lange Zeit still. Während er wartete, justierte Hengst die Kontrollen. Er drehte den Ortungsschirm auf der Konsolensäule zur Seite, so daß er den Schirm nicht mehr sehen konnte. Die Auflösung war ungenügend, und er wollte sich nicht davon ablenken lassen. Die Sicht durch das verspiegelte Kanzeldach reichte völlig. Hengst drehte den *Mackie* zur Stadt. Er würde sich auf das verlassen, was er mit bloßen Augen sehen konnte. Was hinter oder neben ihm lag, war ohne Bedeutung. Er würde sich auf die Stadtgrenze vor sich konzentrieren und auf alles, was sich ihm in den Weg stellte. Was im Augenblick bedeutete: auf die *Sturmkrähe*.

Howells Stimme brach das Schweigen. »Na schön. Es gelten die folgenden Regeln: Erstens ...«

Hengst ließ den *Mackie* einen Schritt nach vorne tun, während er mit der PPK im linken Arm auf die *Sturmkrähe* feuerte. Der Schuß überraschte Logan, und einen Augenblick schien der schlanke OmniMech unter dem Treffer ins Wanken zu geraten. Gleichzeitig brüllte Hengst ins Mikro: »Vergiß deine stravag Regeln! Das Spiel beginnt!«

Hengst bewegte den *Mackie* in gerader Richtung auf die *Sturmkrähe* und die Stadt zu, während er in schneller Folge die PPK und die Laser in der Torsomitte abfeuerte. Obwohl er nur gelegentlich anhielt, um zu zielen, trafen viele seiner Schüsse ins Ziel. Unglücklicherweise schien die Innentemperatur des Mechs ebenso schnell zu steigen. Die *Sturmkrähe* erzielte ein paar leichte Treffer, und der *Mackie* schüttelte sich. Anscheinend besaß das Cockpit keine eigenen Stoßdämpfer, denn Hengst wurde regelmäßig zur einen oder anderen Seite geschleudert. Einmal hatte er sogar Angst, mit dem Kopf an das Kanzeldach zu schlagen.

Sein Sturmangriff hätte beinahe funktioniert, aber die *Sturmkrähe* konnte standhalten und rückte jetzt unter vorsichtigem Geschützfeuer gegen den *Mackie* vor. Selbst bei gedrosselter Energie richteten die Treffer Schaden an. Hengst starrte auf die plötzlich zu weit entfernte Skyline Luteras.

Die Innentemperatur des Mechs war über die mittlere Marke der Skala gestiegen. Wenn er weiter so heftig feuerte oder mehr Energie darauf verwandte, den *Mackie* vorwärts zu treiben, mußte er damit rechnen, auf der falschen Seite der Stadtgrenze in einem stillgelegten Mech festzusitzen. In Gedanken hörte er Howells verächtliches Lachen, seine Aufforderung zur Kapitulation. Der Gedanke an Russous Siegesgebrüll feuerte ihn zusätzlich an.

Er würde es ihnen zeigen. Es gab eine Möglichkeit.

»Gibst du auf, Hengst?« fragte Howell.

»Neg.«

»Laß mich dir von einer Regel erzählen, die zu erwähnen du mir vorhin keine Zeit gelassen hast. Wenn wir zu dem Schluß kommen, daß deine Leistungen unzureichend oder sogar feige waren, können wir dich hinrichten. Das entspricht dem Wesen des Nebelparders.«

»Keine Sorge. Es gibt keinen Jadefalken, der ein Feigling wäre.«

Howells Wut war deutlich, als er über die Kommleitung schrie: »Du weigerst dich anzuerkennen, daß du kein Jadefalke mehr bist. Du bist jetzt Nebelparder! Darum geht es hier. Weitermachen!«

*Ich werde nicht auf die unwürdige Weise sterben, wie sie diesen Pardern vorschwebt. Wenn ich schon sterben muß, werde ich kämpfend untergehen. Und ich werde tapfer kämpfen. Zur Hölle mit der Abwärme. Zur Hölle mit den Waffen. Ich werde so schnell rennen, wie dieser klapprige Mech mich tragen kann.*

Die *Sturmkrähe* feuerte weiter, und der *Mackie* bekam die Wucht ihres Angriffs zu spüren. Aber die enorme Masse der uralten Maschine arbeitete für Hengst. Er begann zu glauben, daß Howell mit der bewußt beleidigenden Auswahl seines Mechs einen Fehler begangen hatte. Da sein Gegner mit leistungsgedämpften Waffen belastet war, richteten Treffer, die den *Mackie* hätten verwüsten sollen, nur geringfügigen Schaden an. Das Bombardement konnte die Vorwärtsbewegung des Metallriesen kaum bremsen. Hengst trieb die Maschine vorwärts, kam dem gegnerischen Mech immer näher. Der *Mackie* war einfach zu groß und schwer, um von einem Treffer sonderlich beeindruckt zu werden. Auf gewisse Weise war er ein Solahma-Mech, der hier von einem Kommandeur, der den Verstand zu verlieren schien, als Kanonenfutter eingesetzt wurde. Als ihm der Gedanke kam, mußte Hengst grinsen. Es war ein Grinsen, dessen Zuversicht seine Feinde hätte verunsichern können, aber natürlich konnten sie es durch das Spiegelglas des Kanzeldachs nicht sehen.

Die *Sturmkrähe* preschte vor, ganz offensichtlich in der Absicht, diesen Störenfried in seinem veralteten Mech zu erledigen. Hengst beschleunigte den *Mackie* noch, statt abzubremsen. Er würde die *Sturmkrähe* zwingen, zurück- oder auszuweichen, ein Manöver, das Hengst allerdings noch keine freie Bahn in die Stadt liefern würde, da der OmniMech ihn leicht einholen konnte. Logan feuerte mit dem mittelschweren Laser im rechten Mecharm auf den *Mackie*. Die Schüsse zuckten sämtlich vorbei und schossen über die linke Schulter der Maschine ins Blaue.

*Gut. Wir scheinen ihn nervös zu machen, ich und der* Mackie*! Das fängt an, spaßig zu werden. Und warum auch nicht? Hauptsache, ich sitze in einem Mechcockpit, frapos?*

Hengst lachte, amüsiert über seine Verwendung der rhetorischen Frageform. Er hielt Russou Howell für einen Wahnsinnskandidaten, und jetzt war er es, der hier Selbstgespräche führte.

Hengst zögerte nicht, sondern stürmte weiter. Als er die *Sturmkrähe* erreicht hatte, fiel ihm auf, wie schmächtig der Mech neben dem wuchtig gebauten *Mackie* wirkte. Er hielt den Kampfkoloß plötzlich an und schwang den linken Mecharm in das Cockpit des Omnis. Die *Sturmkrähe* wurde von dem Schlag nach hinten geworfen. Hengst setzte mit einer rechten Geraden ins Cockpit nach.

»Hengst!« Russou Howells wütende Stimme gellte aus dem Kopfhörer. »Du weißt, daß wir Nahkampfattacken eines Mechs verabscheuen. Hör sofort damit auf!«

»Das ist keine Schlacht. Es ist eine Übung. Du hast es selbst gesagt, Howell. Ich setze jede Taktik ein, die mir zur Verfügung steht.«

Hengst sprach Russou Howell bewußt mit dem Du des Kriegers an und verzichtete auf seinen Vornamen, um ihn wütend zu machen. Er hatte Erfolg. Howell schrie mit kreischender Stimme über die Kommleitung. »Abschaum! Freigeburt!«

Die beiden Schläge hatten die *Sturmkrähe* aus dem Gleichgewicht gebracht. Ohne dem linken Arm des *Mackie* Zeit zu lassen, nach hinten auszuholen, rammte Hengst ihn zu einem dritten Cockpittreffer nach vorne. Diesmal zertrümmerte der Schlag das Panzerglas des Kanzeldachs. Indem er den linken Arm seines Mechs hob und dann leicht schräg herabfallen ließ, konnte Hengst die *Sturmkrähe* ernsthaft zum Wanken bringen. Bei menschlichen Gegnern wäre es ein eher schwächlicher Schlag gewesen, aber er genügte, um den kleineren Mech fast umzuwerfen.

Hengst sah nicht zu, wie die *Sturmkrähe* um ihre Balance kämpfte, sondern schob sich vorbei und stürmte auf die Stadtgrenze zu. Sicher war sein Sprint alles andere als elegant. Ohne Zweifel war er schwerfällig. Aber es war seine einzige Chance.

Er spürte, daß die *Sturmkrähe* ihm nachsetzte. Er konnte ihr nicht entkommen. Auf gewisse Weise war Hengst darüber froh. Es gefiel ihm nicht, vor einem Feind davonzulaufen, aber er mußte die Distanz zur Stadt verringern.

Der nächste Schuß der *Sturmkrähe,* aus der PPK in ihrem linken Arm, schlug in den rechten Mecharm des *Mackie* ein, wo er Panzerung wegsprengte und den Arm, wenn Hengst den primitiven Diagnoseanzeigen in seinem Cockpit glauben konnte, außer Gefecht setzte.

Jetzt drang eine harte, grausame Stimme, die er als die Sterncolonel Logans erkannte, über die Kommleitung.

»Du wirst mir mit diesem Arm keinen Schlag mehr versetzen können, Hengst. Und jetzt der andere.«

Hengst reagierte sofort und riß den linken Arm des

*Mackie* in die Höhe. Logans Schuß zuckte zwischen Arm und Torso vorbei.

Die *Sturmkrähe* holte den *Mackie* aus allen Rohren feuernd ein. Die Wut hatte Logan unvorsichtig werden lassen. Nur ein kleiner Teil seiner Schüsse erzielte echten Schaden. Der *Mackie* wurde durchgeschüttelt und gerüttelt, aber er blieb funktionstüchtig. Entweder war Logan kein sonderlich guter Mechpilot, oder die Wut hatte Auswirkungen auf seine Fähigkeiten.

Die *Sturmkrähe* zog auf der rechten Seite des *Mackie* gleich. Hengst erkannte, daß er den ausgefallenen Mecharm auf dieser Seite nicht dazu verwenden konnte, auf den angreifenden Mech zu feuern oder dem Omni einen Rückhandhieb zu versetzen, selbst wenn es ihm gelang, seine schwerfällige Maschine im Rennen an die *Sturmkrähe* heran zu manövrieren. Andererseits waren die Geschütze von Logans Mech immer noch in ihrer Leistung gedrosselt und konnten dem *Mackie* wenig anhaben. Sie waren nicht mehr als das Mechäquivalent von Knuffen und Zwicken.

Hengst stoppte den *Mackie* so schnell er konnte und gestattete der *Sturmkrähe*, mehrere Schritte voraus zu stürmen. Dann hielt er den Rumpf des Mechs so reglos wie möglich. Logan schaffte es unter Schwierigkeiten, die *Sturmkrähe* umzudrehen, so daß sie dem *Mackie* wieder direkt gegenüberstand. Dann feuerte er nahezu besessen seine Waffen ab, scheinbar davon überzeugt, daß seine Beweglichkeit und Feuerkraft ihm den Sieg garantierte. Trotz der Treffer, die der *Mackie* einstecken mußte, ungeachtet des Regens von Panzertrümmern, der um seine Pilotenkanzel niederging, hielt Hengst sein Feuer zurück und bewegte den Mech in gelassen erscheinendem Spaziertempo auf die *Sturmkrähe* zu. So gut ihm das auf Augenmaß gelang, denn eine andere Möglichkeit hatte er nicht, brachte er den *Mackie* an den OmniMech heran, während er vereinzelte schwache Schüsse aus den leistungsgedrosselten Lasern in dessen Torsomitte abfeuerte. Die Treffer hinterließen dünne Kratzer in der Panzerung der *Sturmkrähe,* richteten aber keinen echten Schaden an.

Die Betriebstemperatur des *Mackie* war nahe am roten Gefahrenbereich.

»Feige Freigeburt«, beschimpfte Logan ihn. »Glaubst du, du könntest jetzt noch einen Hieb landen, mit nur einem Arm, wenn ich darauf vorbereitet bin?«

»Ich würde einen guten, wahrgeborenen Clan-Offizier nicht beleidigen, indem ich mich wiederhole, Logan.«

Hengst setzte den *Mackie* bewußt langsam in Bewegung. Als er sich der *Sturmkrähe* näherte, drehte er den Rumpf des Mechs leicht nach rechts, so daß dessen linke Flanke von der gegnerischen Maschine abgewandt war, dann setzte er den rechten Fuß des *Mackie* einen Schritt vor. In Gedanken sah er das Manöver als Entsprechung zu den Bewegungen eines traditionellen Jadefalken-Dorftanzes. Er hob das linke Bein des *Mackie* und drehte die Maschine auf dem rechten Fuß, so daß die linke Rumpfseite des Mechs auf seinen Gegner zuschoß. Hätte er sich auch nur um Millimeter verrechnet, wäre es nicht zum Kontakt der beiden Maschinen gekommen. Aber durch den enormen Massevorsprung des alten Streitrosses *Mackie* über die moderne *Sturmkrähe* konnte er die Schulter des BattleMechs in den Torso des OmniMechs drücken und Logan damit ausreichend überraschen, um die *Sturmkrähe* nach hinten zu kippen.

Jetzt drehte er die Tanzbewegung um. Mit einer Drehung auf dem linken Fuß brachte er den *Mackie* herum und rammte ihn gegen die wankende Flanke der *Sturmkrähe*. Der Aufprall war hart genug und das Übergewicht des *Mackie* groß genug, um die *Sturm-*

*krähe* aus dem Gleichgewicht zu werfen und nach hinten stolpern zu lassen. Hengst spielte mit dem Gedanken an einen weiteren Schlag, um sicherzugehen, aber dann machte er sich klar, daß es wichtiger war, Howells bizarren kleinen Test zu gewinnen.

Er beschleunigte den *Mackie* so gut er konnte und ignorierte die immer katastrophaleren Hitzewerte des Mechs, während er auf die Stadtgrenze zurannte. In der Zwischenzeit versuchte Logan, seinen Mech wieder auszubalancieren. Es kostete auch Hengst Mühe, das Gleichgewicht des *Mackie* zurückzugewinnen, aber für ihn war das von geringerer Bedeutung. Er lief an der *Sturmkrähe* vorbei und entging knapp einem erneuten Zusammenstoß.

Ein kurzer Blick auf den hastig umgedrehten Monitor, und er sah die grobe Silhouette der *Sturmkrähe,* die sich noch immer unsicher rückwärts bewegte. Aber Logan brauchte nicht viel länger, um sie in den Griff zu bekommen und schaffte es, sie herum zu schwingen und Hengst nachzusetzen. Der fühlte einige Schüsse in den Rücken seines Gefährts einschlagen. Das konnte seinem Ruf unter den Pardern nur schaden. Es gab kaum etwas, was unter Clan-Kriegern schlimmer war, als Rückentreffer einzustecken, die häufig als Beweis der Feigheit angesehen wurden.

Die Innentemperatur des *Mackie* lag nur noch knapp unter dem Punkt, an dem sich der Mech aus Sicherheitsgründen automatisch abschaltete. Hengst sah nach vorne, zu dem steinernen Torbogen, der sein Ziel darstellte. Es schien noch so weit, daß er es unmöglich schaffen konnte.

Dann hielt Logan, wahrscheinlich aus Verzweiflung über Hengsts Taktik, die *Sturmkrähe* jäh an und löste eine Breitseite aus, die den *Mackie* erschütterte. Zu seinem Pech gab sie Hengsts Mech aber gleichzeitig den Stoß, den er noch brauchte, um unsicheren Schritts durch den Torbogen zu gelangen. In dem Augenblick, in dem er Lutera betrat, versagten die Wärmetauscher. Hengst erkannte, daß der *Mackie* ohne Logans Bombardement Zentimeter vor dem Sieg stehengeblieben wäre.

Lange Minuten wurde Hengst von einem Lachkrampf durchgeschüttelt. Und er stellte sicher, daß die Kommleitung offen war, so daß Russou Howell ihn hören konnte.

# 16

**Lutera, Diana**
**Kerensky-Sternhaufen, Clan-Raum**

*13. April 3059*

Hengst kletterte bis auf halbe Höhe des *Mackie* hinab, dann sah er sich um. Howells Krieger kamen in seine Richtung, die Augen wütend verkniffen, die Fäuste geballt.

Logan hatte die *Sturmkrähe* sofort angehalten und sprang gerade vom Fuß des Mechs. Er rannte auf Hengst zu, während der Rest der Gruppe hinter ihm Boden wettmachte. Als sie den *Mackie* erreichten, war Logan ihnen nur noch ein kleines Stück voraus.

»Abschaum!« brüllte er. »Surat! Stravag!«

Einige der anderen Krieger stimmten in Logans Gebrüll ein. Hengst wartete, bis der Lärm sich ein wenig gelegt hatte, dann stieg er den Rest des Wegs zu Boden. Als er Logan gegenüberstand und ihm in die Augen sah, fragte er ruhig: »Unzufrieden?«

Logan schlug nach Hengst, der sich sauber unter dem Schwinger duckte. Er kam kampfbereit wieder hoch, aber andere Nebelparder hielten den Sterncolonel zurück.

»Ihr dummen Falken-Freigeburten wißt wahrscheinlich nicht, was ehrbare Taktik ist«, erklärte Logan. »Aber Nebelparder würden sich nie dazu herablassen, mit ihren Mechs zu schlagen und zu rammen.«

Hengst nickte, und seine Antwort war so gelassen wie zuvor. »Ich weiß mehr über ehrbaren Kampf, als du glaubst, Sterncolonel. Auf dem Schlachtfeld hätte ich einen anderen Weg gefunden, dich zu zermalmen, aber dies war, wie dein Kommandeur festgestellt hat, eine Übung. Wenn wir Jadefalken an etwas glauben, ist es der Sieg. Vielleicht ist der Sieg für Parder nicht so wichtig. Es ist …«

»Freigeburt! Du bist der erbärmlichste Abschaum aus den Tiefen der Gosse. Ich werde noch einmal gegen dich kämpfen!«

»Da kannst du dir sicher sein, Logan!«

»Und ich werde dich zu Klump …«

»Dessen wäre ich mir an deiner Stelle nicht so sicher, Logan«, stellte Hengst fest und trat einen Schritt nach vorne.

Auch Russou Howell trat einen Schritt vor, und auf seiner Miene stand ein seltsames Lächeln. »Sterncolonel«, beschwichtigte er. »Wir werden diesen Streit nicht fortsetzen. Dies war eine reine Übung. Die Waffen waren in ihrer Leistung gedrosselt. Diesmal werden wir im Zweifel zu Hengsts Gunsten entscheiden. Er ist immerhin nur eine Freigeburt.«

Howell ließ den Worten ein höhnisches Lachen folgen, aber es war offensichtlich, daß die übrigen hier versammelten Parder mit seiner Entscheidung nicht zufrieden waren. Howell drehte sich zu Hengst um. Seine Miene wirkte überraschend ruhig. »Du bist dreckiger Freigeburtsabschaum«, stellte er fest. »Aber du hast gegen einen meiner Parder Können bewiesen. Ich frage dich noch einmal, erkennst du Clan Nebelparder als deinen Clan an?«

Hengst starrte Howell lange an und fragte sich, ob der Mann so früh am Tag schon getrunken hatte. Es machte ihm mehr Sorgen, wie die anderen Krieger, die um sie herum standen, reagieren mochten. Sie protestierten lautstark, riefen Beleidigungen, und einige von ihnen schüttelten drohend die Fäuste.

Howell wirkte äußerlich ruhig, aber seine Haltung war steif. Die Finger beider Hände waren an den Körper gepreßt und gespreizt. Hengst spürte, daß er die Fäuste ballen und entspannen wollte, wie er es unter Anspannung häufig tat, aber ein solcher nervöser Tick hätte vor seinen Kriegern keinen guten Eindruck gemacht.

»Galaxiscommander Russou Howell, ich muß die Vorstellungen und Sitten eines anderen Clans respektieren, selbst, wenn sie für mich keinen Sinn ergeben. Aber wie können Sie von mir erwarten, daß ich die Nebelparder annehme, wenn Ihre Krieger so leicht von einer bloßen Freigeburt zu besiegen sind? Ich ...«

Unter wütendem Gebrüll wollten sich einige Krieger auf ihn stürzen. Howell hielt sie mit derselben herrischen Geste auf, mit der er ihnen zuvor das Wort abgeschnitten hatte. Hengst nutzte die Gelegenheit dazu, seine kleine Ansprache zu beenden.

»Ich bin nur eine Freigeburt und Ihr Gefangener, und mehr kann ich in Ihrem Clan nie werden. Ich bin Jadefalke und kann kein Nebelparder werden. Nach Ihren eigenen Sitten sollte ich zum Tode verurteilt werden, aber ich sage Ihnen eines: Ich werde gegen jeden von Ihnen kämpfen, der antritt, mich hinzurichten, und es wird ein Kampf bis zum Tod werden.«

Howell hörte ihm scheinbar ruhig zu, aber Hengst konnte den Zorn in seinen Augen lodern sehen. Er spannte sich, bereit, auf jeden Angriff zu reagieren, selbst, wenn das seinen Tod bedeutete. Er tröstete sich mit dem Gedanken, daß er als Jadefalken-Krieger sterben würde.

»Gut gesprochen, Freigeburt«, stellte Howell schließlich mit vor Wut zitternder Stimme fest. »Sonst würde dir eine solche Ansprache den Tod einbringen, aber dies ist eine Zeremonie der Eidbruderschaft. Manches Schicksal jedoch ist schlimmer als der Tod. Die Zeremonie der Eidbruderschaft wird fortgesetzt. Krieger!« Howell gestikulierte in Richtung mehrerer Parder, und sie reagierten beinahe automatisch.

Mit lautem Kriegsgeschrei stürzten sie sich auf Hengst. Der erste von ihnen, der ihn erreichte, hatte die Arme erhoben und den Kopf nach vorne geneigt. Hengst trat ihm zwischen die Beine und ließ dem Tritt einen Handkantenschlag in den Nacken folgen, der den Parder zu Boden warf. Eine andere Kriegerin sprang ihm mit den Stiefeln ins Gesicht. Er zog ruckartig den Kopf zur Seite und ließ sie über seine Schulter vorbeifliegen. Als sie auf gleicher Höhe waren, packte er ihren Arm und drehte ihn um. Er hörte den Knochen splittern und hätte sich möglicherweise darüber gefreut, aber dazu hatte er keine Zeit. Er mußte auf den nächsten Angreifer reagieren, der mit wirbelnden Fäusten auf ihn zu stürmte. Er schlug Hengst in die Brust und landete einen harten Schwinger an der Schläfe. Hengst täuschte einen Gegenschlag an, wich aber statt dessen zur Seite aus und brachte den Angreifer mit einem Säbeltritt zu Fall. Als er die ersten Gegner ausgeschaltet hatte, griffen andere an ihrer Stelle an.

Alles in allem erreichten Hengst zehn Nebelparder, und er erledigte sie alle. Aber es kamen immer mehr, bis sie ihn durch ihre bloße zahlenmäßige Übermacht zu Boden zwangen. Schließlich lag Hengst auf dem Rücken, während ein Krieger von kaum faßbarem Gewicht auf seinem Leib hockte und ihm die Luft aus den Lungen preßte.

»Das reicht!« schrie Russou Howell, dann deutete er wild auf mehrere Krieger. »Du und du und du, hängt diesen Mann auf.«

»Was?« krächzte Hengst mit leiser Stimme, als er wieder auf den Beinen stand. »Sie wollen mich hängen?« Er hatte Mühe, das Gleichgewicht zu halten.

Howell lächelte bitter. »Wir werden dich nicht töten. Der Tod ist niemals eine Schande. Die Zeremonie der Eidbruderschaft verlangt Kapitulation ... Auch wenn sie zum Tod durch, äh, widrige Umstände führen kann. Schließlich können wir dir nicht helfen, wenn du nicht Krieger genug bist und vor Abschluß der Zeremonie stirbst.«

»Ich bin Krieger genug. Mehr als genug.«

»Wir werden sehen, Hengst. Wir werden sehen.«

Die Krieger, die Howell aufgerufen hatte, faßten Hengst bei den Armen und zerrten ihn trotz Gegenwehr zurück zum Wald.

* * *

Eine Stunde später war Hengst tatsächlich aufgehängt worden. Starke, außergewöhnlich dicke Taue an seinen Armen und Beinen waren um die dicken Äste zweier Bäume geschnürt, zwischen denen er in der Luft hing. Die Bäume standen am Rand des Waldes, und Hengst konnte über die Ebene leicht bis Lutera sehen. Die Tunika, die man ihm zuvor angelegt hatte, war mit mehreren breiten Rissen verziert, die einer der Krieger methodisch mit Hilfe eines Spezialwerkzeugs angebracht hatte, das gewöhnlich dazu diente, das Innenleben eines Mechs aufzuschneiden. Die Seile an seinen Armen waren so straff, daß seine Muskeln schmerzten. Die an den Beinen waren lockerer, aber fest genug, um ein Schließen der Beine zu verhindern. Ein gefütterter Metallkragen um den Hals hinderte ihn daran, den Kopf zu neigen oder zu drehen.

»Diese besondere Art der Bestrafung ist zugegebenermaßen reichlich primitiv«, stellte Howell mit deutlicher Befriedigung fest. »Aber sie hat eine jahrtausendalte Tradition. Ich will dir reichlich Zeit geben, deine gegenwärtige Lage zu überdenken. Wir werden einmal täglich jemanden herschicken, um dich zu füttern. Für eine Stunde am Tag wird er deine Fesseln weit genug lösen, daß du Nahrung aufnehmen und deine verkrampften Muskeln lockern kannst. Wir möchten weder, daß du auf unsere ausgezeichnete Küche verzichten mußt, noch daß du an Unterernährung oder Muskelschwund eingehst. Es wird dir schwerfallen, eine Möglichkeit zu sterben zu finden. Vielleicht kannst du einen deiner Jadefalken herbeirufen, damit er dich zu Tode pickt.«

Die Parder-Krieger am Fuß der Bäume fanden diese Bemerkung offenbar lustig. Sie lachten herzhaft und boshaft. Hengst versuchte, sie anzuspucken, aber der Kragen hinderte ihn am Zielen. Der größte Teil des Speichels floß an seinem Kinn herab auf den Kragen.

»Und du wirst dich nicht über Einsamkeit zu beklagen haben, Hengst. Wir werden dich besuchen, um dich zu verhöhnen und uns deine armseligen Erwiderungen anzuhören, Erwiderungen, die ohne Zweifel im Verlauf der Tage immer armseliger ausfallen werden, solange du dich uns idiotischerweise widersetzt. Du kannst all das vermeiden, indem du hier und jetzt kapitulierst. Was meinst du?«

Hengst grunzte.

»Sei froh, daß du die Gelegenheit zu dieser Zeremonie bekommst, Hengst. Du bist eine dreckige Freigeburt und wirst es immer bleiben! So lange du dich widersetzt, bist du Jadefalken-Abschaum! Denke an die Ehre, die wir dir anbieten. Denke darüber nach. Denke die ganze Nacht darüber nach. Ich würde sagen, daß sich in den Bergen ein Gewitter zusammenbraut und hier herüber zieht. Vielleicht gibt es Sturmböen. Ein solcher Sturm könnte die Bäume genug durchschütteln, um deine Arme auszukugeln oder deine Beine zu brechen. Vielleicht erfrieren sie in der Kälte, werden brüchig und brechen ab. Vielleicht stürzt ein abgerissener Ast aus den Wipfeln und zertrümmert deinen Schädel. Es kann viel geschehen. Du magst es vorziehen, dein Leben auf eine dieser Arten zu beenden, aber ich würde es wirklich bedauern, solltest du uns auf so unrühmliche Weise verlassen. Es gibt in Legenden oder in der Geschichte nichts Traurigeres als die letzte Erniedrigung eines toten

Helden. Noch hast du Zeit, Hengst, unseren Clan anzunehmen. Denke an die Ehre …«

»In deinem Clan kann es für mich keine Ehre geben«, stellte Hengst fest.

Howells Hand flog in Richtung einer seiner Kriegerinnen. Die Frau reichte ihm augenblicklich eine Peitsche.

»Hengst, diese Peitsche enthält keine elektronischen Schaltkreise oder sonstigen Besonderheiten. Es ist eine ganz gewöhnliche Peitsche, wie sie durch die Jahrtausende benutzt wurde. Du hast uns mit deiner Störrischkeit auf primitive Strafen zurückgeworfen.«

Howell hob die Peitsche über den Kopf und schlug zu. Ihre Spitze drang durch einen der Risse in der Tunika und traf Hengst an der Brust.

»Dein Schicksal liegt in deiner eigenen Hand. Du kannst durch den Zorn der Elemente sterben, indem du gar nichts tust, oder du kannst kapitulieren.«

Hengst, der den Stich der Peitsche noch deutlich spürte, erklärte so laut es ihm die Umstände erlaubten: »Ich werde nicht kapitulieren.«

»Na schön. Krieger, wir werden ihn jetzt verlassen.«

Bevor sie gingen, traten einige Krieger zu Hengst und zeigten ihm ihre Verachtung. Manche spuckten ihn an, andere schlugen ihn, wieder andere begnügten sich mit obszönen Beschimpfungen. Hengst versuchte, nach einigen von ihnen zu treten, aber die Fesseln gaben ihm zu wenig Beinfreiheit für mehr als flüchtige Berührungen.

Dann waren sie fort und ließen ihn allein zurück, während sie nach Lutera zurückkehrten.

* * *

Russou Howells Wettervorhersage erwies sich als korrekt. Nicht lange nach seinem Abzug mit Mechs und Kriegern brach ein schweres Gewitter los.

Erst verdunkelte sich der Himmel mit drohenden, düstergrauen Wolken, dann peitschte plötzlich ein wilder Sturmwind auf. In den Seilen hängend, spürte Hengst die Sturmböen schärfer und schmerzhafter als Howells Peitschenhieb. Manchmal riß ihn ein plötzlicher Windstoß nach vorne, spannte die Taue zwischen seinen Gliedern und den Ästen, spannte die Äste bis hart an die Belastungsgrenze. Hengst konnte sich nicht erklären, wie seine Arme und Beine das durchstanden, ohne zu brechen.

Wie Howell vorhergesagt hatte, war der Wind von brutaler Härte und ließ ihn mehrmals befürchten, sein Rückgrat würde entzweibrechen. Als der Wind sich ebenso schnell wieder legte, wie er aufgekommen war, wurde er beinahe genauso schmerzhaft zurückgerissen, und die Seile zerrten im Nachfedern wieder und wieder an seinen Gliedmaßen. Oder verschiedene Windböen trafen ihn aus unterschiedlichen Richtungen und zerrten Hengst erst hierhin, dann dorthin.

Dann kam der Regen.

Wie der Wind variierte auch die Heftigkeit des Regenfalls. Die meiste Zeit über fiel er in schweren, schmerzhaft peitschenden Tropfen. Er war froh, daß die Wipfel des Waldes ihn häufig abschwächten. Indem er seinen Kopf nach hinten warf, soweit es der Kragen erlaubte, konnte er genug Wasser mit der Zunge auffangen, um seinen brennenden Durst zu stillen.

Er sah zum Stadtrand von Lutera hinüber. Trotz der schlechten Sichtverhältnisse konnte er Mechs und mehrere Wagen erkennen, die sich wie Zuschauer versammelt hatten, und deren Insassen sich ohne Zweifel darüber amüsierten, wie er wie eine Stoffpuppe im Wind hampelte. Er wollte ihnen Flüche entgegenschleudern, doch er wußte, daß sie ihn des Sturms wegen nicht gehört hätten. Außerdem mußte er seine Kräfte aufsparen.

Wasser lief und tropfte ihm über Gesicht und Körper. Immer wieder überkam ihn der Drang, es wegzuwischen. Ohne nachzudenken, zerrte er an den Seilen, konnte sie aber nicht lockern. Er entspannte sich und versuchte, tiefer in den Kragen zu rutschen und sich den Elementen zu ergeben, den Regen über sich spülen zu lassen, sich vom Wind schütteln zu lassen. Er konnte seinen Kopf kaum bewegen, aber die Entspannung half die Schmerzen zu mildern.

Das Gewitter ließ nach. Der Wind legte sich etwas, und statt eines Regenschauers rann nur noch das auf Ästen und Blättern angesammelte Wasser auf ihn herab.

In der Ferne waren keine Mechs oder andere Zuschauer mehr zu sehen. Wahrscheinlich hatte das Gewitter jetzt die Stadt erreicht. Vielleicht hatte der Regen die Quälgeister vertrieben. Irgendwie gab das Hengst das Gefühl, gesiegt zu haben. Er hatte dem Gewitter standgehalten, das die Nebelparder verjagt hatte.

Er testete die Seile, um zu sehen, ob das Gewitter sie gelockert oder möglicherweise weit genug gedehnt hatte, daß er sie mit einem kräftigen Arm- oder Beinzug weiter lösen oder sogar zerreißen konnte.

»Stravag«, murmelte er, als er feststellen mußte, daß sie so fest wie zuvor waren. Wenn sie erst trockneten, würden sie noch fester werden.

»Stravag scheint noch eine Beschönigung deiner Lage«, stellte eine Stimme fest. Sie schien aus dem Baum zu seiner Linken zu kommen. Hengst schaffte es, den Kopf trotz des Kragens ein wenig zu drehen, sah aber niemanden. Allerdings kannte er die Stimme.

So leise er konnte, flüsterte er: »Sentania Buhallin, wo bist du?«

»Ich halte es für besser, wenn ich mich noch nicht zeige. Ich kann dich von meiner Position aus gut sehen.«

»Wie lange bist du schon dort?«

»Ich bin erst während des Gewitters eingetroffen. Ich war auf dem Weg nach Lutera, um dich zu besuchen. Statt dessen hängst du hier wie eine für das morgige Abendessen vorgesehene Tierhälfte. Die Nebelparder sind nicht zu Kannibalen geworden, franeg?«

»Neg.«

Hengst erzählte Sentania mit einer vom Gewitter und Kragen heiseren Stimme, was geschehen war. Aber er gab den Versuch auf, dabei zu dem Baum hinüberzusehen, denn die Anstrengung verschlimmerte die Schmerzen nur noch, die seine Wirbelsäule in Brand zu setzen schienen.

»Scheint, daß der Garnisonsdienst Russou Howell zusetzt«, stellte sie leise fest, als er fertig war.

»Du glaubst, Russou Howell tut all das aus Langeweile?«

»Oder aus Wut. Ich habe ihn beobachtet, und er wirkt, nun, er wirkt gestört.«

»Du meinst verrückt.«

»Oder kurz davor. Es heißt, er wäre ein recht guter Krieger, der aber erst kürzlich einen Blutnamen errungen hat, erst kürzlich auf eine Kommandeursstelle befördert und erst kürzlich zum Garnisonsdienst eingeteilt wurde. Garnisonsdienst ist immer eine Art Strafe, frapos?«

Hengst mußte ihr zustimmen. Besonders eine Versetzung von der Invasionsfront zurück zu den Heimatwelten. Es mußte ihn innerlich auffressen, daß er nur noch damit beschäftigt war, die Clans für eine neue Offensive gegen die Innere Sphäre zu bewaffnen und vorzubereiten, ohne Hoffnung, wieder einen echten Kampf zu erleben.

»Dieser Russou Howell steht kurz davor zu explodieren, Hengst. Und wenn es dazu kommt, wird das mehr Opfer als nur dich kosten. Er könnte es darauf anlegen, jeden zu beschämen, der ihm über den Weg läuft, um damit seine Qualen zu lindern. Er könnte sogar versuchen, den Falkenhorst anzugreifen. Wie ich höre, ist er entschlossen, seinen Truppen Disziplin beizubringen.«

Eine Windbö traf Hengsts Rücken und schleuderte seinen Körper nach vorne, während seine Arme von den Seilen festgehalten wurden. Seine Schultern loderten vor Schmerz. Er schnitt eine Grimasse.

»Früher oder später wird Howells kleines Spiel dich umbringen, Hengst. Was hast du davon? Du bist aus einem bestimmten Grund auf Diana. Ich bin sicher, der große Jadefalken-Held hat nicht einfach die Idee gehabt, eben mal kurz den Falkenhorst zu besuchen?«

»Ich bin nur hier, um mir die Basis für die Khanin anzusehen. Eine Art informeller Inspektion.«

»Vergiß es. Es ist mir gleichgültig, was du hier willst. Von mir aus kannst du gekommen sein, um den Horst abzufackeln. Aus welchem Grund du auch gekommen bist, danach, wieviel du ausrichtest, kannst du es ebensogut abschreiben.«

»Ich kann Russou Howell nicht …«

»Wirf es ab, Hengst. Es ist nur Suratdreck. Du bist hier mitten in einem der Diana-Stürme, die bei den Pardern Kerenskys Zorn heißen, schutzlos an einen Baum gefesselt. Er ist noch längst nicht vorbei, und bevor er sich ausgetobt hat, wirst du tot sein. Das nützt weder den Jadefalken noch der Mission, wegen der du herkamst.«

»Dann bin ich also tot. Krieger sterben. Ich werde vor diesem Russou Howell nicht auf die Knie sinken. Er versucht, ein Gefangenenarmband in eine Art inoffizielle Leibeigenenkordel zu verwandeln. Ich werde mich nicht von ihm zu irgend etwas verpflichten lassen.«

»Richtig so. Du solltest ihm nichts schulden. Du solltest ein Jadefalken-Krieger bleiben, was in diesem Fall ein toter Jadefalken-Krieger bedeutet.«

»Du könntest mich losschneiden.«

»Ich würde es nicht tun, selbst wenn ich es könnte. Es besteht eine hohe Wahrscheinlichkeit, daß die Parder hier wären, bevor ich das letzte Seil durchtrennt hätte, selbst wenn ich das richtige Werkzeug hätte, um diese stahlharten Dianafasern zu zerschneiden. Und ich habe es nicht. Und selbst wenn ich Erfolg hätte und dich losbekäme, könntest du dich kaum bewegen, frapos?«

»Neg. Ich kann ...«

»Jedes Gelenk deines Körpers schmerzt, frapos?«

»Was hat das damit zu tun?«

»Welch rührender Machismo. Sie hätten uns nach einer Minute wieder eingefangen.«

»Deine Vorsicht ist unclangemäß. Feige.«

»Mag sein, aber dich bekommen wir nur durch Nachdenken hier heraus.«

»Du bist eine seltsame Sorte Jadefalke, Sentania Buhallin.«

»Eine Überlebende. Das ist meine Tugend und mein Fluch. Ich war eine zu schlaue Kriegerin, die es nicht geschafft hat, sich in der Schlacht umbringen zu lassen. Aber jetzt könnte meine Schläue von Wert sein. Die Parder sind weder dumm noch ineffizient. Wir müssen sie überlisten.«

Sie teilte das Blätterdach vor sich. Hengst verdrehte den Hals und sah unter stechenden Schmerzen zu ihr hinüber. Er war überrascht, wie jung und schön sie aussah, wenn zwischen den Blättern nur ein kleiner Teil ihres Gesichts zu sehen war.

»Hengst, ich weiß, wie du über Ehre denkst. Auch ich bin Jadefalke. Aber es gibt Zeiten, in denen Ehre zum Hindernis wird. In einer solchen Lage wird Verstellung ehrenhaft.«

Hengst drehte den Kopf wieder nach vorne und entspannte sich. Die Schmerzen waren zu stark, um sie weiter anzusehen. »Was schlägst du vor?«

»Ich schlage vor, daß du, statt hier zu sterben, genau das tust, was Russou Howell verlangt. Kapituliere.«

Hengst riß den Kopf zu ihr herum, und die plötzliche Bewegung ließ seinen ganzen Rücken verkrampfen. »Du verlangst zu viel. Das wäre eine Besudelung meiner Ehre.«

»Kann sein. Nimm hier und jetzt die Schande auf dich, und später kannst du dich davon reinwaschen. Das hat schon für Generationen von Helden funktioniert.«

»Du bist verrückt, Sentania Buhallin«, spie er ihr entgegen.

»Es gibt Stimmen, die das behaupten. Aber wie man auf Terra einst zu sagen pflegte, steckt Methode in meinem Wahnsinn. Hör zu, Hengst. Ich sehe unser Ziel darin, Russou Howell und den Pardern eine Lektion zu erteilen. Und genau das werden wir auch tun.«

»Wie?«

Sentania erklärte ihm ihren Plan. Als sie fertig war, entgegnete Hengst: »Ein guter Plan, aber unterschätze Russou Howell nicht.«

»Dann machst du mit? Komm schon, Hengst. Schlimmstenfalls bist du entehrt, aber noch am Leben.« Hengst grunzte, um zu zeigen, wie wenig ihm diese Option gefiel. »Bestenfalls kehren wir zum Falkenhorst zurück, und du kannst deine ursprüngliche Mission erfüllen.«

Nach einer langen, angespannten Pause seufzte Hengst erschöpft. »Ich kann das nicht tun. Ich kann mich nicht verstellen, wie du es verlangst.«

»Na schön, Hengst, dann stirb. Stirb, großer Held. Aber denke dabei an folgendes. Dein großer Aidan Pryde hat sich jahrelang verstellt. Hat sich als lausige

Freigeburt ausgegeben. Und er hat sich verstellt, bis er eine Chance sah, seinen Status als Wahrgeborener zurückzuerlangen. Und was ist dann geschehen? Nicht viel. Er hat nur seinen Blutnamen errungen, ist möglicherweise zum größten aller Jadefalken-Helden geworden, starb einen glorreichen Tod und wurde lange vor seiner Zeit in den Genfundus aufgenommen. Also los, beschuldige Aidan Pryde des Betrugs. Beschimpfe ihn, weil er seine Schande riskiert hat. Weil er im innersten Herzen eine Freigeburt war!«

Hengst zerrte an seinen Fesseln, aber damit verschlimmerte er nur die Schmerzen, die durch seine Arme schossen. »Ich würde dich umbringen, wenn ich hier loskommen könnte!«

»Dann kapituliere, Hengst. Ich trete später gegen dich an.«

Hengst zwang seinen Kopf wieder herum – dem kreisrunden Ausschnitt ihres Gesichts zwischen den Blättern zu. Sie wirkte noch jünger, ihre fragenden Augen schienen fast kindlich.

»Also gut, ich tu's.«

»Gut.«

»Auch wenn ich mich davon möglicherweise nie mehr erholen werde.«

»Hengst, du denkst zuviel. Aber nach all den Jahren im Falkenhorst muß ich zugeben, daß mir das gefällt.«

Dann zitterten die Blätter, als sie die Zweige freigab. Sentania war verschwunden, und nur ein kaum hörbares Rascheln der Baumkrone kündete noch von ihr.

Sie wußte wirklich, wie man schnell und leise auftauchen und verschwinden konnte.

# 17

**Forschungsstation Falkenhorst, Östliche Berge, Diana**
**Kerensky-Sternhaufen, Clan-Raum**

*13. April 3059*

Am Morgen des Tages, an dem Russou Howell sich entschied, Hengst seiner Zeremonie der Eidbruderschaft zu unterziehen, war Peri Watson auf dem Weg durch den Falkenhorstkomplex zu ihrer morgendlichen Inspektion des Genlabors. Der auf einem Felsplateau der Östlichen Berge gelegene Stützpunkt bestand aus einer Ansammlung kleiner, getarnter Stahlbetonbauten, die sich unter einem der Hochgebirgsgipfel der Umgebung aneinander drängten. Es überraschte sie immer wieder, wie sehr der Aufbau der Forschungsbasis einem menschlichen Gehirn ähnelte. Ihr Bewußtsein bestand aus den wenigen Installationen, Wohnquartieren und übrigen Gebäuden auf der Bergoberfläche, die insgesamt keine zehn Prozent des ›Gehirns‹ der Station ausmachten. Zwischen den einzelnen Sektionen der Station lagen mehrere Felsspalten, und sie war von Brücken durchzogen, die mit Synapsen vergleichbar waren. Aus der Vogelperspektive mußten die Menschen, die über die synapsenähnlichen Brücken zwischen den Wissensbehältern der verschiedenen Gebäude hin und her wechselten, einen ebenso geschäftigen und gelegentlich trägen Eindruck hinterlassen wie Gedanken bei der Bewegung durch das Gehirn.

Trotz der Geschäftigkeit an der Oberfläche war der größte Teil der Station verborgen wie das Unterbewußtsein eines Menschen. Unter der Oberfläche führte ein komplexer Bienenstock von Tunneln und Höhlen zu den Geheimnissen des Falkenhorsts. Der Vergleich drohte allerdings zusammenzubrechen, wenn der Reisende die Tunnel verließ und die gewaltige Kaverne betrat, die das Brianlager des Horsts enthielt. Aber es ließ sich argumentieren, daß dieses Lager das wahre Unterbewußtsein der Station darstellte, jenen Teil, der für alle, die ihre Aufgaben auf den höheren Ebenen erfüllten, mysteriös und abschreckend erschien, weil nur wenige zu ihm vordringen konnten. Nahm man alles zusammen, das ganze Gehirn des Falkenhorsts, machte es die Station zu einer sehr viel komplexeren Einheit – einem menschlichen Wesen ähnlich.

Selbst Peri als Chefwissenschaftlerin war nicht über alle Experimente informiert, die in den Tiefen des Horstes abliefen. Als sie jetzt die Genlaborsektion betrat, deren Korridore sich in einem komplexen Netz verzweigten, in dessen Irrgarten Neulinge sich gelegentlich verirrten, dachte sie wieder an die geheimen Experimente, die über geheime Kanäle an bestimmte Spezialisten vergeben worden waren. Diese Spezialisten unterstanden zwar offiziell ihrer Aufsicht, schuldeten ihr jedoch keinerlei Rechenschaft. Als sie der Zentralstation auf Ironhold ihre Besorgnis darüber mitgeteilt hatte, war sie in der Rückantwort informiert worden, daß die Spezialisten vom Generalwissenschaftler persönlich ausgewählt und überwacht wurden, einem aufgedunsenen Mann namens Etienne Balzac – mit teigiger Haut und bösartigem Blick. Ihre Ergebnisse wurden ihm allein übermittelt.

Peri hatte auf Ironhold ein Weile als Balzacs Chefassistentin gearbeitet und gelernt, ihn zu hassen. Er war zur Position des Generalwissenschaftlers aufgestiegen, indem er heimlich die Laufbahn all derer ruiniert hatte, die auf der Karriereleiter der streng regulierten Wissenschaftlerkaste über ihm standen. Und er hatte Peri gezwungen, ihm dabei zu helfen. Als sich eine Position mit weniger Prestige auf einer anderen Station anbot, hatte Peri alle Hebel in Bewegung gesetzt, um ihre Versetzung zum Falkenhorst zu arrangieren, so weit von der Zentralstation entfernt wie nur möglich. Es paßte zu Balzac, ihr zur Strafe geheime Forschungsvorhaben unterzuschieben, so daß sie sich zu keiner Zeit dem Glauben hingeben konnte, ihre Aufgabe ganz allein zu kontrollieren.

Obwohl sie Befriedigung darin fand, mit den Naturalisten und den Konstrukteuren der Waffen und FLUM-Modifikationen zu arbeiten, war ihr klar, daß sie in den Augen der Genetiker wenig mehr als eine Bürokraft war. Das war besonders paradox, weil Genetik ursprünglich ihr Spezialgebiet gewesen war. Damals war die Geheimhaltung noch nicht so extrem gewesen. Wissenschaftler hatten im Interesse der höheren Sache ihre Ergebnisse ausgetauscht. Jetzt hatte sich die Arbeit in eine Abfolge verschachtelter Geheimhaltungsstufen verwandelt, und Peri, die keinen Hehl aus ihrem Widerstand gegen diese Entwicklung machte, war in einer Art Bestrafung davon ausgeschlossen.

Sie seufzte, während sie ihren Sicherheitscode eingab, um Zugang zum Allerheiligsten der Genlabors zu erhalten. Außerhalb der Kaste, selbst unter wahrgeborenen Kriegern, ahnte niemand etwas davon, daß die Wissenschaftler ein Oberhaupt mit einem militärisch klingenden Titel wie ›General‹ hatten. Die Position mußte vor Peris Zeit entstanden sein, als die geheime Bruderschaft der Wissenschaftler entstanden war. Geheimorganisationen brauchten eine Hierarchie, um ihre Verschwörungen zu organisieren, und der Generalwissenschaftler repräsentierte die Spitze der geheimen Pyramide. Etienne Balzac war der letzte der gewitzten und ehrgeizigen Anwärter, die es geschafft hatten, diese Position zu erreichen. Irgendwann würde ein anderer seinen Platz einnehmen. Peri hatte sich geschworen, sich von diesen Intrigen weitmöglichst fernzuhalten. Sie widersprachen dem Wesen der Clans, und sie konnte sich nicht einmal vorstellen, wie es überhaupt dazu gekommen war.

Das schwere Portal summte und öffnete sich. Peri trat hindurch.

Für Außenstehende war Balzac nur der Leiter des Wissenschaftlichen Forschungs- und Bildungszentrums Ironhold. Niemand ahnte etwas von dem geheimen Netzwerk, das sich um dieses Zentrum und, soweit Peri gehört hatte, sogar über die Kaste hinaus erstreckte. Es gingen seltsame Dinge vor: in der Wissenschaftlerkaste, unter den Kriegern des Clans, vielleicht sogar in den anderen Clans. Aber Peri saß im Falkenhorst fest und kannte nur ihren winzigen Teil des Ganzen, so sehr sie sich auch bemühte, mehr herauszufinden.

Solche Gedanken erinnerten sie immer an ihre wenigen Nächte mit Aidan, als sie noch auf Tokasha gearbeitet hatte. Er war damals selbst nur ein AsTech, aber es war sein Schicksal gewesen, als Blutnamensträger – und mehr noch: als Legende – in die Kriegerkaste der Jadefalken zurückzukehren. Aber bevor es dazu gekommen war, hatten sie sich gepaart und selbst in dieser kurzen Zeit ein Kind gezeugt. Ihre Tochter Diana. Selbst in seiner Schande hatte Aidan nie die Leidenschaft für alles verloren, was ein ClanKrieger verkörperte. Obwohl Peri ihr neues Leben und ihre neue Kaste zu akzeptieren gelernt hatte, war durch Aidans Glaube an alles, was sie in ihrer Jugend gelernt hatten, an die Bedeutung des Wesens der Clans, derselbe Glaube in ihr wieder erwacht. Jetzt fragte sie sich, ob das vielleicht nur das Wesen Aidan Prydes gewesen war.

Der Gedanke an Aidan machte sie traurig. Sie hatte ihre Tochter in einer Umstellung der Buchstaben seines Namens Diana genannt, auch wenn er erst kurz vor seinem glorreichen Tod auf Tukayyid erfahren hatte, daß sie seine Tochter war. Bis dahin war Diana für ihn nur eine der MechKriegerinnen seiner Falkengarde gewesen. Diana hatte ihrer Mutter alles geschrieben, was geschehen war, und als sie den Brief las, hatte Peri das erste und einzige Mal in ihrem Leben geweint. Es waren nur ein paar vereinzelte Tränen gewesen, die sich leicht wegwischen ließen, so daß niemand sie bemerkte, aber sie konnte sich immer noch an ihr Leid erinnern. Dann hatte sie den Brief wieder zusammengefaltet und nie wieder geöffnet. Aber sie hatte ihn behalten und er lag immer noch bei ihren auf Tokasha eingelagerten Sachen.

Peri bog in den Korridor zum Genlabor ein. Sie hatte schon lange nichts mehr von Diana gehört. Soweit sie wußte, war Diana immer noch in der Falkengarde und immer noch eine MechKriegerin. Ihre Herkunft würde es schwer für sie machen, befördert zu werden. Vielleicht konnte sie es eines Tages zum Sterncommander bringen. Manche Freigeborene erreichten diesen Rang. Aber die Chancen standen dagegen. Und das war in Ordnung so. Schon überhaupt als Kriegerin anerkannt zu werden, war für eine Freigeborene Ehre genug. Die wahrgeborene Peri konnte ein Bedauern darüber nicht leugnen, daß sie die Kadettenausbildung nicht überstanden hatte. Sie träumte noch immer davon, wie es wäre, als Kriegerin zu leben, und es war einer jener Träume, aus dem sie nie aufwachen wollte.

Gashi, eine blauäugige und ziemlich hübsche LaborTech, sah Peri den Raum betreten und kam herüber. »Sterncolonel Bren Roshak sucht nach Ihnen«, stellte die junge Frau mit tonloser Techstimme fest.

»Ach? Ist er hier unten?«

»Pos. Er ist gerade zum Waffentechniklabor gegangen.«

»Ich werde ihn schon finden. Danke, Gashi.«

Peri nahm einen herumliegenden Compblock auf

und überflog die letzten Aufzeichnungen über die Jadefalken-Experimente. *Bren Roshak sucht also nach mir? Was für eine unnütze Arbeit will er mir diesmal aufhalsen? Wahrscheinlich wieder irgend etwas im Zusammenhang mit seinen sportlichen Aktivitäten. Ich sollte diesem Jadestreuner den Hals umdrehen oder ihn vergiften. Nein, das wäre falsch. Jadestreuner hat sich nichts zuschulden kommen lassen. Wenn überhaupt, sollte ich Bren Roshak umbringen.*

Sie sah auf, weil sie spürte, wie Gashi sie aus dem Augenwinkel beobachtete. Die Tech senkte sofort den Blick und gab vor, konzentriert zu arbeiten.

*Wahrscheinlich fragt sie sich, warum ich mich nicht auf der Stelle auf die Suche nach Bren Roshak mache. Aber ich werde mit ihm reden, wann ich es für richtig halte.*

Peri legte den Compblock wieder weg und ging hinüber zum verriegelten Lagerraum auf der anderen Seite des Labors. Sie gehörte zu den wenigen Personen, die einen Schlüssel besaßen. Sie schloß die Tür auf und ging hinein, ohne sich um die Behälter mit Genmaterial zu kümmern, die in Kühlregalen an den Wänden des Raums lagerten. Jeder von ihnen war registriert und trug eine Aufschrift mit den relevanten Daten.

Diese Zylinder enthielten Kopien der genetischen Erbmasse von Jadefalken-Kriegern, die außergewöhnliche Begabung gezeigt hatten. Zu den Missionen der Genlaboreinheit im Falkenhorst gehörte – wie in vielen Forschungsstationen – das Studium und die Experimente mit dieser Erbmasse. Das Ziel derartiger Arbeiten war es, das Erbgut der Jadefalken-Krieger zu verbessern. Die Originale dieses Materials waren ohne Zweifel bereits als genetische Basis für neue Geschkos benutzt worden. Damit wurden sie zum Nächsten an einem Elternteil, das es für Krieger gab. Das Wort Elternteil war für Wahrgeborene natürlich von abstoßender Obszönität, denn sie waren stolz darauf, ein Produkt modernster Gentechnik zu sein ... Und fühlten sich genau deshalb als das Beste, was der Clan anzubieten hatte. Die Arbeit der Genetiker bestand darin, jede neue Generation von Wahrgeborenen noch besser als die vorhergehende zu machen.

Viele der Experimente unterstanden Etienne Balzacs Aufsicht und wurden selbst vor Peri geheimgehalten. Sie hatte den Charakter einiger davon entschlüsselt, aber andere blieben rätselhaft. Sie blieb mitten im Raum stehen und ließ den Blick schweifen.

*Selbst die Unterlagen der geheimen Forschungen werden mir vorenthalten. Das ist nicht korrekt. Ich sollte mich beschweren, aber Etienne Balzac würde dafür sorgen, daß es ohne Ergebnis bleibt. Wenigstens habe ich als Chefwissenschaftlerin das Recht, alle Labors und Lagerräume zu betreten.*

Sie trat an das Regal, in dem der Behälter lag, den sie regelmäßig hier besuchte. Er war noch versiegelt, und es gab kein Anzeichen dafür, daß er jemals geöffnet worden war.

Auf der Seite des Zylinders prangte eine Reihe von Klassifikationsnummern, deren Kodierung Peri bestens vertraut war. Als sie diese spezielle Information zum erstenmal entschlüsselt hatte, war ihr ein erschrecktes Keuchen entfahren. Das in diesem Behälter eingelagerte genetische Material war eine Kopie der Erbinformationen Aidan Prydes.

Es hätte sie nicht schockieren dürfen. Sie wußte, daß Kopien dieser Art für Experimente benutzt wurden. Trotzdem war es ein gespenstisches Gefühl, einen Behälter mit einer Kopie von Aidans Genen in der Hand zu halten. Möglicherweise war gespenstisch auch das falsche Wort. Vielleicht paßte korrupt besser. Der Genfundus war heilig. Wenn Peri in ihrem Leben irgend etwas gelernt hatte, dann dieses.

Als Jadefalkin wußte sie, daß ein Öffnen dieses Zylinders eine derartige Entweihung gewesen wäre, daß sie sich nicht vorstellen konnte, es jemals zu tun. Aber die Wissenschaftlerin in ihr wußte gleichzeitig, daß sein Inhalt ganz gewöhnliches Erbmaterial war, das sich äußerlich in nichts vom Inhalt sämtlicher anderer Behälter unterschied.

Und doch. Wenn sie hierher kam und sich bewußt machte, daß etwas von Aidans Essenz sich in Greifweite befand, brachte das, so wie immer, die Erinnerung an ihre letzte gemeinsame Nacht zurück. Sie hatten einander in den Armen gelegen, als sie den Senkrechtstarter über die Wipfel des nahen Waldes hatten näherkommen hören. In jener Nacht waren Falknerin Joanna und der Tech Nomad gekommen, um Aidan aufzuspüren und zurück nach Ironhold zu holen, auf den Auftrag eines hochrangigen Falken-Offiziers hin. Erst später hatte Peri erfahren, daß er sich dort als Freigeborener ausgeben und mit einer Einheit freigeborener Kadetten trainieren sollte, um eine nie dagewesene zweite Chance zu bekommen, sich zum Krieger zu qualifizieren.

Mit Ausnahme dieser letzten Sekunden waren die Einzelheiten seines kurzen Aufenthalts auf Tokasha weitgehend verblaßt. *So geht es mit Erinnerungen. Sie lassen sich nicht in einen computerisierten Datenspeicher innerhalb des Gehirns laden, von wo man sie jederzeit abrufen kann. Als die kostbaren Augenblicke sich ereigneten, ahnte ich noch nicht, wie verzweifelt ich später versuchen würde, mich an sie zu erinnern.*

Den Behälter noch in den Händen, starrte Peri einen Augenblick lang in eine unbestimmte Ferne, versetzte sich zurück an einen anderen Ort, in eine andere Zeit. Dann legte sie den Zylinder hastig zurück und drehte sich um. Sie wünschte sich, nie wieder hierher zu kommen. Bei jedem Besuch nahm sie sich genau das vor, und in der Regel betrachtete sie es als reichlich morbiden Zug, daß es ihr nie gelang, den Vorsatz einzuhalten.

Sie verließ den Lagerraum und machte sich durch den Mittelgang auf den Weg zum Ausgang des Labors. Sie war sich Gashis heimlicher, aufmerksamer Blicke dabei nur zu bewußt. Ohne Zweifel wunderte die Tech sich über ihre regelmäßigen Besuche in dem verschlossenen Raum. Peri nickte ihr kurz zu, als sie an ihr vorbeikam, ohne sich darum zu kümmern, ob die Tech den Gruß erwiderte oder nicht.

# 18

**Forschungsstation Falkenhorst, Östliche Berge, Diana**
**Kerensky-Sternhaufen, Clan-Raum**

*13. April 3059*

Als Peri das Forschungslabor betrat, stand Sterncolonel Bren Roshak am Kopfende eines langen Tisches und rieb sich beiläufig mit dem Handrücken das rechte Auge. Das Labor befand sich in einer am Ende eines langen Tunnels ausgehobenen Höhle. Die Felswände waren geglättet und anschließend getäfelt worden, um das Gefühl eines normalen Raums zu vermitteln. Durch Schlitze in den Wänden fiel künstliches Sonnenlicht, das entsprechend der Arbeitszyklen stärker und schwächer wurde, so daß die hier Beschäftigten nicht das Zeitgefühl verloren. Hinter den ›Fenstern‹ waren winzige Landschaftsbilder plaziert, um die Höhlenwände zu verdecken.

Der Aufbau des Labors sollte den hier Arbeitenden das Gefühl geben, sich in einem Gebäude an der Oberfläche zu befinden. Auf Peri hatte es jedoch eine beunruhigende Wirkung, denn im Gegensatz zur tatsächlichen Planetenoberfläche war das Licht hier zu einheitlich und planmäßig. Vor kurzem hatte Roshak angeordnet, zusätzlich Außengerüche durch die Lüftungsschächte zu speisen. Als Peri an der Tür stehenblieb, bemerkte sie den Duft und verspürte die übliche Verärgerung über diese sinnlose Anstrengung. Der Raum besaß noch immer die Atmosphäre und den Geruch eines subplanetaren Labors, in das ein chemischer Hauch mechanischer und leicht unangenehmer Gerüche eingeleitet wurde.

Roshak sah auf und bemerkte Peri, aber die Wissenschaftler und Techs schienen sie nicht wahrzunehmen, so vertieft waren sie in die Geschehnisse auf der Oberfläche des Holotisches. Etwas abseits, aber ebenso aufmerksam auf den Tisch konzentriert, waren zwei Luft/Raumpiloten, die beiden einzigen im Falkenhorst. Ihre Namen waren Geoff und Gerri, und obwohl sie ursprünglich nicht für diese Rolle gezüchtet und ausgebildet worden waren, hatten sie dieselben Eigenarten wie die meisten Jagdpiloten. Eigentlich waren sie ehemalige MechKrieger, die wegen schwerer Verletzungen im Kampfeinsatz zum experimentellen Luft/Raumpilot-Programm des Clans versetzt worden waren. Dünne jadegrüne Linien um ihre Augen und auf ihrer Stirn verrieten die Neuralimplantate, die den beiden beim Meistern der Luft/Raumjäger-Steuersysteme helfen sollten. Aber ihnen fehlte der durch Genmanipulation für Clan-Piloten typische übergroße Kopf und ungewöhnlich kleine Körper.

Auf dem Tisch führten winzige leuchtende FlugMech-Hologramme ein Scheingefecht durch. Als Peri zu Roshak trat, der sie herangewinkt hatte, konnte sie das im Flüsterton geführte Gespräch der anderen mithören.

»Diese Mechs sind auf unzugänglichem Terrain einfach nicht beweglich genug. Das Gleichgewicht der Kreiselstabilisatoren ist viel zu leicht irritierbar«, erklärte einer der Konstrukteure am Kopf des Tisches.

»Genau das sage ich die ganze Zeit«, erwiderte ein anderer. »Wir sollten das Gyroskop anders montieren. Es ist viel zu verletzbar verglichen mit dem in einem OmniMech. Diese FLUMs sind zu leicht auszuschalten, selbst wenn sie im Gefecht im Vorteil sind. Es liegt an der Plazierung des Gyros.«

»Es *läßt* sich nirgends anders montieren, Stravag. An jeder anderen Position zerstört es die Gewichtsverteilung im Jägermodus und macht die Maschine praktisch unsteuerbar.«

»Wenn du mich noch einmal Stravag nennst, dann ...«

»Was dann?«

»Beherrschung«, unterbrach sie einer der Wissenschaftler. »Wir sind hier, um technische Schwierigkeiten zu lösen, nicht, um persönliche zu schaffen. Außerdem ist Sterncolonel Bren Roshak anwesend.«

»Aber er ...«

»Vergeßt es. Falls ihr es noch nicht bemerkt haben solltet: Wir sind dabei, dieses Scheingefecht zu verlieren.«

Als Peri näher an den Holotisch kam, sah sie die beiden FLUMs im BattleMech-Modus reglos im Zentrum des Schlachtfelds stehen. Sie waren ausgeschaltet. Die anderen FLUMs befanden sich auf dem hastigen Rückzug vor einem OmniMech, der hier als Hologramm ebenso übermächtig war wie im wirklichen Leben.

Roshak löste sich vom Tisch und trat zu Peri. Er hielt den Arm gebeugt, als erwarte er, daß jeden Augenblick ein Jagdfalke herabstoßen und sich auf seine Hand setzen würde. »Werden diese Freigeburts-Maschinen je irgendeinen Nutzen in einem echten Kampfeinsatz haben?« Vermutlich täuschte er wissenschaftliche Objektivität vor, um sie für die endlosen Schwierigkeiten mit den FlugMechs zu schelten.

»Sie haben durchaus das Potential, auf dem Schlachtfeld eine überlegene Rolle zu spielen. Deshalb habe ich das Projekt vorgeschlagen.«

»Aber wir können sie einfach nicht dazu bringen, zufriedenstellend zu arbeiten. Vielleicht solltest du über deinen Schatten springen und deine Vorgesetzten davon in Kenntnis setzen, daß dieses Experiment gescheitert ist. Beende die Forschungen und setz in deinen Bericht, daß unsere experimentellen FLUMs in einem echten Kampf eine Katastrophe wären.«

»Neg. Selbst mit allen Fehlfunktionen und sonstigen

Problemen haben wir die Effizienz der FlugMechs beträchtlich erhöht.«

»Ich bin mir nicht sicher, ob Effizienz das richtige Wort im Zusammenhang mit deinen Spielzeugmaschinchen ist.«

Peri ignorierte seinen Sarkasmus. »Ich bin noch nicht davon überzeugt, daß wir versagt haben. Ich gebe zu, daß die Leistungen der Maschinen bis jetzt unvorhersehbar waren. Aber darum geht es bei der Forschung, frapos? Wir finden heraus, was schiefgehen kann und wie es sich beheben läßt. Ich setze das Hauptquartier auf Ironhold von unseren Fortschritten in Kenntnis ...«

»Beziehungsweise dem Ausbleiben derselben.«

»Pos, dem Ausbleiben derselben.« Peri verschluckte die wütende Entgegnung, die ihr auf der Zunge lag. »Meine Befehle lauten, alle Phasen unserer Forschung hier weiterzuführen, nicht nur die Arbeit an den FLUMs.«

Roshak zog sie einen Schritt weiter von der Gruppe fort, die noch immer den trostlosen Hologrammkampf verfolgte. »Kannst du sicher sein, daß alle Berichte bis zu den höchsten Befehlsstellen gelangen?«

Peri sah ihn scharf an. »Haben Sie irgendeinen Grund, daran zu zweifeln?«

»Das hier ist nicht die erste Station, auf der ich zum Garnisonsdienst eingeteilt bin, und ich habe gelernt, daß jede Form von Bürokratie eine Organisation ist, deren Hauptziel darin besteht, die eigene Existenz zu rechtfertigen. Manche unserer, sagen wir, niederen Bürokraten sind nicht immer ehrenhaft bei der Weiterleitung wichtiger Informationen.«

»Ich bin überrascht, so etwas von Ihnen zu hören, Sterncolonel«, erwiderte Peri, aber sie wußte nur zu gut, daß er recht hatte.

»Wirklich?« gab er zurück. »Auf jeder Forschungsstation, der ich jemals zugeteilt war, schienen die Wissenschaftler ihre Anstrengungen immer in äußerste Geheimhaltung zu hüllen. Was sollte sie daran hindern, die Erfolgsberichte mancher Projekte zu beschönigen, um ihr Prestige zu erhöhen oder eine Versetzung zu anderen, unangenehmeren Arbeiten zu vermeiden? Die Wissenschaftler haben ohnehin schon zuviel Macht. Geheimhaltung gebiert Intrigen, und Intrigen gebären Politik. Und Politik gebiert Lügen.«

Peri mußte unwillkürlich an Etienne Balzac denken.

Roshak schien ihre Gedanken zu lesen. »Du weißt, daß ich recht habe, frapos?«

Es gefiel ihr nicht, wie er sie aus verkniffenen Augen ansah. Er erinnerte sie an ein mißtrauisches kleines Wiesel. »Neg. Das widerspricht dem Wesen der Clans.«

Roshak lachte jäh auf, ein kurzes, grunzendes Lachen. »Ich bin mir nicht sicher, ob es so etwas wie ein Wesen der Clans überhaupt noch gibt. Früher habe ich einmal daran geglaubt, aber seit Beginn der Invasion hat sich viel verändert. Vielleicht hat der Kontakt mit der Inneren Sphäre unsere Anführer korrumpiert.«

»Grenzt diese Unterhaltung nicht an Verrat?« zischte Peri, die kein Interesse daran hatte, in eine neue Intrige hineingezogen zu werden. Etienne Balzac hatte ihr vollauf gereicht.

»Da hättest du wohl recht, wenn sie gemeldet würde. Aber niemand kümmert sich doch um das Geplapper zweier vergessener Funktionäre.«

Sie sah hinüber zum Tisch, an dem die Wissenschaftler und Techs sich weiter kleinliche Anschuldigungen an den Kopf warfen. Das Scheingefecht war beendet. Die winzigen OmniMechs hatten einen deutlichen Sieg über die FlugMechs errungen.

Der Anblick traf sie aus mehr als einem Grund. Dieses Ergebnis versprach nichts Gutes für Sentanias Plan.

»Sie halten unsere Arbeit hier für nutzlos?« fragte sie Roshak fahrig.

»Möglicherweise. Mit Ausnahme der Wunder, die unsere Naturalisten geleistet haben, um die Jagdfähigkeiten unserer Jadefalken zu verbessern.«

»Und auch das ist ein umstrittenes Projekt. Immerhin gibt es Gegner von Experimenten am Jadefalken.«

»Kaum jemand weiß, was wir tun, aber ich finde, wir haben sie so perfekt wie möglich gemacht. Und sie jagen so viel besser als zuvor.«

*Er mit seiner Jagd.* »Haben Sie mich hierher bestellt, um zu spekulieren, oder gab es einen konkreten Grund?«

»Allerdings, Peri Watson«, erklärte er, und seine Stimme wurde gehässig. »Wenn du darauf bestehst, diese FlugMech-Forschung weiterzuführen, muß ich darauf bestehen, daß du einen echten Test dieser Freigeburtsgefährte organisierst, der ihren Wert ein für allemal feststellt. Wenn wir das Projekt zum Fehlschlag erklären, können wir wenigstens einige dieser Leute auf eine andere Station versetzen, wo sie sich über etwas Nützlicheres in die Haare geraten können und ich mir das Ganze nicht mehr anhören muß. Und wenn es ein Erfolg wird, könnte mir das Projekt vielleicht eine sinnvollere Aufgabe einbringen. Du kannst dafür sorgen, frapos?«

Peri sagte Roshak nichts von Sentanias Plan für die FLUMs, obwohl der auf seine Art genau die Art von Test war, die er bevorzugte. Aber sie war sich sicher, daß er, hätte sie ihm davon erzählt, alles verdorben hätte, denn er hätte bestimmt darauf bestanden, seine krummen Krallen hineinzustecken. Außerdem gab es jetzt schon zu viele Variablen. Obwohl Sentania auf ihre wie immer zuversichtliche Art davon überzeugt war, die Einzigartigkeit ihrer Strategie würde sich als entscheidendes Plus erweisen, war Peri sich keineswegs so sicher, daß die Nebelparder in das Netz stolpern würden, das Sentania für sie spann.

Roshaks Augen waren äußerst wäßrig.

»Wir müssen etwas an dem Licht hier drinnen tun«, erklärte er und wischte sich die Augen.

»Es ist exakt das künstliche Sonnenlicht, das Sie angeordnet haben, Sterncolonel.«

»Das weiß ich selbst«, erwiderte er ärgerlich. »Es braucht nur eine gewisse … Justierung. Um es natürlicher zu machen, Peri Watson.« Er drehte sich um, hielt aber noch einmal an und drehte sich um. »Und ich erwarte deinen Testvorschlag für die FLUMs.«

»Ich mache mich sofort an die Arbeit, Sterncolonel Bren Roshak.«

Er starrte sie durch einen Tränenschleier an, wahrscheinlich in dem Versuch, sich darüber klarzuwerden, ob sie sich über ihn lustig machte oder es ernst meinte. Dann drehte er auf dem Absatz um, marschierte hinüber zum Tisch und schaltete mit theatralischer Geste den Holoprojektor aus. Zwei Dutzend Mechs schienen sich von einer Sekunde zur nächsten in Luft aufzulösen. Die Geste brachte auch die plappernden Konstrukteure und Wissenschaftler zum Verstummen, und eine befremdende Stille legte sich über den großen, wie im Morgengrauen beleuchteten Raum.

# 19

**Forschungsstation Falkenhorst, Östliche Berge, Diana**
**Kerensky-Sternhaufen, Clan-Raum**

*13. April 3059*

Bevor sie zurück an die Oberfläche stieg, besuchte Peri noch kurz die Zentralhöhle der Anlage, die als Hangar für die gesamte größere Ausrüstung diente. In einer Ecke lagen lang ausgestreckt zwei vergessene, uralte BattleMechs, während die fünf FLUMs, die im Brennpunkt der jüngsten Experimente standen, den größten Teil des Platzes beanspruchten. In ihrer Nähe erhoben sich mehrere Haufen mit Ersatzteilen, die im Laufe der Jahre aus zerschossenen oder anderweitig ausgefallenen FlugMechs geborgen worden waren. Die Testmodelle wurden von Techs bearbeitet, die über den Rumpf der großen Kampfmaschinen krabbelten wie hungrige Insekten auf der Suche nach einer Mahlzeit. Ein Teil der FLUMs erinnerten selbst an übergroße Insekten, besonders diejenigen, die auf den alten Sternenbund-Mechs der Typen *Wespe* und *Hornisse* beruhten. Ihren Namen nach zu urteilen, mußten auch ihre Konstrukteure das gefunden haben.

Die FlugMechs funktionierten oft genug eine ganze Weile ausgezeichnet, aber gegen Ende des Tests ging in der Regel irgend etwas schief. Nicht notwendigerweise etwas von Bedeutung, nur eine unangenehme, störende kleine Fehlfunktion, die den Aufenthalt des FLUMs auf dem Schlachtfeld verlängerte, seine Manövrierfähigkeit beeinträchtigte oder ihn ganz einfach lächerlich wirken ließ. Kein Wunder, daß die FLUM-Entwickler allmählich gereizt waren.

Von der Höhlendecke ertönte ein Rumoren, und ein offener Liftkorb senkte sich nach unten. In seinem

Innern standen noch mehr Techs, deren Schicht wahrscheinlich begann. Auf der riesigen Aufzugsplattform wirkten auch diese Techs wie Insekten. Die Höhle wurde von zwei Aufzügen bedient. Beide konnten einen der FLUMs bis an die Oberfläche tragen. Das war in Ordnung so, denn die Bodenfläche dort oben reichte ohnehin nur für zwei FlugMechs. Es ließen sich nur zwei zur gleichen Zeit starten, und im Laufe der Übungen hatte sich gezeigt, daß es eine Weile brauchte, bis das nächste Paar einsatzbereit war.

Bevor sie den Hangar verließ, warf Peri noch einen Blick über die Schulter zu den beiden vergessenen BattleMechs hinüber. Irgendwann waren mehrere normale Mechs auf die Forschungsstation gebracht worden, aber sie benötigten zuviel Platz im subplanetaren Hangar, und an der Oberfläche war nicht genug flaches Gelände für sie verfügbar. Die Falken hatten versucht, sie am Fuß des Berges abzustellen, aber dort boten sie ein zu einladendes Ziel, und die Nebelparder hatten die meisten der Maschinen in einem Überfall erbeutet. Da die restlichen Mechs als zu wertvoll für dieses Risiko galten, hatten die Jadefalken-Kommandeure die wenigen verbliebenen Kampfkolosse von einem Landungsschiff abholen lassen. Sie hatte keine Ahnung, warum man diese beiden zurückgelassen hatte.

* * *

Sie trat aus dem Aufzug und atmete tief durch, als die Außenluft in den Ausgangstunnel strömte. Nach der hellen künstlichen Beleuchtung der Labors war sie froh, wieder in das natürlich schummrige Licht eines ganz gewöhnlichen Tags im Falkenhorst zu treten.

Als sie aus dem Tunnel kam, sah sie MechKrieger Stenis an seinem Lagerfeuer, wie er etwas in einem großen Eisenkessel anrührte. Stenis kochte häufig im

Freien. Angeblich förderte es den Geschmack. Was immer er diesmal zubereitete, es brodelte bereits, und der starke Wind trug ein verlockendes Aroma zu ihr herüber. Stenis winkte sie zu sich.

»Wie geht es meiner liebsten Chefwissenschaftlerin?« fragte er. Seine Stimme klang kratzig, alt. Er artikulierte die einzelnen Worte sauber, und wenn seine Stimme auch Kraft hatte, er konnte sie doch nicht jung klingen lassen.

»Ich bin die einzige Chefwissenschaftlerin, die du je kennengelernt hast und wahrscheinlich je kennenlernen wirst.«

»Stimmt. Aber du wärst auch mein Liebling, wenn du eine Banditin wärst, die mir die Finger von der Hand stehlen wollte.«

»Was für eine widerliche Vorstellung. Du bist verrückt.«

»Das ist wohl kaum eine Neuigkeit, oder? Jeder hier nennt mich verrückt.«

»Aber du kochst gut.«

»Das stimmt. Willst du mal probieren?«

Er hielt ihr einen Holzlöffel hin. Die Flüssigkeit darin war von häßlich gelber Farbe, und es lag etwas insektenartiges darin, aber Peri hatte gelernt, sich von solchen Äußerlichkeiten nicht abschrecken zu lassen, soweit es Stenis' Kochkünste betraf. Sie nahm den Löffel und steckte ihn vorsichtig in den Mund. Als sie ihn neigte, legte sich die Flüssigkeit wie Samt über ihre Zunge, und der Geschmack der festen Beilage war eine seltsame Mischung aus subtilen Gewürzen und dem Geschmack von Karnablättern. Sie ließ die Suppe die Kehle hinab rinnen und schloß genießerisch die Augen.

»Schmeckt es?« fragte Stenis.

»Es ist eßbar, würde ich sagen. Gerade so.«

»Du bist so schlimm wie Sentania Buhallin. Ihr seid

bereit, mich zu belügen, damit die aus euren Lügen geborenen Zweifel mich anspornen, noch besser zu werden.«

»Oh? Laß mich noch einen Löffel voll probieren. Vielleicht ist mir beim erstenmal etwas entgangen.«

»Nein. Leider. Ich speise niemanden, der meine Kunst nicht zu schätzen weiß.«

»Ich hätte wirklich gerne noch einen Löffel.«

»Dann bettle.«

»Na schön. Bitte, MechKrieger Stenis, Meister der Kochkunst. Ich möchte noch einmal probieren.«

»Gewährt, Bäuerin.«

Stenis sprach manchmal mit königlichem Gehabe. Das war Teil seiner Verrücktheit. Peri bemerkte, daß er ungewöhnlich müde wirkte. Sein faltiges Gesicht schien an mehreren Stellen eingefallen, und seine Haut war gelber als das Gebräu in seinem Kessel. Er schien immer ein wenig an Kraft zu verlieren, wenn Sentania Buhallin eine Weile fort war. Mit ihrer Rückkehr erholte auch er sich. Nach Peris Einschätzung brauchten die beiden einander, um sich gegenseitig zu ärgern.

Der zweite Löffel schmeckte noch besser als der erste, und der Geschmack hielt sich länger auf dem Gaumen. Sie kaute auf etwas und entschied, daß es sich definitiv um ein Insekt handelte, sicher aber keine Beerenameise. Nicht, daß es etwas ausmachte. Stenis, der seine Rezepte hütete wie ein Krieger seinen Mech, verriet niemals die Zutaten seiner Kreationen.

»Gibst du zu, daß es delikat war?« fragte er.

»Ich glaube schon, aber die Bergluft beeinflußt das Geschmacksvermögen.«

»Denkst du etwa, das würde ich bei meinen Gerichten nicht berücksichtigen?«

»Ich bin sicher, das tust du. Jedenfalls danke ich dir für die Erlaubnis zu probieren, MechKrieger Stenis. Kann ich im Gegenzug etwas für dich tun?«

»Ja. Bring mir die Leiche von Sentania Buhallin.«

»Ich weiß nicht einmal, wo sie steckt. Außerdem weißt du wohl, daß niemand sie umbringen kann, frapos?«

»Das ist leider nur zu wahr. Sie und ich müssen einen Rekord für das Überleben als Solahmas halten. Natürlich darf ich nur kochen, und für Solahmas gibt es auf dem Falkenhorst keine wirklichen militärischen Aufgaben.«

»Du würdest es vorziehen, irgendeine Truppe als Kanonenfutter in die Schlacht zu führen?«

Stenis hörte für einen Augenblick auf zu rühren. »Über nichts wäre ich stolzer als über eine Gelegenheit, für meinen Clan zu sterben. Ich würde jede Jadefalken-Pflicht mit Ehre erfüllen.«

»Das hört sich gut an, aber ich bin Wissenschaftlerin und vom Ehrenkodex der Krieger nicht beeindruckt.«

»Soweit ich gehört habe, warst du einmal eine Kriegerin.«

»*Fast* eine Kriegerin vielleicht, aber niemals wirklich.«

Stenis kniff die Augen zusammen. »Weißt du, was ich in dir sehe, in deiner überlegten, methodischen Art?«

»Neg. Was?«

»Eine Kriegerin, die darauf wartet, in Erscheinung zu treten. Eine Kämpferin, bereit, die Fäuste zu ballen. Eine Surat, die sich danach sehnt, einem Raubtier an den Hals zu springen.«

»Du fantasierst, Stenis. Kein Wunder, daß die Leute dich verrückt nennen.«

»Ich bin verrückt.«

»Und stolz darauf.«

»Und ob, Chefwissenschaftlerin Peri Watson. Noch etwas.«

»Ja?«

»Ich liebe dich.«

Die Dummheit dieser Aussage ließ sie herzhaft lachen. Stenis starrte sie an, als frage er sich, worüber sie lache.

»Ich habe gelogen«, korrigierte er. »Wer würde um eine Nichtsnutzin wie dich auch nur einen Stravag geben?«

Er kümmerte sich wieder um seinen Kessel. Aber als sie weiterging, machten seine letzten Worte Peri zu schaffen. Es gab ein altes Sprichwort, wonach im Scherz die Wahrheit ans Licht kam oder so ähnlich. Sie fragte sich, ob er vielleicht recht hatte. War sie schon so lange im Falkenhorst, daß ihr Dasein seinen Wert verloren hatte? War sie tatsächlich zu nichts nutze, gefangen in der sich nur selbst erhaltenden Bürokratie, die Bren Roshak beschrieben hatte?

Sie schauderte und ging weiter.

# 20

**Kommandostelle Galaxis Zeta, Halle des Jägers, Lutera, Diana**
**Kerensky-Sternhaufen, Clan-Raum**

*15. April 3059*

Russou Howell saß an seinem Schreibtisch. Sein Gesicht war gerötet, gleichermaßen von der Besprechung mit seinen Offizieren wie den beiden schnellen Bruhahas, die er gekippt hatte, sobald er wieder in seinem Büro war. Die noch immer über Hengsts Aufnahme in den Clan erbosten Offiziere hatten verlangt, er müsse trotz seines Treueeids zu den Nebelpardern hingerichtet werden, nachdem er von den Bäumen geschnitten wurde. Wie üblich, war Sterncolonel Logan der Sprecher für diesen ständig heftiger werdenden Streit gewesen.

Hengst war eine Freigeburt, hatten sie argumentiert, und der Schwur einer Freigeburt war verschwendete Atemluft. Howell hatte entgegnet, daß Hengsts glorreiche Taten während des Kreuzzugs allen Clans zur Ehre gereichten, und daß er zudem ein bloßer Vasall der Parder war, der durch die ihm jetzt zugefallenen Arbeiten jeden Tag aufs Neue gedemütigt wurde.

Diese Demütigung hatte Hengst zusammen mit den Leiden der Eidbruderschaftszeremonie gelehrt, wo sein Platz in der Nebelparder-Gesellschaft war, hatte Howell insistiert. Sterncolonel Logan hatte daraufhin verlangt zu erfahren, warum diese arrogante Freigeburt so bevorzugt wurde, und trotz aller Gegenargumente Russous hatten die anderen Parder-Kommandeure entschieden dagegen protestiert, auch nur noch eine Sekunde länger eine Freigeburt unter sich dulden zu müssen. Was er jetzt auch sagte, sie waren davon überzeugt, daß er die Nebelparder verspottet hatte. Das ließ sich nicht mehr gutmachen.

Howell hatte die Besprechung ganz plötzlich abgebrochen und war in sein Büro zurückgekehrt, ohne sich darum zu kümmern, was seine Offiziere davon hielten. Unterwegs war er an Hengst vorbeigekommen, der seine tägliche Runde drehte und Papiere und Mitteilungsausdrucke auf die verschiedenen Büros der Kommandostelle verteilte. Und er hatte sich entschieden, etwas Arbeitszeit mit seinem bevorzugten Begleiter zu verbringen, dem berauschenden Bruhaha.

Jetzt bereitete er sich, von mehreren Drinks entspannt und gestärkt, auf Hengsts Ankunft vor. Howell war überzeugt, den Willen des Freigeborenen gebrochen zu haben, aber trotzdem hatte Hengst noch immer etwas an sich, das ihn wütend machte. Er erinnerte sich an die erste Begegnung mit ihm, die inzwischen schon fast einen Monat zurücklag. Der Anblick einer Freigeburt mit dem Befehl über einen Trinärstern war unfaßbar gewesen. Wie konnten die Falken so etwas zulassen? Wie konnten sie dem Dreck des Universums gestatten, zu kämpfen und zu führen? Als er jetzt daran zurückdachte, wurde ihm klar, daß ihn das am härtesten getroffen hatte. Daß sie einer Freigeburt eine Kommandeursstelle übertragen hatten. Es widersprach allem, wofür die Clans standen: die saubere Durchorganisation der Gesellschaft, mit den Kriegern an ihrem Apex. Ein Krieger hatte der Beste der Besten zu sein, genetisch für das Kriegshandwerk gezüchtet.

Howell schnaubte verächtlich und sah sich in seinem Büro um, während er sich mit den Ellbogen schwer auf den Schreibtisch stützte. Er war ein Wahrgeborener, genmanipuliert wie die Besten, aber welche Schlachten focht er heute aus? Seine einzigen Kämpfe trug er gegen Berge von Papier aus, die von seinen Vorgesetzten angeordneten zusätzlichen Inspektionen von Fabriken, Bergwerken und Geschkos und die kleinlichen Einwände seiner Offiziere.

Die Einsicht ließ ihn schaudern, und er spielte mit dem Gedanken, sich noch einen Bruhaha zu genehmigen, der seine momentane angenehme Entspannung wahrscheinlich in ein alkoholisches Koma verwandeln würde. Hengsts Ankunft ersparte ihm die Entscheidung.

Wie üblich klopfte Hengst an die Tür und wartete auf Howells Erlaubnis einzutreten. Als er ins Zimmer kam, stellte der Nebelparder fest, daß Hengst trotz der jüngsten Strapazen gut in Form schien. Seine Prellungen waren schnell verblaßt, und ihn umgab die für ihn typische Aura der Gelassenheit, die Howell regelmäßig bis zur Weißglut reizte.

»Sie wünschen, Galaxiscommander?« fragte Hengst.

Seine Stimme war gedrückt, aber nicht unterwürfig. Russou konnte in Hengsts stählernem Blick erkennen, daß dieser Mann sich ewig widersetzen würde, welcher Erniedrigung er auch ausgesetzt war. Er fühlte die vertraute Mischung aus Bewunderung und Wut, die Hengst jedesmal in ihm auslöste.

Er fühlte, wie seine Lippen sich zu dem anspannten, was bei ihm dieser Tage als Lächeln durchging. »Ich habe dir einmal eine bessere Unterkunft versprochen. Auf dem Stockwerk über uns stehen zwei Räume leer. Du darfst dort einziehen.«

Hengst zögerte. »Ich würde es vorziehen, im Kerkerzentrum bei meinem Trinärstern zu bleiben, Galaxiscommander. Ich habe dort eine bequeme Nische.«

Obwohl er verärgert war, entschied sich Howell, das nicht zu zeigen. Wie beim Gespräch mit einem kleinen Kind, dem ein und dieselbe Lektion immer wieder erteilt werden mußte, erklärte er: »Es ist nicht mehr dein Trinärstern. Du bist jetzt Nebelparder, wie du im Wald geschworen hast. Du darfst nicht bei den Jadefalken bleiben, nicht einmal in Gedanken. Du mußt von ihnen getrennt sein. Die Mitglieder deines Trinärsterns sind nicht gut genug, Nebelparder zu werden. Du solltest das erkennen.« Howell sah die Wut in den Augen seines Gegenübers und spürte Genugtuung. Er kehrte zum Befehlston zurück. »Es ist notwendig, daß du in die Kommandostelle umziehst, und ich fordere dich dazu auf, frapos?«

Scheinbar mühsam murmelte Hengst: »Pos.« Dann fügte er hinzu: »Aber ich frage mich, ob das Ihre Offiziere nicht nur noch wütender machen wird. Wenn Sie einem Freigeborenen gestatten, in der Halle des Jägers zu wohnen?«

»Das ist mein Vorrecht.«

»Ich habe gehört, wie einige Ihrer Offiziere Ihre ...« Er verstummte und schien es sich anders zu überlegen.

Howell setzte sich auf. Seine Augen wurden zu Schlitzen. »Meine was?«

»Ich habe sie sagen hören, Sie würden zwar vorbildhafte Arbeit bei der Ausbildung der Truppen und der Überwachung der neuen Produktionspläne leisten ...« Hengst machte eine kurze Pause. »Aber Ihr unberechenbares Verhalten auf anderem Gebiet bietet Anlaß zur Sorge.«

Howell schlug mit der Faust auf den Schreibtisch. »Ich bin der kommandierende Offizier dieses Planeten. Ich werde tun, was mir paßt. Du wirst mit Beendigung dieses Treffens in dein neues Quartier einziehen.« Er starrte Hengst zornig an und forderte ihn zum Widerspruch heraus.

Als keiner kam, ließ sich Howell nach hinten in die Polster seines Sessels sinken und entschied, daß er sich einen weiteren Bruhaha verdient hatte.

* * *

Hengst mußte gegen den Drang ankämpfen, durch das Zimmer zu stürmen und Howell den selbstgefälligen Ausdruck aus dem Gesicht zu prügeln. Es gab Augenblicke, da war ihm, als müsse er unter dem Druck dieser Scharade explodieren. Sentania hatte ihn überredet, daß es notwendig war und nicht länger als nötig aufrechterhalten werden mußte, aber jedes kriecherische Wort, das er Russou Howell gegenüber äußerte, drohte ihm die Kehle zuzuschnüren.

Howell befahl Hengst, ihm einen Drink zu mixen.

Als er das leere Glas von Howells Schreibtisch nahm und zum Barschrank ging, fragte Hengst sich, was seine Krieger davon halten mochten, wenn sie hörten, daß er in die Befehlsstelle der Parder verlegt wurde. Sentania hatte darauf bestanden, daß sie nichts von dem Plan erfahren durften, nicht wissen sollten, daß er seine Kapitulation nur vortäuschte.

»Sie würden es nicht verstehen«, hatte sie gesagt. »Sie haben keine Erfahrung auf dem Gebiet der Strategie und Taktik. Sie wissen nur, daß ein Krieger vorprescht und um sich schlägt.«

»Sie werden mich für einen Verräter halten.«

»Kann sein.«

»Das wird schwierig für mich werden.«

»Natürlich wird es das. Aber es wird auch deinen Charakter stärken.«

Sentania hatte eine Gabe, Hengst mit ihren Kommentaren zu ärgern. Aber im Augenblick war sie seine größte Hoffnung, und selbst er, obwohl auch ein Krieger, sah ein, daß Strategie und Taktik eindeutig besser waren, als während eines Sturms mit dicken Tauen gefesselt zwischen zwei Bäumen aufgehängt zu sein.

Also mixte Hengst einen Bruhaha und brachte das Glas hinüber zu Howell. Auf dessen Gesicht lag der benebelte Ausdruck, den der Alkohol jedesmal mit sich brachte. Vermutlich stand Hengst wieder einmal ein langer, fahriger Monolog bevor.

»Du wirst dich daran gewöhnen, Hengst. Es ist vielleicht nicht das Leben eines Kriegers, aber über allem steht die Pflicht. Wenn du das erst einmal begriffen hast, ist es leicht, ein Nebelparder zu sein. Hast du über den Parder meditiert, der aus dem Berg gehauen ist?«

»Schon oft.« Hengst stellte das Glas ab und zog sich wie üblich mehrere Schritte zurück, um auf weitere Befehle zu warten.

Howells Stimme war voller Leidenschaft. »In seiner Wildheit, seiner Bereitschaft, seiner Fähigkeit, ohne Warnung anzugreifen, stellt der Nebelparder das Ziel aller unserer Krieger dar, wie es ein Clan-Totem auch tun sollte. Es ist die höchste Ehre, ein Mitglied der Nebelparder zu sein, und die ultimative Erfüllung, ein Nebelparder-Krieger zu sein.« Seine Miene verdüsterte sich kurz. »Um dem Clan zu dienen, das Wesen des Clans voranzubringen, das ist der Grund, aus dem wir hier sind.«

Hengst beobachtete, wie Howells Gesicht einfiel und er sich in einen inneren Raum zurückzuziehen schien. Dann schüttelte der Nebelparder sich und drehte sich mit jener gönnerhaften Miene zu Hengst um, die dieser so haßte.

»Aber jetzt komm, Hengst, mich verlangt es nach Unterhaltung. Es ist viele Monate her, seit ich im Kampf gestanden habe. Vielleicht kannst du mir mit Geschichten von Tapferkeit und Krieg die Zeit vertreiben helfen. Wir haben alle Erzählungen über den Helden der Falkengarde, Aidan Pryde, gehört, und ich weiß, daß du an seiner Seite gekämpft hast. Ich möchte von dir etwas über ihn hören, immerhin aus erster Hand.«

Während Howell erwartungsvoll lauschte, kam Hengst der Gedanke, daß er hier vor der ersten echten Prüfung von Sentanias Plan stand. *Ich bin kein Schoßhund, der zu seiner Unterhaltung Kunststückchen vorführt. Und ich werde die Taten eines der feinsten aller*

*Jadefalken nicht zu einem Zeitvertreib für diesen besoffenen Rüpel herabwürdigen.*

Aber in seinen Gedanken konnte er Sentania hören, die ihn anfeuerte. *Spiel deine Rolle, Hengst. Gib dem Publikum, wonach es verlangt. Das ist die Essenz des Schauspielers, des Täuschers. Tu es.*

Dann kam ihm plötzlich ein Gedanke. *Ich brauche nicht die Wahrheit zu erzählen. Wenn ich schon eine Rolle spiele, warum sollte ich dann nicht sagen, was mir beliebt? Ich kann über Aidan Pryde erzählen, was immer ich will.*

»Hengst, ich habe dir einen Befehl erteilt.«

»Natürlich, Galaxiscommander.« *Was für ein guter Diener.* »Ich habe nur meine Gedanken geordnet. Es gibt so viele Geschichten zu erzählen.«

»Sei spontan. Trage mich von hier fort. Bringe mich zurück zum beißenden Geruch der Mechkühlmittel, zum stechenden Dunst des Kampfes. Wir wollen uns an die Tage erinnern, als unsere Kehlen rauh waren vom Kampfgebrüll.« Howell schloß die Augen.

Hengst unterdrückte den Impuls, ihn zu prügeln, bis er wieder nüchtern war, und setzte sich statt dessen an den Schreibtisch. »Wie Sie wünschen, Galaxiscommander. Es war einmal ...«

# 21

**Kommandostelle Galaxis Zeta, Halle des Jägers, Lutera, Diana**
**Kerensky-Sternhaufen, Clan-Raum**

22. *April 3059*

*Diese Parder bevorzugten wirklich spartanische Einfachheit,* dachte Hengst. *Nicht, daß die Jadefalken sonderlichen Wert auf Pomp legen würden. Ganz und gar nicht. Aber immerhin ist das hier, wie haben sie es noch einmal genannt? – der Große Versammlungssaal der Halle des Jägers, der Ort auf Diana, an dem die wichtigsten Entscheidungen gefällt werden. Und die ganze Einrichtung besteht aus der kleinen, niedrigen Bühne und diesen harten Holzstühlen. Jedenfalls sind alle hart bis auf den Howells. Aber das ist keine Überraschung. Er benimmt sich von Tag zu Tag mehr wie ein Monarch. Er darf auf dem hochlehnigen Polsterstuhl sitzen. Thron trifft es eigentlich eher. Ich frage mich, wo er den herhat? Und hier sitze ich, auf einem Hocker neben dem Thron. Der Hofnarr. Die Erniedrigungen nehmen kein Ende. Ich wette, die Hälfte der Zeit weiß er gar nicht mehr, daß er es macht.*

Ich hasse es, hier zu sitzen, hasse es, zu ihm aufsehen zu müssen. Ich kann sein verdammtes Ohrenschmalz sehen, um Kerenskys Willen. Ich würde es ihm ja sagen, aber wahrscheinlich müßte ich es dann rausholen.

Howell hatte die Versammlung gerade zur Ordnung gerufen. Seine Krieger ließen sich Zeit damit, den Befehl zu befolgen, wanderten umher und machten mürrische Gesichter. Howell mußte aufstehen und sie anbrüllen, sich hinzusetzen. Und selbst dann herrschte noch einiges an murrender Unruhe in der Versammlung.

*Irgend etwas stimmt hier nicht. Das sind nicht die legen-*

*dären Nebelparder. Was immer ein Parder sonst auch sein mag, er ist allermindestens gehorsam und respektvoll. Grob, ja. Grausam, ja. Aber im Grunde sind sie disziplinierte Krieger, die alle Regeln befolgen und Traditionen achten. Nicht respektlos und aufmüpfig wie diese Krieger hier. Howell hat sie nicht mehr im Griff. Und er weiß es. Ich kann es in seinen Augen lesen. Er sucht nach einem Weg, die Kontrolle zurückzugewinnen. Er sollte sie packen, ihnen Respekt einflößen. Aber er sitzt nur da und schaut grimmig. Das ist sein Hauptproblem: Er bekommt den Arsch nicht hoch. Er sitzt in seinem Quartier und besäuft sich mit Bruhahas, sitzt auf seinem Thron und läßt sich von seinen Kommandeuren beschimpfen.*

Howell saß auf seinem Platz und starrte die Versammlung der Krieger wortlos an. Möglicherweise erzeugte er damit ein gewisses Unbehagen, denn der Lärm, den sie machten, legte sich allmählich. Selbst als der Raum schließlich still war, starrte er sie eine Weile weiter wütend an, dann erklärte er mit kontrollierter, aber lauter Stimme: »Versammelte Krieger, wir werden hier und jetzt auf jede Zeremonie verzichten. Ich weiß, euch liegt viel auf dem Herzen. Aus diesem Grund habe ich diese Versammlung einberufen. Ihr sollt frei sprechen können. Ich will eure Beschwerden offen vorgetragen hören.«

Zunächst brach ein Chaos aus, als Dutzende von Stimmen durcheinanderbrüllten. Howell setzte sich wieder auf seinen Polstersessel und sah zu. Seine Hände ballten und entspannten sich.

*Dieses Fäuste-Ballen. Das ist ein Tick, der nur auftritt, wenn er erregt ist. Manchmal ist es das einzige Anzeichen für seine Erregung. Hör dir das an, ich denke sogar schon wie ein Dienstbote, der die Gewohnheiten seines Herrn beobachtet und festhält. Ich muß das erst knapp eine Woche mitmachen, aber ich weiß nicht, wie lange ich diese Tarnung noch durchhalten kann. Wo immer du auch stecken magst,*

*Sentania, komm in die Gänge. Und wo steckst du? Was, wenn es ihr in Wahrheit nur darum geht, mich zum Narren zu halten? Was, wenn sie nie vorhatte, zurückzukommen, und mich hier hängenläßt, damit ich in meiner Selbstverachtung verrotte?*

Howell hob die Hand. Die murrenden Stimmen legten sich. Dann trat, von den anderen gedrängt, Sterncolonel Logan nach vorne.

»Bei allem gebotenen Respekt, Galaxiscommander, aber wir können mit dieser Versammlung nicht fortfahren, können nicht offen sprechen, wie du es befiehlst. Nicht, solange diese Freigeburt anwesend ist.«

Er zeigte auf Hengst, der von seinem Hocker aufsprang und eine drohende Haltung annahm. »Wenn du etwas zu sagen hast«, brüllte er wütend, »dann sag es mir ins Gesicht, du Savashri!«

Logan stürmte auf die Bühne zu, und Hengst ging ihm ein paar Schritte entgegen, bereit, ihn mit einem Fausthieb zu empfangen. Howell packte Hengsts Arm und hielt ihn zurück, während andere Krieger dasselbe mit Logan taten. Anscheinend war innerhalb der Kriegerversammlung kein Zweikampf gestattet.

Howell stand vor seinem Platz und erklärte in bestem Befehlston: »Du vergißt, daß Hengst jetzt ein Nebelparder ist. Er hat in deiner Anwesenheit den Eid geleistet.«

»Das mag sein«, rief Logan. »Aber er ist kein Krieger und er *ist* eine Freigeburt. Wir wollen nicht, daß er eine Versammlung wahrgeborener Krieger entehrt.«

»Ich habe seine Anwesenheit hier befohlen, wenn auch nur in einer rein dienenden Funktion. Zweifelst du meine Entscheidung an, Logan?«

»Bei allem Respekt, das tue ich.«

»Dann mußt du mich herausfordern. Das tust du, frapos?«

»Pos.«

»Dann laß es uns im Kreis der Gleichen entscheiden. Welchen Kampfmodus wählst du?«

Als Logan zu seiner Entgegnung ansetzte, unterbrach Hengst das Geschehen mit einem Jadefalken-Kriegsschrei. Es war ein Schrei, den er in der Kadettenausbildung gelernt hatte. Er sollte den Klang eines herabstoßenden Jadefalken imitieren, soweit die menschliche Stimme dazu in der Lage war. Der Schrei begann mit einem schrillen Kreischen, das immer heller wurde und in einer Abfolge aus fünf Heultönen abbrach, denen ein tiefer werdendes Kreischen folgte. Er stieß ihn aus, so laut er konnte. Der Schrei brachte die Krieger zum Verstummen und ließ Logan ihn mit offenem Mund anstarren.

Als Hengst den Schrei beendete, stellte er erstaunt fest, wie gut er ihm getan hatte. Er hatte seit seiner Kadettenzeit außerhalb der Schlacht keinen Falkenschrei mehr ausgestoßen. Damals hatte es ein Übermaß an Freude zum Ausdruck gebracht, wie er es gelegentlich beim Sieg über einen Gegner empfunden hatte.

Hengst drehte sich zu Howell um und wandte Logan den Rücken zu. »Ich bin derjenige, der hier beleidigt wurde, Galaxiscommander. Ich ersuche respektvoll um die Erlaubnis, diesen Surat im Kreis der Gleichen zu zerquetschen. Ich halte das für mein Recht.«

Einige der Krieger brachen in dröhnendes Gelächter aus, während andere wütend losbrüllten. »Du kommst nicht einmal in den Kreis der Gleichen«, rief ein Krieger, und eine Kriegerin rief: »Freigeburten haben im Kreis der Gleichen nichts zu suchen!«

»Freigeburt!« schrie ein dritter. »Du bist vielleicht ein Nebelparder, aber du bist kein Krieger.«

»Ich habe in meinem Leben mehr Schlachten gewonnen, als du im Traum erlebt hast, du Welpe.« Viele der Krieger protestierten, aber Howell hob die Hand. Dann gab er Hengst ein Zeichen, weiterzusprechen. Hengst kannte ihn inzwischen gut genug, um zu sehen, wie sehr ihm die Unruhe gefiel, die er provoziert hatte. »Unter euch bin ich kein Krieger, das stimmt, aber ich bin bereit, gegen alle Krieger in diesem Raum im Kreis anzutreten, einen nach dem anderen, wenn ihr das wollt. Ihr seid allesamt Greise und Versager, die hierher auf den Schrotthaufen geworfen worden sind, damit sie keinen Schaden mehr anrichten können, weitab von den echten Kämpfen eines Kriegerlebens!«

Die komplette Versammlung der Krieger schien wie ein Mann auf Hengst einstürmen zu wollen, aber wieder hielt Howell sie auf.

»Galaxiscommander, ich bitte um die Erlaubnis, in einem Ehrenduell gegen diesen Krieger antreten zu dürfen«, fuhr Hengst fort und deutete wütend auf Logan. »Anschließend bin ich bereit, gegen jeden anderen zu kämpfen, der sich mit dem Können eines freigeborenen Kriegers messen will!«

Es kostete Howell eine volle Minute, die Versammlung ruhig zu bekommen und seine Krieger daran zu hindern, Hengst auf der Stelle umzubringen.

»Hengst«, stellte er dann mit königlichem Ton fest. »Du hast recht, wenn du meinst, in diesem Disput die beleidigte Partei zu sein. Aber meine Krieger haben ihrerseits recht, wenn sie sich weigern, gegen dich zu kämpfen, da du weder ein Parder-Krieger noch ein Mitglied der Kriegerkaste bist. Als Gefangener, und ganz besonders als freigeborener Gefangener wäre es unehrenhaft, dich einen Kreis der Gleichen betreten zu lassen. Um es einfach auszudrücken, du bist nicht gleich.« Howell sah sich im Saal um. Auf den Gesichtern der Nebelparder stand Zufriedenheit und eine für Hengsts Geschmack übertriebene Selbstgefälligkeit. »Es gibt jedoch eine andere Sitte, die sich auf diese Situation anwenden läßt, wenn alle Beteiligten bereit sind, eine unorthodoxe Vorgehensweise zu akzeptieren. Ein Khan hat das Recht und Privileg, einen Krieger zu bestimmen, der für ihn im Kreis antritt. Es ist eine Sitte, die auch der höchstrangige Offizier einer großen Militäreinheit gelegentlich in Anspruch nehmen kann. Sterncolonel Logan hat mich zuerst herausgefordert, ein Akt schierer Waghalsigkeit einem kommandierenden Offizier gegenüber. Aber der Kreis der Gleichen wurde speziell dazu geschaffen, in ungewöhnlichen Situationen Ordnung und Harmonie herzustellen.«

Jetzt waren die Krieger verwirrt. Manche murmelten untereinander, andere riefen Hengst Beleidigungen zu.

»Ihr alle erkennt mein Befehlsrecht an, frapos?« fragte Howell. »Dieses Recht beinhaltet das Privileg, Einzelpersonen mit einer bestimmten Aufgabe zu betrauen und ihnen den dafür notwendigen Rang zuzuerkennen.«

»Was versuchst du zu sagen, Galaxiscommander?« rief Logan, dessen Gesicht vor Zorn krebsrot angelaufen war.

»In früheren Zeiten nannte man es, einen Champion ernennen. Bei dieser Gelegenheit wähle ich einen Champion. Hengst, ich verleihe dir den zeitweiligen Rang eines MechKriegers. Welchen Rang du auch bei den Jadefalken gehabt hast, dies ist mehr, als du als Nebelparder und Freigeburt verdienst. Nimmst du die Rolle des Champions an, MechKrieger Hengst?«

»Aye, Galaxiscommander«, knurrte Hengst.

»Hör gut zu: Ich werde dir den Rang des MechKriegers wieder nehmen, nachdem du den Kreis der Gleichen verläßt, aber solange du ihn besitzt, hast du mit ihm die Pflicht und das Privileg, Sterncolonel Logan in meinem Namen zu besiegen.«

»Ich brenne darauf.«

»Selbst wenn wir diese Logik anerkennen«, rief Logan. »Wie kann ich im ehrenhaften Rund eines Kreises der Gleichen gegen eine *Freigeburt* kämpfen? Es ist erniedrigend, beleidigend. Und es hat keinerlei Bedeutung. Der Kreis der Gleichen ist ein *Ehren*duell.«

»Du hast wohl Angst vor mir?« höhnte Hengst.

Logan sprang auf die Bühne und packte Hengst am Hals, bevor der reagieren konnte. Dann drückte er zu. Ein paar Sekunden konnte Hengst nicht mehr atmen, aber langsam und gekonnt löste er Logans Würgegriff und zwang die Arme des Mannes weit auseinander, während er ihm einen Kopfstoß versetzte. Logan stolperte rückwärts von der Bühne, in die Arme eines anderen Kriegers.

»Das ist erst der erste Schlag unseres Kampfes«, brüllte Hengst. »Ich werde ohne Mechs gegen dich antreten, und ohne Waffen. Bis zum Tod, du Surat!«

Bevor Logan wieder angreifen konnte, trat Russou Howell zwischen die Streithähne.

»Genug. Ich bin bereit, diesen unorthodoxen Kreis der Gleichen zu veranstalten, weil wir alle jedes sinnvolle Training brauchen, das wir bekommen können. Darum geht es. Es ist keine Frage des Ranges, noch ist es im Grunde eine Frage der genetischen Herkunft Hengsts. In diesem Fall spielt es keine Rolle, ob der Kreis der Gleichen sanktioniert ist oder nicht. Der Kampf an sich ist notwendig. Vergeßt nicht: Hengst ist ein Krieger, der sich vor allen Clans Ehre erwarb, und nun können wir diesem Helden zeigen, woraus Nebelparder gemacht sind. Ob wir in der Tat des Namens Nebelparder würdig sind.«

Die Proteste klangen wieder auf, aber Howells Stimme ertönte, von seiner Erregung gestärkt, über dem Lärm.

»Seht euch an. Ihr werdet zum Mob! Das ist nicht das Wesen der Nebelparder. Wir sind der disziplinierteste aller Clans, der aggressivste, der hartnäckigste, frapos? FRAPOS?«

Die Stimmen wurden lauter, aber ihr Klang war ein anderer geworden. Es lag ein Gefühl der Erneuerung darin, ein Gefühl der Sinnhaftigkeit.

*Das steigert den Einsatz erheblich*, dachte Hengst. *Jetzt kämpfe ich nicht nur gegen einen hochtrainierten Gegner, Howell hat ihnen allen eine Mission gegeben. Was soll's, ich hab schon Schlimmeres mitgemacht. Und eine ordentliche Herausforderung wußte ich schon immer zu schätzen. Nicht nur das, es wird eine gute Übung sein. Damit hatte Howell recht.*

Russou Howell befahl allen, sich auf dem Paradeplatz am Genetischen Archiv zu versammeln. Die Nebelparder strömten aus dem Saal und schlugen sich bereits auf die Schultern und gratulierten einander dazu, was Logan mit Hengst machen würde.

Als Howell und Hengst allein waren, fragte der Freigeborene: »Warum?«

Der Nebelparder zuckte die Achseln. »Vielleicht ist es nur eine meiner Launen. Logan braucht eine Lektion, und ich möchte, daß er sie bekommt. Sie brauchen alle eine Lektion, und dieser Kreis der Gleichen wird die Ordnung unter meinen Truppen wiederherstellen, auch wenn es mich anwidert, daß eine Freigeburt dazu nötig ist, ihnen die fehlende Lektion zu erteilen. Wie es auch ausgeht, ich werde davon profitieren. Die Verteidiger Dianas werden vielleicht nie eine ernste Schlacht zu bestehen haben, aber unmöglich ist es nicht, und wenn es dazu kommt, könnte es uns unvorbereitet erwischen. Ich muß einen Weg finden, meine Krieger kampfbereit zu halten. So sehr du uns auch hassen magst, dein Ehrgefühl besiegt jeden Widerstand, den du dagegen verspüren könntest, für mich zu kämpfen.«

Hengst schüttelte entschieden den Kopf. »Ich kämpfe für mich selbst, Galaxiscommander.«

»Schön«, sagte Howell. »Auf jeden Fall werde ich

zufrieden sein, wie dieser Kreis der Gleichen auch endet. Gewinnst du, werden Logan und die anderen einsehen, daß ich recht damit habe, sie zu drillen. Gewinnt Logan, hat sich zwar nichts geändert, aber wenigstens haben wir Parder die Genugtuung zusehen zu können, wie ein Stück Freigeburtsabschaum seine Wertlosigkeit vorgeführt bekommt, und das kann der Kampfmoral nur zuträglich sein. Keine schlechte Entscheidung von meiner Seite, frapos?«

»Es ist widerlich.«

»Nun ja, aber es wird geschehen, frapos?«

»Pos. Ich brenne darauf, gegen Logan zu kämpfen. Ich brenne darauf, gegen wen auch immer zu kämpfen.«

»In deinen Worten steckt der Klang des Kriegers.«

»Mehr als nur der Klang«, antwortete Hengst. Dann drehte er sich um und ging zur Tür. Er war so sehr auf den Kampf versessen, daß er schon nach wenigen Schritten unwillkürlich zu laufen begann. Knapp hinter ihm rannte Russou Howell.

# 22

**Paradeplatz, Mons Szabo, Lutera, Diana**
**Kerensky-Sternhaufen, Clan-Raum**

*22. April 3059*

Als Hengst am Boden lag und zuerst zu dem aus der Bergwand geschnittenen Nebelparder aufsah, dann mit einer Kopfdrehung zur Pyramide des Genetischen Archivs, traf ihn der Gedanke, daß sich der größte Teil des Nebelparder-Lebens auf Diana um diese beiden Artefakte drehte. Zeremonien und Rituale, Mut und Ehre, Duelle und Schlachten: Alles fand im Schatten des Parders und der alles überragenden BattleMechstatuen statt.

Nach einem Glückstreffer, den Logan mit einem gemeinen Hieb in die Magengrube erzielt hatte, lag Hengst auf dem Rücken und rang nach Luft. Aus dieser Position hatte er Logan weggetreten, aber sein Gegner war schnell wieder auf die Beine gekommen und schlenderte jetzt geradezu herüber.

Hengst war gar nicht danach, aufzustehen oder sich überhaupt zu bewegen. Dieser Logan war ein harter Gegner. Er setzte jeden Teil seines Körpers gekonnt und effizient ein, Arme und Beine, Ellbogen und Knie, Tritte nach vorne und hinten, Kopfstöße, Faustschläge auf beide Schläfen zugleich, Unterarmhiebe, Ziehen an Nase und Ohren, Beißen, Spucken, Stoßen und Schieben, Sprünge und Rammangriffe. Hengst konnte jeden Schlag beantworten, auf jede Bewegung reagieren, aber als der Kampf sich ebenso lang hinzog wie ihre Schatten, erkannte er, daß er müde wurde.

*Es dürfte mich nicht überraschen, daß er so wild kämpft. Er ähnelt mir. Wir beide haben unsere Mission. Eine überwältigende Mission. Vielleicht hätte ich für diesen Kampf eine Waffe wählen sollen. Ich dachte, ein ungehemmtes Frei-*

*stilduell macht mehr Sinn, wenn beide Kontrahenten von ihrer Wut getrieben werden. Was, wenn ich mich geirrt habe?*

Noch als diese Zweifel durch seine Gedanken zogen, sprang Hengst bereits wieder auf, um Logans Angriff zu begegnen. Der Nebelparder kam in einem weiten Sprung auf ihn zu und ließ sich vom Schwung seiner Landung gleich wieder in die Lüfte tragen. Er flog geradewegs auf Hengst zu. Der duckte sich unter dem Angriff weg, drehte sich zur Seite und stieß die rechte Faust hoch in Logans Unterleib. Der Mann strampelte mit den Beinen, als er links von Hengst auf den Boden prallte. Stöhnend rollte Logan davon und drehte sich dreimal um die eigene Achse, bevor er in einer drohenden Hocke wieder auf die Füße kam, nur um feststellen zu müssen, daß Hengst ihm nicht nachsetzte, sondern regungslos etwa in der Mitte des Kreises stand.

Die Parder-Krieger, die sich um den Kreis drängten, schwankten zwischen Euphorie und Verzweiflung. Sie jubelten ihrem Kameraden zu, wann immer er die Oberhand zu gewinnen schien, aber ihre Stimmen versagten, sobald Hengst im Vorteil war. Dann brandeten sofort wieder laute Jubelrufe auf, wenn Logan an der Schwelle zum Sieg zu stehen schien.

Hengst sah sich im Kreis um. Der einzige schweigende Beobachter ein Stück abseits vom Rest war Russou Howell. Er hatte die Arme verschränkt, seine Haltung wirkte entspannt, und er schien mit dem Verlauf des Kampfes höchst zufrieden. Wie er selbst gesagt hatte, konnte er nicht verlieren, wie der Kreis der Gleichen auch ausging. Howell schien das Duell als reine Unterhaltung zu genießen.

Langsam erhob sich Logan aus der Hocke. Als er sich aufrichtete, zuckte er leicht zusammen. Kein Wunder. Er und Hengst hatten einander soviel Schmerzen zugefügt, daß beiden jede Bewegung weh tun mußte.

Logan hob eine Hand in Hengsts Richtung. »Das ist kein Kreis der *Gleichen*, solange du darin bist, Freigeburt, aber ich kann sehen, daß du in deinen besseren Tagen einmal ein würdiger Krieger gewesen sein magst. Wie es scheint, hat dein Alter dich nicht langsamer gemacht. Ich muß die Wahrheit sagen, so schwer es auch fällt. Und die Wahrheit ist: Du hast dich gut und tapfer geschlagen. Dieser Kampf kann nichts mehr erbringen. Du hast meinen Respekt gewonnen, aber meine Ehre kannst du mir nicht nehmen, weil du weder wahrgeboren noch ein Krieger bist. Hier können wir nichts mehr erreichen, weil dies kein wahrer Kreis der Gleichen ist. Laß uns unsere Differenzen beilegen und gemeinsam aus dem Kreis treten.«

Hengst spürte, daß es kein Trick war, daß Logan vielmehr meinte, was er sagte. Seine Muskeln schmerzten, er war benommen, und das Angebot eines Unentschiedens war verlockend. Er konnte über den Rand des Kreises der Gleichen treten, die Nebelparder-Krieger würden ihm den Weg freimachen, und er konnte in sein Quartier über Howells Büro zurückkehren, wo ein einigermaßen bequemes Bett auf ihn wartete, um in heilsamen Schlaf zu fallen. In diesem Augenblick, nahe der Mitte des Kreises stehend, konnte er fast die Träume von seinem Heimatdorf vor sich sehen, die ihn erwarteten.

Es war verlockend.

Er sah hinüber zu Howell, der andeutungsweise nickte. Hengst konnte hier und jetzt den Kreis der Gleichen verlassen.

Verlockend.

Aber unmöglich.

Er war Jadefalke und durfte nicht aufgeben. Sie konnten erklären, er sei ihnen nicht ebenbürtig und daher könne der Kampf in einem Kreis der Gleichen nichts beweisen, doch gewährte er weder Gnade in einem Kampf, noch erwartete er sie. Ganz besonders nicht von einem Nebelparder.

»Nein«, stellte er leise fest und spannte seine Muskeln. Er würde Logan nicht zuerst angreifen. Er würde auf dessen nächsten Zug warten.

Wieder setzte Logan seine phänomenalen Sprungmuskeln ein. Es war fast, als hätte er die Sprungdüsen eines Mechs um die Beine geschnallt. Der Sprung trug ihn hoch in die Luft, und seine Beine zuckten zum Tritt empor. Aber irgend etwas, Müdigkeit vielleicht oder eine Fehlberechnung, ließen den Tritt sein Ziel verfehlen. Hengst war dafür dankbar, denn durch seine eigene Müdigkeit wich er zu langsam seitlich aus. Ohne Logans Fehler hätte der Tritt ihm den Schädel gespalten. So aber zuckte Logans Bein knapp an Hengst vorbei, der schnell genug war, es in Oberschenkelhöhe zu packen und dem Nebelparder in der Luft eine halbe Drehung zu versetzen. Er ließ das Bein los, und Logan krachte mit dem Kopf voraus auf den Boden. Als sein Körper folgte, hob er kurz den Kopf, dann fiel er in Ohnmacht. Hengst trat zu ihm hinüber und versetzte ihm einen Tritt, um sicherzugehen, daß er die Bewußtlosigkeit nicht vortäuschte.

Als er sich umsah, war er von der ohnmächtigen Wut auf den meisten Parder-Gesichtern ringsum nicht überrascht. Aber sie waren auch stumm vor Schock und starrten nur auf ihren am Boden liegenden Kameraden.

Hengst wollte gerade seinen Sieg verkünden, als Logan aufwachte und instinktiv nach dem Bein seines Gegners langte. Aber sein Griff war schwach, und Hengst konnte sich befreien.

Logan erhob sich auf die Knie. »Ich bringe dich um, Freigeburtsabschaum«, murmelte er. Er sprang mit überraschender Beweglichkeit auf und stürmte auf Hengst zu. Der wurde von der Attacke überrascht, und

Logan konnte einige Schläge auf Gesicht und Körper plazieren.

Das ließ Hengst zum Berserker werden. Mit wütendem Brüllen blockte er Logans nächste Schläge ab und überschüttete den schon deutlich von Blutergüssen gezeichneten Kopf und Leib seines Gegenübers mit einem Hagel von Fausthieben.

Er packte Logan am Hals und drückte mit aller Kraft zu, die er noch besaß. Logans Arme wurden kraftlos, seine Augen schlossen sich.

Hengst gab ihn frei, kurz bevor Logan gestorben wäre. Der Mann stolperte einen Schritt weit, dann fiel er in Hengsts ausgebreitete Arme. Hengst hob den kraftlosen Körper seines Gegners auf die Schultern, starrte die Zuschauer an und stürmte plötzlich auf den Rand des Kreises zu. Zwei Krieger rannten ihm entgegen, aber er stieß sie beiseite, ohne sich bei seinem Sprint zum Genetischen Archiv großartig bremsen zu lassen.

Er versuchte zu berechnen, was nötig war, um sein Ziel zu erreichen. Immer schneller werdend, gar keine leichte Aufgabe mit Logan auf den Schultern, raste er auf den Sockel des Gebäudes zu.

Ohne langsamer zu werden, rannte er an der Seite der Pyramide empor. Mit jedem Schritt schien er neue Kraft zu gewinnen. Logan wurde immer leichter.

Sein wilder Sturmlauf trug ihn bis zur Hälfte die schräge Wand hinauf. Als er langsamer wurde, stellte er fest, daß kleine Stufen in den Stein eingelassen waren, die es ihm ermöglichten, das Gleichgewicht zu halten und noch etwas höher zu steigen.

Schließlich mußte er anhalten. Indem er seinen Körper drehte und Logans Gewicht auf den Schultern verlagerte, konnte er hinabsehen. Er war erstaunt, wie hoch er gekommen war. Die Krieger unter ihm wirkten winzig. Diejenigen von ihnen, die ihn mühsam die

Schräge hoch verfolgten, waren weit hinter ihm und würden noch eine ganze Weile brauchen, um ihn zu erreichen. Er entschied sich, nicht auf sie zu warten.

Er sah Russou Howell am Fuß der Pyramide zu ihm emporstarren. Die ganze Wut, die er über diesen Mann in sich aufgestaut hatte, flutete in ihm hoch. Er mußte ihm das Wesen des Jadefalken beweisen. Hengst hob den reglosen Körper Logans nahezu mühelos über den Kopf und schleuderte ihn nach unten. Der Wurf war so kräftig, daß Logan in einem Bogen durch die Luft segelte, bis er auf halber Höhe auf den Stein schlug und den Rest des Weges bis zum Boden rollte und hüpfte.

Die Hengst verfolgenden Krieger waren nicht in der Lage zu reagieren. Logans Körper traf mehrere von ihnen, und innerhalb kürzester Zeit rollte eine Lawine von Leibern die Pyramidenwand hinab. Unten angekommen erhoben sich die meisten der Krieger wieder, wobei sie sich den einen oder anderen zweifelsohne verletzten Teil ihrer Körper hielten. Alle standen auf, außer Logan, dessen Leib so unnatürlich verdreht war, daß Hengst selbst aus dieser Höhe auf den ersten Blick sah, daß er tot war.

# 23

**Paradeplatz, Mons Szabo, Lutera, Diana**
**Kerensky-Sternhaufen, Clan-Raum**

*22. April 3059*

Hengst stand breitbeinig auf der Pyramide. Es war eine arrogante, triumphierende Haltung, aber vor allem war es die einzige Möglichkeit für ihn, auf der steilen Schrägwand das Gleichgewicht zu halten. Seine Glieder drohten, ihm den Dienst zu versagen, in seinem Kopf drehte es sich, und er war sich nicht sicher, wie er den Weg die Wand hinab schaffen sollte, die er eben erst so energisch bezwungen hatte.

Für ihn verband sich im Sieg immer eine gewisse Trauer mit dem Gefühl des Jubels. Er hatte bewiesen, daß eine Freigeburt sich durchsetzen konnte, allerdings auf Kosten eines mutigen Lebens. Logan hatte gut gekämpft, und Hengst hätte ihn im Kreis der Gleichen am Boden zurücklassen können. Aber der Rachedurst in ihm war zu stark gewesen.

*Von der Herausforderung an war es ein Kampf um Leben oder Tod. Ich konnte Logans Angebot eines Unentschieden nicht annehmen. Ein Unentschieden ist eine Niederlage. Nur der Sieg bringt den Beweis. So ist das Wesen der Clans.*

Er war benommen, befürchtete, in Ohnmacht zu fallen. Er schloß einen Moment lang die Augen, bis der Schwächeanfall vorbei war.

Als er sie wieder öffnete, überraschte ihn, was er sah.

Russou Howell stieg mühsam die Schrägwand zu ihm herauf. Bis zu diesem Augenblick hatte Hengst sich nicht klargemacht, wie schwierig der Aufstieg gewesen war. Die Wand war steil, und ohne den Antrieb eines brennenden Haßgefühls, wie es Hengst angeregt hatte, war sie nur unter Schwierigkeiten zu bezwingen.

Hengst fragte sich, was Howell vorhatte. Vielleicht glaubte er, Hengst bestrafen zu können, indem er ihn von der Wand nach unten stieß. Aber statt dessen streckte er die Hand aus, als er nahe genug heran war.

»Du wirst für den Abstieg Hilfe brauchen«, meinte Howell.

Hengst nickte. Er war zu erschöpft, um zu reden. Dieser Russou schien von einem Augenblick zum anderen totale Kehrtwendungen zu vollziehen. Nach all den Foltern, die er für Hengst ersonnen hatte, wollte er ihm jetzt *helfen*?«

»Ich will meine Dankbarkeit beweisen«, sagte Howell.

Hengst riß die Augen auf. »Keine unter den Pardern sonderlich geschätzte Eigenschaft, frapos?« Aber er war zu schwach, um die Worte sarkastisch klingen zu lassen. Hengst erkannte, daß er Howells Hilfe brauchte. Seine Füße schienen an der Wand festgemauert. Er konnte seine Beine nicht nur nicht bewegen, er *wollte* sie auch nicht bewegen.

Er akzeptierte Howells Unterstützung, und die beiden stiegen langsam den Pyramidenhang hinunter. Howells Schritte waren sicher, Hengsts Schritte alles andere als das.

Der Nebelparder hatte keine Probleme, während des Weges zu reden. »Du hast meine Stellung hier erheblich verbessert, Hengst. Dafür bin ich dankbar. Logan entwickelte sich zum Unruhestifter. Er stellte jede meiner Bewegungen in Frage, und wer weiß, wohin das noch geführt hätte? Wir haben hier auf Diana heutzutage schon genug Arbeit, und ich brauche die Mithilfe meiner Offiziere, nicht ihren Widerstand. Außerdem entspricht es nicht dem Parder-

Wesen, wenn ein Offizier die Entscheidungen seines Vorgesetzten anzweifelt. Möglicherweise hätten meine eigenen Vorgesetzten mir vorgeworfen, seine Störungen zu dulden. Jetzt ist Logan tot, dank dir, und ich kann mich wieder darauf konzentrieren, meinen Truppen Disziplin beizubringen.«

»Es ist mir eine Ehre zu dienen, Galaxiscommander«, murmelte Hengst.

Howell sah zu ihm hinüber, und um seine Mundwinkel spielte ein Lächeln. »Und jetzt bist du wirklich einer von uns, Hengst. Heute hast du es bewiesen. Du hast nicht nur im Kreis der Gleichen mutig gekämpft, du hast uns auch gezeigt, wie sehr du bereits ein wahrer Nebelparder bist, indem du Logan von der Pyramide geworfen hast. Ein Jadefalke hätte seinen Feind innerhalb des Kreises erledigt, ihm vielleicht sogar die Kehle durchgeschnitten. Aber ein Nebelparder-Krieger unterstreicht das Töten mit bravouröser Geste. Ich bin über deine Fortschritte hoch befriedigt.«

Wieder verzichtete Hengst auf eine Antwort, aber Howells Selbstgefälligkeit über seine ›Fortschritte‹ ließ den Wunsch in ihm aufsteigen, dem Nebelparder Kommandeur ins Gesicht zu spucken.

»Über eines mußt du dir allerdings klar sein, Hengst. Im Kreis der Gleichen hast du verloren.«

»Verloren? Das verstehe ich nicht, Galaxiscommander.«

»Ganz eindeutig. Logan war vielleicht bewußtlos, als du ihn aus dem Kreis getragen hast, aber der Kampf war noch nicht für beendet erklärt worden, und du warst es, der den Kreis verließ, was deine Niederlage bedeutet. Ein Teilnehmer an einem Kreis der Gleichen darf diesen nicht vor dem eindeutigen Ende des Kampfes verlassen. Also hast du verloren. Wie es in der alten Redewendung heißt: Du hast die

Schlacht verloren, aber den Krieg gewonnen, etwas in der Art jedenfalls.«

»Bist du sicher, daß du ein Nebelparder bist, Galaxiscommander?« murmelte Hengst. »Du denkst wie ein Wolf.«

Howell lachte. Für Hengsts Ohren war es ein wenig zu laut, beinahe hysterisch. »Hengst, ich bin ein wahrer Nebelparder, aber ich habe mehr gesehen als die meisten anderen.«

Dessen war sich Hengst sicher. Und was es auch gewesen war, es hatte Howell den Verstand gekostet. Er hatte noch nie von einem Nebelparder, einem Jadefalken, einer Stahlviper, einem Wolf – oder irgendeinem anderen Mitglied aller siebzehn Clans gehört, das wie Russou Howell dachte oder handelte.

Als sie den Fuß der Wand erreichten, löste Howell sich von Hengst und befahl den wütenden Kriegern, sich wieder im Großen Saal zu versammeln. Hengst wollte in die entgegengesetzte Richtung, aber Howell rief ihm nach: »Hengst, ich habe dich noch nicht von deinen Pflichten entbunden. Du wirst ebenfalls teilnehmen.«

Im Saal wartete Howell geduldig auf der Bühne, während die Krieger hereinströmten. Ihre wütenden Gespräche füllten den Raum mit einem dumpfen Grollen, das sich überall sonst außer bei den Clans wahrscheinlich in offener Revolte entladen hätte. Er beugte sich hinüber zu Hengst, den er neben sich auf die Bühne geholt hatte, und flüsterte: »Siehst du die Wildheit, die Kraft ihres Zorns? Endlich treffen sie als Einheit zusammen. Ich wußte, daß ich einen Weg finden würde.«

Hengst verzichtete auf einen sarkastischen oder unterwürfigen Kommentar. Das Funkeln in Howells Augen kündete von dessen Erregung. Es schien, als sei der Mann von etwas Irrwitzigem in seinem Innern besessen und nehme die tatsächliche Realität um sich herum gar nicht wahr. Er schien sich jedenfalls nicht bewußt, daß seine Truppen kurz davor standen, ihn auf die Pyramide zu schleppen und in den Tod zu werfen.

Aber noch gehorchten sie ihm, und allmählich füllte sich der Raum. Viele der Parder verzichteten jedoch darauf, sich zu setzen. Sie blieben stehen, ein Zeichen von Ablehnung und fehlendem Respekt.

Wieder schien Howell nichts davon zu bemerken, als er zu reden ansetzte. »Krieger der Galaxis Zeta, Sterncolonel Logan starb nach mutigem Kampf. Er verteidigte, was er als die Ehre der Nebelparder sah, und ich werde dafür sorgen, daß der Kodax seines Erbgutes entsprechend erweitert wird, um die Bedeutung seines letzten Kampfes festzuhalten. Er hatte sich zwar nicht das Recht zur Aufnahme seines genetischen Erbes in unseren heiligen Genfundus erworben, aber ich werde persönlich dafür Sorge tragen, daß seine Asche in den Nährlösungen unserer Zuchtbottiche Verwendung findet. Und sein Gencode wird in unserem Genetischen Archiv eingelagert werden.«

*Ehrungen, das ja,* dachte Hengst. *Aber nur die, die jedem loyalen Krieger zustehen. Nur Feiglinge oder Verbrecher hätten weniger zu erwarten.*

Plötzlich erkannte er, was Howell tat. Der Galaxiscommander versuchte, seine Krieger zu beschwichtigen, indem er einen Krieger zu ehren vorgab, der durch den Tod von der Hand eines Freigeborenen aus einem anderen Clan beschämt worden war. Logan hätte keinerlei Ehrung zuteil werden dürfen, aber Howell manipulierte heilige Clan-Gebräuche zu seinem privaten Vorteil. Das Ganze war diabolisch, aber gleichzeitig beeindruckend clever.

Howell drehte sich zu Hengst um, und auf seinem

Gesicht stand der Ausdruck purer Begeisterung. Er hatte recht, Hengst hatte seinen Zwecken nicht weniger gedient als Logan, in einem Duell, das Howell vollendet arrangiert und manipuliert hatte. *Es steckt Methode in diesem Wahnsinn*, dachte Hengst, und erinnerte sich an eine Zeile aus Aidans geheimer Bibliothek.

»In unseren Reihen hat sich eine Lücke geöffnet. Sterncolonel Logans Position wird von Sterncaptain Arias übernommen, die seinen Rang zunächst provisorisch tragen wird, bis sie sich auf angemessene Weise dafür qualifiziert. MechKrieger Hengst, du hast uns heute bewiesen, daß du würdig bist, ein Nebelparder-Krieger genannt zu werden. Dein Sieg über einen großartigen Krieger heute wird als dein Positionstest für die Aufnahme in unsere Reihen fungieren. MechKrieger Hengst, du hast uns heute bemerkenswerterweise bewiesen, daß wir unsere Reihen selbst einem Freigeborenen öffnen können. Da der Nebelparderclan die alten Werte respektiert, ist er Veränderungen normalerweise abhold. Du bist von der Einstufung als Gefangener befreit, und nach einer Periode der Indoktrination und des Studiums wirst du die korrekte Zeremonie durchlaufen, an deren Ende dir ein BattleMech zugewiesen wird.«

Hengst war geschockt, aber die Parder, die diese unerhörte Erklärung mit anhörten, mußten glauben zu träumen. Hengst war klar, daß er vorerst in der Falle saß. Er mußte alles mitmachen, was dieses gemeine Stück Abschaum ihm befahl. Aber was war mit diesen Pardern los? Sie standen nur mit offenem Mund in der Gegend herum und starrten ihn an. Logan hätte sicher protestiert, aber er war aus dem Weg geräumt. Die ganze Versammlung hatte eben selbst gesehen, wie Hengst ihn von der Wand der Pyramide in den Tod geschleudert hatte.

Howell löste die Versammlung auf. Dann befahl er Hengst, ihn in sein Büro zu begleiten. Unterwegs sprach er kein Wort, bis sie das Zimmer betreten und er hinter seinem schwarzen Obsidianschreibtisch Platz genommen hatte. »Hengst, was ich sagte, war die Wahrheit. Ich kann dich hier gebrauchen.«

»Genau das geschieht in diesem Augenblick, frapos?«

Howells Blick verdunkelte sich kurz. »Schroff und sarkastisch wie immer. Selbst das kann ich benutzen. So wie ich es sehe, hast du keine Wahl, als das Unvermeidliche zu akzeptieren. Du bist jetzt Nebelparder. Schluß, aus. Es ist unwahrscheinlich, daß du es je weiter als bis zum MechKrieger bringen wirst, aber das wird dich nicht daran hindern, uns loyal zu dienen. Ich weiß nicht, ob wir auf Diana jemals eine ehrenvolle Schlacht erleben werden, aber ich kann jeden Krieger mit hoher Kampferfahrung gebrauchen.«

»Was ist mit meinem Trinärstern?« fragte Hengst. »Meinen BattleMechs?«

Howell ließ wieder sein seltsames Lachen ertönen. »Du bleibst stur, frapos? Begreif es endlich. Du hast keinen Trinärstern mehr. Du befehligst nichts. Deine Mechs werden zu Nebelparder-Mechs umgebaut. Du bist jetzt ein MechKrieger der Nebelparder, und ich bin überzeugt davon, daß dies die größte Ehre ist, die du in deinem Leben erreichen kannst. Sofern du nichts mehr hinzuzufügen hast, darfst du wegtreten, MechKrieger Hengst.«

Zum erstenmal in seinem Leben war Hengst sich nicht sicher, was er tun sollte. Er konnte Howell hier und jetzt umbringen. Es wäre ehrlos und seine letzte Handlung als Krieger gewesen, aber er war ernsthaft versucht, es trotzdem zu tun.

»Du darfst wegtreten«, sagte Russou Howell leise.

Hengst stand einen Augenblick lang stocksteif im

Raum, dann erinnerte er sich daran zu salutieren, obwohl er es für angebrachter gehalten hätte, Howell anzuspucken.

Howell erwiderte den Gruß, dann nickte er und lächelte. Das Lächeln wurde immer breiter, und als Hengst sich umgedreht hatte und zur Tür gegangen war, lachte der Galaxiscommander schallend.

# 24

**Kriegerviertel, Lutera, Diana**
**Kerensky-Sternhaufen, Clan-Raum**

*22. April 3059*

Hengst ließ den Kopf hängen, als er nach Howells jüngster Vorstellung in sein Quartier zurückkehrte. *Mech-Krieger. Nebelparder. Freigeburt,* dachte er trübe.

*Fürs erste hat Russou Howell gewonnen. Der Bastard hat gewonnen. Das ist die ultimative Erniedrigung. Ich habe körperliche Folter herausgefordert und erhalten. Das hat mich nicht erniedrigt. Ich habe die Zeit als Dienstbote erduldet. Das hat mich nicht erniedrigt. Ich habe die Rolle als Howells Champion im Kreis der Gleichen angenommen. Das hat mich nicht erniedrigt. Jetzt hat er mich zum Mech-Krieger der Nebelparder gemacht und wirklich erniedrigt.*

»Tolle Leistung, Hengst.«

Sentanias Stimme ertönte wie üblich so unerwartet, daß er erschrak. Er blieb stehen und sah sich um. Zuerst sah er nur die fleckenlos saubere Straße, im heraufziehenden Abend voller dunkler Schatten. Das wenige Licht brach sich an den lupenreinen Oberflächen.

Dann trat Sentania aus einem dunklen Hauseingang. Sie trug eine Techuniform, die ebenso makellos war wie die Straße durch Luteras Kriegerviertel.

»War das Sarkasmus, Sentania Buhallin?«

»Keineswegs. Ich finde, du hast gute Arbeit geleistet.«

»Gute Arbeit? Als was? Als Lügner und Täuscher? Als Nebelparder-Champion? Als ein Vasall Russou Howells? Als MechKrieger? Als Freigeburt?«

»Ja. Als all das.«

»Bist du sicher, daß du Jadefalkin bist?«

»Eine alte Jadefalkin. Möglicherweise bist du dir über einen Punkt nicht im klaren, was Solahmas betrifft: Mit dem Alter kommt auch eine gewisse Freiheit. Wer nicht bald als Kanonenfutter verheizt und an die Front geschickt wird, um die jüngeren Krieger für einen besseren Kampf aufzusparen, erhält die Art von Aufträgen, die ihm erlauben, sich so verrückt aufzuführen, wie er will. So verrückt bin ich auch, und diese Verrücktheit wird dich mit deinem Trinärstern und deinen BattleMechs zum Falkenhorst bringen.«

»Du bist wirklich verrückt, Sentania Buhallin.«

»Oder bist du der wirkliche Verrückte? Du hast mir bisher ganz und gar vertraut, frapos?«

»Nun ja, pos. Welche Wahl hatte ich denn?«

»Du hattest reichlich Möglichkeiten. Du hättest dich selbst in den Abgrund schleudern können statt den dreckigen Parder-Abschaum. Du hättest Amok laufen können, bis sie dich umgebracht hätten. Du hättest Russou Howell umbringen können.«

»Ich habe mit dem Gedanken gespielt.«

»Freut mich zu hören. In einem Punkt hat Russou Howell recht. Du bist eine bewundernswerte Freigeburt, Hengst.«

»Du warst da? Du hast ihn gehört?«

»Ich bin, wo immer ich sein will. Der Versammlungsraum in der Halle des Jägers ist ein Kinderspiel. Ich war sogar im Innern des Archivs. Ich werde dich in Kürze dorthin bringen.«

In der zunehmenden Dunkelheit spielten die Schatten gespenstisch über Sentania Buhallins Gesicht. Hengst entschied, daß sie ein Phantom sein mußte. Es hätte ihn nicht überrascht, wenn sie in die Lüfte aufgestiegen und die Straße hinabgeschwebt wäre.

»Was nun, Sentania Buhallin?«

»Du bist in einer einzigartigen Position hier, Hengst. Nutze sie.«

»Du meinst, mach weiter mit der Täuschung?«

»Genau das meine ich. Nutze deine Vorteile Howell gegenüber. Benutze ihn. Er ist reif dafür.«

»Wie seltsam, daß du so etwas sagst. Er behauptet, mich zu benutzen.«

»Ich weiß. Ich habe es gehört.«

»Du hast es gehört? Es war in seinem Büro.«

»Ich weiß. Ich befand mich in einem Luftschacht nicht allzu weit über dir. Wäre kein Gitter dazwischen gewesen, hätte ich nur den Arm auszustrecken brauchen, um dich am Bart zu ziehen.«

Hengst starrte Sentania an. Er erinnerte sich, was er an Dorfgebräuchen beobachtet hatte, als er noch ein Kind war. Im Dorf trafen sich Menschen und verliebten sich ineinander. Als Freigeborene konnten sie das. Hengst hatte sich für ein anderes Leben entschieden, das eines ClanKriegers. War es vorstellbar, daß er Liebe oder zumindest etwas Ähnliches empfand? Einen Augenblick lang hatte er das Gefühl, diese Sentania Buhallin lieben, sie zurück in sein Dorf nehmen und dort das Leben mit ihr beschließen zu können. Aber nein, das war unmöglich. Es war nur ein unglückseliger Gedanke, eine dieser abstoßenden, verbotenen Launen, die einer Freigeburt wie ihm leicht durch den Kopf gingen.

»Ich habe gerade etwas Kasernentratsch belauscht. Die Parder hassen dich mehr als je zuvor, aber Howell hassen sie sogar noch mehr. Logan hat sie ständig aufgehetzt, hat ihnen erklärt, Howell sei entweder so hirnlos wie eine Beerenameise oder völlig irre. Diese ganzen Riten und Gebräuche, die der Mann ständig aus dem Ärmel zaubert, sind ein klares Zeichen, daß er nicht mehr bei Sinnen ist. Aber er ist der Kommandeur, und ohne Logan wissen sie nicht, was sie tun sollen. Um so besser für uns. Je verwirrter sie sind, desto besser können wir es zu unserem Vorteil ausnutzen.«

Hengst schüttelte den Kopf. Er war nicht überzeugt.

»Ich weiß nicht, ob ich alles so machen kann, wie du es verlangst, Sentania Buhallin.«

»Vertrau mir. Du wirst nicht mehr lange in Lutera bleiben müssen. Ich verspreche es.« Sie wirbelte herum und ging davon. Obwohl ihre Füße bestimmt den Boden berührten, schien es Hengst durch die flüssige Eleganz ihrer Bewegung, als würde sie schweben.

* * *

Russou Howell rief Hengst am nächsten Morgen in sein Büro. »Das war deine letzte Nacht im Quartier dort oben. Aber das hast du erwartet, frapos?«

»Pos.«

»Du wirst deinen Platz in der Kriegerkaserne erhalten.«

»Darf ich mich von meinen ehemaligen Kameraden im Kerkerzentrum verabschieden?«

»Nein. Das werde ich nicht zulassen. Sie sind viel zu unbedeutend, um von einem Krieger beachtet zu werden. Du mußt auch ihnen zeigen, daß du jetzt ein Nebelparder-Krieger bist. Sie sind nicht länger deine Kameraden, frapos? FRAPOS?«

»Pos.«

Hengst hatte es nicht sofort bemerkt, aber jetzt sah er, daß Howell betrunken war. Er hatte ihn noch nie so früh am Morgen trinken sehen.

Bevor er Hengst entließ, fragte er: »Nun, Hengst, du bist jetzt einige Stunden ein vollwertiger Nebelparder-Krieger. Was für ein Gefühl ist das bis jetzt?«

»Gefühl?«

»Spürst du den Stolz, die Ehre, die Tradition?«

»Ich kann es noch nicht sagen. Ich glaube schon.«

Howell lächelte. »Das reicht. Manche Dinge brauchen Zeit, frapos?«

»Pos.«

*Zum Beispiel, nicht an meinen Worten zu ersticken, an mei-*

*nen Lügen. Zum Beispiel, sich zu verstellen und damit leben zu lernen. Zum Beispiel, den Drang zu unterdrücken, dich herauszufordern und im Kreis der Gleichen in Stücke zu reißen.*

Howell zwinkerte mehrmals, wohl, um gegen die Wirkung des Alkohols anzukämpfen. »Hengst, du bist von deinen Dienstbotenpflichten befreit, da du kein Gefangener mehr bist …«

*Jedenfalls nicht diese Art eines Gefangenen.*

»… Aber du wirst weiter abends in meinem Quartier erscheinen. Wir werden uns unterhalten, so wie bisher. Die Position eines Kommandeurs ist mit ihren eigenen Härten verbunden. Ich muß die Perspektive behalten …«

*Nüchtern bleiben, willst du sagen.*

»… Und ich bin noch nicht damit fertig, dich im Wesen unseres Clans zu unterweisen …«

*Ich habe genug gesehen, vielen Dank.*

»… Und du wirst mir helfen, frapos?«

*Lügen, Täuschung. Ich kann fast hören, wie Sentania Buhallin mich anfeuert.*

Es fiel Hengst schwer, die Lüge auszusprechen. »Pos, ich stehe dir zu Diensten, Galaxiscommander.«

* * *

Nachdem Hengst fort war, dachte Russou Howell über das nach, was er getan hatte. Er hatte ein Exempel aus Hengst gemacht, aber er hatte den Truppen auch bewiesen, daß er, und nur er, wußte, was für sie und den Rest seiner Einheiten auf Diana das Beste war.

*Es kehrt wieder Ordnung ein. Meine Krieger widersetzen sich nicht mehr so entschieden, das fühle ich. Meine Arbeit geht sauber von der Hand. Ich mag es, wenn die Dinge glatt laufen. Aber was, wenn …? Vergiß es. Wo habe ich das Glas Bruhaha abgestellt? Hengst hat immer einen feinen Bruhaha gemixt. Der wird mir fehlen. Wo habe ich das Glas hingestellt? Das muß doch hier irgendwo sein …*

# 25

**Forschungsstation Falkenhorst, Östliche Berge, Diana**
**Kerensky-Sternhaufen, Clan-Raum**

*23. April 3059*

Peri Watson saß auf einer einsamen Klippe, die sie erstiegen hatte, um die FlugMechs besser sehen zu können, die weiter unten getestet wurden. Sie stellte sich vor, wie sie selbst einen der FLUMs steuerte, ein Gedanke, über den sie kurz lachen mußte, dann bildete sie sich ein, in einem normalen BattleMech zu sitzen. Sie träumte nicht oft davon, in einem Mech zu sitzen. Nachdem sie aus dem Kadettentraining geflogen war, hatte sie sich gezwungen, nicht mehr an Kriegerangelegenheiten zu denken. Aber manchmal kehrte die Erinnerung unerwartet zurück.

Sie würde ihren ersten Tag in einem BattleMech-Cockpit nie vergessen. Nicht in einem echten Mech, nur einem Cockpitsimulator, der an eine Konstruktwirklichkeit angeschlossen gewesen war. Der Versuch, sich an den Neurohelm zu gewöhnen, die konstanten Datenströme der verschiedenen Anzeigen zu verarbeiten. Sie hatte sich bei dem Test nicht allzu gut bewährt und es gerade mal geschafft, das Computerkonstrukt eines angreifenden *Waldwolf* um etwas Panzerung zu erleichtern.

In der nächsten Sekunde war sie von einem Mech aus dem toten Winkel angegriffen und außer Gefecht gesetzt worden, den die Anzeige als eine *Nemesis* identifiziert hatte. Obwohl das alles nicht mehr als pure Spielerei zwischen gekoppelten Simulatorkanzeln gewesen war, hatte sie an jenem Tag gespürt, daß sie es möglicherweise nicht bis zum Ende der Kadettenausbildung schaffen würde. Aidan und Marthe waren für ihre hohen Punktwertungen gelobt worden, bevor auch sie eine simulierte Niederlage erlitten hatten. Ihre Falknerin, die ewig unzufriedene Joanna, hatte erklärt, die beiden hätten zwar keinerlei Talente bewiesen, die eines Kriegers würdig waren, aber zumindest ein wenig Können gezeigt.

Peri fragte sich, wo Joanna jetzt wohl war, nachdem einer ihrer Schützlinge zum Helden von Tukayyid geworden und die andere Khanin der Jadefalken war. Joanna selbst hatte Ruhm geerntet, indem sie die berüchtigte Schwarze Witwe tötete. Selbst Hengst war berühmt. Sie alle hatten es von einem Niemand zur Berühmtheit gebracht.

*Manchmal wünschte ich mir, ich könnte jene Tage zurückholen und es noch einmal versuchen. Was, wenn ich irgendwie eine zweite Chance bekommen hätte, so wie Aidan? Was, wenn ich nicht ausgesiebt worden und jetzt eine Kriegerin wäre statt einer Wissenschaftlerin, die hier in diesem Forschungsaußenposten festsitzt?*

*Früher war ich nie so unzufrieden ... Bevor ich hier auf den Falkenhorst gekommen bin. Aber dafür habe ich selbst gesorgt. Wenn ich nur eine Möglichkeit fände, mich noch einmal versetzen zu lassen, zurück zu der Art von Forschung zu kommen, die mich fasziniert.*

Die beiden FLUMs unterhalb der Klippe standen in der Gebirgsluft, als wären sie nicht daran gewöhnt, sich im Freien aufzuhalten. Auf gewisse Weise stimmte das sogar. Abgesehen von gelegentlichen, sehr seltenen Übungen wurden die FLUMs unter der Oberfläche aufbewahrt, wo sie von Techs bearbeitet wurden, die inzwischen zu der Überzeugung gekommen waren, dazu verdammt zu sein, bis ans Ende ihrer Tage von diesen ungelenken Kampfmaschinen frustriert zu werden. Ab und zu jedoch wurde ein FlugMech auf die Aufzugsplattform gebracht und an die Oberfläche getragen, wo er wie eine Fledermaus wirkte, die plötzlich aus der Bequemlichkeit ihrer Höhle gescheucht worden war.

Zumindest theoretisch war der FlugMech einmal als fortschrittliches Konzept angesehen worden. Ein BattleMech, der die Eigenschaften eines Luft/Raumjägers mit denen eines traditionellen Mechs kombinierte. In der Theorie konnte sich damit ein durch den Luftkampf gleitender Luft/Raumjäger augenblicklich in einen Kampfkoloß verwandeln, der am Boden mit der gleichen Effizienz kämpfen konnte wie jeder gewöhnliche Mech. Es war ein durchaus atemberaubendes Schauspiel, wenn einem Luft/Raumjäger bei der Landung plötzlich Beine wuchsen, während seine Tragflächen verschwanden. Durch den Einsatz der Sprungdüsen in den Beinen – zum Abbremsen des Sturzes – setzte der FLUM sanft auf dem Boden auf, ohne die geringste Gefahr, Schaden zu erleiden. Ein geschickter Pilot konnte seine Laserwaffen abfeuern, noch bevor der FlugMech am Boden war.

Aber wie bei so manchen vielversprechenden technologischen Entwicklungen klaffte eine beträchtliche Lücke zwischen Theorie und Praxis. FlugMechs hatten die in sie gesetzten Erwartungen nicht erfüllt. Zwar erwiesen sie sich gelegentlich als durchaus effektiv, aber häufiger fielen sie durch Probleme oder echte mechanische Fehlfunktionen aus. Manche Stimmen argumentierten, die interne Maschinerie sei zu komplex. Schließlich, so die Argumentation, habe sich der BattleMech dadurch zu so einer erfolgreichen Kampfmaschine entwickelt, daß seine Konstruktionsprinzipien relativ simpel waren und seine Technologie Flexibilität und Beweglichkeit betonte, zwei Eigenschaften, die bei den meisten FLUMs deutlich reduziert schienen. Entweder hatte ein FLUM die erstklassigen Angriffsfähigkeiten eines Luft/Raumjägers oder die Beweglichkeit eines Mechs, aber den meisten fehlte das eine oder das andere. Einige ließen beides vermissen. Eine mögliche Erklärung dafür bestand darin, daß bei beiden Komponenten der Maschine zuviel geopfert werden mußte, mit dem Ergebnis, daß entweder die Kapazitäten des Luft/Raumjägers oder des BattleMechs unumgänglich darunter litten.

Ein weiterer Einwand gegen das FLUM-Konzept beruhte auf der Schwierigkeit, einen Krieger für den Betrieb sowohl im Luft/Raumjäger- als auch im Mechmodus auszubilden. Wer auch immer an den Kontrollen saß, schien in einem der beiden Operationsmodi deutliche Schwächen zu zeigen. Manche Piloten zeigten sich zudem in beiden Konfigurationen gleich miserabel.

Der FLUM war unter den Clans nie verbreitet gewesen. Peri jedoch war davon überzeugt, daß das FlugMech-Konzept immer noch den ultimativen Effizienzgewinn darstellte: Wenn es gelang, einen funktionierenden Prototyp herzustellen. Sie hatte es geschafft, einen ausreichend überzeugenden Forschungsantrag zu stellen, und die Wissenschaftlerhierarchie hatte ihr Gesuch bewilligt, die Möglichkeiten der Verwendung von zwei Piloten in einem FLUM zu studieren, von denen einer für die Jäger-Konfiguration ausgebildet war und der andere für die Mechkonfiguration. Als Genetikerin hatte sie jedoch nicht erwartet, dieses Projekt selbst umzusetzen, und war erstaunt gewesen, daß man sie dazu ausgewählt hatte.

Irgend jemand unter den Wissenschaftsführern, ohne Zweifel Etienne Balzac, hatte verlangt, das Projekt geheimzuhalten und auf einer möglichst abgelegenen Station durchzuführen. Falkenhorst, in seiner Bergfestung ein sicherer Standort, war ausgewählt worden.

Warum das Projekt überhaupt angenommenen worden war, konnte Peri nicht mit Gewißheit sagen, weil ihre Vorgesetzten sich geweigert hatten, den Einsatz ausgebildeter Luft/Raumpiloten zu genehmigen. Statt dessen mußte sie mit Kriegern arbeiten, die aus dem normalen Mechdienst abgezogen und zu Luft/Raumpiloten umgeschult worden waren. Die beiden ihr momentan zugeteilten Krieger, Geoff und Gerri, waren zwar akzeptabel, aber sie schienen nicht ›eins‹ mit der Maschine zu sein, wie es ein von kleinauf ausgebildeter Mech- oder Jagdpilot normalerweise war. Die beiden waren zudem, genauso wie nahezu alle anderen Krieger auf dem Falkenhorst: Solahmas.

Aber sie mußte mit dem arbeiten, was sie bekam. Das war schon immer ihre Philosophie gewesen. Pragmatismus war das Kreuz, das jeder Wissenschaftler zu tragen hatte: Man tat, was immer nötig war, um das Ziel zu erreichen. Ein weiterer Unterschied zum Leben eines Kriegers. Kein ClanKrieger war zu einem Kompromiß bereit.

Der FLUM unter ihr, eine von zwei Maschinen, die sie Böse Brüder getauft hatte, hatte soeben seine mechanische Inspektion nicht bestanden. Das Gyroskop zeigte Anzeichen operationalen Ungleichgewichts, was laut Chefkonstrukteur zu einer etwa fünfundvierzigprozentigen Gefahr führte, daß der Mech umkippte, sobald die Umwandlung vom Jäger zum Mech abgeschlossen war. Allermindestens würde der FLUM beachtlich schwanken, hatte der Mann mit gelassener Stimme festgestellt. Für den Gegner würde das so aussehen, als wären dem Mech die Knie weich geworden.

Und ausgerechnet diesen Mech wollte Sentania für ihr kleines Abenteuer mit den Nebelpardern benutzen. Peri fragte sich sicher zum zehnten Mal, ob es klug gewesen war, dem zuzustimmen, erst recht, da diese Zustimmung auch beinhaltete, daß sie Bren Roshak nicht informierte. Irgendwann würde er es trotzdem herausfinden, und wer konnte voraussagen, was dann geschehen würde. Zwei Mechs für eine unautorisierte Mission zu entwenden, war alles andere als ein Kavaliersdelikt. Auch wenn es sich nur um FlugMechs handelte, die Roshak nicht ausstehen konnte.

Nun ja, man würde es sehen.

»Wir werden es sehen«, stellte eine Stimme ganz in ihrer Nähe fest.

Peri war nur milde überrascht. Sie hatte Stenis mühsam einen sanfteren Hang zu ihr heraufklettern sehen. Er hatte sie überhaupt nur dadurch überraschen können, daß sie in Gedanken versunken gewesen war.

»Kannst du jetzt zusätzlich zu deinen anderen Talenten auch Gedanken lesen?«

»Nein, aber die Zweifel in deinem Gesicht kann ich lesen. Du hast nicht allzuviel Vertrauen in diese ... wie nennst du sie?«

»Die Bösen Brüder.«

»Seltsamer Name.«

»Nun, sie haben zwei Piloten, je einen für den Boden- und den Luftkampf. Vorerst können wir sie nennen, wie immer es uns gefällt. Später kann man sie immer noch umtaufen. Warum nervst du mich mit dieser Fragerei, Stenis?«

»Dich nerven? Wie käme ich dazu. Ich überbringe eine Nachricht. Eine Botschaft von der alten Hexe, Sentania Buhallin.«

»Hast du schon einmal die Redewendung gehört: ›Das mußt *du* gerade sagen‹?«

»Kenne ich. Ich bin alt, aber wenigstens steht mir die Weisheit ins Gesicht geschrieben. Willst du die Nachricht hören?«

»Wenn ich dich anders nicht loswerde.«

»Sentania Buhallin läßt dir ausrichten, du sollst dafür sorgen, daß Kain und Abel bereit sind. Sie wird bald die Lieferung anfordern.«

Peri nickte.

»Verstehst du das?«

»Ganz ausgezeichnet.«

»Dann ist es gut.«

Stenis arbeitete sich zurück zum Osthang und machte sich mühsam an den Abstieg. Peri war überrascht, daß er nicht versucht hatte, ihr eine Erklärung für die Botschaft zu entlocken. Vielleicht hatte er darauf verzichtet, weil er sie bereits so verstanden hatte. So schwierig war es nicht. Sentania hatte den Code vorgeschlagen. Er hatte irgend etwas mit einer alten Geschichte von zwei Brüdern zu tun. Kain und Abel waren natürlich die Bösen Brüder.

Weiter unten fror einer der Brüder plötzlich ein. Peri seufzte. Stenis konnte sie unmöglich gehört haben. Trotzdem drehte er sich um und sah zu ihr hoch. Der Mann war ihr unheimlich. Sie hoffte auf eine Schlacht, in der er als Kanonenfutter benötigt wurde. Es war weder ein kalter, noch ein grausamer Gedanke. Wenn der Mann verrückt geworden war, dann nur, weil man ihm seine Gelegenheit verwehrt hatte, für den Clan zu sterben, das einzige Schicksal, das einem ClanKrieger angemessen war. Wenn er schon Solahma war, verdiente er auch, wie einer behandelt zu werden.

# 26

**Kerkerzentrum, Lutera, Diana**
**Kerensky-Sternhaufen, Clan-Raum**

*1. Mai 3059*

Hengst hätte fast triumphierend gelacht, als er die dünne Blutspur aus Sterncommander Crofts Mundwinkel treten und an seiner Wange herabfließen sah.

»Du hast mich gefragt, wie ich mit Insubordination umgehe, frapos?« fragte er.

»Pos«, antwortete Croft schwach.

»So gehe ich damit um, Abschaum.«

Als er sich mit kaltem Blick im Raum umblickte, sah Hengst die Krieger und Techs seines Trinärsterns, soweit sie nicht zu ihren üblichen erniedrigenden Hilfsarbeiten abgezogen waren, schockiert herüberstarren. Einen plötzlichen Kinnhaken gegen einen aus ihrer Gruppe hatten sie von Hengst zuletzt erwartet. Besonders Pegeen schien körperlich übel zu sein.

Hengst war aus einem tiefen Verlangen, bei seinen eigenen, freigeborenen Jadefalken-Kriegern zu sein, ins Kerkerzentrum gekommen. Er konnte die erdrükkende Gegenwart der abweisenden, feindseligen Nebelparder nicht mehr ertragen. Croft hatte Hengsts Versuch einer Unterhaltung mit der Feststellung unterbrochen, dieser habe vergessen, wer er sei. Dafür allein hätte Hengst den Mann noch nicht geschlagen, aber er hatte hinzugefügt, sein früherer Kommandeur würde sich in jeder Hinsicht in einen Nebelparder verwandeln. Das hatte Hengst rot sehen lassen, und er hatte zugeschlagen.

Er konnte den anderen kaum in die Augen sehen, aber gleichzeitig spürte er den Drang, auf Croft einzutreten, bis der sich nicht mehr rührte. Enttäuscht wandte er sich zum Gehen, wollte in sein neues Quartier zurückkehren. Pegeen packte ihn am Arm, um ihn aufzuhalten.

»Was ist mit dir geschehen?« fragte sie mit besorgtem Blick.

»Nichts«, antwortete Hengst. »Ich weiß nicht, was du meinst. Er hat mich beleidigt, ich habe ihn zu Boden geschlagen, das entspricht dem Wesen der Jadefalken, frapos?«

»Neg, tut es nicht. Wir kämpfen miteinander, pos, aber wir prügeln uns nicht wegen Kleinigkeiten.«

»Kleinigkeiten? Du irrst dich. Laß meinen Arm los, Pegeen.«

»Nein.«

»Sofort.«

»Nein.«

Mit einem wilden Schwung des Arms, an den sie sich klammerte, riß Hengst die schmächtige Pegeen praktisch von den Füßen und schleuderte sie davon. Sie stolperte über den am Boden liegenden Croft und wäre fast gestürzt, konnte sich nur durch Einsatz ihres ganzen akrobatischen Könnens aufrecht halten. Die Besorgnis war aus ihrem Blick verschwunden, und sie starrte Hengst mit echter Jadefalken-Wut an.

Hengst, der seinen Kriegern die Wahrheit nicht verraten und ihre Ablehnung nicht ertragen konnte, wirbelte herum und stampfte aus dem Raum.

* * *

Er wußte nicht warum, oder was ihn antrieb, aber kaum hatte er die Tür des Kerkerzentrums passiert, rannte er los. Er stürmte ans Ende der Straße, warf sich nach rechts um eine Ecke, konnte gerade noch einem Kehrfahrzeug ausweichen (aus dem zwei andere Mitglieder seines Trinärsterns entgeistert herabschauten), wurde auf der Geraden noch schneller, bog in eine Seitengasse ein, wo ihm plötzlich die Luft wegblieb und er sich keuchend an eine Mauer hockte.

Während er in der scheinbar leeren Gasse nach Luft rang, wurde er von Sentania Buhallins Stimme erschreckt (aber nicht überrascht).

»Mit dir ist schwer mitzuhalten. Hättest du nicht angehalten, hätte ich dich nie eingeholt.«

Sie kam herüber und kniete sich neben ihn. »Kann ich dir irgend etwas anbieten, alter Mann? Wasser? Eine Stärkungsspritze?«

Beinahe mußte er lachen. »Du ... du hast mich ... verfolgt?«

»Ich habe es versucht. Du gibst ein gehöriges Tempo vor.«

Er rang nach Luft. »Aber ... aber du ... du bist nicht außer Atem.«

»Training, schätze ich. Ich bin schon über den größten Teil des Geländes zwischen hier und dem Falkenhorst gegangen, gelaufen, geschwungen, gesprungen, gekrochen, selbst gestolpert und gestürzt. Ich kann einen halben Berghang hoch rennen, bevor die ersten Erschöpfungszeichen sich bemerkbar machen. Nicht übel für eine Solahma, frapos?«

»Pos. Ich bin beeindruckt. Ich konnte früher ... früher sehr weit laufen.«

»Wann war das? Letzten Monat? Bevor du ein Nebelparder-Krieger geworden bist?«

In Sentanias Worten lag kein erkennbarer Sarkasmus.

Hengst senkte den Kopf. Die Straße und die gesamte Umgebung war makellos. Sie schien selbst im Schatten zu glänzen.

»Ich bin kein Nebelparder. Das weißt du. Du hast mich zu dieser ... dieser Täuschung überredet. Du hast mir gesagt, ich solle die Parder-Eide ablegen, und du hättest mir auch gesagt, ich solle ein MechKrieger werden, als Howell es befahl, frapos?«

»Pos. Absolut. Es hat mir gefallen, wie du damit fertig geworden bist.«

»Ich habe dich in meinem Kopf gehört. Du hast mich angefeuert.«

»Das ist der Gehorsams-Neurochip, den ich dir ins Hirn implantiert habe, während du geschlafen hast.«

Hengst starrte sie einen Augenblick an und war nahe daran, ihr zu glauben.

Sentania kicherte. »Also wirklich, Hengst. Reiß dich zusammen. Du weißt, daß ich scherze.«

»Du bist ein seltsamer Vogel, Sentania Buhallin. Eine Jadefalkin, und doch so eine geschickte Lügnerin.«

»Ich war nicht immer so. Erst seit ich Solahma bin und hierher geschickt wurde. Ich weiß nicht, was mich verändert hat. Vielleicht ist es die Gebirgsluft. Vielleicht ist es die schiere Sinnlosigkeit des Dienstes. Die Krieger im Falkenhorst sind reine Dekoration, nur notwendig, um die Jadefalken-Vorschriften über die Bewachung aller Installationen zu erfüllen. Aber ich sollte mich nicht beschweren. Das Fehlen irgendeiner echten Aufgabe hat mir die Freiheit gegeben, durch die Region zu streifen, Wissen und Informationen zu sammeln und zurück zum Horst zu tragen. Manche Informationen erweisen sich als nützlich.«

»Dann verstehe ich, warum du so bist. Du hast dich zur Spionin entwickelt.«

»Und du bist gegen eine solche lügnerische Aktivität?«

Hengst grinste. »Ja und nein.«

»Ja.«

»Täuschung widerspricht dem Wesen der Jadefalken. Aber gleichzeitig bin ich selbst eine Art Spion. Nur die Khanin weiß, warum ich hier bin.«

Einen Augenblick schwiegen sie gemeinsam, dann brach Sentania die Stille. »Dann wirst du bereit sein für das, was ich dir jetzt vorschlage. Es ist Spionage, aber ich erwarte nicht, daß du Einwände dagegen hast.«

»Sprich.«

»Wir werden dem Genetischen Archiv der Parder einen kleinen Besuch abstatten.«

Hengst zog die Augenbrauen hoch. »Bist du völlig verrückt geworden, Sentania Buhallin? Der Ort ist besser bewacht als jeder andere in der Umgebung.«

»Nicht, wenn man die geheimen Eingänge kennt.«

»Worum geht das hier?«

»Ich bin noch nicht soweit, dir alles zu verraten. Vertrau mir, mehr verlange ich nicht. Kommst du mit?«

Wie hätte Hengst ablehnen können? Er war Sentania schon soweit gefolgt, an einen Punkt, an dem er tiefe Schande darüber empfand, wie gut ihm die Täuschung gelang. Es war zu spät, jetzt noch behaupten zu wollen, daß er das Gefühl habe, die Falken zu verraten, wenn er sich auf dieses Spiel einließ. Die Würfel waren längst gefallen. Was Hengst ihr nicht verriet, war, daß er in seinem Leben zwar schon viele Feinde getötet hatte, aber der einzige Mensch, den zu ermorden er je das Verlangen gespürt hatte, Russou Howell war.

»Unsere Chefwissenschaftlerin hat mich gebeten, ein paar Nachforschungen anzustellen«, fügte Sentania hinzu. »Sie wollte auch, daß ich dir ihren Namen verrate. Sie heißt Peri Watson.«

Hengst war völlig überrascht, plötzlich diesen Namen zu hören. Er hatte lange nicht mehr an Peri gedacht. »Ich habe von Peri Watson gehört. Und ich kenne ihre Tochter, Diana.«

»Ja, das hat sie mir gesagt. Und deshalb kann ich dir verraten, daß Russou Howells Wahnsinn nicht die einzige Seltsamkeit ist, die rund um Mons Szabo vor sich geht. Als ich Peri erzählte, was ich gesehen habe, war sie überzeugt, daß wir mehr in Erfahrung bringen müssen. Wenn du erst siehst, worum es geht, wirst du froh sein, mir geholfen zu haben. Du kommst mit, frapos?«

»Aye, Sentania Buhallin. Ich komme mit. Ich muß endlich etwas Nützliches tun und mich nicht nur schändlich als Nebelparder ausgeben.«

»Morgen nacht, dann. Beim *Kampfschütze.*«

»Beim *Kampfschütze*?«

»Natürlich bei der Statue des *Kampfschütze.* Es ist das Standbild, hinter dem man sich am einfachsten verstecken kann. Und sieh mich nicht so entgeistert an. Natürlich müssen wir uns verstecken. Spione tun so etwas. Ich sehe dich dort.«

Sie ging hastig die Gasse hinab. Hengst versuchte, ihr nachzulaufen, aber als er die Hauptstraße erreichte, war sie weder in der einen noch in der anderen Richtung zu entdecken.

*Natürlich nicht. Ich habe es nicht anders erwartet.*

* * *

Einige Tage später hörte er von Pegeen von Crofts Fluchtversuch aus Lutera. Als einige BattleMechs von einer Manöverübung in die Stadt zurückgekehrt waren, hatte Croft die Verwirrung genutzt. Während die Mechs auf den Hangar der Befehlsstelle zustampften, war er zwischen den Beinen des *Mackie,* den Hengst bei der Eidbruderschaftszeremonie gesteuert hatte, aus der Stadt gehuscht.

Unglücklicherweise hatte Croft es nicht einmal bis zum Waldrand geschafft, bevor ein Parder-*Kampfschütze IIC* ihn eingeholt und unter einem seiner riesigen Metallfüße zerquetscht hatte. Der Befehl dazu konnte nur von Russou Howell gekommen sein. Crofts Leiche war zurück zum Paradeplatz vor Mons Szabo geschleppt worden, wo sämtliche anderen Gefangenen sie hatten besichtigen müssen.

Crofts Tod steigerte die Ablehnung Hengst gegenüber unter den Mitgliedern seines Trinärsterns noch.

Aber es gab nichts, was Hengst dagegen tun konnte. Er bedauerte Crofts Tod und respektierte ihn für den Mut, einen Fluchtversuch zu unternehmen. Aber er hatte wenig Gelegenheit, um ihn zu trauern.

Vor allem mußte er sich um seine eigene Flucht kümmern. Wenn überhaupt, machte das, was Croft zugestoßen war, es um so wichtiger, daß er nicht nur entkam, sondern seinen Leuten die Führung gab, die sie benötigten. Ganz abgesehen von der Vergeltung, die er ausüben würde.

Und zweitens war er mit Sentania Buhallin im Genetischen Archiv gewesen und hatte die rätselhafte Scheußlichkeit in seinem Innern gesehen.

# 27

**Genetisches Archiv am Mons Szabo, Lutera, Diana Kerensky-Sternhaufen, Clan-Raum**

*2. Mai 3059*

Das helle Mondlicht fiel mit einem Glanz auf die Nebelparder-Skulptur, der deren Kanten noch schärfer hervorhob. An den Sockel der *Kampfschütze*-Skulptur gelehnt, sah Hengst zum größten Kunstwerk der Parder hoch. Die Schatten des Mondlichts und die überwältigende Ausdruckskraft der Skulptur schienen den Nebelparder bei seinem eleganten Sprung ins Tal zum Leben zu erwecken, möglicherweise mit der Absicht, Hengst zwischen seinen Kiefern zu packen und in Stücke zu reißen, bevor er an seinen angestammten Platz auf der Bergwand zurückkehrte. Die im Mondschein leuchtenden Augen des Raubtiers blickten unheilvoll herab.

Hengst schauderte es, und er versuchte, den Blick abzuwenden, aber er konnte sich nicht losreißen.

»Ja, mich beeindruckt er auch.«

»Du materialisierst wieder mal aus dem Nichts, Sentania Buhallin.«

»Sei kein Narr. Ich bin nur vorsichtig. Die Parder haben sich mit dieser Skulptur selbst übertroffen, frapos?«

»Pos. Sie ist wundervoll, ehrfurchtgebietend. Sieh dir diese Augen an. Hast du nicht auch das Gefühl, daß er uns warnt?«

»Was ist los, Hengst? Aberglaube? Ist das eine Freigeborenen-Eigenschaft?«

»Keineswegs. Aber ich bin empfindlich für Vorzeichen, und das sieht für mich eindeutig nach einem Vorzeichen aus.«

»So wird es beabsichtigt sein, schätze ich. Jedenfalls

ist die Nacht zu hell, als daß wir hier herumstehen und darauf warten können, von der nächsten Streife entdeckt zu werden. Laß uns reingehen.«

»Die Skulptur flößt dir keine Angst ein?«

»Oh, sie macht mir Angst. Deshalb bestehe ich darauf, sofort von hier zu verschwinden.«

Hengst stellte überrascht fest, daß Sentanias geheimer Eingang in das Archiv in keiner seiner Mauern lag, sondern sich als eine kleine lukenähnliche Tür mehrere Meter von der Hauptpyramide und ein kurzes Stück eine Schräge hinauf entpuppte. Als sie sich durch die Öffnung zwängten, kamen sie in einen engen, schmalen Tunnel, in dem sie nur auf allen Vieren vorankamen.

»Ich nehme an, daß dies ein Fluchttunnel ist, oder ein Ort, um im Falle eines Angriffs Genmaterial zu verstecken«, meinte Sentania.

Am Ende des Tunnels lag eine weitere kleine Tür. Sentania schob sie auf, sah sich um und winkte Hengst vorwärts. »Wir kommen jetzt in einen Korridor, den man sonst vom Heldensaal aus betritt. Er ist meist verlassen, aber wir müssen uns vorsehen, weil im Hauptsaal immer Wachen Dienst tun. Wenn wir doch jemandem begegnen ... Nun ja, du trägst Kriegermontur, aber ich stecke in diesen Techsachen, also müssen wir uns schnell eine Erklärung einfallen lassen, frapos?«

»Pos. Das überlasse ich dir, Sentania Buhallin. Du bist von uns beiden die Meisterin der Täuschung.«

»Ich gehe davon aus, daß dies nicht sarkastisch gemeint war. Vergiß nicht, daß ich immer noch eine Jadefalkin bin, und die Täuschung ist nur ein nützliches Werkzeug, keine Lebensphilosophie.«

»Das muß ich mir noch überlegen.«

»Ich bitte darum, Freigeburt.«

Wieder bemerkte Hengst, daß sie den beleidigenden

Ausdruck ohne jede Spur von Bösartigkeit zu benutzen schien.

Im Korridor folgte er Sentania durch mehrere Türen, an verschiedenen Räumen vorbei und in einen anderen Gang. Sie begegneten niemandem, aber Hengst meinte, hinter einigen der Türen Geräusche zu hören. Einmal hörte er nicht nur etwas, er roch auch etwas: einen schweren, beißenden Chemikaliengestank.

»Das ist ekelhaft«, flüsterte er Sentania zu.

Sie sah über die Schulter zu ihm zurück. »Ach, weißt du … Wissenschaftler.«

Der neue Gang war dunkler, und die einzige Tür lag, schwach erleuchtet, gerade voraus. Sentania bremste Hengst, als sie sich ihr näherten. Sie lauschte kurz an der Tür, dann drehte sie sich zu ihm um.

»Ich höre entfernte Stimmen. Wahrscheinlich Wissenschaftler. Könnte Schwierigkeiten bedeuten, aber das ist eher unwahrscheinlich. Sobald wir drinnen sind, biegen wir nach links in den ersten Gang ab. Verhalte dich unauffällig. Es besteht eine gute Chance, daß niemand uns beachtet. Hier hinten rechnen sie nicht mit Eindringlingen. Und außer mir hat es hier wohl auch noch keine gegeben. Wenn nichts geschieht, werden Wachtposten in der Regel nachlässig. Aber meine Tech-Uniform könnte Probleme verursachen, deshalb muß ich außer Sicht bleiben. Dich werden sie wohl nicht weiter überprüfen. Trotzdem sollten wir versuchen, jedem anderen dort drinnen aus dem Weg zu gehen. Niemand wird erfahren, daß wir hier waren. Ich habe es schon früher getan: mehrere Sektionen dieser Pyramide erkundet, ohne entdeckt zu werden. Dieses Gebäude ist ein regelrechter Bienenstock von Kammern und Ebenen. Vielleicht ist das der Grund für all die Geheimgänge. Um Diebe abzuschrecken. Selbst ich bin bis jetzt noch nicht in die geheimsten Bereiche vorgestoßen, obwohl ich von ihnen gehört habe.«

»Warum kommst du überhaupt hierher?« wisperte Hengst. »Warum gehst du diese Risiken ein? Die Parder würden dich umbringen, wenn sie dich beim Auskundschaften ihres Genarchivs finden.«

»Das liegt in meiner Natur. Gehen wir rein. Setz dein Nebelparder-Gesicht auf und nimm die entsprechende Haltung an.«

Hengst würdigte diese Bemerkung keiner Antwort. Sie schlichen sich in den Raum hinter der Tür.

Hengst war überwältigt von der Größe des Saals, in den sie kamen. Er hatte eine sehr hohe Decke und war äußerst weiträumig, mit zahlreichen Gängen zwischen der Einrichtung, die zum Teil aus Tischen, überladen mit wissenschaftlichen Geräten, bestand, an anderen Stellen aus hohen Schränken, mit und ohne Schubladen, auf denen er alle Arten von Paraphernalien sowie stapelweise Disketten und Ausdrucke sah. Sie duckten sich nach links und kamen in einen Bereich mit noch mehr Schrankreihen. Im nächsten Gang stand eine Personengruppe um einen Tisch, aber Hengst war sich sicher, daß niemand von ihnen sie bemerkt hatte.

*Als ich mit Howell hierher kam, schien das Gebäude von Wachen überzuquellen,* dachte er. *Aber in diesem Teil des Archivs existiert praktisch keine Bewachung.* Das war seltsam, aber Hengst konnte es nur auf die Arroganz der Nebelparder zurückführen. Er mußte lächeln.

Sentania ging vor ihm einen der Gänge hinab. Sie bewegte sich recht schnell, und er mußte sich beeilen, um sie nicht zu verlieren. Zum Teil kam er deshalb so langsam voran, weil er versuchte zu erkennen, was in den Regalen und Schubladen lag, an denen sie vorbeikamen. Zuerst schien es sich dabei größtenteils um alltägliches Büromaterial zu handeln, aber dann bemerkte er komplizierte Gerätschaften, wie er sie in der Regel mit genetischen Forschungen in Verbindung brachte.

Als er stehenblieb, um sich eine davon näher anzusehen, stoppte Sentania plötzlich und winkte ihn ungeduldig weiter. Hengst gehorchte, aber wenn Sentania Buhallin dachte, sie könne ihn endlos herumkommandieren, irrte sie sich. So etwas ließ er sich nur einmal gefallen. Sie hatte einige seltsame Eigenheiten, die er nicht ewig tolerieren würde. Eines Tages mußte sie damit rechnen, von ihm dafür in den Kreis der Gleichen geholt zu werden, aber im Augenblick kannte sie sich hier aus und nicht er.

An verschiedenen Lücken in den Gängen bog Sentania unerwartet nach links ab. Sie kamen an immer mehr Schrank- und Regalreihen vorbei, bis Hengst jede Orientierung verloren hatte. Er hätte den Weg hinaus nur noch unter Schwierigkeiten wiedergefunden. Wenn überhaupt.

Je weiter sie kamen und je dunkler die Gänge wurden, desto mehr hatte er das Gefühl, Sentania führe ihn in ein Labyrinth. Endlich blieb sie an einem Punkt stehen, an dem es außer der Beleuchtung in Hunderten verglaster, bis zur Decke reichender Regale überhaupt kein Licht gab. Hinter jeder Glasscheibe lagen verschlossene Behälter in leise summenden Kühlfächern.

*Was für Behälter sind das? Die Aufschriften sind kodiert.*

»Du warst noch nie in einer Genforschungsanlage, frapos?« fragte Sentania.

»Nur das eine Mal, als Howell mich in die Halle brachte, in der die Parder ihre Genmaterialien aufbewahren.«

»Jedenfalls die offiziellen. Die berühmten Krieger und Clanführer. Aber selbst da bin ich mir nicht sicher, ob jeder der Behälter wirklich enthält, was die Aufschrift behauptet. Manche der Proben, die angeblich in dem Bereich lagern, befinden sich in Wirklichkeit hier hinten.«

»Warum sollten die Parder-Wissenschaftler so etwas tun?«

»Zu Forschungszwecken. Nach allem, was Peri Watson mir erzählt hat, sind Wissenschaftler ein geheimniskrämerisches Pack, das selbst vor der Kriegerkaste einige Informationen zurückhält. Wenn das stimmt, dann versuche dir vorzustellen, was die Parder-Wissenschaftler treiben könnten.«

»Was könnte an Genforschung geheimnisvoll oder verdächtig sein?« fragte Hengst. »Sie ist ein normaler Aspekt im Wesen der Clans. Das ist die Aufgabe der Wissenschaftler: ständig bessere Krieger zu erschaffen. Die Geschkos jedes Clans müssen aus den besten verfügbaren Genen erzeugt werden. Es gibt keine großartigeren Krieger in der Galaxis als die von unseren Wissenschaftlern in ihren Labors entwickelten.«

»Ach, wirklich?« fragte Sentania. »Seltsame Worte aus dem Mund einer Freigeburt, besonders einer, die eine so sarkastische Ader hat wie du. Hast du das aus einem Handbuch?«

»Zufälligerweise ja.«

»Ich habe auch einmal den Handbüchern geglaubt, aber inzwischen bin ich mir nicht mehr so sicher. Wie du bereits gesagt hast, ist die genetische Forschung innerhalb jedes Clans bewundernswürdig, aber Peri hat mir erzählt, daß die Wissenschaftlerkaste an interclanischen Experimenten beteiligt scheint, die möglicherweise Teil einer Verschwörung sind, mit deren Hilfe die Wissenschaftler die Macht an sich zu reißen hoffen.«

»Ich habe ähnliches gehört, erstaunlicherweise von Diana, Peris Tochter. Sie hat eine Weile für unseren Falkengarde-Kommandeur gearbeitet und Computerdateien gefunden, die beweisen, daß Jadefalken-Wissenschaftler offenbar mit mehreren Geschkos Experimente durchgeführt haben, indem sie bei ihrer Herstellung Wolf-Genmaterial benutzten. Eine andere Kriegerin, Sterncommander Joanna ...«

»Die Bezwingerin der Schwarzen Witwe, frapos?«

»... hat ein Projekt von Wolf-Wissenschaftlern entdeckt, das unsere Geschkos mit dem Genmaterial von Techs verwässern sollte.«

Sentania sah ihn angewidert an. »Was du da sagst, macht einiges von dem, was ich hier entdeckt habe, verständlicher. Komm mit, ich zeige dir etwas besonders Merkwürdiges.«

Sie gingen den Gang hinunter. Vor einem Regal blieb sie stehen und deutete auf den darin lagernden Behälter. »Ich habe den Code auf der Seite dieses Zylinders mit den Daten in einer anderen Sektion abgeglichen. Siehst du die Buchstaben in der untersten Zeile? Da steht ›JF-Pryde‹. Und das Datum dahinter. Erkennst du das Datum, Hengst?«

Hengst beugte sich vor und las die Zahlen ab. Er stieß ein überraschtes Grunzen aus. »Der Tag, an dem Aidan Pryde in der Schlacht um Tukayyid das Leben verlor. Aber warum?«

»Seltsam, oder?«

»Aye«, bestätigte Hengst.

»Ich war schon einmal hier, und als ich es endlich durchschaute, hat es mich zugegebenermaßen schokkiert. Im Innern dieses Behälters liegt eine Kopie des Genmaterials Aidan Prydes. Es scheint nur einer von mehreren Jadefalken-Behältern in dieser Forschungsanlage zu sein.«

»Das kann nicht sein. Aidans Erbmaterial ... in einem Forschungslabor der Nebelparder?«

»Aye, Hengst. Ich fürchte ja.«

»Ich bin entsetzt. Das ist ... also ... widerlich.« Gleichzeitig faszinierte ihn die Vorstellung, daß auf gewisse Weise ein Teil Aidans sich in dem Kasten vor ihm befand. Ihn schauderte. »Es ist widerlich, daß Nebelparder illegal in den Besitz von Genmaterial eines anderen Clans gelangt sind, besonders das von Aidan Pryde.«

»Ich weiß. Peri hat etwas Derartiges schon seit langem vermutet. Sie war es, die mich bat, das Archiv auszukundschaften.«

»Aber was bedeutet das?« fragte Hengst, und wandte sich beinahe zu sich selbst. »Warum haben sie diese Kopie hier?« Er berührte das Glas, als könne er einen körperlichen Kontakt mit dem Zylinder im Innern herstellen. »Die Parder benutzen sie irgendwie. Aidan ist Teil eines internen Experiments, eines Nebelparder-Experiments.«

»Aye«, meinte Sentania, fast, als wolle sie ihn auf die Probe stellen. »Was siehst du noch?«

»Ich bin mir nicht sicher. Wozu würden die Wissenschaftler die Gene verwenden?«

»Ist das von Bedeutung? Sie sind Parder, und sie sind irgendwie in den Besitz von Giftakes gekommen, die Teil des heiligen Genfundus der Jadefalken sind. Möglicherweise sind es Kopien, aber sie haben dieselbe Bedeutung wie die Originale. Die Schlußfolgerung ist offensichtlich. Wissenschaftler außerhalb der Falken dürften sie nicht besitzen. Wie Peri Watson es gesagt hat, haben wir es mit einer Art Verschwörung zu tun. Ich bin sicher, daß die Jadefalken in unseren Lagerbereichen kein Generbe irgendeines anderen Clans beherbergen.«

Etwas in ihren Augen und in ihrer Stimme sagte Hengst, daß Sentania sich dessen nicht so sicher war, wie sie vorgab.

»Was noch schlimmer ist, Sentania Buhallin: Das hier ist nicht einfach das Erbmaterial irgendeines Kriegers. Dieser Zylinder enthält das genetische Erbe Aidan Prydes. Eines Jadefalken-Helden.«

»Eines unserer größten Helden«, stimmte Sentania ihm zu.

»Aber was bedeutet das, Sentania Buhallin?«

»Ich kenne mich mit Genetik sicher nicht so gut aus,

aber das hier scheint mir mehr als ein bloßes Experiment zu sein. Und es deutet auf eine geheime Zusammenarbeit unter den Wissenschaftlern hin. Schon der Gedanke macht mich krank. Wenn wir unsere einzelnen Clans nicht erhalten, so wie sie vom großen Nicholas Kerensky gegründet wurden, was soll dann aus uns werden? Der Gedanke an Interclan-Experimente ist entnervend. Du hast recht, Hengst. Es ist ekelhaft. All das hier ist ekelhaft.«

Aus einem plötzlichen Impuls heraus schlug Hengst mit dem Unterarm gegen das Glas, das an mehreren Stellen barst. Blut rann aus einer Reihe von Schnittwunden über seinen Arm.

»Warum, in Kerenskys Namen, hast du das getan, Hengst?« zischte Sentania und machte den Eindruck, daß es sie ihre ganze Kraft gekostet hatte, ihm die Frage nicht lauthals entgegenzubrüllen.

»Ich kann nicht zulassen, daß sie Aidan Prydes Erbgut behalten, selbst wenn es nur eine Kopie ist. Er war mein Freund, und niemand sollte … sollte … sie dürfen sie nicht benutzen. Ich kann das nicht zulassen, ich kann nicht …«

Er schob den Arm in das Kühlfach. Die Kälte brannte in den Schnittwunden. Als er nach dem Giftakezylinder griff, sagte eine Stimme hinter ihm: »Du darfst ihn nicht einmal berühren.«

Hengst wirbelte herum. Der Hüter der Nebelpardersaat stand ruhig hinter ihnen. Der Saum seiner weißen Robe fegte über den Boden. Das Lächeln des alten Mannes wirkte nur wie eine weitere Falte auf seinem greisen Gesicht.

Hengst zog den Arm zurück.

Der Hüter trat einen Schritt vor und reckte den Hals, um sich den Schaden anzusehen, den Hengst verursacht hatte.

»Du mußt ziemlich stark sein. Das ist sehr dickes

Glas. Ich wußte vom ersten Augenblick an, an dem ich dich in diesem Gebäude sah, daß du uns Ärger machen würdest. Russou Howell hätte dich nie hierher bringen dürfen, und die Travestie, dich zum Krieger unseres Clans auszurufen, ist noch schlimmer. Aber ich bezweifle, daß er dich noch viel länger unterstützen wird. Spione sind bei den Nebelpardern nicht gern gesehen.« Im gespenstischen Licht der Kühlregale wirkten die Züge des Hüters geisterhaft. »Aber schmeichle dir nicht, irgendeinen echten Schaden angerichtet zu haben, junger Mann. Was du hier siehst – die Konservierung von Genen –, ist nur eine Formalität, ein zusätzlicher Schutz. Die Behälter selbst sind autark und ihr Inhalt ist praktisch unzerstörbar, besonders, da er leicht neu zu kopieren ist, sollte ihm etwas zustoßen.«

»Es gibt noch mehr Kopien Aidan Prydes hier?« fragte Hengst so gelassen wie möglich. Er suchte Informationen, keinen Streit.

»Im Augenblick nicht. Das Experiment, für das dieses Material gebraucht wird, hat noch nicht begonnen. Aber was es auch ist, es wird wunderbar werden. Wir stehen an der Schwelle eines neuen Zeitalters, einer Ära noch überlegenerer ClanKrieger. Es wird kein zweites Twycross oder Tukayyid geben. Dieser Behälter birgt potentielle Wunder.«

Wieder griff Hengst in das Kühlfach. »Dann werde ich diesen Zylinder der Versuchung entziehen.«

Der Hüter lächelte. »Das darfst du nicht. Selbst wenn du es versuchst, werden wir dich sofort fangen und ihn zurückholen. Im Innern des Behälters befindet sich ein Signalgeber, den du nicht erkennen würdest, und wir werden ihn finden, wo immer du ihn versteckst. Wir würden dich nicht einmal suchen müssen.«

Hengst hob den Zylinder auf. Für seine Größe war er überraschend schwer. Er nahm ihn aus dem Regal und hielt ihn in der Hand, während er auf dem Gang stand und den Hüter ansah.

»Du darfst ihn nicht nehmen«, sagte der und griff danach.

Hengst hob den Behälter in die Höhe und schlug ihn dem Hüter über den Schädel. Der alte Mann stürzte augenblicklich zu Boden. Das Blut auf seiner Stirn gerann, kaum daß es ausgetreten war.

Sentania kniete sich neben ihn und tastete seinen Hals ab. »Er ist tot, Hengst.«

»Ich weiß.«

»Das war nicht einfach ein Mord, es war ein kriegerischer Akt. Das war der Hüter der Nebelpardersaat.«

»Ich weiß.«

»Sie werden dich hinrichten.«

»Vielleicht.«

»Es wird ein unehrenhafter Tod für dich sein.«

»So ist es.«

»Warum dann?«

»Warum nicht?«

»Das ist kalt, selbst für einen Jadefalken … oder einen Nebelparder.«

»Nenn mich nicht noch einmal Nebelparder. Es sei denn, du willst sterben, Sentania Buhallin.«

Sentania stand wieder auf. »Na schön. Erkläre dich.«

»Wir hatten keine Wahl. Hätten wir ihn am Leben gelassen, so hätte er uns verraten. Ich verstehe nicht, warum er sich überhaupt zu erkennen gab. Es mußte ihm doch klar sein, daß er dadurch sein Todesurteil unterschrieb.«

»Du bist naiv, Hengst. Das ist der Hüter. Er brauchte nicht zu fürchten, daß irgend jemand ihn töten würde. So kriegerisch wir Clanner auch sein mögen, wir bringen niemanden wie die Hüter um. Ihr Status macht sie praktisch unverletzlich.«

»Nun, der hier war es offensichtlich nicht.«

Sentania schüttelte traurig den Kopf. »Das wird die Nebelparder auf den Kriegspfad treiben. Es ist eine ungeheure Schande für sie, daß sie ihren Hüter selbst in den Tiefen des Mons Szabo nicht beschützen konnten.«

Hengst grinste. »Gut. Jede Schande, die ich diesem Clan machen kann, ist mir recht.«

»Du bist verrückt, aber das gefällt mir. Schließlich bin ich auch verrückt. Aber geh nicht zu weit. In der Zwischenzeit ist dieser Mann tot. Was jetzt?«

»Ich will diesen Behälter verschwinden lassen.«

»Davon halte ich nichts. Laß ihn hier. Er hat gesagt, daß sich ein Signalgeber im Innern befindet. Selbst wenn du den findest und loswerden kannst, wird sich der Verdacht auf dich richten. Ich würde sogar vorschlagen, daß du den Zylinder nicht nur hier läßt, sondern noch mehr Kühlfächer zerschlägst, damit dieser spezielle Schaden nicht sofort in Verbindung mit dem Mord gebracht wird. Vielleicht halten sie es dann nur für eine Art Vandalismus. Diese Nebelparder sind nicht gerade Genies. Wir sollten hier so schnell wie möglich verschwinden. Ich möchte nicht zusehen müssen, wie du exekutiert wirst, Hengst. Dafür habe ich zuviel Zeit an dich verschwendet.«

Hengst legte den Behälter widerwillig zurück und zertrümmerte hastig einige weitere Glasscheiben auf beiden Seiten des Ganges. Sentania hielt Wache, für den Fall, daß jemand den Lärm hörte.

Als er fertig war, erklärte Hengst: »Ich werde zurückkehren und Aidans Gene holen.«

»Wozu das?« fragte Sentania. »Wenn eine Kopie außerhalb des Jadefalkenclans existiert, kann es auch noch andere geben.«

»Ich weiß. Aber ich kann den Nebelpardern nicht gestatten, auch nur diese eine zu behalten.«

Sentania hob den Finger an den Mund. »Warte, ich

höre etwas. Jemand kommt. Ich weiß einen anderen Weg hinaus. Gehen wir.«

Bevor sie den Gang hinablief, sah Sentania auf die Leiche des Hüters der Nebelpardersaat hinab. »Falls dir das ein Trost ist, Hengst, ich hätte ihn auch getötet«, stellte sie fest. »Aber mit etwas mehr Fingerspitzengefühl.«

# 28

**Kriegerviertel, Lutera, Diana**
**Kerensky-Sternhaufen, Clan-Raum**

*5. Mai 3059*

Die Leiche des Hüters wurde nach wenigen Stunden entdeckt, aber bis dahin war es Sentania bereits gelungen, sich noch einmal ins Archiv zu schleichen und falsche Spuren zu legen, die seinen Tod mit einem Jadefalken-Überfall in Verbindung brachten. Sie hatte sogar ein Stück von einer Falken-Uniform an einem Nagel abgerissen und dort hängen lassen, als hätte sich bei der Aktion ein Krieger den Uniformärmel eingerissen. Und sie ließ einen kleinen Dolch der Art zurück, wie er häufig im Zweikampf verwendet wurde, mit dem Wappen der Jadefalken auf dem Griff.

Hengst kam allmählich zu der Überzeugung, daß Sentania so etwas wie eine Zauberin war, die alles konnte, was sie sich vornahm, wie unmöglich es auch schien. Nicht nur das, aber ihr Wagemut, die Frechheit, um einen Einzelnen zu retten, die Schuld den Falken anzuhängen, erstaunte Hengst und machte ihm ein wenig Sorgen. Jeder Schritt seiner Erfahrungen auf Diana, die zum großen Teil von Sentania Buhallin dirigiert wurden, schien ihn weiter von dem Leben zu entfernen, das er bis dahin gekannt hatte, besonders von seinem Platz im Gefüge des Clans. Sein Bündnis mit Sentania war notwendig gewesen, aber war es auch klug? Die Lage hatte sich verkompliziert, und nichts in seinem ganzen bisherigen Leben war je annähernd so schwierig gewesen.

Jedenfalls hatte Sentanias Finte Erfolg. Niemand schien eine Beteiligung Hengsts zu vermuten.

Die Tage nach dem Tod des Hüters waren eine schwierige Zeit gewesen, in der er viele Prüfungen hatte bestehen müssen. Er hatte gelernt, sich dumm zu stellen und die Beleidigungen und Beschimpfungen der anderen Krieger zu ignorieren. Es war unverkennbar, daß sie ihn nicht akzeptierten, auch wenn niemand es wagte, sich offen gegen Galaxiscommander Russou Howell aufzulehnen. Die meiste Zeit gelang es Hengst wohl, sie zu täuschen, aber die Nebelparder waren von ihrem Wesen her mißtrauisch. Wieviel falsche Spuren Sentania auch legte und wie dumm sich Hengst auch stellte, sie konnten jederzeit zwei und zwei zusammenzählen.

* * *

Am Tag nach dem Tod des Hüters hatte Howell Hengst zu sich ins Büro gerufen. »Das ist unfaßbar«, hatte er getobt. »Wie konnten sie es wagen, ein derartiges Verbrechen zu begehen?«

»Es war eine widerwärtige, eine furchtbare Tat«, stimmte Hengst ihm mit ruhiger Stimme zu.

»Siehst du jetzt, wie erbärmlich minderwertig dein früherer Clan ist?«

Howell starrte Hengst mit stechendem Blick an. Der wußte, daß seine Antwort wohlüberlegt sein mußte. Schließlich war die Reaktion der Parder verständlich. Mord war unter allen Clans eine Seltenheit. Die Invasion hatte ihnen gezeigt, daß er in der Inneren Sphäre ein weiter verbreitetes Vergehen war. Dort war er sogar zum politischen Attentat verfeinert worden.

»Ich sehe Schande«, stellte Hengst in entschiedenem Ton fest. »Ich sehe die hinterhältige Tat von Verschwörern. Ich sehe die Verletzung dessen, was das Wesen der Clans ausmachen sollte.«

*In gewisser Hinsicht meine ich jedes Wort. Unter anderen Umständen wäre ich nicht so zurückhaltend. Könnte ich offen sprechen, könnte ich mich offen als Jadefalke bekennen, würde ich auch offen verkünden, daß ich den Hüter getötet habe. Und mit Stolz. Der Mann hat an Genen der Falken herummanipuliert, ein verbrecherischer Akt, der den Tod verdient. Könnte ich das Generbe des Hüters in die Hände bekommen, ihn in einem Bottich heranziehen oder eine Frau damit künstlich befruchten, ich würde seinen Nachkommen bis zum Erwachsenenalter heranwachsen lassen und dann noch einmal töten.*

Howell starrte Hengst lange an, dann sagte er: »Edle Worte. Ich bin beinahe überzeugt.«

»Beinahe?«

»Aye. Du bist noch nicht lange ein Nebelparder-Krieger. Du verstehst diese Entweihung im Prinzip, aber im Laufe der Zeit wirst du sie bis an den Grund deines Wesens spüren.«

*Es wird eine sehr kurze Zeit werden, Stravag. Gerade lange genug, um dich zu erledigen.*

Für den Rest der Konversation lieferte Hengst knappe, vorschriftsmäßige Kommentare zu allem, was Howell sagte. Der Galaxiscommander gab seiner Befriedigung über seine Antworten Ausdruck, und Hengst staunte, wie leicht er sich hinters Licht führen ließ.

* * *

Er wußte nie, wann Sentania auftauchen würde. Meistens trat sie unvermittelt aus der Dunkelheit, aber manchmal stellte sich auch heraus, daß sie die Tech war, die schon einige Zeit in seiner Nähe arbeitete. So wie jetzt.

»Hengst?«

»Wie üblich hast du mich erschreckt.«

»Ich bin schon eine ganze Weile hier und repariere diese Heizeinheit.«

»Ich habe es nicht bemerkt. Stimmt es, daß du die Gestalt verändern kannst, wenn es nötig ist?«

»Nicht wirklich, aber ich besitze, nun, gewisse Manipulationsfähigkeiten.«

»Da hast du allerdings recht. Was hast du mir jetzt zu sagen? Ist dir klar, daß deine Einmischung zu einer Vergeltung gegen die Falken führen könnte?«

»Das weiß ich und habe es erwartet. Mach dir keine Sorgen. Was können Sie schon tun? Sie können den Falkenhorst nicht stürmen, das wissen selbst die Parder. Ich bin überrascht, daß sie kein Exempel an deinem Trinärstern statuieren. Das war meine Hauptsorge.«

»Nun, wenn du es unbedingt wissen willst, ich habe es Russou Howell irgendwie ausreden können. Aber nur gegen das Versprechen, daß die Mitglieder meines Trinärsterns auch Nebelparder werden.«

»Schlau gemacht.«

»Du bist wahnsinnig. Du stößt mich nur immer tiefer in dein Lügengewebe.«

»Bleib ruhig, Hengst. Es dauert nicht mehr lange. In Bagera werden wir das alles in Ordnung bringen.«

»Bagera? Wie üblich habe ich keinen Schimmer, wovon du redest, Sentania Buhallin.«

»Bagera ist ein Bergwerksaußenposten im Süden, reich an Erzvorkommen und gewissen wichtigen Mineralien. Der Ort unterscheidet sich von Lutera. Er ist noch häßlicher.«

»Häßlicher als dieses Kaff?«

»Nun ja, es ist ein rauher Ort, bevölkert von rauhen Typen. So wie die meisten Bergwerksorte. Mir gefällt es da.«

»Ich bin nicht überrascht. Du dürftest dich dort wie zu Hause fühlen.«

»War das sarkastisch gemeint?«

»Das war es.«

»Jedenfalls mußt du Russou Howell davon überzeugen, dich bei seiner bevorstehenden Inspektion der kriegswichtigen Fabrikationsanlagen mitzunehmen.«

»Und wie, bitte, soll ich das anstellen?«

»Oh, dir wird schon etwas einfallen, Hengst. Dir fällt immer etwas ein. Denk nur daran, wie du mit dem Hüter fertig geworden bist.«

Hengst schleuderte einen vorgetäuschten Fausthieb in ihre Richtung, dem sie ohne Schwierigkeiten auswich – aber wieder sagte er sich, daß sie ihn nicht ewig würde herumkommandieren können. Er war vielleicht eine Freigeburt, aber er war kein Solahma. Er tat erst einmal nur, was sie verlangte, weil er im Augenblick ihre Hilfe benötigte.

* * *

Wie sich herausstellte, war Russou Howell hocherfreut über Hengsts Interesse an den Produktionskapazitäten Dianas. Er schien stolz darauf, wie die Parder sich auf den Krieg vorbereiteten, fast so, als könne er das seinen Bemühungen anrechnen.

»Ich habe Bagera schon einmal inspiziert, als ich gerade angekommen war«, erzählte er Hengst. »Damals wußten sie, daß ich komme. Diesmal sind sie nicht vorbereitet.«

Hengst berichtete Sentania von der bevorstehenden Reise, als sie das nächste Mal wie durch Zauberei auf der Bildfläche erschien. »Wir werden von BattleMechs begleitet, aber unterwegs noch Zwischenstopps einlegen. Paßt das in deine Pläne?«

»Wie viele Mechs?«

»Etwa vier, schätze ich.«

Sentania ließ es sich eine Weile durch den Kopf gehen.

»Machbar«, entschied sie schließlich. »Es sind zwei zuviel, aber wir werden irgendwie das Beste daraus machen. Es wird also Bagera. In ein paar Tagen bist du frei, Hengst, und zwar auf ehrenvolle Weise.«

»Warum nicht hier in Lutera?«

»Zu viele Variablen, zu viele Leute. Howell ist im Vorteil. Da draußen sind die Kräfte ausgeglichen, zumindest annähernd.«

»Was ist mit meinem Trinärstern? Wir können sie in Bagera nicht befreien, wenn sie hier sind.«

»Ich habe dir schon einmal gesagt, der Trinärstern bleibt hier. Wenn du erst wieder ein Jadefalke bist, werden wir einen Überfall starten, um deine Krieger zu holen. Erst einmal gehen wir auf meine Art vor.«

»Und was genau ist deine Art?«

»Je weniger du weißt, desto besser.«

»Du nimmst dir zuviel heraus, Sentania Buhallin.«

Ein Lächeln blitzte in ihrem Gesicht auf und verschwand ebenso schnell wieder. »Genau das hat man mir zu meinen Kriegerzeiten auch immer gesagt. Jedenfalls, Hengst, denk nach. Der Trinärstern ist hier, aber was wir tun müssen, können wir bloß in Bagera tun. Howell wird nur über vier BattleMechs verfügen. Vielleicht weniger, wenn gewisse Dinge richtig laufen. Es gibt so schon reichlich Schwierigkeiten bei dieser Befreiungsaktion, und du mußt einfach akzeptieren, daß wir deinen Trinärstern nicht befreien können, jetzt noch nicht. Ich meine, hör zu, Hengst. Ich weiß, das wird dich jetzt wütend machen, aber sie sind nur Freigeburten … Verzeihung, ich habe dir versprochen, dieses Wort nicht mehr zu benutzen. Sie sind Freigeborene. Als Wahrgeborene werde ich für sie nicht alles aufs Spiel setzen. Dieses Risiko bin ich nur für dich bereit einzugehen. Akzeptiere das, oder bleibe für den Rest deines Lebens Russou Howells Lakai.«

Hengst starrte Sentania wütend an, dann hob er die Hand zum Schlag, diesmal ernsthaft. Sie sah die Geste, blieb aber ruhig stehen, als wolle sie ihn herausfordern. Hengst ließ den Arm wieder sinken.

»Es fällt mir schwer, das zuzugeben, Hengst, aber

ich weiß, ich bin zu weit gegangen. Du hast meine Vorstellung von Freigeborenen über den Haufen geworfen, etwas, das du, soweit ich sehen kann, schon dein ganzes Kriegerleben lang getan hast. Wir werden das Schritt für Schritt erledigen. Erst kommt der Erfolg in Bagera, und dann reden wir über das Schicksal deines Trinärsterns, frapos?«

»Was immer wir tun«, stellte Hengst fest, »es darf nicht unehrenhaft sein. Meine Rückkehr zu den Jadefalken muß ebenso ehrenvoll zustande kommen, wie meine Behandlung durch Russou Howell unehrenhaft war.«

»Oder logisch, was das betrifft. Du bist verwirrt. Es ist offensichtlich.«

»Wütend ist das passende Wort. Wut darüber, was geschehen ist, Bedauern darüber, was ich bis jetzt tun mußte. Diese Scharade: Ich weiß nicht, wie ich es ausdrücken soll, aber irgendwie hat sie mir etwas genommen. Möglicherweise meine Identität. Der Mord am Hüter der Nebelpardersaat, der mir nötig erschien, als ich ihn verübte, erscheint mir jetzt als ein zu hoher Preis für meine Freiheit von den Nebelpardern. Ich bedauere ihn.«

Sentania biß sich auf die Unterlippe, als sie das hörte. »Kriegerische Handlungen sind nichts weiter als kriegerische Handlungen. Der Tod des Hüters war ein kriegerischer Akt, mehr nicht. Vergiß nicht, Hengst, daß du mit einer Mission hierher gekommen bist. Wer sich dir in den Weg stellt, ist entbehrlich und muß die Konsequenzen tragen.«

»Nein, Sentania Buhallin, nichts davon war Teil meiner Mission.«

»Du bist zu idealistisch, Hengst. Aber wir können darüber jetzt nicht länger diskutieren. Es gibt noch viel zu tun. Vielleicht sehen wir uns bis Bagera nicht mehr.« Sie ging davon, dann drehte sie sich um und meinte: »Ich stehe immer noch in deiner Schuld.«

»Das wird sich in Bagera ändern.«

»Nein, das ist Pflicht«, stellte Sentania fest. »Um meinen Eid gebührend zu erfüllen, muß ich etwas tun, wozu ich nicht verpflichtet bin, so wie du, als du an jenem Tag in mein Schicksal eingegriffen und mich gerettet hast.«

»Dann entbinde ich dich von deinem Eid.«

»Das ist unannehmbar. Hier ist mein Schwur: Wenn wir deine Freiheit erreicht haben, werde ich alles in meiner Macht stehende tun, um dir bei der Befreiung deines Trinärsterns zu helfen. Das geht über meine Pflicht hinaus. Wir sind uns einig, frapos?«

»Pos.«

»Gut.«

Sie drehte sich jäh um und ging. Ohne ein weiteres Wort, so wie immer.

Als sie um eine Straßenecke verschwunden und außer Sicht war, dachte Hengst über ihre Begegnung nach, über alle ihre Begegnungen. Er hatte eine Menge Vertrauen in diese Sentania Buhallin investiert, und jetzt fragte er sich, ob er sein Schicksal möglicherweise in die Hände einer Irren gelegt hatte.

Aber ihr Schwur hatte ihn neu belebt. Er war bereit, und er würde seine Rache bekommen.

* * *

Jetzt machten sie sich auf den Weg nach Bagera. Hengst sah zu, wie die vier BattleMechs unter dem Befehl ihrer Nebelparder-Piloten majestätisch aus der Stadt schritten.

*Ich wünschte, Russou Howell hätte mich ins Cockpit einer der Maschinen gelassen, erst recht, da zwei von ihnen aus meinem beschlagnahmten Bestand stammen. Seine Erklärung war kümmerlich. Er will mich bei sich im Wagen haben, um mir die schöne Landschaft Dianas zu zeigen und die großen Errungenschaften des Clans zu erläutern. Pah! Ich will nichts über irgendeine ihrer Errungenschaften hören. Ich kann jeder einzelnen Errungenschaft der Parder eine der Jadefalken gegenüberstellen.*

*Es ist eine vernünftige Erklärung, aber ich glaube sie ihm nicht. Er will mich einfach noch nicht in einen BattleMech lassen. Er vertraut mir nicht. Vielleicht ist es mir doch nicht so völlig gelungen, ihn zu täuschen, wie ich dachte, aber meine Hände jucken, wieder die Kontrollen eines Mechs zu spüren.*

»Riech diese Luft, Hengst. Das läßt einen Dianas schlechtes Wetter verzeihen.« Howell nahm einen tiefen Atemzug und genoß dessen Frische, als sie sich dem Wald näherten. »Das wird eine schöne Fahrt, Hengst, frapos?«

»Pos, eine gute Fahrt.«

*Besser als du dir träumen läßt, du Stück Suratdreck! Bastard!*

Von einem Freigeborenen gesprochen oder gedacht, mochte der Begriff Bastard mehr Sinn machen, aber für einen Wahrgeborenen war er eine Obszönität, die zu einer tödlichen Beleidigung wurde, wenn sie einen reagenzgezeugten Krieger meinte. Hengst hoffte, ihn Howell schon bald ins Gesicht schleudern zu können.

# 29

**Forschungsstation Falkenhorst, Östliche Berge, Diana
Kerensky-Sternhaufen, Clan-Raum**

*9. Mai 3059*

Der zweite der für die Mission ausgewählten Flug-Mechs, *Böser Bruder II*, erschien. Die Aufzugsplattform hob ihn an die Oberfläche. Er basierte auf den Konstruktionsplänen des alten *Hornissen-FLUM* und wirkte alles andere als beeindruckend. Peri war klar, daß ein BattleMech durch seine bloße Anwesenheit Schrecken verbreiten sollte, aber diese FLUMs waren dazu einfach zu dürr, mit zu zerbrechlich wirkenden Gliedmaßen. Sie sahen fast wie überalterte Maschinen aus. *In gewisser Weise*, dachte sie, *sind das Solahma-Mechs.*

Geoff bewegte *Böser Bruder II* in der BattleMech-Konfiguration von der Plattform, und das betonte nur, wie ungefährlich die Maschine aussah. *Böser Bruder II* schien vorwärts zu stolpern. Geoff lag der Jägermodus deutlich mehr, und er protestierte grundsätzlich, wenn er einen der Zweisitzer allein führen mußte. Jetzt saß er dort im Cockpit, das kaum größer als beim Original-*Hornissen-FLUM* war, und Peri konnte ihn vor ihrem inneren Auge sehen, wie er mit seiner typisch sauren Miene zu ihr herabschaute. Geoff verfügte über mehr Varianten eines sauren Gesichtsausdrucks als irgend jemand, den sie je gesehen hatte, mit Ausnahme vielleicht von Sterncommander Joanna, als sie Falknerin von Peris Geschko gewesen war.

*Böser Bruder II* war von ursprünglich 30 Tonnen auf zwischen 40 und 45 Tonnen aufgebaut worden, aber er wirkte noch immer so zerbrechlich wie ein zittriger Dienstbote, der auf seine Befehle wartete. Seine Beine waren verdickt worden, was ihn am Boden langsamer machte, und sein Rumpf war länger und schmaler, so daß er in der Luft schneller und beweglicher wurde. Er war im LuftMech-Modus leichter zu handhaben, doch im Jägermodus war er immer noch unberechenbar. Aber das war nicht so wichtig. In dem Gefecht, das Sentania geplant hatte, würde der LuftMech-Modus die vorherrschende Rolle spielen.

Sie hatte die mittelschweren Standardlaser der *Hornisse* um Maschinengewehre verstärken lassen, obwohl die Techs sie gewarnt hatten, daß zu viele Belastungspunkte in den komplexen Aufbauten *Böser Bruder II*s seine strukturelle Integrität schwächen konnten. Das war nur eines der zahlreichen Probleme dieses FLUMs, aber Peri setzte bei dieser Mission mehr Vertrauen in seine Begleitmaschine. *Böser Bruder I* bot mehr Anlaß zur Zuversicht. Er stand bereits auf dem Testgelände und wartete, während *Böser Bruder II* unsicher näherkam. Peri wußte nicht mehr so recht, warum sie die beiden Maschinen als Brüder bezeichnete. Sie sahen sich nicht gerade ähnlich. Vielleicht, weil sie in ihren Gedanken als die Ursache für zahlreiche Forschungskopfschmerzen gekoppelt waren.

*Böser Bruder I* ähnelte stark dem ursprünglichen *Feuerfalken-FLUM* und war nur minimal umgebaut worden, um Platz für den zweiten Piloten zu schaffen. Peri und ihr Team hatten sich gegen allzu große Veränderungen an der dieser Maschine zu Grunde liegenden *Feuerfalke*-Konstruktion entschieden. Das Gewicht von 50 Tonnen ließ sich nicht spürbar erhöhen, und sie hatten Kompromisse eingehen müssen, um sich nicht zu weit von der Ursprungsmasse zu entfernen. Das Gewicht im Frontbereich war reduziert und der Rumpf, im Gegensatz zu *Böser Bruder II*, verkürzt worden, auch wenn er jetzt schlanker wirkte. Peris Team hatte *Böser Bruder II* zusätzliche Maschinengewehre eingebaut, diese bei *Böser Bruder I* aber durch einen zusätzlichen schweren

Laser und eine Einbaumöglichkeit für eine KSR-Lafette ersetzt. In seiner aktuellen Version verfügte *Böser Bruder I* über mehrere Abschußrohre für Kurzstreckenraketen in der Torsomitte. Peri hatte mehr Vertrauen in diesen FLUM, allein schon, weil er in den Tests deutlich besser abgeschnitten hatte.

Aber was besagten schon die verdammten Tests? Sie hatten ein paar Raketen den Berg hochgejagt und es geschafft, auf der Klippenwand ein paar ganz annehmbare enge Einschlagsmuster zu erzielen. Aber aus Flug und vorgetäuschten Angriffen hatten sich wenig Rückschlüsse ziehen lassen. Die Flugtests waren zu selten, weil Bren Roshak verhindern wollte, daß die Parder die FLUMs zu Gesicht bekamen. Peri war klar: Die einzige echte Möglichkeit, Konstruktionen dieser Art zu testen, war das zu tun, was sie gerade taten, und sie auf eine Kampfmission zu schicken. *Und Kerensky sei uns gnädig!*

Sie fragte sich allmählich, ob diese ganze Operation noch nachvollziehbar war. Natürlich war das gleichgültig, weil niemand dazu ein Urteil abgeben würde. Jeder irgendwann darüber abgefaßte Bericht würde so zurückhaltend und voller Mehrdeutigkeiten ausfallen, daß niemand sich die Mühe machen würde, ihn zu hinterfragen. Peri haßte die bürokratische Natur der Berichte innerhalb der Wissenschaftlerkaste. Die ganze Kaste schien sich mehr und mehr in eine einzige, riesige, nur noch sich selbst verpflichtete Bürokratie zu verwandeln, und ihre Sprache versank immer tiefer in unverständlichem Spezialjargon.

Aber Sprache war zur Zeit nicht Peris einziges Problem. Da gab es auch noch Sentania. Sentania hatte den größten Teil der Operation geplant, aber sie war zu wild, als daß man ihr im Feld hätte vertrauen können. Sentania war sich der Vorteile von Überraschungseffekt, FLUM-Beweglichkeit und der fehlenden Vorbereitung der Parder auf das, was sie erwartete, so sicher, daß sie Peri von der Möglichkeit, den Plan in die Wirklichkeit umzusetzen, überzeugt hatte.

Aber jetzt, als die Bösen Brüder im grellen Sonnenlicht all ihre Fehler überdeutlich zur Schau stellten, fiel es Peri schwer, sich vorzustellen, wie sie gegen echte Mechs bestehen sollten. Je mehr sie über diesen Plan nachdachte, um so größere Zweifel kamen ihr an seiner Durchführbarkeit. Und genau deshalb hatte sie sich entschlossen mitzukommen. Es mußte jemand für den Fall dabeisein, daß es zum Unerwarteten kam, und ihrer Erfahrung nach geschah das regelmäßig. Peri war sich nicht sicher, was sie tatsächlich würde beitragen können, aber zumindest war sie noch bei Verstand. Oder wenigstens nahm sie das an, dachte sie traurig.

Sie fragte sich auch, ob sie bei der Umsetzung von Sentanias Plan zu hinterlistig vorgegangen waren. Natürlich hatte Peri Bren Roshak dazu gebracht, einem echten Test der FLUMs zuzustimmen, weil er den ohnehin immer wieder forderte. Das war leicht gewesen. Es stimmte auch, daß der Überfall auf eine kleine Gruppe von Nebelpardern erfolgen sollte und wahrscheinlich nicht viel Aufhebens um ihn gemacht werden würde, sollte die Nachricht davon höherrangige Clanstellen je erreichen.

Roshak hatte gekocht, als er erfuhr, daß die Parder die Jadefalken für den Mord im Genetischen Archiv verantwortlich machten, obwohl keine Falken-Einheit auch nur in der Nähe gewesen war. Natürlich hatte er nichts von Sentania Buhallins Anwesenheit erfahren, ebensowenig wie, daß nur sie einen Einbruch in das Archiv hatte leiten können. Er wußte auch nichts von Hengsts Rolle bei dieser oder jener Mission, oder, daß er es gewesen war, der den Hüter der Nebelpardersaat umgebracht hatte. Jede dieser Informationen hätte Roshaks Enthusiasmus für den bevorstehenden Test dämpfen können.

Roshak erklärte wohl, Howells Drang nach Rache zu verstehen. Wäre es ein Nebelparder gewesen, der einen Jadefalken-Hüter ermordet hatte, wäre sein Rachedurst unstillbar, behauptete er. Peri hatte ihn damit beschwichtigt, daß er sich in dieser Hinsicht keine Sorgen zu machen brauchte, da es im Falkenhorst kein Genetisches Archiv der Jadefalken gab. Was sie zwar gedacht, aber nicht ausgesprochen hatte: Wäre Bren Roshak der Parder-Kommandeur gewesen, hätte er wahrscheinlich überhaupt nichts gefunden, worüber er sich hätte aufregen können. Roshak zeigte kaum Interesse am täglichen Leben der Station, mit Ausnahme natürlich an der Arbeit, die zu so erstklassigen Greifvögeln wie Jadestreuner führte. Roshaks wichtigste Reaktion auf den Zwischenfall im Archiv Luteras hatte darin bestanden, die Wachen um den Falkenhorst zu verdoppeln, für den Fall, daß die Parder einen Weg fanden, ihn gegen alle Wahrscheinlichkeit zu stürmen.

Sentania und Peri hatten ihm den Überfall als ersten Schritt in einer Serie von Operationen verkauft, um die BattleMechs zurückzuerbeuten, die Howell Hengst abgenommen hatte. Der Sterncolonel hätte die Mission niemals genehmigt, nur um Hengst zu befreien. Roshak verspürte nicht das geringste Interesse an irgendeinem Krieger des gefangenen Trinärsterns. Sie waren nur Freigeburten, aber die Mechs wollte er zurückhaben. Er hatte keinen Platz, sie unterzubringen und würde sie zum Abtransport auf das nächste Landungsschiff laden müssen, aber die Rückeroberung der Mechs war für ihn eine Sache des Prinzips geworden.

Kein lausiger Parder-Abschaum durfte Jadefalken-Mechs behalten. Bei all seiner Entschlossenheit war er jedoch nicht bereit, wichtiges Personal für dieses Ziel einzusetzen. Er war zufrieden, Solahma-Krieger und umgeschulte Piloten auf einen entsprechenden Versuch zu schicken. Wenn es zu Verlusten kam, war so sichergestellt, daß die Gefallenen entbehrlich waren. Im Rahmen von Roshaks spezieller Art der Garnisonsmentalität fand Peri diese Logik verständlich, aber sie half nicht sonderlich dabei, die Verteidigungsmöglichkeiten zu verbessern oder die Offensivkapazität zu stärken. Sie hatte versucht, ihm erfahrenere Krieger abzuluchsen, aber Roshak hatte ihre Bitte abgeschmettert, und sie hatte es gut sein lassen.

*Wäre ich eine Kriegerin, hätte ich debattiert. Er hört nur auf Krieger.* Aber manchmal machte das Kastendenken der Krieger sie nachdenklich. *Gelegentlich ist Bren Roshak so blind, daß er ebensogut eine Haube tragen könnte wie sein heißgeliebter Jadestreuner. Aber der hat wenigstens einen eleganten Flug und tötet mit beeindruckender Schläue.*

In der nächsten Stunde wanderte Peri zwischen den Bösen Brüdern hin und her, überprüfte die von den Techs abgehakten Checklisten und verdonnerte sie dazu, die Checks zu wiederholen. Sie wies den für *Böser Bruder II* eingeteilten BattleMech-Piloten ein, einen ergrauten Veteranen namens Wyatt, der kurz vor der Einstufung als Solahma stand. Er war für ihren Geschmack etwas zu selbstsicher. Er nickte oberflächlich, während er seine Instruktionen erhielt, und war offensichtlich beleidigt, von dem Mitglied einer niedrigeren Kaste Anweisungen entgegennehmen zu müssen. Krieger hatten häufig Schwierigkeiten damit, mit Wissenschaftlern zusammenzuarbeiten, da diese oft nichtmilitärische Autorität über sie hatten. Das gefiel ihnen nicht, und nur wenige schafften es, diese Erniedrigung mit einiger Höflichkeit zu tolerieren. MechKrieger Wyatt war da keine Ausnahme. Er verlagerte ständig das Gewicht von einem Fuß auf den anderen, ließ die leeren grauen Augen häufig gelangweilt umherschweifen, schien sogar ab und zu ein Gähnen zu unterdrücken.

*Habe ich die Mission zum Scheitern verurteilt, als ich aus der kümmerlichen Liste, die mir Bren Roshak anbot, diesen* Stravag *ausgewählt habe? Diesem Kerl ist die Mission gleichgültig, soviel ist klar. Natürlich wird er sich anstrengen. Kein Jadefalken-Krieger könnte anders handeln, aber möglicherweise fehlt ihm das Können, um sich gegen die Übermacht durchzusetzen, mit der wir es zu tun bekommen werden. Schluß mit der Trübsal! Es kann gelingen. Ich weiß, daß es gelingen kann.*

Wyatt schien erleichtert, als sie ihn entließ. Er ging schnellen Schritts davon.

»Ein feiner, loyaler Krieger, dieser Wyatt«, stellte eine Stimme hinter ihr fest. Sie war nicht einmal überrascht. Sie war es gewohnt, daß Stenis sich ihr von hinten näherte und unerwartet seine Meinung äußerte. Es war jedesmal wieder, als ob er innerlich ein Gespräch führte, das er plötzlich irgendwann mittendrin ins Hörbare verlagerte.

»Stenis, ist das Sarkasmus?«

»Das weiß ich nie. Ich rede einfach.«

»Das ist mir auch schon aufgefallen.«

Wyatt faßte *Böser Bruder II* ans Bein, vielleicht, um zu sehen, ob er schon durch die bloße Berührung umfiel. Das geschah nicht, und er schien zufrieden. Dann machte er sich auf den Weg zur Kriegerhütte, wohl, um die Kampfmontur anzulegen.

»Wyatt ist ein guter Pilot«, meinte Peri. »Er steuert einen FLUM im Mech-Modus ganz annehmbar. Deshalb habe ich ihn ausgewählt.«

»›Ganz annehmbar‹ ist aber nicht gerade ein großes Lob.«

»Behauptest du etwa, nicht alle wahrgeborenen Jadefalken-Krieger wären die Besten, die je aus den Bottichen gestiegen sind, Stenis?«

»Das würde ich nie sagen. Ich glaube an die Jadefalken und weiß, daß alle unsere Krieger der Vollkommenheit nahe sind, selbst diejenigen, die zum Garnisonsdienst abgeschoben werden. Selbst die Solahmas.«

»Aye«, meinte Peri.

»Ich wünsche euch viel Glück bei eurem Vorhaben.«

»Es ist nur ein Test.«

»Natürlich, nur ein Test.«

»In deiner Stimme klingt Zweifel mit.«

»Sentania Buhallin ist daran beteiligt, frapos?«

»Pos. Sie wird in der ...«

»Dann habe ich gute Gründe für meine Zweifel. Ich wünsche euch beiden Glück.«

Darauf wußte Peri keine Antwort. Aber das war nicht schlimm, denn Stenis entfernte sich bereits wieder. Plötzlich wirkte sein Schritt alt, seine Schultern waren gekrümmt.

*Es ist eine Schande, aber er sieht nicht danach aus, als ob er noch lange überleben würde. Das ist das Traurige am Garnisonsdienst. Er kann guten Kriegern das Leben regelrecht aussaugen, sie zu Langeweile, Trägheit und manchmal sogar zu einem frühen Tod verdammen. Na gut, bei Stenis wird es kein früher Tod sein, aber auch kein Kriegertod, und ich habe den Eindruck, er wird nicht mehr lange auf sich warten lassen. Ich sollte mich nicht in düsteren Gedanken verlieren. Ich muß mich auf den Abflug vorbereiten.*

Sentania war als BattleMechpilotin für *Böser Bruder I* eingeteilt und sollte in der Nähe der Bergwerksstadt Bagera auf die FLUMs warten. Für den Weg dorthin hatte Peri sich den BattleMechplatz in *Böser Bruder I* reserviert. Gerri, der zweite Pilot, kam mit beiden Modi zurecht und konnte ihr aushelfen, wenn es Schwierigkeiten gab. Das schien zwar eher unwahrscheinlich, aber für alle Fälle war es besser, vorgesorgt zu haben. Jedenfalls würde Gerri den FLUM bis in die Bagera-Region steuern, und das einzige, was Peri zu erledigen hatte, war, das Fahrzeug mit den Sprungdüsen zu landen, etwas, was sie schon tausende Male getan hatte, wenn auch nur im Simulator.

Bren Roshak hatte natürlich keine Ahnung, daß Peri für den Test in den FLUM steigen würde. Er wußte nicht einmal, daß er bei Bagera stattfand. Sie hatte den Namen eines toten Piloten auf den Flugplan gesetzt. Er hatte ihn nicht erkannt, wenn er den Plan überhaupt gelesen hatte, und das Dokument abgezeichnet.

Sie verkleidete sich als Kriegerin mit entsprechender Kopfbedeckung und stieg an ihren Platz im Cockpit des FLUMs.

Die Täuschung gelang, und kurz darauf erhoben die Bösen Brüder sich in die Lüfte. Jetzt brauchte sie sich nur noch zurückzulehnen und Gerri das Steuer zu überlassen. Ihr Herz schlug vor Erregun,g als sie über die Wälder brausten und einen sich ständig verändernden Schatten auf die Wipfel warfen.

Bagera war per Luftlinie nicht allzu weit entfernt, aber sie wählten einen weiträumigen Kurs, um nicht entdeckt zu werden. Selbst wenn das geschehen wäre, hätte kaum jemand von ihnen herausfinden können, was sie vorhatten. Niemand auf Diana hatte die Falkenhorst-FLUMs je zu Gesicht bekommen. Ein Beobachter hätte wahrscheinlich die meiste Zeit mit dem Versuch zugebracht, die fremdartig aussehenden Jagdmaschinen zu identifizieren. Aber es war trotzdem besser, vorsichtig zu sein und einer Entdeckung aus dem Weg zu gehen.

Als sie sich der Landezone näherten, wurde Peri nervös. Was, wenn sie die Landung verpatzte und den FLUM ruinierte? Dann mußte sie lachen. Der Gedanke, etwas tun zu können, was alltägliche Routine für sie gewesen wäre, hätte sie sich als Kriegerin qualifiziert, erfüllte sie mit enormer Erregung.

Sie mußte Wyatt und Geoff einweisen, bevor sie ihr Flugziel erreichten. Geoff antwortete mürrisch, als sie die Kommverbindung zu *Böser Bruder II* öffnete. Sie gab ihm, was ihr an Instruktionen einfiel, und er antwortete nur mit einem Grunzen. Dann verlangte sie Wyatt zu sprechen.

Auf Geoffs ›Aye‹ folgte eine lange Stille.

»Was ist los?« fragte Peri über das Mikro ihres Neurohelms. »Kann mich jemand hören? Geoff? Wyatt?«

»Ich höre«, antwortete eine Stimme, die sie mit Entsetzen erfüllte.

»Stenis?«

»Pos.«

»Was machst du da?«

Es folgte eine lange Pause, bevor Stenis antwortete. »Wyatt, weißt du, war leicht verhindert. Ich habe mich freiwillig gemeldet, ihn zu vertreten.«

»Aber … Ich habe ihn in *Böser Bruder II* steigen sehen. Das waren nicht deine Bewegungen, sondern die Wyatts. Das kannst du nicht gewesen sein, es …«

»Auch ich bin ein geschickter Schauspieler, Peri Watson …«

»Stenis, wir müssen umdrehen. Wir können nicht …«

»Und ich war ein besserer Krieger als Wyatt in seinen kühnsten Träumen. Ich bin deine beste Chance, nicht Wyatt. Ich will den Sieg, ihm ist er gleichgültig. Es gibt keinen Grund, umzukehren.«

Etwas in Stenis' Stimme beruhigte sie. Und in einem Punkt hatte er recht. Sie konnten nicht umdrehen. Diese Mission ließ sich nicht wiederholen. Die Personen in dem kleinen Drama, das Sentania arrangiert hatte, würden nur dieses eine Mal an einem Ort zusammentreffen. Es konnte Monate dauern, bis sich eine derartige Gelegenheit wieder bot. Wenn überhaupt.

Im Hintergrund der Leitung hörte sie Geoff fluchen. Er stieß einige der schlimmsten Beschimpfungen aus, die es bei den Jadefalken gab. Dann schaltete er sich in das Gespräch und beantragte die Rückkehr zum Stützpunkt.

»Du wirst weiter nach Bagera fliegen«, befahl Peri und unterbrach die Verbindung.

*Zwei Piloten, die ihre Maschinen nur aus Testflügen kennen, zwei Solahmas im Cockpit und zwei Mechs, deren Eignung als Kampfmaschinen bestenfalls fragwürdig genannt werden kann. Wie können wir da verlieren?*

Einen Augenblick glaubte Peri, Bren Roshak imitieren und Tränen strömen lassen zu können. Aber sie war zu sehr Jadefalke und die Lage zu riskant, um jetzt loszuheulen. Dann verspürte sie einen plötzlichen Drang zu lachen – und unterdrückte ihn ebenfalls.

Sie flogen weiter. Unter ihnen flackerten die Schatten der beiden FLUMs über den Bäumen wie Kinderzeichnungen.

# 30

**Auf der Straße nach Bagera, Diana
Kerensky-Sternhaufen, Clan-Raum**

*9. Mai 3059*

»Glaube mir, Hengst, Bagera war praktisch wertlos, als ich auf Diana ankam«, stellte Russou Howell fest, während der leichte Truppentransporter über die ungepflasterte Straße polterte. Die Räder des Fahrzeugs wurden von den zahlreichen Unebenheiten so oft vom Boden gehoben, daß Hengst jeden Augenblick damit rechnete, daß der Wagen komplett abhob.

»Aufrührerische Bergleute, miserables Management«, fuhr Howell fort. Er schien den Klang seiner Stimme zu genießen. »Und zu viele gewalttätige Zwischenfälle. Ich meine damit sinnlose Gewalt. Ich habe einen Blick darauf geworfen und einen Stern abgestellt, um Ordnung und Disziplin wiederherzustellen. Sie mußten ein paar Leute töten, aber jetzt ist der Ort unter Kontrolle. Und das Bergwerk ist voll ausgelastet. Alles läuft planmäßig. Es gibt sogar ein Projekt, die Häuser zu säubern und Straßen neu anzulegen. Eines Tages in nicht allzu ferner Zukunft wird Bagera eine ebenso schmucke Stadt sein wie Lutera, ebenso makellos und angefüllt mit feinster Architektur.«

Hengst war sich nicht so sicher, daß es eine gute Idee war, Lutera zum Vorbild für welches Bauprojekt auch immer zu nehmen, aber er verzichtete auf einen Kommentar. Er drehte sich auf seinem Sitz um und blickte die Straße hinab zurück. In einiger Entfernung begleiteten am Rand der Straße zwei BattleMechs ihr Fahrzeug. Die beiden anderen waren vorausgeeilt, um den Offizier mit Befehl über Bagera davon in Kenntnis zu setzen, daß der Galaxiscommander unterwegs war. »Das ist das Geheimnis einer Inspektion, frapos?« hatte

Howell erklärt. »Man gibt ihnen möglichst wenig Vorwarnung.«

Der Wagen traf mit hoher Geschwindigkeit auf eine Bodenwelle und wurde für eine endlos scheinende Zeit in die Höhe geschleudert, bis er auf der anderen Seite wieder hart aufsetzte. Howell juchzte vor Begeisterung, während Hengst schmerzhaft zusammenzuckte. Er fand nichts Angenehmes daran, in einem Truppentransporter durchgeschüttelt zu werden, und hätte den engen, aber berechenbaren Platz im Mechcockpit vorgezogen.

Die hinter ihnen mitstampfende *Nemesis* machte sein Verlangen noch drängender. Er haßte es, sich als Nebelparder ausgeben zu müssen, aber noch mehr haßte er den Status halbwegs zwischen Gefangenem und Krieger, in den Howell ihn plaziert hatte.

Zwei Tage zuvor hatte er das Russou Howell gegenüber erwähnt, und dieser hatte geantwortet: »Es ist keineswegs ein Zwischenstatus. Dir fehlt nur noch eine gewisse Ausbildung in Nebelparder-Sitten, Regeln und Traditionen. Nirgends gibt es eine Vorschrift, die zwingend festlegt, daß einem Krieger ein Mech zugeteilt wird. Aber mach kein so wütendes Gesicht, Hengst. Du wirst bald einen bekommen. Ich verspreche es.«

Die beiden Seiten der Straße nach Bagera unterschieden sich deutlich in der Art des Geländes. Zur Rechten, dort wo die Mechs den Staub aufwirbelten, war das Land verödet: eine weite, trostlose Ebene, bedeckt mit ausgedehnten Bereichen ausgetrockneten Bodens, unterbrochen von unbedeutenden Flecken Gras, die nahezu vollständig braun und bestenfalls dürr und fleckig waren. Hengst fragte sich, was das Land hier so vollständig hatte verwüsten können. Auf der Linken jedoch erhob sich ein Wald wie bei Lutera, aber dichter und beinahe so üppig wie ein Dschungel. Laute, gelegentlich kreischende Vogelstimmen drangen an sein

Ohr. Einmal war ein Schwarm der seltsamsten Vögel, die Hengst je gesehen hatte, aufgeflogen und unter ständigen Richtungswechseln zu den fernen Bergen gezogen. Howell hatte ihm erklärt, daß sie ihrer seltsamen Kurswechsel wegen von den Einheimischen Skittische genannt wurden. »Eine einheimische Tierart, die sich ohne Verlust für die Umwelt eliminieren ließe, da bin ich mir sicher.«

Sie holperten eine beträchtliche Zeit schweigend weiter die Straße entlang, und Howell wirkte ungewöhnlich bedrückt. Gelegentlich sah er rätselnd zu Hengst herüber. Das machte diesen unruhig, und er sah weg, in Richtung Wald. Er konnte die krachenden Schritte der *Nemesis* hören, die den Wagen fast eingeholt hatte. Die donnernden Schritte des Mechs brachten seinen Körper selbst durch die Sitzpolster zum Vibrieren.

Hengst starrte zu dem Mech hinaus und fragte sich, ob das seine *Nemesis* war. Es sah nicht danach aus. Die Rumpfoberfläche war zu glatt, ohne die Beulen, die seine Maschine in zahlreichen Kämpfen während der Invasion der Inneren Sphäre gesammelt hatte.

Howell bemerkte, wie Hengst den Kampfkoloß studierte.

»Du glaubst es vielleicht nicht«, erklärte er, »aber diese *Nemesis* ist der Mech, den ich aus deinem Landungsschiff geholt habe. Es war, glaube ich, deine Maschine.«

Hengst war erstaunt. »Ich habe gerade daran gedacht. Aber das kann nicht sein. Meine *Nemesis* war, nun, sie war ...«

»Sie war nicht in so gutem Zustand, frapos?«

»Pos. Sie hat seit den Tagen ihrer Indienststellung nicht mehr so geglänzt.«

Howell deutete auf den OmniMech, der inzwischen langsamer geworden und seine Geschwindigkeit der des Wagens angeglichen hatte. »Nun, das wird vielleicht schwer zu glauben sein, aber es ist dein Mech. Das beweist die Überlegenheit der Nebelparder-Wartungs- und Reparaturtechnologie. Unsere Mechs sind immer in bestem Zustand. Darauf bin ich stolz, wie alle Nebelparder. Du wirst mehr und mehr Beweise unserer Überlegenheit bekommen, je länger du bei uns bist.«

Hengst sagte nichts. Er konnte nur daran denken, daß sein Mech so nahe war, und doch hätte die Maschine ebensogut in der Inneren Sphäre stehen können, so unerreichbar war sie für ihn.

»Ich habe lange über die Nebelparder-Haltung Freigeburten gegenüber nachgedacht«, stellte Howell fest und unterbrach sich.

Hengst bemühte sich, seine Reaktion auf Howells beleidigende Wortwahl zu unterdrücken.

»Zum Beispiel darüber, wie wir sie als Krieger ablehnen. Du, Hengst, bist eine Freigeburt von anderer Art, und es wäre Verschwendung, dich nicht vernünftig einzusetzen. Alle Clans verabscheuen Verschwendung.«

Hengst unterdrückte ein Lachen. Hätte Howell eine Ahnung gehabt, wie lächerlich er Hengst in diesem Augenblick erschien, hätte das seiner Unterstützung für ihn ein jähes Ende bereiten können. Das wäre nicht weiter schlimm gewesen, aber er wollte den Plan jetzt nicht in Gefahr bringen, da er so kurz davor stand, sich ehrenhaft zu befreien.

»Ich finde«, meinte Howell, »daß du eine Chance verdienst. Wenn diese Probezeit abgeschlossen ist, habe ich vor, dir eine Chance auf einen Positionstest für den Rang eines Sterncommanders der Nebelparder zu geben. Wenn du willst, darfst du in dem Test gegen mich antreten statt gegen die üblichen drei Kontrahenten.«

Hengsts Erstaunen über Howells Angebot ließ ihn beinahe verraten, wie sehr er es genießen würde, in einem Positionstest gegen Howell anzutreten und ihn im Verlauf des Kampfes zu töten. Aber mit lauter Stimme erklärte er nur so ehrlich wie möglich: »Es wäre mir eine Ehre, in einem Positionstest gegen dich zu kämpfen.« Der Mann war inzwischen so unberechenbar, daß Hengst kaum noch wußte, was er als nächstes von sich geben würde.

»Sehr schön. Sobald wir zurück sind, werde ich alles in Gang setzen. Es kann eine Weile dauern. Sicher werden meine Leute sich sperren, aber ich habe vor, mich in dieser Sache durchzusetzen, selbst wenn wir beide gegen die anderen kämpfen müssen. Du könntest früher, als du erwartest, deine Chance auf eine Position bekommen.«

*Oder niemals,* dachte Hengst. *Wenn Sentanias Plan gelingt. Wenn nicht, bin ich ohnehin tot. Auch früher, als ich erwartet hätte.*

# 31

**Bagera-Wald, Diana**
**Kerensky-Sternhaufen, Clan-Raum**

*9. Mai 3059*

Howells Begeisterung war ausgesprochen irritierend. Der Mann konnte einfach nicht aufhören zu reden, besonders über alles, was mit Nebelparder-Stolz zu tun hatte.

*Der einzige Stolz, an den ich denken will,* dachte Hengst, *ist der auf die Blutlinie der Prydes unter den Jadefalken. Aidan Pryde, Marthe Pryde … stravag, selbst Ravill Pryde. Wenn Diana bei ihrem Blutrechtstest Erfolg hat, wird sie die Liste fortsetzen. Diana Pryde. Ich frage mich, wie sie sich macht? Hatte sie schon eine Chance anzutreten, oder steht sie irgendwo in einer langen Schlange von Anwärtern und wartet auf ihre Gelegenheit?*

»Zeit für eine Rast.«

Howell befahl dem Fahrer anzuhalten und setzte sich über Funk mit den Piloten der beiden BattleMechs in Verbindung, um sie anzuweisen, bis zu ihrer Rückkehr zu bleiben, wo sie waren. Ihr Fahrer bog unerwartet von der Straße ab in Richtung Wald und brachte das Fahrzeug zum Stehen. Howell sprang leichtfüßig aus der Tür und winkte Hengst mitzukommen.

Die beiden stiegen einen niedrigen Hügel empor, der mit dichtem Unterholz bewachsen war, und blieben schließlich an einem großen Baum auf einer natürlichen Lichtung stehen. Russou lehnte sich leger an den Stamm und zog einen Flachmann aus der Tasche.

Hengst stand nur da und staunte über Howells Schamlosigkeit. Inzwischen hätte er sich an das exzentrische Verhalten des Mannes gewöhnt haben sollen, aber Howell gelang es noch immer, ihn zu überraschen. Der Nebelparder nahm einen tiefen Schluck aus der Metallflasche und schloß die Augen, während der Alkohol durch seine Kehle rann. Als er sie wieder öffnete, lächelte er Hengst an und meinte: »Es tut gut, aus der Stadt zu kommen, frapos?«

»Pos«, antwortete Hengst mit neutraler Stimme, war aber auf der Hut. Je unberechenbarer Russou Howell wurde, desto vorsichtiger hatte er zu sein gelernt.

Von ihrer Position etwas oberhalb der Straße aus konnten sie durch eine Lücke im üppigen Gebüsch die Umgebung beobachten. Außer dem Ödland auf der anderen Seite der Straße war allerdings nicht viel zu sehen. Trotzdem mußte Hengst zugeben, daß die frische Luft der Wildnis angenehm war.

»Diana ist nicht gerade eine einladende Welt, aber sie hat ihren Charme. Die plötzlichen Geländewechsel können reizvoll sein, und ich lerne sogar, den ewig grauen Himmel zu akzeptieren.« Howell blickte mit verkniffenen Augen nach oben, wie um seinen Satz zu unterstreichen, dann nahm er einen weiteren Schluck aus der Feldflasche. Hengst setzte sich auf einen Felsen in der Nähe. Er spürte, daß eine von Howells weitschweifigen alkoholisierten Reden bevorstand.

»Natürlich sind Vorlieben und Abneigungen für einen wahren Nebelparder kaum von Bedeutung. Wir Krieger sind darauf gezüchtet, nur einen Lebenszweck zu kennen. Wir sind für den Sieg auf dem Schlachtfeld programmiert, und es kann im Leben keine größere Ehre geben. Unsere Feinde zu eliminieren, die Integrität unseres Clans zu schützen, ruhmreich zu sterben ...«

»Was kann der Mann labern, meinst du nicht, Hengst?«

Hengst war nicht annähernd so schockiert wie Howell, da er Sentania Buhallins Talent für plötzliche Auftritte kannte. Diesmal schwang sie sich elegant von einem Ast des Baumes, an dem Russou Howell lehnte.

»Wer bist du?« fragte Howell erschrocken und verlor für einen Augenblick die Balance.

»Du erinnerst dich nicht an mich?« fragte Sentania. »Und dabei dachte ich, wir hätten uns so gut amüsiert.« Sie stand Howell in entspannter, aber kampfbereiter Haltung gegenüber.

Er starrte sie an, versuchte sich zu erinnern.

»Ich erkenne dich. Du bist eine Tech, frapos?«

»Du dachtest, ich wäre eine.«

»Du trugst eine Techuniform. Und was ist jetzt das? Eine Jadefalken-Montur?«

»Ich gehöre zum Jadefalkenclan, pos.«

Howell stieg die Zornesröte ins Gesicht. »Hengst, nimm sie in Gewahrsam.«

Ausnahmsweise wußte Hengst nicht, was er tun sollte. Er hatte nicht erwartet, daß Sentania sich jetzt schon zu erkennen gab, auch wenn er durchaus damit gerechnet hatte, daß sie Howell und ihn irgendwie verfolgte.

»Vergiß es«, meinte sie. »Ich bin nicht der einzige Jadefalke hier. Wir sind in der Überzahl. Und ihr tragt keine Waffen.« Sie grinste.

»Was willst du hier, Freigeburt?« stotterte Howell.

»Ich bin keine Freigeburt. Er ist eine Freige … ein Freigeborener, wie du wohl weißt, Galaxiscommander Russou Howell. Aber – Freigeborener hin, Freigeborener her – er ist *unser* Freigeborener, und ich beanspruche Hengst für die Jadefalken zurück.«

»Das kannst du nicht. Er ist jetzt Nebelparder. Es ist …«

Sentania hob die Hand. »Das weiß ich alles. Und ich bin mir Hengsts Ehrgefühl, seiner Vorstellungen von persönlicher Ehre auch voll bewußt. Er hat immerhin die Nebelparder-Eide geschworen. Er kann nicht einfach aufstehen und gehen. Deshalb fordere ich dich heraus, Galaxiscommander Russou Howell.«

»Eine Herausforderung?«

»Ja. Ich bin Solahma-Sterncommander Sentania Buhallin ...«

»Solahma?«

»Unterbrich die Herausforderung nicht. Eine solche Ungehörigkeit ist deiner nicht würdig.«

Howell starrte sie mit offenem Mund an. »Was? Du bist Solahma und willst mich herausfordern?«

»Was ist daran so überraschend? Du würdest bei einem Bieten oder deiner Antwort darauf auch die zahlreichen Solahmas in deiner Galaxis einschließen, frapos?«

Howell wirkte verwirrt. »Hengst, wer ist diese Solahma?«

Hengst grinste. Er freute sich zu sehen, daß Sentanias Talent, ihm die Fassung zu rauben, auch bei anderen wirkte. »Das ist eine äußerst schwierige Frage. Diese Sentania Buhallin festzunageln, ähnelt dem Versuch, einen Windstoß zu fangen.«

Howell schüttelte den Kopf, versuchte, seine Gedanken zu klären. Er wirkte konfus, und die Verwirrung in seinem Blick amüsierte Hengst immens.

»Keine Wortklaubereien, Hengst. Ist das eine Art Witz? Du tauchst aus dem Nirgendwo hier auf, nennst dich Sentania Buhallin und willst eine Herausforderung aussprechen – ohne irgendeine sichtbare Unterstützung für ein Gebot. Du bist Solahma, und ich bin ein Galaxiscommander. Wie kommst du darauf, daß du irgendein Recht hast, auch nur mit mir zu reden, geschweige denn zu dieser impertinenten Herausforderung?«

»Laß mich ausreden, und du wirst es verstehen.«

»Diese Herausforderung ist absurd.«

»Du hast sie noch nicht gehört.«

»Ich brauche sie nicht zu hören.«

»Wenn du mir nicht gestattest, die Herausforderung

auszusprechen, gewinne ich das Bieten automatisch, das weißt du. Ich gebe zu, das wäre einfach. Zu einfach. Wir sind gekommen, um gegen dich zu kämpfen, Russou Howell.«

Howell seufzte. »Na schön. Rede weiter.«

»Ich bin Solahma-Sterncommander Sentania Buhallin, der Jadefalken-Forschungsstation Falkenhorst zugeteilt. Wer verteidigt die Saat des Freigeborenen mit dem Namen Hengst?«

Howell fiel die Kinnlade herab. »Die Saat des Hengst? Das ist eine Herausforderung für einen Besitztest um ein Generbe! Ein *wahrgeborenes* Generbe. Hengst ist eine Freigeburt. Clan Nebelparder bewahrt das Erbgut Freigeborener nicht auf. Die Freigeborenen selbst mögen entsprechende Gebräuche haben, aber die sind für Nebelparder-Krieger ohne Bedeutung.«

»Du unterbrichst mich schon wieder. Kennen Nebelparder überhaupt keinen Respekt für Rituale?«

Howell schüttelte den Kopf. »Sprich weiter.«

»Ich betrachte sein Generbe als in seinem Kodax befindlich. Er war einst Jadefalke und ist jetzt Nebelparder. Hengst ist ein angesehener Krieger in unserem Clan. Er gehört nicht in die Ränge irgendeines anderen Clans. Ich spreche diese Herausforderung für die Ehre der Jadefalken aus. Wir ehren Hengst, der, wie du eben festgestellt hast, ein freigeborener Krieger ist. So groß ist die Bedeutung Hengsts und seiner Leistungen für die Jadefalken. Er verdient nichts Geringeres als einen anständigen Besitztest um seinen Kodax, um sein Erbgut. Und zu diesem Zweck bin ich hier. Ich warte auf dein Gebot.«

Jetzt war Howell sichtlich wütend. »Und was bietest du? Baumäste gegen einen Stapel Steine?«

»Wir werden deine Pöbelhaftigkeit übersehen, Galaxiscommander. Wie ich sehe, hast du in deiner Begleitung zwei BattleMechs.«

»Vier, um genau zu sein.«

»Zwei, um genau zu sein. Die beiden anderen sind zu weit entfernt, offensichtlich auf dem Weg nach Bagera, und wir werden nicht auf ihre Rückkehr warten. Aber du hast einen *Kriegshammer IIC* und eine *Nemesis*, und da wir einen korrekten und fairen Kampf wollen, bieten wir zwei unserer Mechs gegen die deinen.«

Hengst bewunderte Sentanias Fähigkeit zu bluffen. Er wußte genau, daß sie nur über die beiden Mechs verfügte, aber sie erweckte den Eindruck, als stünden weit größere Kräfte zum Einsatz bereit.

»Das war mein Gebot, Galaxiscommander Russou Howell.«

Howell starrte einen Augenblick zu Boden. Dann schüttelte er den Kopf, wie um ihn freizumachen. »Ein Nebelparder ist immer bereit, die Clanehre zu verteidigen«, erklärte er laut und deutlich. »Unter welchen Umständen auch immer. Unter welchen *absurden* Umständen, möchte ich hinzufügen. Und ich habe ein ausgezeichnetes Motiv für die Rache, weil ihr Jadefalken die Verantwortung für den Mord am Hüter der Nebelpardersaat tragt. Mein Blut kocht vor Verlangen, dieses furchtbare Verbrechen zu vergelten. Gut gehandelt und akzeptiert, Sentania Buhallin.«

»Gut gehandelt und akzeptiert.«

»Ich erlaube dir als Herausforderin, den Austragungsort festzulegen. Ich bin mir sicher, daß wir euch überall besiegen können.«

»Wir kämpfen hier. Die Ebene auf der anderen Seite der Straße ist groß genug. Gut geeignet für einen offenen Kampf.«

»Dann bringe deine Mechs her.«

»Immer mit der Ruhe, Russou Howell, immer mit der Ruhe.«

Hengst und Sentania dicht hinter sich, kehrte Howell zum Wagen zurück und rief seine Mechs. Schon bald bebte der Boden unter ihren schweren Schritten. Howell sah seltsam wortlos zu, wie die *Nemesis* und der *Kriegshammer IIC* sich näherten. Als sie nur noch fünfhundert Meter entfernt waren, befahl er ihnen anzuhalten und erklärte den Piloten die Herausforderung.

Anschließend kam Howell zurück zu Sentania.

»Wir sind bereit. Ich werde den *Kriegshammer IIC* selbst steuern.«

Sentania nickte. »Deine Teilnahme ehrt mich, und ich freue mich darauf, dieses Duell persönlich mit dir auszutragen.«

»Was soll das heißen? Du wirst einen eurer Mechs steuern?«

»Das ist korrekt.«

»Aber du bist nur eine Solahma. Eine Solahma gegen einen Galaxiscommander?«

»Aye.«

»Ich protestiere. Du beleidigst mich absichtlich.«

»Du forderst es heraus.«

Howell starrte sie lange an. »Na schön. Ich schwöre, dich nicht nur zu besiegen, Sentania Buhallin, sondern dich auch zu töten. So wird zumindest jemand für den Mord am Hüter sterben.«

»An mir ist deine Rache verschwendet. Eine Solahma kann nicht mehr verlangen, als im Kampf getötet zu werden. Aber auch als Solahma bin ich nicht weniger eine Kriegerin der Jadefalken.«

Howell nickte. »Du hast kein Recht, mich herauszufordern, Solahma. Aber das wird mich nicht davon abhalten, dich zu töten. Mein Durst nach Rache ist gewaltig.«

Hengst, der wenige Schritte entfernt stand, wußte, daß Howell recht hatte. Ein Mechkampf zwischen einer Solahma und einem Galaxiscommander war unangebracht. Solahmas führten nur selten einen Mech, und wer konnte sagen, wie lange es her war, daß dieser Wildfang namens Sentania Buhallin in einem Mechcockpit gesessen hatte? Außerdem war es Hengst gewesen, der den alten Hüter im Archiv getötet hatte. Wenn Howell Rache üben wollte, hätte er sie an ihm verüben müssen.

Aber die Würfel waren gefallen, und Hengst konnte wenig daran ändern. Das war das Problem. Er war es nicht gewohnt, bei einer wichtigen Gefechtsaktion nur zuzusehen. Es war keinerlei Können dazu nötig zuzusehen. Erst recht in dieser Situation, in der er das Objekt der Herausforderung geworden war. Seine Lage ähnelte der einer Jungfrau in einem Lanzengang zweier Ritter. Anfangs hatte er sich darüber bei Sentania beschwert, aber sie hatte ihm erklärt, daß dies die einzige Möglichkeit war, ihn ehrenvoll zu befreien. Danach würde er seine Chance gegen Howell und dessen verhaßte Krieger bekommen. Aber zunächst ging es darum, ihn aus den Händen der Parder zu befreien. Dann kam die Befreiung seines Trinärsterns. Sie hatte ihm empfohlen, es sich als Zuschauer bequem zu machen.

»Besitzt du überhaupt Mechs, Sentania Buhallin?« fragte Howell ungeduldig.

»Ja. Du wirst sie jede Minute sehen.«

»Hast du sie im Wald versteckt?«

»Nein.«

Howell schwenkte in einer umfassenden Geste den Arm. »Dann müssen sie aus dem Boden steigen.«

»Nein.«

»Ich wüßte nicht, wie ...«

»Sieh nach oben.«

Über den Baumwipfeln tauchten die Bösen Brüder auf und flogen an ihnen vorbei. *Böser Bruder II* dippte die Tragfläche in Richtung der beiden Parder-Mechs, eine Beleidigung, die Howell nicht entgehen konnte.

Sie flogen eine Schleife über die Straße, drehten um und kamen im Tiefflug auf die BattleMechs zu.

»Du hast keine Luft/Raumjäger geboten«, erklärte Howell wütend.

»Allerdings nicht, Galaxiscommander. Das sind Kampfkolosse des FlugMech-Typs.«

»FLUMs? Aber die sind veraltet.«

»Mancherorts, ja. Aber du solltest nicht davon ausgehen, daß dies auch für diese beiden zutrifft. Sie wurden weiterentwickelt und sind BattleMechs bester Qualität.«

Sentania erklärte dem erstaunten Howell kurz die Zwei-Piloten-Version des FLUMs.

»Aber sind sie nicht leichter als unsere beiden Mechs?«

»Das braucht deine Sorge nicht zu sein. Du hast die Herausforderung angenommen. Laß uns beginnen.«

Auf ein Zeichen Sentanias landeten die Bösen Brüder. Hengst war beeindruckt von der Eleganz der Transformation von Luft/Raumjäger zu Mech, als sie sanft zu Boden sanken. Ihre Sprungdüsen ließen kaum eine Spur am Boden zurück.

»Sentania Buhallin«, stellte Howell fest, »deine Herausforderung ist verrückt, wahnwitzig. Ich biete dir eine Revision des Bietens an. Um die Herausforderung zumindest fair zu machen, werde ich mit meinem *Kriegshammer IIC* gegen deine beiden FlugMechs antreten.«

»Dein Protest mit der darin anklingenden Arroganz ist deines Clans würdig, aber wir haben verhandelt und akzeptiert. Wir treten um das Erbe des freigeborenen Helden namens Hengst gegen euch an. Hengst, tritt vor.«

Verwirrt trat Hengst hinüber zu den beiden. »Du verstehst die Herausforderung, frapos?« fragte sie.

»Pos«, antwortete Hengst.

»Und du verpflichtest dich, deine Eide dem Clan

gegenüber zu achten, der sich in diesem Kampf als siegreich erweist, frapos?«

»Pos.«

»Dies nimmst auch du als fair an, Galaxiscommander, frapos?«

Howell zögerte. Hengst fragte sich, ob der Nebelparder sich in die Enge gedrängt fühlte. »Pos.«

»Dann sollten wir wohl unseren Platz im Mechcockpit einnehmen.«

Howell machte sich auf den Weg.

Hengst flüsterte Sentania zu: »Ich hoffe nur, du weißt, was du tust.«

Sentania zuckte die Achseln. »Ich kann einen Falken von einem Fuchsschwanz unterscheiden.«

»Ich weiß, was du da zitierst, und es ist nicht angetan, meine Zuversicht zu steigern.«

Sie zuckte wieder die Achseln.

»Du sagtest mir, du würdest Howell mit zwei Mechs herausfordern. Du hast nichts davon gesagt, daß es FlugMechs sein würden.«

»Hättest du das gewußt, hättest du dem Plan vielleicht nicht zugestimmt.«

»Ich hätte ihm ganz sicher nicht zugestimmt.«

»Siehst du?«

»Sie haben keine Chance gegen schwere Mechs wie die *Nemesis* und den *Kriegshammer IIC*.«

»Das ist die konventionelle Ansicht, Hengst. Aber diese beiden sind umgerüstet. Unsere Techs im Falkenhorst haben ein halbes Jahrzehnt an ihnen gearbeitet. Sie sind verändert worden. Howell ahnt nichts von diesen Änderungen. Er wird erwarten, daß sie so agieren, wie er es von FLUMs kennt.«

»Trotzdem ...«

»Still. Er kommt zurück.«

Howell trat mit einem unangenehm zufriedenen Lächeln zu Sentania und Hengst.

»Hengst«, sprach er in ruhigem Ton. »Du wirst die *Nemesis* steuern.«

Hengst und Sentania sahen einander an. Einen kurzen Augenblick lang waren sie beide sprachlos. Dann stieß Sentania aus: »Das ist ... Es ist unorthodox.«

»Ist es das?« fragte Howell. »Daß ein Krieger um sein Erbe kämpft? Ich würde es nicht unorthodox nennen, sondern angemessen. Wenn Hengst seine Ehre beweisen soll, kann er das tun, indem er eine Herausforderung seines jetzigen Clans zurückschlägt, der weit überlegenen Nebelparder. Ist er ehrlos, kann er sich besiegen lassen und als kümmerlicher Feigling zurück zu den Falken kriechen. Aber Hengst ist kein Feigling, oder, Hengst?«

»Ich war noch nie ein Feigling.«

»Dann geh hinüber zur *Nemesis*. Du wolltest wieder in einen Mech. Das hast du selbst gesagt. Der Sieg in diesem Gefecht wird deinem schon jetzt ehrenvollen Kodax nicht nur weitere Ehre bringen, er wird auch den Offiziersrang bedeuten, von dem wir sprachen.«

»Offiziersrang?« fragte Sentania verwirrt.

»Ich habe Hengst die Gelegenheit angeboten, ein freigeborener Sterncommander der Nebelparder zu werden. Eine nie dagewesene Ehre und nur in einer Garnison wie dieser möglich, in der wir bereits unter Sollstärke sind und gezwungen, alternde Krieger – wie dich auch – einzusetzen, Sentania Buhallin. Außerdem wird dies einen noch besseren Test abgeben als den, von dem wir sprachen, Hengst. Wir werden Seite an Seite kämpfen statt gegeneinander. Siege, und deine Legende wird neue Höhen ersteigen. Verliere, und du beweist, daß alles stimmt, was über Freigeburten gesagt wird. Irgendwie ist das äußerst passend. Komm, Hengst, deine *Nemesis* wartet auf dich.«

Howell konnte ein Lachen nicht unterdrücken, als er

sich von Sentania und Hengst entfernte. Hengst sah mit besorgtem Blick zu der Jadefalkin.

»Tu dein Bestes, Hengst«, meinte sie. »Nichts anderes erwarte ich von einem Jadefalken.«

Sie ging an ihm vorbei auf *Böser Bruder II* zu, den FLUM, den sie im Mechmodus steuern würde. Eine andere Frau stand neben der Maschine und wartete offensichtlich auf sie. Hengst hatte Peri Watson noch nie zuvor gesehen, aber er erkannte selbst aus dieser Entfernung die Ähnlichkeit mit Diana.

»Hengst!« rief Howell und winkte. Die Geste wirkte arrogant und ungeduldig, und damit typisch für einen Nebelparder.

Hengst setzte sich in Richtung der *Nemesis* in Bewegung. Er sah zurück zu den Bösen Brüdern. Sie wirkten schwach. Er fürchtete, sie beide schon allein ausschalten zu können. Er wußte, er konnte leicht siegen.

Und seine Ehre verlangte von ihm, genau das auch zu tun.

# 32

**Bagera-Wald, Diana**
**Kerensky-Sternhaufen, Clan-Raum**

*9. Mai 3059*

Sentania erklärte Peri Watson hastig die neue Entwicklung. Deren Miene wurde bleich, als sie davon hörte.

»Das wendet das Blatt gegen uns. Ich habe volles Vertrauen in deine Fähigkeiten, Sentania Buhallin, aber gegen Hengst ...«

»Natürlich, er ist ein guter Krieger, aber das bin ich auch. Und er ist schließlich nur eine Freigeburt. Es wäre eine Schande für mich, gegen eine Freigeburt zu verlieren.«

»Aber Sentania Buhallin, du bist Solahma. Du hast zehn Jahre nicht mehr im Gefecht gestanden.«

»Hengst ist auch kein Jüngling mehr.«

»Aber er kommt frisch aus den Kämpfen in der Inneren Sphäre. Du andererseits ...«

»Es gibt keine andere Seite. Das Duell hat begonnen. Vielleicht werde ich mich darauf konzentrieren, Russou Howell zu besiegen. Wyatt ist geschickt, relativ jung, mit einem guten Kodax. Er kann gegen Hengst kämpfen.«

»Na ja, Sentania ... Wyatt ist nicht mitgekommen.«

Sentania hatte Wyatts Wahl für diese Mission enthusiastisch unterstützt, und seine Abwesenheit machte ihr zu schaffen. »Wenn nicht Wyatt, wer dann?«

»Nur ich, alte Frau«, meinte Stenis, und kam um das Bein von *Böser Bruder I* geschlendert. Jetzt war es an Sentania, bleich zu werden. Immerhin wirkte Stenis noch älter als sie, und in Gefechtsmontur sah er aus wie ein Gerippe, das nicht einmal eine als hauteng gedachte Kleidung ausfüllen konnte. »Und wenn du meinen Kodax auf Referenzen überprüfen willst, habe ich nichts dagegen. Ich war in einem Mech so gut, daß ich es schaffte, meine Solahma-Einstufung zehn Jahre hinauszuzögern. Kannst du das von dir auch behaupten, Sentania Buhallin?«

»Dies ist nicht der Zeitpunkt für deine Narreteien, Stenis. Was du in der Vergangenheit auch erreicht haben magst, du bist verrückt, schwächlich und wahrscheinlich blind und taub obendrein.«

»Nichts davon disqualifiziert mich vom Führen eines BattleMechs. Das kann ich im Schlaf.«

Sentania drehte sich zu Peri um und zuckte die Achseln. »Haben wir überhaupt eine Chance?«

»Wir haben die Herausforderung ausgesprochen. Es ist ein wenig spät, sie zurückzunehmen. Obwohl ... nun ...«

»Raus damit.«

»Nun, wir haben keine Genehmigung. Ich bin nicht befugt, eine Mission dieser Art zu autorisieren. Wenn wir Bren Roshak informieren, wird er die Sache mit dem Parder-Kommandeur ausbügeln, und wir können uns zurückziehen.«

»Keine Chance. Du vergißt, daß die Parder nach Rache für den Archivmord schreien, für den wir die Verantwortung tragen. Ich und Hengst jedenfalls.«

»*Du* hast den Hüter umgebracht?« fragte Stenis.

»Es ist eine lange Geschichte, Stenis. Jedenfalls wird Russou Howell Vergeltung wollen, was immer wir tun. Es gibt keinen Ausweg, und es würde ohnehin nicht dem Wesen des Jadefalken entsprechen, nach einem zu suchen.«

»Das Wesen der Clans ist die Art unserer Krieger und ihrer. Ich bin Wissenschaftlerin, keine Kriegerin, und ich würde liebend gerne einen Weg finden, diese Mission zu beenden.«

Sentania lachte. »Komm schon, wir wissen beide, daß du lieber eine Kriegerin wärst, wenn du irgendeine Chance dafür sähest. Hör auf, wie eine Freigeburt zu denken.«

Peris Augen funkelten. »Aye. Bringen wir den Fusionnaire zum Sieden.«

Sentania schlug ihr auf die Schulter. »Du bist in Ordnung … für eine Wissenschaftlerin.«

»Tritt mit mir in den Kreis der Gleichen, Sentania Buhallin, und ich werde dir zeigen, wozu eine Wissenschaftlerin fähig ist.«

»Wann immer du willst. Aber nicht gerade jetzt. Für die nächsten Minuten habe ich schon etwas anderes vor.«

Peri nickte.

»Sag mir nur eines, Peri Watson.«

»Was?«

»Die Veränderungen, die du und deine Leute an diesen FLUMs vorgenommen haben: Funktionieren sie, frapos?«

»Wie kannst du etwas anderes annehmen?«

»Ich weiß nicht. Ich weiß es wirklich nicht. Noch etwas. Im FLUM-Cockpit gibt es einen Notsitz, hinter dem Platz des Jagdpiloten.«

»Ja, sicher. Er wurde für Beobachterzwecke bei bestimmten Testflügen eingebaut.«

»Genau dazu brauchen wir ihn jetzt. Du solltest an Bord von *Böser Bruder II* gehen, um Stenis zu beobachten. Ich fühle mich wohler, wenn jemand dabei ist, dem ich vertrauen kann. Sorg dafür, daß Stenis weiß, was er tut, und nicht plötzlich verrückt spielt, was, wie du wohl weißt, jederzeit ohne Vorwarnung passieren kann. Wenn er durchdreht, muß ich es sofort wissen, also laß dich von Geoff in die Leitung schalten, frapos?«

»Pos.«

Peri hätte der alternden Solahma nicht vermitteln können, wie sehr sie die Aussicht erregte, im

Cockpit eines der experimentellen FlugMechs mit ins Gefecht zu ziehen, selbst, wenn es nur als Passagier war. Und wenn er versagte, wollte sie mit ihm untergehen.

In der Kanzel von *Böser Bruder II* erklärte sie Stenis und Geoff kurz ihre Anwesenheit als Beobachterin. Sie erwähnte nicht, was Sentania über Stenis und seine Anfälle gesagt hatte.

»Diese irre Surat, Sentania Buhallin«, murmelte Stenis. »Kann die denn nichts so machen, wie es sich gehört?«

Geoff, der berüchtigt für seine Wortlosigkeit war, mischte sich plötzlich in das Gespräch ein. »Ihr seid verrückt, allesamt. Mit diesen Klapperkästen Mechs herauszufordern. Euch einzubilden, ihr könntet Erfolg haben. Euch überhaupt etwas einzubilden.«

Stenis drehte sich zu ihm um und knurrte: »So spricht kein Krieger. Wir können es schaffen. Wir können siegen. Wir sind Jadefalken.«

Peri war beeindruckt von Stenis' Durchsetzungsvermögen und der Autorität in seiner Stimme.

»Natürlich können wir siegen«, antwortete Geoff. »Aber ihr seid trotzdem alle verrückt.«

»Schon besser.«

Das Zeichen zum Start kam über die Funkverbindung von Sentania. In Peris Ohren klang sie selbstsicher und kampfbereit. In der Ferne hatten sich auch die *Nemesis* und der *Kriegshammer IIC* in Bewegung gesetzt. Sie wirkten wie Giganten. Selbst hoch oben im Cockpit mußte Peri zu ihnen aufsehen.

*Geoff könnte recht haben,* dachte sie. *›Verrückt‹ scheint den Nagel auf den Kopf zu treffen.*

Stenis hatte die Kontrollen sicher im Griff, und *Böser Bruder II* bewegte sich mit stetigen Schritten vorwärts. Geoff saß an seinem Platz, die Hände an den Kontrollen, bereit zu übernehmen und den FlugMech augenblicklich in die Lüfte zu erheben, wenn das nötig wurde. Peris Hände zuckten nervös, suchten nach etwas, das sie tun konnten.

Die *Nemesis* und der *Kriegshammer IIC* kamen näher.

»Die sind wirklich verdammt groß«, murmelte Stenis.

# 33

**Bagera-Wald, Diana**
**Kerensky-Sternhaufen, Clan-Raum**

*9. Mai 3059*

*Ein gutes Gefühl, wieder in der Kanzel zu sitzen, selbst in einer, die von den Pardern an ihre Vorstellungen angepaßt wurde. Dieser Ortungsschirm ist neu. Gut. Der alte hatte zu viele Macken. Neues Kanzeldach. Ich sehe keine Schrapnellkratzer mehr. Der Steuerknüppel ist zu hoch angebracht, aber er ist leichtgängiger als vorher. Ich werde ein paar Minuten brauchen, um mich an die neue Kontrollkonsole zu gewöhnen. Zu viele Knöpfe, Hebel und Zeug. Weniger ist mehr. Die Parder überladen die Konsolen. Aber eines muß ich ihnen lassen. Sie haben sich sichtlich Mühe bei der Überholung dieser* Nemesis *gegeben. Hör sich einer das Grollen an, das Geräusch eines einsatzbereiten Mechs: sauber und stetig. Die Kontrollen sind perfekt geschmiert, sie reagieren auf jede Berührung, als wären sie nie für einen anderen Piloten umgestellt worden, irgendeinen Parder. Als erinnerten sie sich an mich. Na schön, Mech, mal sehen, was wir können. Du bist bereit zum Einsatz, bereit, alles niederzuwalzen, was sich uns in den Weg stellt.*

Howells Stimme kam über die Funkverbindung. »Sie gestatten uns eine Pause von fünf Minuten, während du deinen Mech überprüfst. Sieh dir nur ihre Maschinen an. FLUMs? Bemitleidenswert. Was glauben sie eigentlich, was sie tun? Vielleicht wollen Sie, daß du ein Nebelparder bleibst, Hengst, und fordern uns deshalb auf derart klägliche Weise heraus. Vielleicht ist es nur eine symbolische Herausforderung. Um irgendein Ritual zu erfüllen, um sagen zu können, daß sie es versucht haben.«

»So etwas würden Jadefalken nicht tun«, antwortete Hengst. »Sie spielen nicht falsch.« Es war ein seltsames

Gefühl zu reden, als wäre er kein Jadefalke mehr. »Ich will dir noch etwas sagen, Galaxiscommander.«

»Und was ist das, Hengst?«

»Sie bieten diese Herausforderung an, weil sie keine andere Wahl haben. Falkenhorst ist erstens eine Forschungsstation und hat zweitens in seiner hervorragend befestigten Position keine Verwendung für BattleMechs.«

»Ja, ich weiß. Wir wußten immer, daß es auf dem Falkenhorst keine oder zumindest keine nennenswerten Mechkräfte gibt. Aber von den FlugMechs höre ich zum erstenmal. Es überrascht mich, daß sie diese Maschinen tatsächlich in einer wichtigen Kampfsituation einsetzen. Eine interessante Entwicklung. Aber FLUMs sind berüchtigt für ihre Nutzlosigkeit im Gefecht. Warum werden sie hier und jetzt eingesetzt?«

»Es ist das Wesen der Clans, mit dem Besten zu kämpfen, was man zur Verfügung hat. Du würdest nicht anders handeln. Wir ziehen uns nicht zurück, nur weil wir in der Minderzahl oder schlecht ausgerüstet sind. Es sei denn, natürlich, daß der Rückzug Teil einer Angriffsstrategie ist.«

»Edle Worte, Freigeburt. Bist du wirklich kein verkleideter Wahrgeborener?«

*Dieser Savashri. Er will mich reizen. Und warum nicht? Er kennt meine Zwickmühle und nutzt jede Gelegenheit, mich daran zu erinnern.*

*Er scheint zu glauben, daß ich vor einem Dilemma stehe. Aber es gibt keine Wahl. Ich muß ehrenhaft kämpfen, damit hat Russou Howell recht. Mein ganzes Leben, alles, was ich erreicht habe, würde entehrt, wenn der Eindruck entstünde, daß ich mich zurückhalte und verliere, um wieder ein Jadefalke zu werden. Ich muß der bestmögliche Nebelparder sein. Ich muß mich in den Augen der Nebelparder als ein wahrer Krieger zeigen. Ich werde Sentania vernichten müssen, vielleicht auch Peri, ihr ganzes Team. Besser, ich tue es selbst und lasse Russou Howell nicht den Vorteil. Es würde ebenso feige scheinen, wenn ich ihn den Sieg erringen lasse. Mir stehen lange Wochen der Beleidigungen von den Parder-Kriegern und versteckte Anspielungen Russou Howells bevor. Das kann ich ertragen. Ich sollte mich so schlagen, wie es sich für einen Krieger gehört. Ich bin verdammt, das ist offensichtlich! Sentania hat mich wie einen Blinden hierher geführt. Aber wohin?*

»Die Zeit ist abgelaufen, Hengst. Gehen wir.«

* * *

Sentania fühlte plötzlich Angst, als sie den *Kriegshammer IIC* und die *Nemesis* in Aktion treten sah. Aber dies war nicht ihr erster Kampf gegen eine Übermacht, und im Grunde bevorzugte sie die Rolle der scheinbar Unterlegenen.

Sie setzte *Böser Bruder I* in Bewegung und näherte sich Hengst in seiner *Nemesis*. Ihr war klar, daß er sich zuerst auf sie stürzen würde. Das war nur logisch. Ihr FlugMech hatte die höhere Tonnage und stellte die größere Bedrohung dar. Er mußte wild angreifen, um seine Ehre zu retten und Howell zu beeindrucken. Mit Stenis in *Böser Bruder II* fiel ihr die Verantwortung für das Gefecht zu. Wenn sie versagte, konnten sie nicht gewinnen. *Böser Bruder II* war der unzuverlässigere der beiden FLUMs und zudem der leichtere. Die beiden Parder-Mechs konnten ihn einfach überrennen, wenn er als einziger Falken-Mech zurückblieb.

Sentania hatte sich schon immer durch eine schnelle Auffassungsgabe ausgezeichnet und ihren Angriffsplan abgeändert, um sich auf Hengst als Gegner einzustellen. Es war korrekt, daß er sich zwischen Scylla und Charybdis befand, wie es eine alte Krieger-Redewendung ausdrückte, und ebenso, daß er ehrenhaft kämpfen mußte, aber für Sentania machte ihn das erst recht verletzbar. Er war in derselben Lage wie Howell, da wahrscheinlich keiner der beiden je gegen einen FLUM gekämpft hatte. Sie würden ihren Angriff auf dumpfe Erinnerungen alter Handbücher über FlugMechs stützen. Dadurch würden sie leicht zu täuschen sein, und Sentania konnte unerwartete Vorteile ausnutzen.

Neben ihr wirkte der sonst so nervöse Gerri ungewöhnlich schweigsam.

»Du bist bereit, frapos?« fragte sie.

»So bereit, wie ich nur sein kann.«

»Nicht so zaghaft. Du wirst in Jägermodus übernehmen müssen, sobald ich es sage. Wir müssen zusammenarbeiten, wie bei früheren Testflügen. Wir müssen eins sein, das ist der Schlüssel zum Einsatz des FlugMechs.«

»Du weißt, daß ich das verstehe, Sentania Buhallin, und du weißt, daß ich deiner Vorgabe folgen werde, frapos?«

»Pos. Wir wollen unsere Gegner gleich mit einer unorthodoxen Strategie auf die Probe stellen. Ich setze die Sprungdüsen ein.«

*Böser Bruder I* sprang in die Höhe, senkrecht aufwärts, und stieg hoch über das Gelände auf. Sie konnte sehen, daß Howell Schwierigkeiten hatte, sich auf diesen Schachzug einzustellen. Der Einsatz von Sprungdüsen galt nicht als clangemäßer Vorteil. Aber Peri hatte diesem Mech zusätzliche Sprungdüsenkapazität gegeben. Die Düsen konnten länger arbeiten und häufiger eingesetzt werden. Während Sprungdüsen meist nur in engen Grenzen einsetzbar waren, besaß *Böser Bruder I* die Fähigkeit, öfter zu springen, als er es je benötigen würde, *Böser Bruder II* hatte keine entsprechende Ausstattung, weil er keine Feuerkraft dafür opfern konnte.

»In Ordnung, Gerri, Jägermodus auf mein Zeichen. Jetzt!«

Die Tragflächen des Mechs fuhren mit derselben Leichtigkeit aus, mit der die Beine einfuhren.

»Ignorieren wir Hengst und seine *Nemesis* erst einmal. Lassen wir ihn schwitzen: Sturzflug auf den *Kriegshammer IIC*, und Feuer!«

* * *

Im *Böser Bruder II* beobachtete Stenis Sentanias Sprung und den Wechsel in den Jägermodus mit Erstaunen.

»Was treibt sie da?«

Peri wußte nicht, wie sie antworten sollte, und Geoff sagte nichts. Peri bemerkte, wie alt Stenis aussah, als er mit offenem Mund und aufgerissenen Augen auf den Sichtschirm starrte. Er hatte noch alle Zähne, aber er wirkte seltsam zahnlos, ein Phänomen, das bei Personen seines Alters häufig aufzutreten schien.

»Sie starten aus dem Sprung«, stellte Peri fest. »Es ist Teil der Konstruktion. Sie braucht mit ihren Sprüngen nicht hauszuhalten.«

»Das ist falsch. Es gibt dem FLUM einen unfairen Vorteil.«

»Sehr aufmerksam von dir. Aber es ist kein echter Vorteil, außer vielleicht im Sinne eines Überraschungsmoments. Wir haben hier sehr wenige Vorteile, das darfst du mir glauben. Und was ist falsch daran, einen Vort … Seht euch das an!«

Gerri hatte *Böser Bruder I* in einen steilen Sturzflug gezogen. Kurz bevor er die Maschine abfing und wieder in die Höhe schoß, gab er zwei Feuerstöße aus dem schweren Laser auf den *Kriegshammer IIC* ab. Sie verfehlten ihr Ziel knapp, kosteten den Parder-Mech aber einiges an Seitenpanzerung. *Böser Bruder I* stieg bis hoch über das Schlachtfeld auf, dann brauste er über seine Gegner hinweg zu einem Punkt in deren Rücken, unweit der Straße, und setzte schnell wieder auf. Der

Torso des *Kriegshammer IIC* drehte sich zu ihm herum, dann folgten mit einiger Mühe die Beine, bis Howells ganzer Mech sich Sentanias FLUM stellte, der jetzt auf ihn zurannte. Die Bewegung war weit eleganter, als es irgend jemand erwartet hatte.

* * *

Peri war vom Lauf des *Böser Bruder I* begeistert. Der FLUM, in dem sie saß, war zu einer solchen Eleganz nicht fähig, das war ihr klar. Tatsächlich brachte er generell keine flüssige Bewegung zustande. Jedenfalls hatte er in einigen Tests keine fertiggebracht. Aber die Verbesserungen an den Sprungfähigkeiten von *Böser Bruder I* waren sehr zufriedenstellend.

»Diese Hexe!« schrie Stenis. »Indem sie in ihren Rücken gesprungen ist, hat sie uns bloßgestellt. Wir könnten uns besser schlagen, wenn wir zusammen blieben.«

»Da wäre ich mir nicht so sicher. In keinem unserer Tests haben die FlugMechs mit gemeinsamen Aktionen Erfolg gehabt.«

»Warum erzählst du das nicht deinem Freund in der *Nemesis*!«

Hengst hatte sich nach dem plötzlichen Start von Sentanias FLUM abgewandt, und seine *Nemesis* kam, in Peris Augen unheilversprechend, auf ihren *Böser Bruder II* zu. Der Vormarsch wirkte um so angsteinflößender, weil sie sich mit langsamen Schritten näherte und bisher noch keine Anstalten gemacht hatte anzugreifen.

* * *

Russou Howell fühlte sich wie ein Riese, der von einer Mücke belästigt wurde, ein Eindruck, der vom insektoiden Erscheinungsbild des Jadefalken-Mechs noch verstärkt wurde. Der FLUM hatte ihn zum Narren gehalten, als er aufstieg, sich auf ihn herabstürzte und zwei Beinahetreffer landete. Die verlorene Panzerung war der Rede nicht wert, aber es irritierte ihn, daß es ihm nicht gelungen war, seinem Gegner einen zumindest entsprechenden Schaden beizubringen. Er feuerte die PPK ab, aber der FLUM wich dem Schuß mit einer Art tänzelndem Seitschritt aus, wie Howell ihn noch bei keinem Mech erlebt hatte. Und er vollführte das Ausweichmanöver mit solcher Leichtigkeit, daß er den Angriffslauf nicht einmal abbremsen mußte.

Howell fluchte und schwor sich, dieses häßliche Insekt zu zerquetschen, bevor es ihn weiter lächerlich machen konnte. Er wünschte sich nur, er hätte anhalten und einen Schluck trinken können.

* * *

Sentania jauchzte, als sie Howells erstem Schuß ausweichen konnte. So sollte ein FlugMech im Kampf eingesetzt werden, mit schnellen, kurzen Attacken, während er Gegenangriffen aus dem Weg ging.

Der sonst so lakonische Gerri kam nicht darum herum, Sentania zu loben. »Du bist flink, Sentania Buhallin, besonders für eine alte Frau.«

»Verkneife dir die Anspielungen auf mein Alter, oder du wirst es nie erreichen, Surat!«

* * *

Hengst wartete darauf, daß *Böser Bruder II* in Aktion trat, statt nur wie eines der Standbilder vor dem Archiv herumzustehen. Er wollte ihn zermalmen, aber nicht kampflos. Er bremste die *Nemesis* ab, bis sie kaum noch vorankam.

Er redete sich ein, daß die FlugMechs der Feind

waren, auch wenn sie von Jadefalken gesteuert wurden. Er durfte seinen Drang, den Feind zu töten, nicht unterdrücken. Das würde ihn weich erscheinen lassen, nicht wirklich als Krieger mit dem Herz eines Falken. Und wenn man ihn eine schleimige Freigeburt nannte, würde das stimmen. *Ich muß sie töten*, redete er sich ein. *Ich muß sie töten. Ich kann und werde sie töten.*

* * *

Peri saß zwar nur als Beobachterin in dem FLUM, aber sie konnte nicht schweigen. »Was ist los, Stenis?«

»Ich warte auf eine Gelegenheit.«

»Eine Gelegenheit? Er steht praktisch still. Ich habe eine nahezu perfekte Zielerfassung installieren lassen. Schieß irgend etwas ab!«

Er preßte den Auslöser, und das einzige, was geschah, war das Aufleuchten eines roten Warnlichts auf der Kontrolltafel.

»Fehlfunktion!« schrie Stenis. »Festhalten!«

Er brachte *Böser Bruder I* einen Schritt nach vorne, dann schob er ihn hastig mit einem Seitschritt zwischen zwei Bäumen hindurch und in den Wald.

»Die Steuerung funktioniert noch«, bemerkte er, während sie durch das Unterholz brachen. »Wir werden die Waffen durchchecken, während Hengst sich entscheidet, ob er versucht, uns in den Wald zu folgen, wo unsere geringere Größe uns einen klaren Vorteil verschafft.«

Stenis bewegte den FLUM tiefer in den Wald.

* * *

Einen Augenblick lang wußte Hengst nicht, was er tun sollte. Der Wald war hier ziemlich dicht. Eine große *Nemesis* würde es schwer haben, zwischen den Bäumen zu manövrieren.

Aber warum hatten sie sich überhaupt in den Wald zurückgezogen? Sie feuerten nicht aus der Deckung auf ihn, was ohnehin die Taktik von Feiglingen gewesen wäre. Irgend etwas mußte falsch gelaufen sein.

Er entschied sich, noch etwas zu warten. Er wollte keine Schüsse verschwenden, indem er auf Lichtblitze hin, die von dem FlugMech stammen konnten oder auch nicht, in den Wald feuerte. Mit Geduld kam man häufiger zum Ziel als mit Gewalt.

Außerdem war da noch der andere FLUM.

Auf dem Sichtschirm sah er Sentanias Maschine sich dem *Kriegshammer IIC* nähern. Der FLUM hatte mit den mittelschweren Lasern das Feuer eröffnet und sein Ziel offenbar erfaßt. Weitere Panzertrümmer sanken in einer Wolke aus Metall um Russou Howells Mech zu Boden.

Hengst drehte die *Nemesis* und beschleunigte, um dem Galaxiscommander zu Hilfe zu kommen. Bevor er in Reichweite war, wurde die Schulter seines OmniMechs von Treffern der mittelschweren Laser des zweiten FlugMechs erschüttert, der im Jägermodus aus dem Wald stieg.

* * *

Stenis genoß es, *Böser Bruder II* durch den Wald zu manövrieren. Es gab ihm das Gefühl, wieder jung zu sein.

»Fertig«, rief Geoff, nachdem er an einigen losen Drähten herumhantiert und sie neu verbunden hatte.

»Sprungdüsen ein«, erklärte Stenis, und Geoff nickte. »Auf Jägermodus, sobald wir die Baumwipfel passiert haben. Wenn du die *Nemesis* ins Visier ...«

»Ich weiß, was ich zu tun habe, alter Mann.«

Stenis brachte den FLUM in die Luft, und wie auf Zeichen zog Geoff die Maschine in den Jägermodus. Er nahm Kurs auf die *Nemesis* und jauchzte vor Freude, als er die Laser abfeuerte.

Peris Hände imitierten die Steuerbewegungen in beiden Konfigurationen. Sie jubelte, als der OmniMech unter einem Schultertreffer wankte.

»Wir schaffen es!« schrie sie.

*Aidan wäre begeistert gewesen,* dachte sie. *Er liebte es, unmögliche Risiken einzugehen.*

* * *

Einen Augenblick lang schien es Hengst, als stürze der zweite FlugMech geradewegs auf ihn zu, dann zog er nach oben davon und führte einen engen Immelmann aus, der ihn zurück über die Baumwipfel trug. Nach einer schnellen Kehre kam er wieder auf die *Nemesis* zu.

*Wenn das euer Spiel ist, mir soll's recht sein. Ich kann vielleicht nicht fliegen, aber in die Luft komme ich auch.*

Er löste die Sprungdüsen aus und schleuderte die *Nemesis* senkrecht in die Höhe, gerade so, daß er die Flughöhe des FLUMs erreichte, als dieser bis auf kurze Distanz heran war. Er feuerte die Autokanone ab, die er für seine beste Waffe hielt, um den FLUM im Jägermodus zu beschädigen.

Die *Nemesis* stieg weiter.

* * *

Peri ahnte Hengsts Manöver voraus, und als die *Nemesis* abhob, schrie sie Geoff an: »Ausweichmanöver! Er will uns runterholen!«

Geoff reagierte so schnell er konnte und riß die Maschine nach rechts, hatte aber nur teilweise Erfolg. Einige der AK-Granaten trafen *Böser Bruder II* und schüttelten ihn durch. Für einen Moment geriet der Jäger außer Kontrolle. Peri sah sich schon mit dem Schleudersitz ins Freie katapultiert. Geoff kämpfte mit den Kontrollen, brachte den FlugMech wieder auf Kurs und schoß unter den Füßen der *Nemesis* vorbei.

»Gute Arbeit, Geoff!« rief Peri. Dann sah sie ihn sich näher an.

Seine Augen wirkten glasig.

»Ich ... Ich habe mir irgendwo den Kopf gestoßen. Ich weiß nicht ...«

Seine Augen schienen leer und er verlor das Bewußtsein.

Peri schüttelte ihn.

»So bekommst du ihn nicht wach«, meinte Stenis beinahe zu gelassen.

*Böser Bruder II* verlor an Höhe und kippte weg.

»Ich bringe uns zurück in den Mechmodus, Peri«, meinte Stenis, während er nach den Kontrollen griff. »Kümmere du dich um Geoff. Versuche ihn aufzuwecken.«

Stenis warf den Modusschalter um, und Peri fühlte die Erschütterung, als die Beine des Mechs ausfuhren. Dann hüpfte ihr Magen, als die Sprungdüsen die Geschwindigkeit des FLUMs reduzierten und Stenis mit der Steuerung arbeitete.

Peri schüttelte Geoff weiter durch, aber sein Körper blieb kraftlos. Sie wünschte sich, sie hätte ihn aus dem Sitz ziehen und seinen Platz einnehmen können, aber für ein derartiges Manöver war die Kanzel zu eng.

»Nur nicht den Mut verlieren«, rief Stenis. »Vielleicht brauchen wir den Jägermodus gar nicht mehr.«

Peri starrte über Geoffs Schulter auf die Kontrolltafel und versuchte, die digitalen Informationen auf dem Sekundärschirm zu entschlüsseln. Plötzlich ergab nichts mehr einen Sinn für sie, nicht einmal ihre eigenen Modifikationen.

Sie ballte die Faust und hieb sie in die Rückenlehne des Pilotensitzes. Schmerzen brandeten durch ihre Hand, und wie aus Sympathie stöhnte Geoff auf. Sie vergaß den Schmerz, griff um die Lehne und schüttelte den benommenen Jagdpiloten durch, so hart sie konnte.

Stenis kicherte, und Peri hatte das Gefühl, in einem Alptraum gefangen zu sein, abhängig von den Fähigkeiten eines Solahmas, der alt genug war, um senil zu erscheinen, und eines bewußtlosen Piloten. Sie hätte gebetet, wenn ihr jemals jemand den Sinn von Gebeten erklärt und sie einen Gott gekannt hätte, der ihre Bitten hätte erhören können.

# 34

**Bagera-Wald, Diana**
**Kerensky-Sternhaufen, Clan-Raum**

*9. Mai 3059*

Hengst schickte dem FLUM einen Strom von Laserfeuer hinterher, als er zu Boden sank. Er streifte die linke Flanke der Maschine und hinterließ eine flache Brandrille in der Panzerung.

*Na ja, die Parder-Techs sind auch nicht perfekt. Irgend etwas stimmt nicht mit der Geschützeichung. Aber das kann ich ausgleichen. Das habe ich schon früher oft genug tun müssen. Kein Problem. Ich habe ausreichend Feuerkraft, um das Teil Stück für Stück auseinanderzunehmen. Oder ich könnte ihn einfach wegpusten. Ich frage mich, was gnädiger wäre?*

Die Zerstörung des FLUMs wäre leichter gewesen, hätte er nicht umgedreht und wieder Kurs auf den Wald genommen. Was hatte dieser Wald an sich, daß er diese Stravags so faszinierte?

* * *

»... zu kämpfen in der nächsten Schlacht«, beendete Stenis seine Ansprache.

»Was soll das jetzt?« fragte Peri ärgerlich. »Wir werden keine nächste Schlacht bekommen. Wir müssen in dieser Schlacht siegen.«

»Es war nur metaphorisch gemeint. Wir brauchen einen Augenblick Ruhe. Ich bin mir nicht sicher, daß unsere Waffen im BattleMech-Modus funktionieren, nur weil sie im Luft/Raumjäger-Modus operativ waren.«

»Du bist übervorsichtig, Stenis.«

»Und ich bin trotz Jahrzehnten in der Schlacht immer noch am Leben, frapos?«

Peri war erstaunt über die Festigkeit in der Stimme des alten Mannes. Bisher hatte er immer so einen gebrechlichen Eindruck gemacht. »Pos. Dich macht erst 'n Kampf richtig lebendig, was?«

»Das ist korrekt. Aber foltere mich nicht mit deiner schludrigen Aussprache.«

»Verzeihung, alter Mann.«

»Und nenn mich nicht ...«

»In Ordnung, in Ordnung.«

* * *

Sentania hatte den Versuch aufgegeben, Stenis' Aktionen mitzuverfolgen. Er reagierte auch nicht auf ihre Funkanrufe.

Sie stürzte sich auf den *Kriegshammer IIC*, wobei sie sehr genau darauf achtete, in welche Richtung dessen Extremreichweiten-PPKs wiesen. Die Partikelprojektorkanonen konnten ihr den größten Schaden zufügen und das Gefecht bei einem Volltreffer innerhalb von Sekunden beenden. Sie hatte zwar schon festgestellt, daß *Böser Bruder I* extrem beweglich war, aber auf Dauer würde sie mit geschickten Ausweichmanövern allein nicht weit kommen.

Sie hielt den Mech sofort an, blieb eine Sekunde stehen, feuerte dann die erste ihrer Kurzstreckenraketen. Möglicherweise konnte sie Howell damit überraschen. KSR gehörten nicht zur Standardbewaffnung des nur leicht bestückten FlugMechs.

Es war ein guter Schuß, einer der besten, die sie je gemacht hatte. Die Rakete senkte sich auf den Kopf des *Kriegshammer IIC* und änderte dann minimal den Kurs auf die Torsomitte des Nebelparder-Mechs. Mit Hilfe der verbesserten Zielerfassung, die Peris Forschungsteam installiert hatte, war es Sentania gelungen, das Geschoß auf den Torso des Gegners auszurichten und gleichzeitig eine kleine Finte in die Flugbahn einzubauen.

Die Explosion erschütterte den *Kriegshammer IIC*. Er stolperte nach hinten, konnte das Gleichgewicht aber zurückgewinnen.

»Ein weiterer Punkt für David, Goliath«, murmelte sie.

* * *

Russou Howell war außer sich vor Wut. Allmählich fragte er sich, ob es schwerer sein konnte, mit einer dieser lästigen kleinen Maschinen fertig zu werden als mit einem schweren BattleMech. Das hätte nicht sein dürfen.

*Wie kann diese Kriegerin nichts weiter als eine Solahma sein? Dafür sind ihre Reaktionen viel zu schnell. Aber in diesem Kampf ergibt nichts einen Sinn. Ich könnte sie zermalmen, wenn ich nur nahe genug herankäme.*

Ein kurzer Blick auf den Monitor zeigte, daß Sentanias Angriff schwere Verluste der Torsopanzerung, aber noch keinen internen Schaden verursacht hatte.

*Es wird Zeit, dem ein Ende zu bereiten.*

Er senkte eine Extremreichweiten-PPK in die generelle Richtung des FLUM-Cockpits.

* * *

Durch die Bäume und die flackernden Flammen konnte Peri einen schmalen Streifen von Hengsts BattleMech erkennen. Er hatte zwei Bäume zu beiden Seiten der Öffnung in Brand gesetzt, durch die sich *Böser Bruder II* gezwängt hatte. Danach hatte er den Beschuß eingestellt. Während Peri sie beobachtete, kam die *Nemesis* näher an den Wald heran.

»Ruf Sentania über Funk«, meinte sie zu Stenis. »Sag ihr, daß wir zeitweise außer Gefecht sind.«

»Unmöglich. Ich habe es schon mehrmals versucht. Die Leitung ist tot, man hört nicht einmal ein Rauschen. Das ist nur eine der Pannen in deinem verfluchten Experiment, Peri. Und das ist noch nicht alles. Der Fadenkreuzmechanismus scheint irgendwie falsch geeicht zu sein.«

Peri hörte schweigend zu. Wie hatte sie nur glauben können, es fertigzubringen, den FLUM kampftauglich machen zu können?

Langsam kam Geoff wieder zu sich. Er hatte sie benommen gefragt, was mit dem Simulator los war. Kein allzu ermutigendes Zeichen, aber wenigstens war er wieder halb bei Bewußtsein. Ihr Körper schien verspannt. Ihr Rücken schmerzte. Ihre Beine schmerzten. Ihr Kopf schmerzte.

Sie sah ein, daß sie nicht plötzlich wieder zur Kriegerin werden konnte. Sie hatte schon einmal versagt, und das hatte seinen Grund gehabt. Jetzt fragte sie sich, wie erfolgreich sie in ihrer Rolle als Wissenschaftlerin gewesen war. Mit Hilfe eines sorgfältig entwickelten Forschungsprogramms schien sie eine Maschine, die weithin als Schrotthaufen verschrien war, in einen immerhin verbesserten Schrotthaufen verwandelt zu haben.

»In Ordnung«, erklärte Stenis plötzlich. »Wir können wieder kämpfen.«

»Es funktioniert etwas?« Peri schaffte es nicht, die Überraschung in ihrer Stimme zu unterdrücken.

»Nicht alles. Das Lasersystem ist ausgefallen, aber für die Maschinengewehre habe ich grünes Licht.«

»Maschinengewehre? Das ist eine *Nemesis* da draußen. Was hast du vor? Sie durchlöchern und durch zuviel Luftkühlung in die Knie zwingen?«

»Wer weiß. Jedenfalls ergibt sich ein Jadefalke nicht.«

»Bist du wahnsinnig, Stenis?«

»Du weißt ganz genau, daß ich das bin.«

»Das ist der berühmte Hengst da draußen. Er wird dich zum Frühstück verspeisen.«

»Manchmal gewinnt man, manchmal …«

»Ach, halt den Mund«, knurrte sie. »Bring uns nur aus diesem Wald raus.«

* * *

Hengst sah, daß Russou Howells Angriff auf Sentanias FlugMech Erfolg hatte. Ja, Sentania bewies mit ihren erratischen Verteidigungsmanövern echtes Können. Sie zwang Howell, eine Menge Energie auf Fehlschüsse zu verschwenden, aber es landeten genug im Ziel, um schweren Schaden anzurichten.

*Wenn der andere FLUM sich versteckt, macht es keinen Sinn, hierzubleiben. Ich werde Russou Howell dabei helfen, Sentania zu erledigen. Was für ein Witz! Ich bringe den einen Menschen um, der geschworen hat, mich zu retten.*

Mit diesem düsteren Gedanken führte Hengst die schwerfällige Kehrtwende durch, die seinen Mech in die Richtung des Schußwechsels zwischen Howell und Sentania drehte. Bevor er sie beendete, feuerte er die Laser noch einmal in den Teil des Waldes, in dem sich der feige FLUM versteckt hielt. Er zielte hoch und setzte Laub und Zweige einiger Bäume im Gebiet rund um den FLUM in Brand.

Als seine *Nemesis* den ersten Schritt auf den *Kriegshammer IIC* und Sentanias FlugMech zu machte, trat der zweite FLUM durch die Flammen aus dem Wald. Ein paar Ölflecken auf der Oberfläche der Maschine gerieten für Sekunden in Brand und verliehen ihr das Aussehen eines aus der Hölle tretenden Dämonen.

Obwohl die Schadensanzeige Treffer des FLUMs auf der *Nemesis* meldete, spürte Hengst keine Einschläge.

Er entschied, daß dieser Angreifer tatsächlich nur ein Insekt war. Er würde erst Howell zu Hilfe kommen und ihn dann zerquetschen.

* * *

»Er vernichtet uns, Sentania«, schrie Gerri. »Laß uns in den Jägermodus wechseln.«

Trotz Sentanias erstklassiger Pilotenarbeit schlugen immer wieder Lichtimpulse aus dem mittelschweren Laser des *Kriegshammer IIC* in *Böser Bruder I* ein. Der Mech wankte unter den Treffern.

»Noch nicht, Gerri. Vergiß nicht, solange wir im BattleMech-Modus sind, habe ich das Kommando.«

»Ich weiß. Ich fühle mich hilflos. Ich will auf diesen Kerl schießen können!«

»Und du wirst auf ihn schießen können. In Ordnung. Noch ein paar Meter, dann feuere ich die nächste KSR ab. Jeden Moment, jeden Moment. Jetzt!«

Sentania löste die Rakete aus. Beinahe gleichzeitig aktivierte sie die Sprungdüsen.

»In Ordnung, Gerri, du bekommst deinen Wunsch erfüllt. Ich schalte auf Jägermodus um.«

Unter sich sah sie die Rakete knapp unter dem Cockpit des *Kriegshammer IIC* einschlagen.

*Russou Howell muß brüllen vor Frust,* dachte sie, während Gerri *Böser Bruder I* beschleunigte, so daß er knapp über dem Kopf des Nebelparder-*Kriegshammer IIC* vorbeibrauste.

* * *

Howell brüllte nicht. Er fluchte. Der Schaden durch den Raketenbeschuß war nicht kritisch, aber er hatte diesen Bereich des Mechtorsos extrem anfällig für weitere Attacken gemacht.

»Hengst!« rief er ins Mikro.

»Aye?«

»Was, in Kerenskys Namen, treibst du? Diese FLUMs hätten keinen einzigen Treffer landen dürfen. Ist das eine Verschwörung? Steckst du mit ihnen unter einer Decke? Wenn du willst, kannst du zu den Falken zurückkehren, aber ich werde deine Feigheit bis an die Grenzen der Heimatwelten und darüber hinaus in die Innere Sphäre verkünden.«

Hengst gab keine Antwort.

»Hengst?«

»Ruh dich aus oder so. Ich werde mich für dich um beide FlugMechs kümmern.«

»Du unverschämte ...«

Die Leitung wurde tot. Hengst hatte offensichtlich abgeschaltet.

*Wenn du es so haben willst, Hengst, in Ordnung. Aber du wirst mich nicht aus diesem Kampf werfen. Ich werde diese Jadefalken-Stravags zerquetschen. Und wenn ich mit ihnen fertig bin, werde ich mir dich vornehmen, du Held!*

# 35

**Bagera-Wald, Diana**
**Kerensky-Sternhaufen, Clan-Raum**

*9. Mai 3059*

Howells Beschimpfungen trafen Hengst wie Explosionen, die seinen persönlichen Schutzmantel zerschmetterten.

*Ich muß zum Nebelparder werden. Alle Täuschung hat ein Ende. Alle Lügen. Möglicherweise ist dies mein Schicksal. Das einzige Wort, das jetzt noch eine Bedeutung hat, ist Ehre.*

Er verfolgte den Flug von Sentanias FLUM und berechnete eine Landung wenige Meter weiter auf der anderen Seite des *Kriegshammer IIC*. Dort würde er ihn endgültig erledigen.

Der andere FlugMech ließ nicht locker und rückte mit wild feuernden Maschinengewehren immer näher. Hengst warf die *Nemesis* in einen schnellen Sprint. Es war ihm nicht wichtig, daß sein Mech für einen Beobachter aussehen mußte wie ein Riese, der vor einer Kröte davonlief.

* * *

»Unsere beste Chance besteht darin, aufzusetzen und Howell von der anderen Seite anzugreifen, bevor er seine Maschine umdrehen kann«, erklärte Sentania.

»Das haben wir schon versucht. Ich greife ihn im Tiefflug an.«

»Du hast nicht den Befehl über diese Operation. Wir wechseln in den Mechmodus.« Sentania warf den Schalter um. Nichts geschah. Sie waren immer noch im Jägermodus. »Was hast du gemacht, Gerri?«

»Geoff und ich haben Streitigkeiten um den Befehl vorhergesehen, deshalb haben wir eine Blockierung des Umschalters eingebaut. Ohne meine Zustimmung kannst du die Konfiguration nicht ändern, Sentania.«

»Ihr Idioten! Während der Schlacht hat der BattleMech-Pilot den Befehl. Du hast mir zu gehorchen!«

»Das glaubst du«, schrie Gerri und ließ den Mech in steilem Bogen auf den *Kriegshammer IIC* zustürzen. Er feuerte auf dessen Beine, aber die meisten Schüsse trafen den Boden links und rechts oder zwischen den Knien des Mechs. Lehmbrocken wurden mit solcher Geschwindigkeit in die Luft geschleudert, daß sie wie Raketen aussahen.

Als Gerri vorbeischoß, feuerte der *Kriegshammer IIC* auf die Unterseite des FLUMs und schleuderte ihn in eine wilde Rotation. *Böser Bruder I* kippte weg und stürzte ab. Fluchend bearbeitete Gerri die Kontrollen. Der FlugMech stand unmittelbar vor dem Aufschlag, als er ihn wieder in die Gewalt bekam und hochzog.

Als sie hoch über dem Schlachtfeld erneut waagerecht flogen, erklärte Sentania trocken: »Das war wirklich beeindruckend.«

»Ich greife noch mal an.«

»Nein, das tust du nicht.«

»Was soll …«

Als Gerri sich zu Sentania umdrehte, setzte sie mit der Linken einen schnellen Fausthieb auf sein Kinn, und ein Haken auf seine Kehle ließ ihn erstickt gurgeln, als er das Bewußtsein verlor.

»Ihr zwei wart sowieso nie viel wert«, sagte sie, während sie den Arm ausstreckte und seine Konfigurationsverriegelung löste. Die Maschine trudelte abwärts. Sentania schaltete auf LuftMech-Modus um und fing den FlugMech unmittelbar vor dem Aufprall ab. Die Sprungdüsen flammten im letzten Moment auf, und der FLUM setzte – wenn auch wankend – mit beiden Füßen auf. Er schwankte leicht, bis Sentania ihn völlig in der Gewalt hatte.

Es kostete sie nicht viel weniger Mühe, ihre Atmung in den Griff zu bekommen.

*Vielleicht macht sich mein Alter doch bemerkbar. Oder ist es nur diese verdammte Maschine? Sie hat zu viele Variablen, um im Kampf von Wert zu sein. Wenn ein Modus ausfällt, muß der andere das ganze Gefecht bestreiten. Und trifft man auf einen Dickkopf von Jagdpiloten wie Gerri, fliegt jede Vernunft zur Luke hinaus. Jemand muß die Leitung haben. In einem Cockpit kann nicht jeder für sich kämpfen.*

In der Zwischenzeit stellte sie fest, daß sie in echten Schwierigkeiten steckte. Sie konnte den *Kriegshammer IIC* nicht länger angreifen, weil die *Nemesis* ihn überholt hatte und geradewegs auf sie zukam.

Sie feuerte eine weitere KSR auf den Torso des Omnis ab. Hengsts schnelle Reaktion war eine Seitwärtsdrehung des Torsos, durch die ihn die Rakete nur streifte und wenige Meter auf der anderen Seite des Mechs explodierte.

In der Hoffnung auf das Überraschungsmoment warf Sentania *Böser Bruder I* in einen Sturmangriff auf die *Nemesis*. Sie feuerte nahezu alle Waffen des Mechs ab, während sie auf ihren Gegner losstürmte.

* * *

Hengst stabilisierte die *Nemesis* nach dem KSR-Treffer und drehte sie wieder zu Sentanias FLUM um. Sein Zorn war weitgehend verraucht, und er war wieder der kühle Krieger, der schon sehr viel Schlimmeres überstanden hatte.

Der jetzt geradewegs auf ihn zustürmende FLUM schien beschädigt genug, um ihn mit einem steten Laserbeschuß außer Gefecht zu setzen.

*Noch ein paar Schritte, Sentania, und dein Wunsch, im Kampf zu sterben, wird erfüllt …*

Auf dem Sekundärschirm sah er, daß die Schäden,

die Sentania an seiner Maschine verursachte, relativ unbedeutend waren. Die Bewaffnung des FLUMs war eindeutig zu schwach.

Er reagierte mit konzentriertem Laserbeschuß auf die Beine des rennenden FlugMechs und beschädigte das linke Kniegelenk schwer.

Der FLUM stieg etwas schwerfällig in die Lüfte.

*Sprungdüsen schon wieder? Du bist ein richtiger Springinsfeld, Sentania.*

Mit konstantem Laserfeuer konnte Hengst dem FLUM beide Beine abtrennen, eines in der Nähe des Hüftgelenks, das andere am Knie, noch bevor er sich allzu weit vom Boden entfernt hatte.

* * *

Peri beobachtete mit einer Mischung aus Wut und Trauer aus dem Cockpit des *Böser Bruder II*, wie *Böser Bruder I* vom Schicksal eingeholt wurde. Trotz aller Probleme ihres eigenen FLUMs, der immer noch der schnelleren *Nemesis* nachsetzte, hatte sie sich darauf verlassen, daß Sentania das Kampfgeschick wendete. Jetzt stürzte Sentania in *Böser Bruder I* wild trudelnd vom Himmel. Ganz offensichtlich hatte sie die Maschine nicht mehr unter Kontrolle.

»Stenis, warum wechselt sie nicht in den Jägermodus?«

»Weiß nicht. Vielleicht ist Gerri auch ausgefallen.«

»Unmöglich! Wie sollte es dazu kommen, daß beide Jagdpiloten verletzt sind?«

»Was weiß ich. Aber Gerri scheint noch in Ordnung zu sein. Sieh dir den FLUM an. Jetzt fliegt er sauber.«

Peri atmete auf. »Gut. Was nun?«

»Wir müssen einen Weg finden, für eine Ablenkung zu sorgen, besonders angesichts dieses *Kriegshammer IIC* direkt voraus.«

Mit beinahe eleganter Bewegung lenkte Stenis *Böser Bruder II* nach rechts, und der *Kriegshammer IIC* erschütterte den FlugMech mit einem Laserbeschuß, der die Maschine beinahe zertrümmert hätte. So aber zuckte der größte Teil der Lichtimpulse vorbei.

»Was machst du, Stenis?« rief Peri.

»Nenn es eine Ausweichaktion ... bis mir etwas einfällt.«

Der *Kriegshammer IIC* setzte ihnen nach. Er traf *Böser Bruder II* in Hüfthöhe, zerschmetterte die Panzerung und legte dicke Myomerfaserbündel frei.

»Kurios«, murmelte Stenis, während er sich anstrengte, den FLUM lotrecht zu halten.

»Du nennst unseren Schaden kurios?« brüllte Peri.

»Nein, unsere Lage. Sentania hat einen FLUM, der nicht mehr am Boden operieren kann, während wir nicht mehr fliegen können, zumindest, bis Geoff aufwacht und ...«

Wie in Reaktion auf seinen Namen, stöhnte Geoff. »Wo sind wir?« murmelte er, ohne die Augen zu öffnen.

»Immer noch mitten im Gefecht, erstaunlicherweise«, erwiderte Stenis.

Plötzlich war Geoff hellwach. Er schien bereit, die Kontrollen zu übernehmen, falls es nötig wurde. Peri versuchte verzweifelt, in *irgendeiner* Bewegung dieses Gefechtes einen Sinn zu finden.

*Böser Bruder II* erzitterte unter einem PPK-Treffer, der seinen linken Arm in Schrott verwandelte.

»Der Treffer kostet uns die Hälfte unserer operativen Bewaffnung«, stellte Stenis mit einem Blick auf die Schadensanzeige fest. Dann mußte *Böser Bruder II* einen weiteren Treffer einstecken. Diesmal war der Einschlag so schwer, daß der FlugMech vorwärts geschleudert wurde und am Waldrand von einem Baum abprallte.

»Das war die andere Hälfte«, brüllte Stenis.

Ohne hinzuschauen konnte Peri in ihren Gedanken sehen, wie der *Kriegshammer IIC* schneller wurde und zum Todesstoß gegen den *Hornissen-FLUM* ansetzte, der jeden Stachel verloren hatte.

»Unsere Sprungdüsen funktionieren noch«, meinte Stenis und sah sich zu Peri um. Sein Gesicht war plötzlich älter, als es je zuvor gewirkt hatte. Er sah Peri an, als müsse er jeden Augenblick zusammensinken und zu Staub zerfallen. Er löste die Sprungdüsen aus, und der FLUM stieg in einer schrägen Flugbahn auf, die ihn knapp am Kopf des *Kriegshammer IIC* vorbei und über diesen hinweg führte.

»Du bist dran, Geoff«, rief Stenis.

*Böser Bruder II* schien zu stöhnen, als der Jagdpilot die Konfiguration wechselte.

*Das hört sich an wie ein Todesseufzer*, dachte Peri.

»Jetzt, Geoff!« brüllte Stenis.

»Jetzt was, alter Mann?« fragte Geoff und schüttelte noch während er sprach den Kopf, um klarer zu werden. Er verzog mehrmals schmerzhaft das Gesicht. Peris Zweifel wuchsen.

»Wir müssen weit genug von dem *Kriegshammer IIC* wegkommen«, erklärte Stenis entschieden. »Ihn dazu bringen, uns zu verfolgen, ihn sozusagen in die Falle locken.«

Peri schluckte schwer. »Du meinst, du hast einen Plan, alter Mann?«

»Hör auf, mich so zu nennen! Ich bin ein Krieger, und ich habe einen Plan. Sozusagen. Wahrscheinlich wird er uns umbringen.«

»Tröstlich.«

»Andererseits, vielleicht auch nicht.«

»Und du bist wahnsinnig.«

»Das, meine liebe Peri Watson, ist gerade unser Vorteil. Etwas langsamer, Geoff, ja? Ganz sanft den Knüppel geführt, und in einer weiten Schleife zurück zum *Kriegshammer IIC.*«

»Wir greifen an?« schrie Peri.

»Warum nicht?«

Peri nickte. »Pos. Warum nicht?«

Der FLUM legte sich überraschend flüssig in den weiten Wendekreis, den Stenis angeordnet hatte.

# 36

**Bagera-Wald, Diana**
**Kerensky-Sternhaufen, Clan-Raum**

*9. Mai 3059*

Gerri wirkte ausgesprochen trübsinnig, während er den FLUM im Jägermodus steuerte. Sentania sprach so leise mit ihm, wie es der Cockpitlärm erlaubte. Unter ihren Beleidigungen zuckte er mehrmals zusammen.

»Nun, Gerri, mein feingefiederter Falken-Idiot, wir nähern uns dem Ende unserer Möglichkeiten. Wir haben keine Beine mehr und sitzen daher im Jägermodus fest. Du bekommst deinen Wunsch erfüllt. Du kontrollierst die Maschine. Aber du wirst auf mich hören und tun, was ich dir sage, frapos? FRAPOS?«

»Pos«, antwortete Gerri, die Augen geradeaus gerichtet, um sie nicht ansehen zu müssen.

»Ihr zwei habt euch wirklich was geleistet mit eurer dämlichen Blockierung. Was habt ihr euch dabei eigentlich gedacht? Nein, ich verzichte auf eine Antwort. Laß mich sehen, was wir noch an Waffen haben … Nicht schlecht, nicht schlecht. Immer noch eine Menge, was wir Hengst um den Kopf schlagen können. Nimm Kurs auf ihn.«

Obwohl Hengst in der *Nemesis* saß und zwischen den beiden Maschinen keine Funkverbindung bestand, sprach Sentania mit ihm. Gerri warf ihr einen schrägen Blick zu und fragte sich wahrscheinlich, ob sie jetzt wirklich jenseits der Peripherie war.

»Hengst, alter Freund, du alte stravag Surat-Freigeburt, und jetzt kann ich dich eine Freigeburt nennen, weil du es nicht hören kannst, ich bin wohl doch nicht so schlau, wie ich dachte. Ich habe mir eingebildet, einen Plan zu haben, wie ich dich retten könnte, und habe mir eingebildet, er könnte funktionieren. Ich habe mir eingebildet, ich könnte ... Hoppla, guter Schuß, Hengst. Wie gefällt dir unser Ausweichmanöver? Gut gemacht, Gerri.«

Sie befahl Gerri, *Böser Bruder I* nach rechts zu ziehen, um Hengsts Laserfeuer auszuweichen. Trotzdem kamen ein paar der blutroten Lichtwerferbahnen durch und schnitten die Flügelkante weg. Der FlugMech wurde noch schwerer steuerbar.

Sentania blickte zu Geoff. Sie sah die Besorgnis in dessen Gesicht und wußte, daß sie von ihrem Monolog mit Hengst ausgelöst worden war.

*Vielleicht bin ich doch verrückt. Ich meine, wirklich verrückt. Ich höre besser mit den Selbstgesprächen auf.* Sie sah Bruchstücke der FLUM-Tragfläche zu Boden stürzen. *Vielleicht kannst du uns Stück für Stück vom Himmel holen, Hengst. Ein farbenfrohes Bild, frapos? Wo war ich? Die Mission. Die Rettungsmission. Ich habe mir eingebildet, sie würde klappen. Und vor Jahren hätte sie vielleicht tatsächlich funktioniert. Damals besaß ich Stolz und Können ... und meine Jugend. Sieht aus, als wäre mir nur der Stolz noch geblieben. Mein Plan war gut. Er basierte auf einem Kampf gegen normale Parder-Krieger, nicht gegen jemanden wie dich, Hengst. Es gibt keinen Nebelparder auf Diana, der dieses Gefecht hätte gewinnen können, Russou Howell eingeschlossen, der schließlich nicht weniger verrückt ist, als ich es bin. Diese Parder sind ausgelaugte Krieger und Solahmas, und ich hätte jeden von ihnen besiegen können, selbst in einem dieser FLUMs. Teufel, in einem Bauernkarren. Aber nicht dich, Hengst. Du warst die unvorhergesehene Variable. Und obwohl du ein Nebelparder bleiben wirst und die Falken einen guten Krieger verlieren, bin ich auf eine seltsame Art und Weise froh für dich. In den Annalen, in jemandes Annalen, hast du dich wieder als Held erwiesen. Hoppla, schon wieder.*

*Böser Bruder I* wurde von Hengsts Treffern durchgeschüttelt. Rote Warnlichter flammten über die ganze Kontrolltafel verteilt auf.

»Wir gehen kämpfend unter«, rief Sentania. »Einverstanden?«

»Einverstanden, alte Frau.«

»Sentania Buhallin stirbt im Kampf, Hengst. Schluck das, Freigeburt!«

Auf Sentanias Befehl löste Gerri alle Laser des FLUMs aus. Gleichzeitig feuerte er eine KSR ab und zog *Böser Bruder I* gerade. Unter Hengsts Gegenbeschuß jagte er auf den Torso der *Nemesis* zu, um die Maschine im letzten Sekundenbruchteil hochzureißen und in Hengsts Cockpit zu stürzen.

*Mit etwas Glück, Hengst, werden wir gemeinsam in einem glorreichen Flammenmeer untergehen*, dachte Sentania. *Auf den Tod, Freigeburt!*

* * *

Russou Howell erkannte schnell, daß beide FlugMechs zu einem mehr oder weniger identischen Manöver ansetzten. Beide befanden sich im Jägermodus und stürzten auf einen stehenden BattleMech zu. Einer auf ihn und seinen *Kriegshammer IIC*, der andere auf Hengsts *Nemesis*. Es war ein Selbstmordangriff. Der auf ihn zuschießende FLUM würde zuerst einschlagen. Momentan war nur einer seiner Armlaser einsatzbereit. Er hob den linken Mecharm, um den FlugMech endgültig vom Himmel zu holen.

Er sah ihn näherkommen, wartete auf die beste Gelegenheit. Aber das war verwirrend, denn der FLUM-Pilot setzte keine Waffen ein, und sein Kurs war erratisch. Sehr erratisch.

* * *

»Ich kann diesen stravag Schrotthaufen nicht kontrollieren«, schrie Geoff, als *Böser Bruder II* erst vorne wegsackte, dann hinten, sich dann plötzlich heftig schüttelte.

»Du machst das großartig«, beruhigte Stenis ihn. »Ziel nicht auf den Kopf oder das Cockpit. Damit könnte er rechnen. Unsere beste Chance sind die Beine. Ramm seine Beine. Laß ihn glauben, du willst zwischen ihnen hindurchfliegen. Vielleicht kannst du ihn außer Gefecht setzen. Aber nicht in diesem Vorbeiflug. Nach rechts. Jetzt!«

Steif vor Anspannung führte Geoff Stenis' Befehl aus. Gerade im richtigen Moment, denn Howell feuerte wieder und verfehlte *Böser Bruder II* knapp.

* * *

*Also doch keine Selbstmordattacke,* dachte Russou Howell. *Hinter der Flugbahn dieses Mechs steckt keine Logik. Kein Waffenfeuer, unberechenbares Flugmuster, unlogische Bewegungen. Zeit, ihn runter zu holen.*

Howell versuchte, mit dem linken Arm neu zu zielen, aber dazu war es zu spät. Der FLUM schoß geradewegs auf ihn zu und ging in den Sturzflug. Er würde irgendwo in die untere Rumpfhälfte des *Kriegshammer IIC* einschlagen. In einer instinktiven Reaktion ließ er den linken Mecharm fallen und schlug in einer Rückhandbewegung nach dem anfliegenden FlugMech.

* * *

»Achtung!« schrie Stenis.

Der Arm des *Kriegshammer IIC* und der Autokanonenlauf an seinem Ende schienen gigantisch, und sie kamen geradewegs auf das Cockpit von *Böser Bruder II* zu.

Geoff schaffte es gerade noch, den Rumpf in dem Versuch, über den Mecharm hinwegzufliegen, hochzureißen, aber Russou Howell reagierte sofort und blokkierte auch die neue Flugbahn. Geoff riß den Steuerknüppel zurück und nach links. Erst schien es ganz, als müsse *Böser Bruder II* in den riesigen Metallarm des *Kriegshammer IIC* donnern. Aber dann zog er, dank Geoffs schneller Reaktion, doch noch Zentimeter darüber hinweg. Das Manöver ließ den FlugMech jedoch außer Kontrolle geraten. Die Steuerung schien wie ein lebendes Wesen aus Geoffs Griff zu springen, als er versuchte, ihn abzufangen und den FLUM wieder hochzuziehen. Sein Kopf schlug nach hinten gegen die Sitzlehne, und seine Augen wurden glasig, als *Böser Bruder II* in einer engen Spiralbahn auf den Boden zustürzte.

* * *

*Wirklich nur ein Insekt,* dachte Howell. *Fast wie eine Fliege zu erschlagen!*

Er grinste, dann stellte er erschreckt fest, daß der immer schneller abstürzende FLUM geradewegs auf den Rücken der *Nemesis* zuflog. Er hätte Hengst über Funk gewarnt, wenn dazu noch Zeit gewesen wäre.

* * *

Hengst konnte der heranschießenden KSR aus Sentanias Mech nicht mehr ausweichen. Sie schlug exakt im Zentrum des OmniMech-Torsos auf, wo dieser bereits erheblich beschädigt war. Auf seiner Anzeige blinkte ein rotes Warnlicht auf und meldete einen Gyroskopschaden. Im selben Augenblick fühlte Hengst, wie die *Nemesis* ins Wanken geriet. Es kostete ihn Mühe, das Gleichgewicht wiederzuerlangen.

Der Treffer hatte ernsten Schaden angerichtet, aber noch lief der Kreiselstabilisator.

*Guter Versuch. Jetzt bin ich an der Reihe.*

Er konnte sehen, daß der FLUM unter seinem Laserbeschuß anzufliegen versuchte, aber seine Waffen sprengten riesige Bruchstücke aus der leichten Panzerung. Noch bevor der FlugMech seinen Bug in Richtung Kanzel hochziehen konnte, war Hengst klar, worauf dieser Angriff abzielte.

*Nein, Sentania, wir werden nicht gemeinsam untergehen. Ich kann dich vorher schon in Stücke schießen.*

Gerade wollte er die tödlichen Schüsse abfeuern, als der andere FLUM mit einer Wucht in den Rücken der *Nemesis* einschlug, die den Omni von den Beinen riß und krachend zu Boden warf.

* * *

Sentania sah den riesigen Mech kippen und befahl Geoff augenblicklich, die Maschine hochzuziehen und in einem Rückwärtslooping aus der Gefahrenzone zu bringen. Die Unterkante des FLUMs schrammte fast über den Kopf der stürzenden *Nemesis*, aber sie schafften es, dem Zusammenstoß auszuweichen, wenn auch nur um Haaresbreite.

Als die Maschine wieder parallel zum Boden zurück an die Stelle flog, an der die *Nemesis* gestanden hatte, sah sie *Böser Bruder II* quer über dem Rücken des gestürzten BattleMechs liegen, der immer noch unter der Wucht des Aufpralls bebte.

* * *

Russou Howell war von den Ereignissen völlig geschockt.

*Aber mein Mech ist der einzige auf dem Schlachtfeld, der weiter intakt ist. Also gewinnen wir die Herausforderung doch noch.*

Er hatte den immer schneller werdenden *Böser Bruder I* nicht bemerkt, der ohne sichtbare Unterbrechung seines Angriffsflugs auf die *Nemesis* das Ziel gewechselt hatte und mit Höchstgeschwindigkeit auf den Kopf des *Kriegshammer IIC* zuraste.

Howell konnte seine Maschine nicht schnell genug drehen, um in gute Schußposition zu kommen, aber es gelang ihm, den Mechtorso seitwärts zu wenden, so daß er den Einschlag des FlugMechs knapp unterhalb des Cockpits abfing. Der Aufprall hallte durch den Mech und ließ Howell für einen Augenblick taub werden. Er kämpfte mit den Kontrollen, konnte aber nicht verhindern, daß der *Kriegshammer IIC* plötzlich nach hinten wegkippte.

Russou schlug auf den Auslöser der Rettungsautomatik, doch sie blockierte. Er konnte nicht aussteigen. Aber vielleicht würde die Pilotin des FLUMs, der ihn gerammt hatte, bei dem Zusammenstoß ebenfalls sterben. Wie hatte sie noch gesagt, war ihr Name gewesen, diese Solahma?

# 37

**Bagera-Wald, Diana**
**Kerensky-Sternhaufen, Clan-Raum**

*9. Mai 3059*

»Sentania Buhallin.«

Sie war sicher, daß Howell kaum sehen konnte, wer durch das Kanzeldach auf ihn hinabsah, aber er erkannte ihre Stimme.

»Du? Nach diesem Einschlag in einer so leichten Maschine müßtest du tot sein«, stellte er fest.

»Stimmt. Müßte ich. Wir sind in der letzten Sekunde ausgestiegen, mein Jagdpilot und ich. Es fühlte sich an wie die letzte Nanosekunde. Wir sind von den Flammen und dem Rauch der Explosion erwischt worden und fast verbrannt. Das wird eine hübsche Sonnenbräune.«

»Was willst du?«

Sentania sah kurz über die Schulter zur *Nemesis*. Hengst versuchte, den Mech wieder in Gang zu setzen, aber wie es schien, bereiteten ihm das Gewicht von *Böser Bruder II* auf dessen Rücken und wohl auch einige Fehlfunktionen im Innern der angeschlagenen Maschine dabei arge Schwierigkeiten. Er sah besiegt aus, aber bei Hengst konnte sie sich darauf nicht verlassen.

»Galaxiscommander Russou Howell«, sagte sie und richtete den Blick wieder auf den zwischen den Trümmern seines Mechcockpits eingeklemmten Nebelparder. »Ich habe dich herausgefordert, die Herausforderung erfolgreich zu Ende geführt und erwarte deine Kapitulation.«

Howell knurrte ihr seine Antwort entgegen. »Dazu mußt du mich erst töten.«

»Wenn es sein muß, aber ich würde es vorziehen,

wenn du vernünftig bist. Wenn du willst, können wir das Gefecht im Nahkampf zu Ende führen.«

Howell schien dazu bereit. Als er sich aber bewegte, ließen ihn heftige Schmerzen das Gesicht zur Grimasse verzerren.

»Wie ich es mir dachte«, stellte Sentania fest. »Dein Arm ist gebrochen. Er sah schon danach aus. Noch andere Verletzungen?«

»Mein Bein sitzt fest. Ich kann mich nicht bewegen.«

»Dann ist es unnötig für mich zu sagen, ergib dich oder stirb, frapos?«

»Na gut«, erklärte er schwach. »Ich ergebe mich. Aber wenn ich mich erst erholt habe, Sent ...«

»Bekommst du vielleicht deine eigene Gelegenheit zur Herausforderung. Jetzt, nachdem der Besitztest abgeschlossen ist, werde ich dir aus den Trümmern helfen. Dann können wir nachsehen, wie es den anderen geht.«

Bevor sie sich daran machte, die Metalltrümmer des Cockpits wegzuhieven, um Russou Howell freizubekommen, warf sie noch einmal einen Blick hinüber zur *Nemesis*. Hengst hatte sie inzwischen auf die Knie aufgerichtet. Gut, daß es ihr gelungen war, Howell zur Aufgabe zu überreden. Wäre es Hengst gelungen, seinen Mech auf die Füße zu stellen, hätte er den Sieg beanspruchen können und wäre, Ironie des Schicksals, ein Nebelparder geblieben.

Sie wandte sich wieder dem Mechwrack zu, mußte aber schnell einsehen, daß die Trümmer zu verkeilt waren. Howell ließ sich nicht befreien. »Es gibt Dinge, die selbst über meine Kräfte gehen«, stellte sie fest. »Wir müssen Hilfe holen.«

Als sie von dem *Kriegshammer IIC* zu Boden sprang, sah sie die beiden Krieger, die Howell beim Wagen zurückgelassen hatte, herbeilaufen. Sentania teilte ihnen mit, daß der Kampf vorüber war, und trug ihnen auf, sich um ihren Kommandeur zu kümmern.

Auf dem Weg hinüber zur *Nemesis* seufzte sie erleichtert auf, als sie Peri und Stenis den anscheinend bewußtlosen Geoff aus dem Wrack von *Böser Bruder II* heben und am Rumpf des OmniMechs herabklettern sah.

* * *

Als Sentania ihm durch Handzeichen zu verstehen gab, daß Howell sich ergeben hatte und der Kampf zu Ende war, hörte Hengst auf zu versuchen, die *Nemesis* aufzurichten. Er ließ sich aus der Cockpitluke hängen, dann zu Boden fallen, kam auf den Füßen auf und rannte zu ihr hinüber. Sentania berichtete ihm von den Aspekten des Gefechts, die er nicht mitbekommen hatte, und von ihrer Konfrontation mit Russou Howell.

»Du bist wieder ein Jadefalke, Hengst.«

»Vorhin gab es einen Augenblick, in dem ich mir sicher war, auf immer Nebelparder zu bleiben.«

»Vorhin gab es einen Augenblick, wahrscheinlich denselben, in dem ich dir zugestimmt hätte.«

»Was nun?«

»Die beiden Krieger, die Russou Howell für den Kampf aus diesen Mechs beordert hat, rufen über Funk einen der anderen Nebelparder-Mechs, damit er Werkzeug herschafft, um ihn aus den Trümmern zu befreien. Es lagen zu viele schwere Metalltrümmer über ihm, um ihn mit bloßen Händen herauszuholen. Ich schätze, wir sollten hier besser verschwinden, bevor sie eintreffen. Sie könnten schlechte Laune haben. Russou Howell hat die ganz bestimmt. Ich kenne einen Weg durch den Wald. Es ist eine lange Strecke, aber auf offener Straße sind wir zu verwundbar. Wir könnten jemanden im Falkenhorst verständigen, aber die Funkanlagen beider FLUMs sind ausgefallen.«

»In Ordnung. Ich muß nur vorher noch etwas erledigen.«

Hengst setzte sich in Richtung des gestürzten *Kriegshammer IIC* in Bewegung. Sentania folgte ihm.

* * *

»Und, Peri Watson, was hältst du jetzt von deinen kostbaren FlugMechs?« fragte Stenis sarkastisch.

»Tja, der Test war eindeutig, soviel steht fest«, erklärte sie. »Wir haben erfolgreich bewiesen, daß FLUMs zu gefährlich für den Einsatz in einer Gefechtssituation sind. Das Kopilotenkonzept basiert auf der Zusammenarbeit der beiden Piloten, und das ist für Jadefalken Krieger eine schwere Hürde. Wir sind zu aggressiv, zu unabhängig. Das Bietsystem gestattet einen gewissen Einsatz von Strategie, aber der Erfolg in der Schlacht ist abhängig von individueller Anstrengung. Der FlugMech selbst ist zu unbeständig. Der Wechsel von einem Modus in den anderen scheint sein Vorteil, aber wahrscheinlicher noch ist es seine Schwäche. Die Belastung für den Mech ist zu hoch.«

»Du denkst zu negativ. Immerhin haben wir den Kampf gewonnen.«

Stenis' Kommentar ließ Peri in schallendes Gelächter ausbrechen. »Wir haben die Schlacht gewonnen, aber den Krieg verloren«, antwortete sie. »Wir haben nur gewonnen, weil das Glück heute auf unserer Seite war. Die *Nemesis* und der *Kriegshammer IIC*, die Verlierer, wenn du so willst, brauchen Reparaturen, aber danach können sie wieder eingesetzt werden. Die Bösen Brüder hingegen sind nur noch Schrott. Ein bestenfalls zweifelhafter Sieg, Stenis.«

»Und wie wird dein Bericht über die FLUMs ausfallen?«

»Ich werde empfehlen, das Projekt ersatzlos zu streichen, insbesondere, da LuftMechs in jeder anderen Rolle überholt sind. Ich betrachte das Große Experiment als beendet und werde meine Vorgesetzten über sein Scheitern in Kenntnis setzen. Und ich werde empfehlen, das gesamte Projekt aus den Datenbanken des Falkenhorstes zu löschen, damit niemand später irgendwelche Daten darüber extrahieren kann. Die verbliebenen experimentellen FLUMs können abgeholt und einer wie auch immer gearteten Verwendung zugeführt werden. Oder wir nehmen sie hier auseinander, zu Ersatzteilzwecken oder wozu auch immer. Jedenfalls wird der Falkenhorst ein neues Projekt erhalten und mit etwas Glück werde ich versetzt. Außerdem gibt es noch ...«

»Noch was?«

»Darüber kann ich nicht reden.«

»Nach allem, was wir gerade durchgemacht haben, traust du mir nicht?«

»So habe ich das nicht gemeint. Ich dachte ...«

Stenis wirbelte herum und marschierte davon, zu Sentania und Hengst, die in Richtung des *Kriegshammer IIC* gingen. Als die drei zu dessen Cockpit hochkletterten, seufzte Peri und folgte ihnen.

* * *

»Du bist noch immer Nebelparder, Hengst. Alles, was ich von dir gesehen habe, war Feigheit.«

Als er das hörte, wollte Hengst in das *Kriegshammer*-Cockpit hinabsteigen und auf den verletzten Galaxiscommander einschlagen. »Du hast dich ergeben. Die Falken haben die Herausforderung gewonnen.«

»Und was hast du dabei geleistet, Feigling? Hast du auch nur einen dieser verfluchten FLUMs abgeschossen?«

»Ich brauche dir gegenüber keine Rechenschaft abzulegen. Sentania gibt zu, daß sie abgeschossen worden wäre, wenn der andere FLUM nicht auf meinen Mech abgestürzt wäre.«

»Eine schwache Entschuldigung für deine Feigheit.«

»Du Stravag! Wenn du den FLUM abgedrängt und vom Himmel geholt hättest, wie du es hättest tun sollen, wäre er nicht von hinten in die *Nemesis* eingeschlagen. Wenn irgend jemand den Kampf verloren hat, warst du es mit dieser Aktion. Was bringt dir das an Ehre, Russou Howell?«

Plötzlich schien Howells Wut wie weggeblasen. »Keine«, gab er schließlich zu. »Du hast recht. Wir wurden klar und fair besiegt, wenn auch nicht auf orthodoxe Weise mit orthodoxen Mechs. Damit muß ich leben. Säße ich hier nicht fest, mit einem gebrochenen Arm und wahrscheinlich zwei gebrochenen Beinen, könnten wir das auskämpfen.«

»Vielleicht später. Aber ich habe vor, zu meinem Clan zurückzukehren, zu den Jadefalken.«

»Du wirst nie mehr sein als eine Freigeburt.«

Hengst stieß ein lautes, wieherndes Lachen aus, das Lachen, dem er seinen Namen verdankte. »Man wird dich bald aus diesem Cockpit befreien, aber ich muß dir jetzt schon Lebewohl sagen, Russou Howell.«

Hengst und die anderen machten sich an den Abstieg, aber er drehte noch einmal um.

»Ach, noch etwas, Galaxiscommander«, sagte er und lehnte sich hinab, näher an Howells Gesicht. »Ich war es, der den Hüter der Nebelpardersaat getötet hat.«

Howell brüllte vor Wut und schlug wild mit dem

freien Arm um sich, in dem Versuch, sich aus den Trümmern zu befreien. Hengst wandte sich von der Bresche in der Mechkanzel ab.

»Es ist noch nicht vorbei, Hengst!« schrie Howell.

Aber da war Hengst schon im Wald verschwunden und hörte kein Wort mehr von dem, was Russou Howell ihm hinterherbrüllte.

# EPILOG

In allen Universen ist es ungewöhnlich, wenn jemand bekommt, was er will. Aber gelegentlich geschieht es doch, wenn auch manchmal zu einem hohen Preis.

* * *

Hengst und Sentania zogen beide die frische Bergluft dem dunklen und gelegentlich unangenehm höhlenartigen Inneren des Falkenhorstes vor, und oft saßen sie lange diskutierend im Freien, manchmal sogar während der heftigen Gewitter, die schnell über die Station hinwegzogen. Da Krieger hauptsächlich dazu auf diesem Garnisonsposten waren, ein ohnehin leicht zu verteidigendes Gelände zu beschützen, gab es für sie auf dem Falkenhorst kaum etwas anderes zu tun, als auf das nächste Landungsschiff zu warten, das sie von Diana abholte.

Eines Nachmittags saßen sie auf einem moosbewachsenen Fleck in der Nähe der Hauptanlage. Die zwischen ihnen herrschende Stille war selten, aber Hengst bemerkte sie kaum. Er dachte daran, wie gut es tat, zurück bei den Jadefalken zu sein, selbst wenn es hauptsächlich Solahmas waren und dies ein ansonsten uninteressanter wissenschaftlicher Außenposten auf der Heimatwelt eines anderen Clans.

Schon recht früh hatten er, Sentania und Stenis sich von der abfliegenden Peri Watson verabschiedet. Das war nach der Ankunft des letzten Landungsschiffs gewesen.

»Mußt du wirklich gehen?« hatte Sentania Peri gefragt.

»Ja. Etienne Balzac hat es befohlen. Er mag mich nicht, und wahrscheinlich hat er einen anderen deprimierenden Hinterwäldlerauftrag für mich in petto. In einem noch abgelegeneren Hinterwald.«

Aber sie alle kannten den anderen Grund für ihre Abreise. Sentania hatte Peri darüber informiert, was sie und Hengst im Genetischen Archiv der Nebelparder entdeckt hatten. Peri war außer sich vor Wut gewesen, als sie erfahren hatte, daß die Parder eine Kopie von Aidans Generbe besaßen und möglicherweise damit experimentierten, irgendwelche abstoßenden Kombinationen aus Aidan Prydes und Nebelparder-Genen fabrizierten. Sie hatte die im Falkenhorst lagernde Kopie von Aidans Erbgut gestohlen und in einem der Ausrüstungskoffer versteckt, die mit ihr auf die Reise ins All gingen. Sie wollte mehr darüber erfahren, möglicherweise, um Etienne Balzac damit zu konfrontieren und aufzudecken, was für Genmanipulationen zwischen den Wissenschaftlern der beiden Clans vor sich gingen. Sie wußte, daß diese geheimen Experimente ungesetzlich waren und daß aus ihnen nichts Gutes erwachsen konnte. Es war unclangemäß, und irgend jemand mußte sich für das Wesen der Clans einsetzen, selbst in der Wissenschaftlerkaste. Dieser Jemand würde sie sein.

Die drei restlichen FLUMs wurden ebenfalls auf das Landungsschiff gebracht, das sie einem unbekannten Schicksal entgegentragen würde. Die Genetiker und Naturalisten waren begeistert, die zum Untergang verurteilten Maschinen verschwinden zu sehen. Jetzt würde ein größerer Teil der in der Station verfügbaren Mittel in ihre Projekte fließen.

Auch Bren Roshak freute sich. Die Änderungen im Programm bedeuteten größere Aufmerksamkeit für die Falknerei. Er wollte Falken mit noch besseren Fähigkeiten, als Jadestreuner sie besaß. Spätere Ereignisse sollten diese Forderung ironisch erscheinen lassen.

»Da fliegen die FlugMechs dahin«, hatte Stenis gerufen.

Peri hatte Stenis fragend angestarrt. Sie hatte den Eindruck gehabt, daß das, was er von sich gab, mit jedem Tag weniger Sinn machte. Was war aus der Klarheit geworden, die er während des Kampfes am Bagera-Wald gezeigt hatte?

Nach dem Abschied hatten Sentania und Stenis sich zurückgezogen, wie üblich unter gegenseitigen Beschimpfungen. Peri hatte ihnen nachgelächelt und sich dann zu Hengst umgedreht.

»Lebwohl, Hengst. Ich bin froh, daß wir uns kennengelernt haben.«

»Wirst du Diana auf Ironhold besuchen?«

»Ich werde es versuchen, wenn ich sie dort finde.«

»Ich frage mich, was aus ihrer Hoffnung auf einen Blutnamen geworden ist.«

»Ich kann nicht glauben, daß man sie zum Blutrecht zuläßt.«

»Sie ist vorgeschlagen.«

»Das kann ich auch nicht glauben.«

Peri hatte Hengst am Arm berührt. Wäre er wahrgeboren gewesen, hätte ihre Berührung, da sie von dem Mitglied einer niederen Kaste kam, eine Beleidigung dargestellt. Aber er war nur eine Freigeburt, woran er in den jüngsten Monaten immer wieder von verschiedenster Seite erinnert worden war. Der niederste Wahrgeborene konnte eine Freigeburt anfassen, selbst wenn diese ein Krieger war.

»Hengst, Ihre Arbeit hier auf Diana ist getan. Sie sollten ebenfalls abfliegen.«

Hengst hatte entschieden den Kopf geschüttelt. »Neg. Nicht, solange mein Trinärstern noch in den Händen der Parder ist.«

»Nein«, hatte Peri bestätigt. »Natürlich nicht. Wie konnte ich das nur denken.« Dann: »Nun, das ist der Abschied. Ich wünsche Ihnen viel Glück bei der Befreiung Ihrer Leute, Hengst.«

Sie war gegangen, und er hatte sie betrübt ziehen lassen. Immerhin war er gezwungen gewesen, auf einer Station zurückzubleiben, deren Kommandeur mehr an Falken interessiert war als an seiner Mission. Nicht lange nach Peris Abflug waren Sentania und er nach Lutera zurückgekehrt, um seinen Trinärstern zu befreien. Das war alles gewesen, was noch zwischen ihm und dem Abschluß seiner Mission auf Diana stand.

Sie hatten sich als Techs verkleidet in die Stadt geschlichen und waren ins Kerkerzentrum eingedrungen. Die Mitglieder des Trinärsterns hatten nichts vom Kampf am Bagera-Wald und Hengsts Rückkehr zu den Jadefalken gehört und waren zunächst feindselig eingestellt gewesen. Aber ihre Wut war verraucht, als Hengst sie mit den neuesten Entwicklungen vertraut gemacht hatte. Die Gefangenschaft und der Gedanke, daß ihr Kommandeur sie im Stich gelassen hatte und zu den Pardern übergelaufen war, schien sie in eine verschworene Gemeinschaft verwandelt zu haben, und Hengst war froh, daß wenigstens etwas Gutes daraus entstanden war.

Während er die Geschichte erzählte, hatte Sentania ihn hin und wieder mit Erklärungen dazu unterbrochen, wie sie Hengst überredet hatte, die Nebelparder zu täuschen, in der Hoffnung, einen Weg ausfindig zu machen, wie sie ihn seinem rechtmäßigen Clan wieder zuführen konnte. Als die beiden mit ihrem Bericht fertig waren, hatten die Mitglieder des Trinärsterns ihnen auf den Rücken geklopft und in stillem Siegesjubel die Fäuste in den Himmel gestoßen. Wahrscheinlich wären sie liebend gerne in lautes Jubelgeschrei ausgebrochen, aber sie hatten nicht gewagt, die Aufmerksamkeit der Wachen zu erregen.

Hengst wußte, daß er sie auf einem von Sentanias Schleichwegen aus Lutera hätte hinausführen können, aber er wollte auch die Mechs zurück in seinen Besitz bringen, die Howell so dreist gestohlen hatte, und er hielt es für das beste, Mechs und Gefangene in einer Aktion zu holen. Wenn die Parder erst von der Flucht ihrer Gefangenen erfuhren, würden sie wahrscheinlich die Bewachung im Mechhangar verschärfen. Der lag im Mons Szabo, wie so ziemlich alles auf Diana, was den Nebelpardern etwas bedeutete. Die Kampfkolosse zu erbeuten, verlangte einen wagemutigen und gewitzten Plan.

Sentania hatte natürlich einen solchen anzubieten. Und er war wirklich gewitzt. Und wagemutig. Aber er hatte nur teilweise Erfolg.

Die ganze Gruppe zog tief in der Nacht zum Mons Szabo, wobei sie unterwegs zwei Wachtposten töteten. Normalerweise hätte niemand in den Hangar gelangen können, ohne die Wachen zu alarmieren, aber Sentania kannte natürlich einen Weg. Sie führte die Truppe auf einem Schleichweg durch eine Wachtstation, deren Posten das nicht überlebte, und zu einer Plattform, die als Hangaraufzug diente.

Aber unter ihnen im Hangarbereich warteten weitere Parder-Wachen. Sie mußten die Gruppe schon eine Weile zuvor bemerkt und einen anderen Weg eingeschlagen haben, um sie im Hangar zu überraschen. Einen Augenblick lang hatten die Parder sie in der Falle, aber Andera, eine der Kriegerinnen in Hengsts Trinärstern, opferte sich, indem sie sich auf die Nebelparder warf und sie ablenkte. Einer von ihnen schnitt sie mit dem Strahl seiner Laserwaffe praktisch in zwei Hälften, aber Anderas Aktion überraschte die Wachen genug, um ihren Kameraden die Gelegenheit zur Gegenwehr zu geben.

Dann befahl Hengst den Rückzug, weil er nicht die ganze Mission in Gefahr bringen wollte. Die Parder-Krieger verfolgten sie zwischen den hoch aufragenden BattleMechs, aber drei von Hengsts Leuten lenkten sie ab, während die anderen ihre Maschinen suchten. In zwei Fällen mußten sie sich mit Nebelparder-Mechs zufriedengeben, einer *Glasspinne* und einem *Ruin*, aber das betrachtete Hengst als minimalen Ausgleich für Russou Howells heimtückische Beschlagnahmung der Trinärstern-Mechs.

Sentania hatte den Code, mit dem sich die riesigen Hangartore öffnen ließen, ausspioniert und kopiert. Sobald sie in einer der Mechkanzeln saß, hatte sie über einen Kurzstreckensender den Code eingegeben und Hengst und die anderen angewiesen, Kurs auf die Tore zu nehmen, sobald sie aufglitten.

Aus dem Cockpit seiner nach der Begegnung mit den FLUMs reparierten *Nemesis* hatte Hengst zusehen müssen, wie zwei der drei Krieger im Gefecht mit den Parder-Wachen fielen. Der dritte schaffte es ins Cockpit eines *Heuler* und verließ den Hangar als letzter der Gruppe.

Hengst triumphierte, als er durch die riesigen Tore trat, und übernahm schnell die Spitze auf ihrem Sturmlauf durch Lutera. Er ließ seine *Nemesis* mit einer beinahe perversen Freude durch die blitzsauberen Straßen der Parder-Hauptstadt donnern und stellte sich grinsend die Verwüstung vor, die seine Mechs dabei hinterlassen mußten.

Alarmsirenen heulten auf, und der Trinärstern wurde aus verschiedenen Richtungen angegriffen. Vier der Hangarwachen hatten ebenfalls Mechs aktiviert und setzten ihnen nach. Dieses Nachhutgefecht führte zum Ausfall des hintersten Mechs der Kolonne, des *Heuler* der Kriegerin, die schon zuvor die Parder aufgehalten hatte, während ihre Kameraden ihre Maschinen hochfuhren und in Bewegung setzten. Sie wurde im Verlauf des Gefechts getötet, konnte aber, wie Hengst später erfuhr, einige Gegner mitnehmen.

Noch ein Mitglied der Einheit kam bei dieser Flucht ums Leben, getötet von einer Parder-Kriegerin, die sich in der Nähe des Stadtrands von Lutera vom Dach eines mehrstöckigen Hauses auf dessen *Ruin* stürzte. Irgendwie gelang es der Nebelparderin, in das Cockpit des *Ruin* zu gelangen und dem Jadefalken-Piloten die Kehle durchzuschneiden. Die Parder-Kriegerin übernahm die Kontrollen des Mechs, drehte ihn um und marschierte zurück zum Hangar. Zu ihrem Pech feuerte einer der Verfolger, ein Parder-Krieger in einem *Felsrhino*, eine Rakete auf das Cockpit ab. Sie verbrannte zusammen mit ihrem Opfer.

Der Rest der Flucht war einfacher. Einmal außerhalb Luteras, führte Sentania Hengst und dessen Trinärstern auf einem verwinkelten Weg durch den Wald, bis sie ihre Verfolger so verwirrt hatten, daß sie aufgeben mußten.

Russou Howell hatte mit einem Angriff auf den Falkenhorst reagiert, obwohl ironischerweise sowohl Hengst als auch Sentania Buhallin zum Zeitpunkt des Überfalls unterwegs gewesen waren, um die geretteten BattleMechs zu inspizieren, die in einem nahen Talkessel abgestellt und getarnt worden waren. Hengst vermutete, daß der Angriff ebensosehr Vergeltung für den Mord am Hüter sein sollte wie für den Mechraub. Auf gewisse Weise war die Aktion gegen den Falkenhorst sicher als Angriff auf Hengst gedacht, und er fragte sich, ob Howell sich der Ironie seiner Abwesenheit bewußt war.

Der Angriff war relativ sinnlos. Howell hatte seine BattleMechs nicht über die steilen Klippen unterhalb der Station bringen können, und selbst wenn ihm das gelungen wäre, hätte deren Artillerie sie niemals dicht genug heranrücken lassen, um ihre Waffen ernsthaft zum Tragen zu bringen. Daher war Howell gezwungen, sich auf Infanterie und die wenigen Luft/Raumjäger unter seinem Befehl sowie ein spärliches Langstrecken-Raketenbombardement vom Fuß des Berges zu beschränken. Nur eine der Raketen erreichte tatsächlich den Falkenhorst, und sie konnte nur eines der provisorischen Gebäude an der Oberfläche der Installation verwüsten, die ohnehin weitgehend subplanetar war.

Die Infanterie erzielte in einem Überraschungsangriff zunächst einen Erfolg, indem sie ein paar nichtsahnende Wachen unterhalb ihrer Positionen tötete. Doch der Gegenangriff der Jadefalken war heftig genug, die Parder zu vertreiben. Die Luft/Raumjäger griffen für taktische Zwecke zu spät in den Kampf ein, und trotz der beeindruckenden Zahl kleinerer Brände, die sie nach dem letzten Angriffsflug auf der Hochebene hinterließen, blieb ihr Bombardement ohne größere Konsequenzen.

Ein Erfolg war der Überfall nur in einem Punkt gewesen. Einer der verwundeten Jadefalken-Krieger war der Kommandeur des Horstes, Sterncolonel Bren Roshak. Als der Angriff startete, war er auf dem Weg den Berghang hinab gewesen, um auf Falkenjagd zu gehen. Sein Lieblingsfalke Jadestreuner war sofort tot, als eine Explosion Roshaks Arm abriß. Der Sterncolonel war noch immer ans Bett gefesselt und in der Obhut der MedTechs. Er würde mit dem nächsten Falken-Landungsschiff, das Diana erreichte, auf eine Jadefalken-Welt verlegt werden. Sentania hatte mehr als einmal angemerkt, daß der Verlust seines geliebten Jagdfalken Roshak schwerer getroffen zu haben schien als seine körperlichen Verletzungen.

Das Scheitern des Überfalls mußte Howell erst recht zur Weißglut treiben, dachte Hengst, und fragte sich, welche neuen Heimtücken der Galaxiscommander wohl gerade ausbrüten mochte.

Die Rettung seiner Leute und ihrer Mechs hatte Hengst zunächst begeistert, aber dann wurde er plötzlich ruhiger, fast lethargisch, während auch er auf das nächste Landungsschiff wartete. Sentania hatte ein, zwei Überfälle vorgeschlagen, ›um in Form zu bleiben‹, aber er lehnte ab. Er sah keinen Sinn darin, Überfallaktionen zu starten, nur um Zeit totzuschlagen. Außerdem wollte er keine Krieger oder Mechs mehr verlieren. Er hatte getan, weswegen er hergekommen war, wenn auch mit einigen Umwegen. Jetzt wollte er Diana nur noch verlassen und zurück zu den weiteren Missionen, die seine Khanin für ihn planen mochte.

»Wir werden zu ernst, du und ich«, stellte Sentania plötzlich fest.

Hengst zuckte die Schultern. In der Ferne zogen dunkle Wolkenmassen heran.

»Ich bin nicht ernst, nur taub.«

»Das kommt meinen Gedanken noch näher. Weißt du, Hengst, eine der Folgen des Solahma-Daseins ist eine Tendenz, nun, bestimmte Aspekte des Lebens aufzugeben. Ich wurde hier praktisch über Nacht zur Einzelgängerin. Triebe, die einmal, nun, ziemlich aktiv waren, verschwanden spurlos. In letzter Zeit sind sie wieder erwacht, und, nun, ich verspüre Lust, ihnen nachzugeben.«

»Sentania Buhallin, du hast eine Gabe, in Rätseln zu sprechen. Worauf willst du hinaus?«

»Komm mit in mein Quartier. Ich rede über das, was Krieger so feinfühlig als Paarung bezeichnen. Ich fühle den, wie immer du es nennen willst, den Drang, das Verlangen, und zwar akut.«

»Du, eine Wahrgeborene, würdest einen Frei ...«

»Verdammt, Hengst, mach doch nicht immer alles so kompliziert. Es ist schon schwierig genug. Ich habe

Empfindungen, nun, einige unkriegerische, also ... Hengst, ich halte besser den Mund.«

Sie stand auf und streckte die Hand aus. Im hellen Tageslicht, das von den heraufziehenden Gewitterwolken allmählich verdrängt wurde, konnte er ihr das Alter am Gesicht ablesen, wenn auch nur unbestimmt. Sie wirkte nicht älter als viele aktive Kriegerinnen. Sie wirkte deutlich jünger als Joanna. Sie schloß und öffnete die Hand in einer Aufforderung an ihn, sie zu ergreifen. Er tat es. Sie zog ihn hoch, und sie standen einander gegenüber, sahen einander an, beide bereit, über die leichte Absurdität der Situation zu lachen. Gewöhnlich erschien die Einladung zur Paarung sehr viel beiläufiger als hier.

Sentania ließ ihr Lächeln zu und sagte: »Komm in mein Quartier, Freigeburt. Und ich meine dieses Wort in aller, nun, Freundschaft.«

Hengst erwiderte ihr Lächeln, und sie wanderten den Hang hinab, als die ersten Regentropfen fielen.

* * *

Russou Howell stand auf einem Hügel in der Nähe der Stadtgrenze Luteras und beobachtete den Drill seiner Krieger. In den letzten Wochen hatte er eine komplexe Serie aus Fitnessübungen und Mechmanövern etabliert. Zuerst hatten einige seiner Krieger ihm immer noch ablehnend gegenübergestanden, aber durch strenge Disziplin und knallharte Regeln war es ihm allmählich gelungen, ihren Respekt zu erwerben. Den Beweis dafür sah er jetzt unter sich auf dem Feld. Die Bewegungen der Krieger waren zackig, ihr Enthusiasmus schien deutlich erkennbar. Howell war zuversichtlich, daß er und seine beiden Galaxien bereit sein würden, sollte Diana jemals angegriffen werden.

Er wanderte ein paar Schritte den Hang hinab und

stellte zufrieden fest, daß er das Humpeln abgelegt hatte, das ihn nach dem Kampf gegen die FLUMs behindert hatte. Er bewegte den Arm, und auch das bereitete ihm keine Schmerzen mehr.

*Ich bin wohl geheilt. Ich fühle mich besser als seit langem. Besser, als ich mich seit jenem Tag auf Maldonado gefühlt habe. All das kann ich jetzt hinter mir lassen.*

*Logan hielt mich für verrückt, mein Verhalten für unclangemäß. Vielleicht war ich eine Weile wirklich nicht bei Sinnen. Ich kann das nicht beurteilen. Ich kann mich an die letzten Monate kaum erinnern. Ich entsinne mich nur an Hengst und seinen Verrat.*

*Nun, Hengst, wir zwei sind noch nicht fertig miteinander. Ich spüre es. Ich weiß es. Ich weiß nicht, was geschehen wird, aber wir werden wieder aufeinandertreffen. Ich weiß nicht, wer von uns beiden der bessere ist, aber ich verliere lieber gegen dich, als unseren Konflikt ungelöst zu lassen.*

Als er zum Himmel aufsah, entdeckte er dieselben dunklen Gewitterwolken, die auch Hengst und Sentania eine Weile zuvor gesehen hatten. Seine Gedanken rasten. Er dachte an Hengst und wie er ihn eines Tages herausfordern würde. Russou Howell ahnte nicht, daß die wirkliche Gefahr eines Angriffs auf die Nebelparder-Heimatwelt Diana nicht von Hengst und dessen Jadefalken ausging, sondern von einem Gegner, der jenseits dieser Gewitterwolken lauerte und immer näher kam.

Howell blickte zurück zu dem Nebelparder an der Flanke des Mons Szabo. Wie so oft fühlte er dessen Kraft, die Kraft seines Clans. Die Skulptur schien sie geradezu auszustrahlen.

*Ja,* dachte er. *Ich fühle mich besser als seit langem. Ich kontrolliere mein Schicksal. Mehr noch, ich kommandiere es.*

# GLOSSAR

**AUTOKANONE:** Eine automatische Schnellfeuerkanone. Leichte Fahrzeugkanonen haben ein Kaliber zwischen 30 und 90 mm, während eine schwere Mechautokanone ein Kaliber von 80 bis 120 mm oder mehr besitzen kann. Die Waffe feuert in schneller Folge panzerbrechende Hochexplosivgranaten ab.

**BATAILLON:** Ein Bataillon ist eine militärische Organisationseinheit der Inneren Sphäre, die in der Regel aus drei Kompanien besteht.

**BATCHALL:** Batchall ist der Name für das Clanritual der Herausforderung zum Kampf. Der Verteidiger kann verlangen, daß der Angreifer etwas aufs Spiel setzt, dessen Wert vergleichbar mit dem ist, was der Verteidiger zu verlieren riskiert.

**BATTLEMECH:** BattleMechs sind die gewaltigsten Kriegsmaschinen, die je von Menschen erbaut wurden. Diese riesigen humanoiden Panzerfahrzeuge wurden ursprünglich vor über 500 Jahren von terranischen Wissenschaftlern und Technikern entwikkelt. Sie sind schneller und in jedem Gelände manövrierfähiger, dazu besser gepanzert und schwerer bewaffnet als jeder Panzer des 20. Jahrhunderts. Sie ragen zehn bis zwölf Meter hoch auf und sind bestückt mit Partikelprojektorkanonen, Lasergeschützen, Schnellfeuer-Autokanonen und Raketenlafetten. Ihre Feuerkraft reicht aus, jeden Gegner mit Ausnahme eines anderen BattleMechs niederzumachen. Ein kleiner Fusionsreaktor liefert ihnen nahezu unbegrenzt Energie. BattleMechs können auf Umweltbedingungen so verschieden wie glühende Wüstenei und arktische Eiswüsten eingestellt werden.

**BINÄRSTERN:** Eine aus zwei Sternen (10 Mechs, zwanzig Luft/Raumjägern oder 50 Elementaren) bestehende Einheit der Clans.

**BLAKES WORT/COMSTAR:** Das interstellare Kommunikationsnetz ComStar wurde von Jerome Blake entwickelt, der in den letzten Jahren des Sternenbunds das Amt des

Kommunikationsministers innehatte. Nach dem Zusammenbruch des Bundes eroberte Blake Terra und organisierte die Überreste des Sternenbund-Kommunikationsnetzes in eine Privatorganisation um, die ihre Dienste mit Profit an die fünf Häuser weiterverkaufte. Seitdem hat sich ComStar zu einem mächtigen Geheimbund entwickelt, der sich jahrhundertelang in Mystizismus und Rituale gehüllt hat, bis es nach der Entscheidungsschlacht gegen die Clans auf Tukayyid unter Prima Sharilar Mori und Präzentor Martialum Anastasius Focht zur Reformation des Ordens und Abspaltung der erzkonservativen Organisation Blakes Wort kam.

**BLITZ-KURZSTRECKENRAKETEN:** Blitz-KSR enthalten Zielsuchgeräte, die ein Abfeuern erst gestatten, wenn die in die Lafette geladenen Raketen ein Ziel erfaßt haben. Ist dies einmal geschehen, treffen die Raketen das Ziel automatisch.

**BLUTNAME:** Als Blutname wird einer der ursprünglich achthundert Familiennamen jener Krieger bezeichnet, die während des Exodus-Bürgerkrieges auf Seiten von Nicholas Kerensky standen. (Derzeit existieren nur noch 760 dieser Namen. Vierzig Namen wurden nach dem Hochverrat eines der ursprünglich zwanzig Clans getilgt.) Diese achthundert waren die Basis des ausgedehnten Zuchtprogramms der Clans.

Das Recht, einen dieser Nachnamen zu tragen, ist seit Einführung dieses Systems der Wunschtraum jedes ClanKriegers. Nur jeweils fünfundzwanzig Krieger dürfen gleichzeitig einen bestimmten Blutnamen tragen. Stirbt einer von ihnen, wird ein Wettbewerb abgehalten, um einen neuen Träger zu bestimmen. Ein Anwärter muß zunächst anhand seiner Abstammung sein Anrecht auf den Blutnamen nachweisen und anschließend eine Abfolge von Duellen gegen seine Mitbewerber gewinnen. Nur Blutnamensträger haben das Recht, an einem Clankonklave teilzunehmen und zum Khan oder ilKhan gewählt zu werden. Die meisten Blutnamen waren im Laufe der Zeit einer oder zwei Kriegerklassen vorbehalten. Es gibt jedoch einzelne, besonders angesehene Blutnamen, zum Beispiel Kerensky, die dadurch ihren genetischen Wert bewiesen, daß sie von herausragenden Kriegern aller drei Klassen (MechKrieger, Jagdpiloten und Elementare) getragen wurden.

Blutnamen werden matrilinear vererbt. Da ein Krieger nur über seine Mutter erben kann, besteht nie ein Anrecht auf mehr als einen Blutnamen.

**CLANS:** Beim Zerfall des Sternenbundes führte General Aleksandr Kerensky, der Oberkommandierende der Regulären Armee des Sternenbundes, seine Truppen beim sogenannten Exodus aus der Inneren Sphäre in die Tiefen des Alls. Weit jenseits der Peripherie, mehr als 1300 Lichtjahre von Terra entfernt, ließen Kerensky und seine Leute sich auf fünf wenig lebensfreundlichen Welten nahe eines Kugelsternhaufens nieder, der sie vor einer Entdeckung durch die Innere Sphäre schützte. Innerhalb von fünfzehn Jahren brach unter ihnen jedoch ein Bürgerkrieg aus, der drohte, alles zu vernichten, für dessen Aufbau sie so hart gearbeitet hatten.

In einem zweiten Exodus führte Nicholas Kerensky, der Sohn Aleksandrs, seine Gefolgsleute auf eine der Welten im Innern des Kugelsternhaufens, um dem Krieg zu entfliehen. Dort, auf Strana Metschty, entwarf und organisierte Nicholas Kerensky die faschistoide Kastengesellschaft der Clans.

**DEZGRA:** Eine Kampfeinheit, die Schande auf sich lädt, wird als Dezgra-Einheit bezeichnet. Der Name wird auch für das Ritual verwendet, mit dem die betreffende Einheit bestraft oder gekennzeichnet wird. Jede Einheit, die einen Befehl verweigert, unter Feindbeschuß in Panik gerät oder eine unehrenhafte Handlung begeht, gilt als dezgra.

**DIVISION:** Eine von der Mechkampfstärke in etwa dem Regiment entsprechende, aber Truppen verschiedener Waffengattungen umfassende Einheit der ComGuards, des militärischen Arms ComStars, und der BlakeGuards, des militärischen Arms von Blakes Wort.

**DONNER-LANGSTRECKENRAKETEN:** Donner-LSR erzeugen Streuminenfelder. Die ›Donner‹-Kennzeichnung ist die in der Freien Inneren Sphäre gebräuchliche Bezeichnung für FA- (Feldartillerie-)Streuminen-Gefechtsköpfe. Die Clans benutzen praktisch identische Gefechtsköpfe.

**EIDMEISTER:** Der Eidmeister ist der Ehrenwächter bei allen offiziellen Clanzeremonien. Die Position entspricht der eines Ordnungsbeamten in der Freien Inneren Sphäre, erheischt jedoch mehr Respekt. Der Eidmeister nimmt alle

Schwüre ab, während der Lehrmeister sie festhält. Die Position des Eidmeisters gebührt in der Regel dem ältesten Blutnamensträger eines Clans (sofern er diese Ehre annimmt) und ist eine der wenigen Positionen, deren Träger nicht durch einen Kampf ermittelt wird.

**ELEMENTARE:** Die mit Kampfanzügen ausgerüstete Eliteinfanterie der Clans. Diese Männer und Frauen sind wahre Riesen, die speziell für den Einsatz der von den Clans entwickelten Rüstungen gezüchtet werden.

**DIE ERINNERUNG:** *Die Erinnerung* ist ein noch nicht abgeschlossenes Heldenepos, das die Geschichte der Clans von der Zeit des Exodus bis zur Gegenwart beschreibt. *Die Erinnerung* wird ständig erweitert, um neuere Ereignisse einzubeziehen. Jeder Clan verfügt über eine eigene Version dieses Epos, in der seine speziellen Meinungen und Erfahrungen verarbeitet sind. Alle ClanKrieger können ganze Passagen dieses riesigen Gedichtes aus dem Gedächtnis zitieren, und es ist durchaus nicht ungewöhnlich, Verse auf OmniMechs, Luft/Raumjägern und sogar Rüstungen zu finden.

**EXTREMREICHWEITEN-LASER:** Bei diesen Waffen handelt es sich um verbesserte Versionen des normalen Lasers, mit überlegenen Fokussier- und Zielerfassungsmechanismen. In der Clan-Ausführung haben diese Waffen eine deutlich größere Reichweite als gewöhnliche Laser und erzielen einen etwas höheren Schaden. Allerdings verursachen sie dabei auch eine um 50 % höhere Abwärme. In der Freien Inneren Sphäre befindet sich die ER-Lasertechnologie noch im Entwicklungsstadium. Bisher machen Umfang und Größe der benötigten Ausrüstung eine Anwendung nur bei schweren Lasern möglich. Zudem erreicht der schwere ER-Laser der Freien Inneren Sphäre zwar eine größere Reichweite als ein schwerer Normallaser, der Reichweitengewinn ist jedoch geringer als bei entsprechenden Clan-Waffen, und die Schadenswirkung ist nicht höher als bei einem normalen S-Laser. Die Wärmeentwicklung ist jedoch ebenso groß wie bei einem schweren Clan-ER-Laser.

**EXTREMREICHWEITEN-PPK:** Ebenso wie bei den Laserwaffen haben die Clans auch eine erheblich verbesserte Version der Partikelprojektorkanone entwickelt. Diese Extremreichweiten-PPK ist kleiner, leichter und leistungsfähiger als die Normalversion, mit größerer Reichweite und höherer

Durchschlagskraft. Allerdings ist auch die Wärmeentwicklung erheblich größer, was beim Einsatz dieser Waffe zu einem Problem werden kann. Die Freie Innere Sphäre besitzt ebenfalls eine ER-Version der PPK, diese Waffe ist jedoch weniger hoch entwickelt. Größe und Gewicht entsprechen denen einer Normal-PPK, ebenso wie die Schadenswirkung, während Reichweite und Abwärme in etwa denen der Clan-Version entsprechen.

**GALAXIS:** Die größte Militäreinheit der Clans, bestehend aus drei bis fünf Sternhaufen.

**GAUSSGESCHÜTZ:** Ein Gaussgeschütz benutzt eine Reihe von Elektromagneten, um ein Projektil durch den Geschützlauf in Richtung des Ziels zu beschleunigen. Obwohl sein Einsatz mit enormem Energieaufwand verbunden ist, erzeugt das Gaussgeschütz nur sehr wenig Abwärme, und die erreichbare Mündungsgeschwindigkeit liegt doppelt so hoch wie bei einer konventionellen Kanone.

**GESCHKO:** Eine Gruppe von Kindern (GESCHwisterKOmpanie) des Zuchtprogramms der Clan-Kriegerkaste, die von denselben Genspendern abstammen und gemeinsam aufgezogen werden. Während sie aufwachsen, werden sie ständig getestet. Bei jedem Test scheiden Mitglieder der Geschko aus und werden in niedrigere Kasten abgeschoben. Eine Geschko besteht zunächst aus etwa zwanzig Kindern, von denen beim abschließenden Test noch etwa vier oder fünf übrig bleiben. Diese Tests und andere Erlebnisse binden die überlebenden ›Geschkinder‹ so eng aneinander, daß sie häufig lebenslanges Vertrauen und Verständnis füreinander zeigen. Untereinander bezeichnen Geschkomitglieder sich auch als ›Kogeschwister‹.

**HEGIRA:** Gelegentlich gestatten siegreiche ClanKrieger dem besiegten Gegner Hegira. Dies erlaubt ihm, sich ehrenhaft vom Schlachtfeld zurückzuziehen, ohne weiterem Beschuß ausgesetzt oder anderweitig belastet zu werden.

**IMPULSLASER:** Ein Impulslaser verwendet einen Hochfrequenz-Hochenergiepuls zur Erzeugung gepulster Laserstrahlen. Der Effekt ist dem MG-Feuer vergleichbar. Diese Konstruktion erhöht die Trefferwahrscheinlichkeit des Laserangriffs und erzeugt einen größeren Schaden pro Treffer, allerdings unter Inkaufnahme erhöhter Hitzeentwicklung und verringerter Reichweite.

**INNERE SPHÄRE:** Mit dem Begriff ›Innere Sphäre‹ wurden ursprünglich die Sternenreiche bezeichnet, die sich im 26. Jahrhundert zum Sternenbund zusammenschlossen. Derzeit bezeichnet er den von Menschen besiedelten Weltraum innerhalb der Peripherie. Der nicht von den Clans besetzte Teil der Inneren Sphäre wird auch als ›Freie Innere Sphäre‹ bezeichnet.

**$K^3$-COMPUTER:** Das $K^3$-Computersystem (Kommando/Kontrolle/Kommunikation) steht nur Einheiten der Freien Inneren Sphäre zur Verfügung. Es ist für den Einbau in Befehls- oder Scout-Mechs bzw. -Fahrzeuge vorgesehen und soll den Einheitskommandeur bei der Koordination von Aktivitäten auf Lanzen- und Kompanieebene unterstützen, indem es angeschlossenen Einheiten gestattet, das Zielerfassungssystem einer beliebigen anderen Einheit des $K^3$-Netzwerks zu benutzen.

**KASTE:** Die Clangesellschaft ist streng in fünf Kasten unterteilt: Krieger, Wissenschaftler, Händler, Techniker und Arbeiter. Jede dieser Kasten umfaßt zahlreiche Unterkasten, die auf Spezialisierungen innerhalb eines Berufsfeldes basieren. Die Kriegerkaste pflanzt sich unter strenger Kontrolle des genetischen Erbes durch ein systematisches Eugenikprogramm fort, bei dem Genmaterial angesehener und erfolgreicher lebender und toter Krieger verwendet wird. Andere Kasten sorgen durch strategische Heiraten innerhalb der Kaste für einen hochwertigen Genfundus.

**KHAN:** Jeder Clan wählt zwei Khane. Einer der beiden fungiert als höchster militärischer Kommandeur und Verwaltungschef der Clans. Die Position des zweiten Khans ist weniger klar umrissen. Er ist der Stellvertreter des ersten Khans und führt dessen Aufträge aus. In Zeiten großer innerer oder äußerer Bedrohung, oder wenn eine gemeinsame Anstrengung aller Clans notwendig ist, wird ein ilKhan als oberster Herrscher aller Clans gewählt.

**KODAX:** Der Kodax eines Kriegers ist seine persönliche Identifikation. Er enthält die Namen der Blutnamensträger, von denen ein Krieger abstammt, sowie seine Generationsnummer, seine Blutlinie und seinen ID-Kodax, eine alphanumerische Codesequenz, die einzigartige Aspekte seiner DNS (Desoxyribonukleinsäure, der Träger der menschlichen Erbinformationen) festhält.

**KOMPANIE:** Eine Kompanie ist eine militärische Organisationseinheit der Inneren Sphäre, die aus drei BattleMech-Lanzen oder bei Infanteriekompanien aus drei Zügen mit insgesamt 50 bis 100 Mann besteht.

**KRÖTEN:** Die in der freien Inneren Sphäre übliche Bezeichnung für mit Kampfanzügen ausgerüstete Eliteinfanterie, eine zuerst bei den Clans entwickelte Waffengattung. Diese sogenannten Elementare sind wahre Riesen, die speziell für den Einsatz der von den Clans entwickelten Rüstungen gezüchtet werden. Die freie Innere Sphäre ist bei der Entwicklung ähnlicher Gefechtsanzüge deutlich im Hintertreffen, nicht zuletzt, da als Träger dieser Anzüge nur gewöhnliche Menschen zur Verfügung stehen.

**KSR:** Abkürzung für ›Kurzstreckenrakete‹. Es handelt sich um ungelenkte Raketen mit hochexplosiven oder panzerbrechenden Sprengköpfen.

**LANDUNGSSCHIFFE:** Da Sprungschiffe die inneren Bereiche eines Sonnensystems generell meiden müssen und sich dadurch in erheblicher Entfernung von den bewohnten Planeten einer Sonne aufhalten, werden für interplanetare Flüge Landungsschiffe eingesetzt. Diese werden während des Sprungs an die Antriebsspindel des Sprungschiffes angekoppelt. Landungsschiffe besitzen selbst keinen Überlichtantrieb, sind jedoch sehr beweglich, gut bewaffnet und aerodynamisch genug, um auf Planeten mit einer Atmosphäre aufzusetzen bzw. von dort aus zu starten. Die Reise vom Sprungpunkt zu den bewohnten Planeten eines Systems erfordert je nach Spektralklasse der Sonne eine Reise von mehreren Tagen oder Wochen.

**LANZE:** Eine Lanze ist eine militärische Organisationseinheit der Inneren Sphäre, die in der Regel aus vier BattleMechs besteht.

**LASER:** Ein Akronym für ›Light Amplification through Stimulated Emission of Radiation‹ oder Lichtverstärkung durch stimulierte Strahlungsemission. Als Waffe funktioniert ein Laser, indem er extreme Hitze auf einen minimalen Bereich konzentriert. BattleMechlaser gibt es in drei Größenklassen: leicht, mittelschwer und schwer. Laser sind auch als tragbare Infanteriewaffen verfügbar, die über einen als Tornister getragenen Energiespeicher betrieben werden. Manche Entfernungsmeßgeräte und Zielerfassungssensoren bedienen sich ebenfalls schwacher Laserstrahlen.

**LB-X AUTOKANONE:** Die LB-X (Large Bore-Extended, Großkaliber-erweiterte Reichweite) Autokanone ist eine verbesserte Version der gewöhnlichen Autokanone, bei der durch den Einsatz leichter, wärmeableitender Legierungen Gewicht und Wärmeentwicklung reduziert worden sind. Die eingesetzten Materialien machen die Waffe teurer als eine gewöhnliche Autokanone, aber die Vorteile wiegen die höheren Kosten auf. Die LB-X kann Bündelmunition abfeuern, die man mit Schrotmunition im BattleMechformat vergleichen kann. Nach Verlassen des Laufs zerfällt eine Bündelgranate in kleinere Geschosse. Dadurch wird die Chance auf einen Glückstreffer erhöht, gleichzeitig jedoch der erzielte Schaden über das gesamte Zielgebiet verteilt statt auf einen Punkt konzentriert. Bündelmunition kann nur in LB-X Autokanonen eingesetzt werden.

**LSR:** Abkürzung für ›Langstreckenrakete‹; zum indirekten Beschuß entwickelte Raketen mit hochexplosiven Gefechtsköpfen.

**NACHFOLGERFÜRSTEN:** Die fünf Nachfolgerstaaten werden von Familien regiert, die ihre Herkunft von einem der ursprünglichen Lordräte des Sternenbunds ableiten. Alle fünf Hausfürsten erheben Anspruch auf den Titel des Ersten Lords. Sie kämpfen seit Ausbruch der Nachfolgekriege im Jahre 2786 gegeneinander. Ihr Schlachtfeld ist die riesige Innere Sphäre, bestehend aus sämtlichen einstmals von den Mitgliedsstaaten des Sternenbunds besetzten Sonnensystemen.

**NACHFOLGERSTAATEN:** Nach dem Zerfall des Sternenbunds wurden die Reiche der Mitglieder des Hohen Rats, die sämtlich Anspruch auf die Nachfolge des Ersten Lords erhoben, unter dem Namen Nachfolgerstaaten bekannt. Die Nachfolgerstaaten bestehen aus ursprünglich fünf – und derzeit noch vier – Herrscherhäusern: Haus Kurita (Draconis-Kombinat), Haus Liao (Konföderation Capella), Haus Steiner-Davion (Vereinigtes Commonwealth) und Haus Marik (Liga Freier Welten). Die Clan-Invasion unterbrach die Jahrhunderte des Krieges seit 2786 – die Nachfolgekriege – einstweilen. Die Nachfolgerfürsten setzten ihre Streitigkeiten aus, um der Bedrohung durch den gemeinsamen Feind, die Clans, zu begegnen. Die trügerische Ruhe seit Abschluß des Waffenstillstands von Tukayyid hat diese

Solidarität jedoch inzwischen sehr brüchig werden lassen, und im Jahre 3057 brechen die Kämpfe innerhalb der freien Inneren Sphäre wieder aus.

**NOVA:** Eine aus einem Mechstern (5 Mechs) und einem Elementarstern (25 Elementaren) bestehende Einheit der Clans.

**PERIPHERIE:** Jenseits der Grenzen der Inneren Sphäre liegt die Peripherie, das weite Reich bekannter und unbekannter Systeme, das sich bis in die interstellare Nacht erstreckt. Die einstigen terranischen Kolonien in der Peripherie wurden durch den Zerfall des Sternenbundes technologisch, wirtschaftlich und politisch verwüstet. Derzeit ist die Peripherie größtenteils Zufluchtsort für Banditenkönige, Raumpiraten und Ausgestoßene.

**PPK:** Abkürzung für ›Partikelprojektorkanone‹, einen magnetischen Teilchenbeschleuniger in Waffenform, der hochenergiegeladene Protonen- oder Ionenblitze verschießt, die durch Aufschlagskraft und hohe Temperatur Schaden anrichten. PPKs gehören zu den effektivsten Waffen eines BattleMechs.

**REGIMENT:** Ein Regiment ist eine militärische Organisationseinheit der Inneren Sphäre und besteht aus zwei bis vier Bataillonen von jeweils drei oder vier Kompanien.

**SAVASHRI:** Ein Clan-Fluch.

**SEYLA:** Dieses Wort ist ungefähr gleichbedeutend mit ›Einheit‹. Es handelt sich um eine rituelle Antwort, die bei bestimmten Clan-Zeremonien gefordert wird. Ursprung und exakte Bedeutung des Wortes sind unbekannt, doch es wird nur mit äußerstem Respekt und Ehrfurcht verwendet.

**SPRUNGSCHIFFE:** Interstellare Reisen erfolgen mittels sogenannter Sprungschiffe, deren Antrieb im 22. Jahrhundert entwickelt wurde. Der Name dieser Schiffe rührt von ihrer Fähigkeit her, ohne Zeitverlust in ein weit entferntes Sonnensystem zu ›springen‹. Es handelt sich um ziemlich unbewegliche Raumfahrzeuge aus einer langen, schlanken Antriebsspindel und einem riesigen Solarsegel, das an einen gigantischen Sonnenschirm erinnert. Das gewaltige Segel besteht aus einem Spezialmaterial, das gewaltige Mengen elektromagnetischer Energie aus dem Sonnenwind des jeweiligen Zentralgestirns zieht und langsam an den Antriebskern abgibt, der daraus ein Kraftfeld aufbaut, durch das ein Riß im Raum-Zeit-Gefüge entsteht. Nach einem

Sprung kann das Schiff erst weiterreisen, wenn es durch Aufnahme von Sonnenenergie seinen Antrieb wieder aufgeladen hat.

Sprungschiffe reisen mit Hilfe ihres Kearny-Fuchida-Antriebs in Nullzeit über riesige interstellare Entfernungen. Das K-F-Triebwerk baut ein Raum-Zeit-Feld um das Sprungschiff auf und öffnet ein Loch in den Hyperraum. Einen Sekundenbruchteil später materialisiert das Schiff am Zielsprungpunkt, der bis zu 30 Lichtjahre weit entfernt liegen kann.

Sprungschiffe landen niemals auf einem Planeten und reisen nur sehr selten in die inneren Bereiche eines Systems. Interplanetarische Flüge werden von Landungsschiffen ausgeführt, Raumschiffen, die bis zum Erreichen des Zielpunktes an das Sprungschiff gekoppelt bleiben.

**STERN:** Eine aus fünf Strahlen (5 Mechs, 10 Luft/Raumjägern oder 25 Elementaren) bestehende Einheit der Clans.

**STERNENBUND:** Im Jahre 2571 wurde der Sternenbund gegründet, um die wichtigsten nach dem Aufbruch ins All von Menschen besiedelten Systeme zu vereinen. Der Sternenbund existierte annähernd 200 Jahre lang, bis 2751 ein Bürgerkrieg ausbrach. Als das Regierungsgremium des Sternenbunds, der Hohe Rat, sich in einem Machtkampf auflöste, bedeutete dies das Ende des Bundes. Jeder der Hausfürsten rief sich zum neuen Ersten Lord des Sternenbunds aus, und innerhalb weniger Monate war die gesamte Innere Sphäre im Kriegszustand. Dieser Konflikt hält bis zum heutigen Tage, knapp drei Jahrhunderte später, an. Die Jahrhunderte nahtlos ineinander übergehender Kriege werden in toto als die ›Nachfolgekriege‹ bezeichnet.

**STERNHAUFEN:** Eine aus zwei bis fünf Binärsternen, Trinärsternen, Novas oder Supernovas bestehende Einheit der Clans.

**STRAHL:** Die kleinste Militäreinheit der Clans, bestehend aus einem Mech, zwei Luft/Raumjägern oder fünf Elementaren.

**SUPERNOVA:** Eine aus einem Mechbinärstern (10 Mechs) und zwei Elementarsternen (50 Elementaren) bestehende Einheit der Clans.

**TRINÄRSTERN:** Eine aus 3 Sternen (15 Mechs, 30 Luft/Raumjägern oder 75 Elementaren) bestehende Einheit der Clans.

**WAFFENSTILLSTAND VON TUKAYYID:** Der Waffenstillstand von Tukayyid hat eine fünfzehnjährige Waffenruhe zwischen den Clans und der Inneren Sphäre begründet. Khan Ulric Kerensky, ilKhan der Clans, vereinbarte mit dem Präzentor Martialium ComStars, Anastasius Focht, auf dem Planeten Tukayyid eine Entscheidungsschlacht. Bei einem Sieg der Clans verpflichtete sich ComStar, ihnen Terra auszuhändigen, bei einem Sieg ComStars verpflichteten sich die Clans zu einem fünfzehnjährigen Waffenstillstand. Der nach einem überwältigenden Sieg der ComGuards auf Tukayyid unterzeichnete Vertrag etablierte eine Grenzlinie, die durch den Planeten Tukayyid verläuft. Die Clans dürfen diese Grenzlinie bis zum Ablauf des Waffenstillstands nicht überschreiten.

**ZUG:** Ein Zug ist eine militärische Organisationseinheit der Inneren Sphäre, die typischerweise aus etwa achtundzwanzig Mann besteht. Ein Zug kann in zwei Abteilungen aufgeteilt werden.

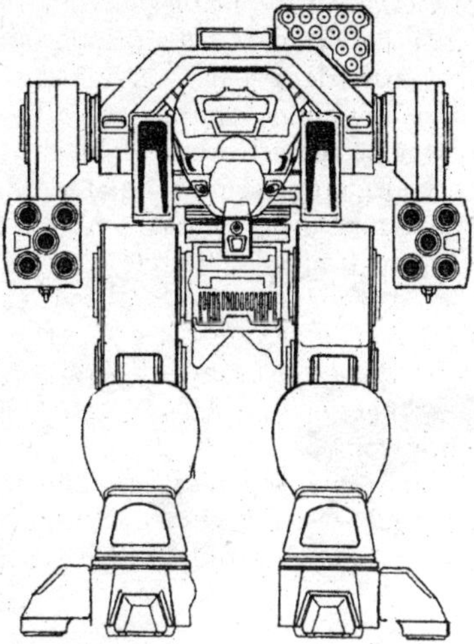

Daishi

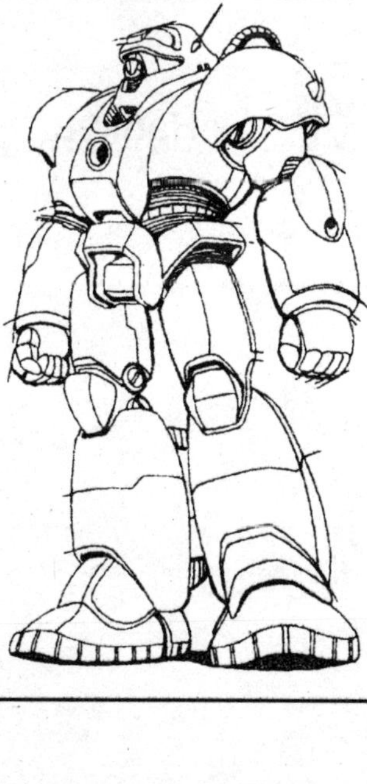

Frostfalke

**Lichtbringer**

**Hankyu**

Schattenkatze

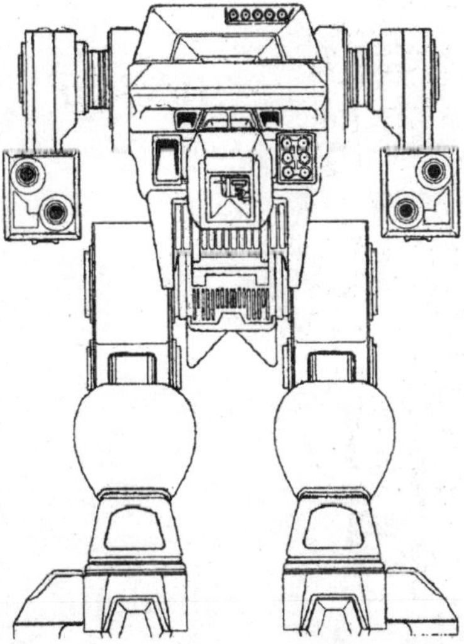

Masakari

**Turkina**

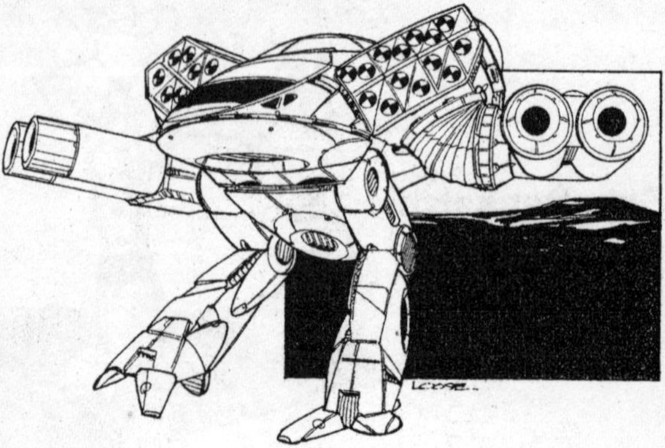

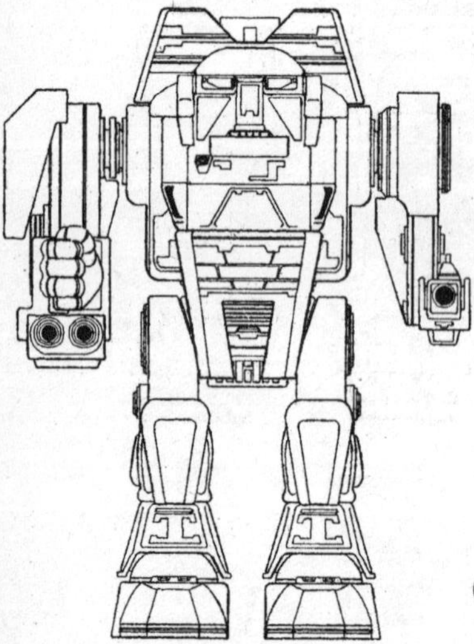

**Gladiator**

**Fenris**

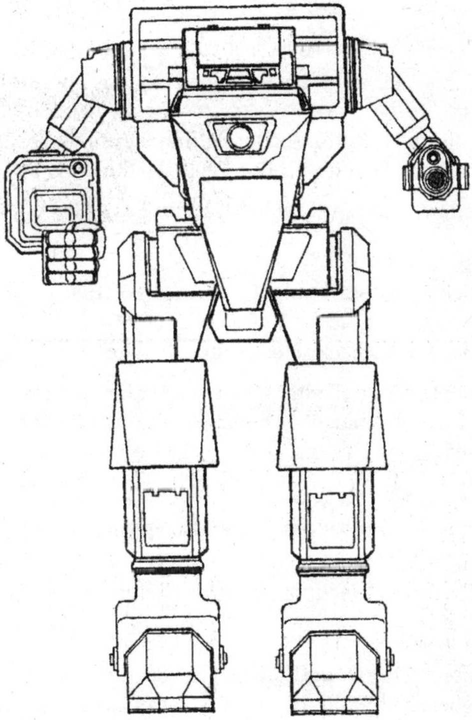